Maurizio Maggiani

Himmelsmechanik

Roman

Aus dem Italienischen übersetzt
von Andreas Löhrer

Edition Nautilus

Die Originalausgabe des vorliegenden Buches
erschien unter dem Titel *Meccanica Celeste*
bei Feltrinelli, Mailand, März 2010

Edition Nautilus Verlag Lutz Schulenburg
Schützenstraße 49 a · D-22761 Hamburg
www.edition-nautilus.de

Deutsche Erstausgabe Februar 2012
Umschlaggestaltung: Maja Bechert, Hamburg
www.majabechert.de
Ein kleines Glossar finden
Sie auf den Seiten 341/342
Druck und Bindung:
freiburger graphische betriebe
1. Auflage
Print · ISBN 978-3-89401-751-4
eBook · ISBN 978-3-86438-068-6 (ePub)
ISBN 978-3-86438-069-3 (PDF)

Dem kriegerischen Liebespaar,
das im Kirchturm von Careggine eingemauert ist
und lebt

Wenn der gesellschaftliche Archaismus (unter anderem die Blutrache) auf Sardinien ebenso überdauert wie in Lunigiana oder in Kalabrien – wie überall, wo die Beobachtung (sofern sie überhaupt möglich ist) eine abgründige Distanz zu den großen Strömungen der Geschichte enthüllt – so vor allem aus dem einfachen Grund, dass der Berg ein Berg ist. Das heißt, ein Hindernis. Zugleich aber auch eine Zuflucht, ein Land für freie Menschen.

Fernand Braudel: *Das Mittelmeer und die mediterrane Welt in der Epoche Philipps II.*

Ein vorgefallener Vorfall

In der Nacht, in der ich meine Frau geschwängert habe, wurde Barack Obama zum 44. Präsidenten der Vereinigten Staaten von Amerika gewählt. Der Vorfall ereignete sich kurz nach Mitternacht, weit bevor die Nachricht verlässlich war, und die Verbindung zwischen den beiden Ereignissen ist nicht nur natürlich, sondern auch mit absoluter Sicherheit ohne jegliche Bedeutung. Es stimmt aber, dass in jener Nacht die ganze Welt in einer Atmosphäre banger Erwartung zu pulsieren schien; sogar wir hatten ausnahmsweise im Fernsehen einen Sender eingestellt, der eine Wahlrunde mit Studiogästen im Programm hatte. Nur dass sich die Sache in die Länge zog und langweilig wurde.

Der Gedanke war, nach oben zu gehen, uns ins Bett zu legen und ein wenig zu lesen, während die Studiogäste ihr Schlechtestes gaben, und dann, wenn sie sich beruhigt hätten, wiederzukommen, rechtzeitig zum Ergebnis. Wie der Rest der Welt waren wir für Obama, den prophetischen Schwarzen, doch auch in diesen Tagen lasen wir noch viel: Lesen gefällt uns und tut uns gut. So wie die Lektüre der Bibel in den alten Familien alles zusammenhielt, und zwar weit mehr als das, was jeder an Sakralem in diesen verehrungswürdigen Texten zu erfassen wusste, ist es bei uns die Tat an sich, die uns jeden Tag etwas Gutes lehrt.

Der eine in Reichweite des anderen, mit dem Hintern auf demselben Sofa, oder eben auf derselben Matratze, sind dieser Mann und diese Frau schließlich Fahrgäste im selben Zug, mit einem Platz im selben Abteil, die auf ihrer jeweiligen Seite des Fensters zwei verschiedene, sehr wahrscheinlich weit auseinanderliegende Landschaften betrachten. Und wir sehen uns heimlich an und spüren, dass wir da sind; und vielleicht hätten wir den Mut, uns gegenseitig vorzustellen, und vielleicht auch nicht, vielleicht ist es gut so: die Intimität zu hegen und darauf zu warten, dass der Zugführer das Licht löscht und die dunkle nordische Nacht eintritt. Und wohin er auch fährt, zu reisen mit dem Blick auf das Fenster jenes Abteils, nie aufzuhören zu reisen und nie aufzuhören zu schauen, was schon mehr ist, als man sich erhoffen kann. Unser Lesen lehrt uns, zusammenzuleben und wohin auch immer aufzubrechen und dann zurückzukehren. Und das ist natürlich sehr erregend. Eine Erregung, die etwas zu schwach ist, als dass sie sich auf die Selbstverständlichkeit eines Koitus vereinfachen und reduzieren würde.

Doch inzwischen ist der Vorfall geschehen. Ungeplant und nicht gerade passend zur Gelegenheit ist das Unbestimmte Fleisch geworden, das Fleisch zur Lust und die Lust zur Tat. Ein »vorgefallener Vorfall« würde Nita sagen. Denn so, durch Verdoppelung, drückt sie in ihrer Sprache üblicherweise Ungewöhnliches und Einzigartiges aus.

Ein vorgefallener Vorfall.

Ich nahm meine Brille ab, machte ein Eselsohr in die Seite, legte den dicken Abenteuerband weg, der mir an jenen Tagen Freude bereitete, und streckte meine Hände aus. Ganz sanft. Etwas in meinem Herzen, mehr noch als an jeder anderen Stelle, verlangte von mir, das zu tun. Von unten kam immer noch zeitweilig das Zirpen der Experten, doch es war klar, dass vor dem frühen Morgen niemand etwas zu sagen hätte: Rückt die Zahlen raus, großer Gott.

Ganz sanft ist eine Frage, ganz sanft ist eine flehentliche Bitte.

Nita ist nicht taub gegenüber den Bitten eines reinen Herzens, ihr Herz ist selbst ein ständiges Flehen in Form einer

Frage, in den Formen einer Bitte. Ganz sanft, im Spiel mit der zarten Oberfläche unseres wechselseitigen Flehens haben wir uns vereinigt. Das ist es, was die Kirchenväter dem Menschen nie zu verweigern wagten, aus der unfruchtbaren Tiefe der Wüsten, wo sie in den vergangenen Jahrtausenden über die Natur des Fleisches und des Göttlichen darin meditierten. Und Urteile fällten.

Ihr Buch, ein feindseliger französischer Roman, bewegte sich ungehörig im exklusiven Gleichklang unseres Gewühls; diese Bedrängnis würde es nicht unbeschadet überstehen. Wir schon: Deshalb rollten wir uns wie Katzen auf einem Teppich aus Katzenminze, wie Kinder vom Festland im Sand des Tyrrhenischen Meeres, wie reife Kakis den Hügel der Cascianella herunter. Wir liebten uns, in einer reinen Liebe. Rein, wie man es von den Tauben sagt seit der Zeit, als Christus sie vor den Augen der Menschen als Beispiel darstellte, damit diese ihrer bösen Unzucht Einhalt geböten.

Und Brandungsspritzer leckten hier und da an den ausgefransten Decken zu Füßen des Bettes, abgerissene Fetzen abgeschmackter Meinungen kamen aus den Abgründen der Talkshow herauf; ein Idiot schwor in dieser Nacht, Dagobert Duck hätte McCain gewählt. Aber das verängstigte uns nicht. Und hätte mich auch nicht ablenken können.

Ich wusste nämlich genau, was ich sagte, als ich Nita zuflüsterte: Kann ich in dich hineinkommen?

Es war das erste Mal. In meinem ganzen Leben. Das ist kein Witz.

Es gibt Männer, es gab sie wenigstens, die ganz genau wissen, was ihnen zusteht und was nicht; aus natürlicher Veranlagung oder durch nachdrückliche Erziehung, je nachdem. Ich bin einer davon, und ich weiß, dass Nitas Schoß mir nicht zusteht. Mit sechzehn Jahren wühlte ich in den Stapeln von *Reader's Digest*, die im Keller eines Engländers lagen, auf der Suche nach der Formel, die Männern das Gebären ermöglicht. Als ob ich wirklich in meinem Bauch die

Zukunft der Welt besitzen könnte. Aber nicht deswegen habe ich nie den Bauch einer Frau in der Absicht berührt, mich zu revanchieren. Ich habe keine Kinder, weil keine der Frauen, die mich geliebt haben, mich jemals bat, mit ihr welche zu bekommen; das ist kein Unglück, und es sieht auch nicht nach Pech aus: Vielleicht handelte es sich lediglich um Sprachlosigkeit. Oder um vernünftiges Kalkül: Jedes Weibchen einer beliebigen Tierart der Schöpfung hat seine eigene Vorstellung vom Männchen, dem es die Vaterschaft über ihren Nachwuchs gewährt. Ich wäre nie ein guter Vater, vielleicht eine gute Mutter, aber kein guter Vater. Jedenfalls war da immer große Stummheit, wo es doch manchmal vielleicht genügen würde, zu versuchen den Mund aufzumachen.

Kann ich in dich hineinkommen?

Kann man zu dieser nächtlichen Stunde etwas Unpassenderes sagen? In diesem Moment des Lebens? Und noch immer weiß man nicht genau, ob Dagobert Duck die Republikaner gewählt hat, und draußen ist es kalt und windig, und dieses Jahr wird es keine Pilze mehr geben, auch wenn es endlich zu regnen anfangen sollte.

Ein vorgefallener Vorfall, würde Nita sagen.

Aber ich habe es so gut gesagt, dass ich voller Stolz war, als ich es hörte. Ganz unerwarteter, unverhoffter und veralteter animalischer Stolz. Der Menschenaffe hat zu seiner Frau gesprochen und sie um etwas Intimes gebeten; ganz freundlich, denn Tiere haben die Fähigkeit, sanft zu sein. Und das, worum er bat, ist von einer so herzzerreißenden Intimität, dass der Menschenaffe es genießt, als habe er sich plötzlich in einer ungeübten Bewegung aufgerichtet: etwas, von dem er nicht wusste, dass er es konnte. Ein prächtiges ausgewachsenes Exemplar.

Lass dir nicht sagen, was du tun sollst, als müsste man dir etwas erklären. Komm.

Wohin, meine Schöne?

In meinen dunklen Unterschlupf, in meine feuchte Höhle.

Vergiss die Meinungsforscher, komm. Halt, du bist angekommen; wie du wissen müsstest, ist weiter hinten nichts mehr.

Nein, tatsächlich. Von da aus sind wir keinen einzigen Schritt weitergegangen. Wohin hätten wir auch gehen können? In Anbetracht dessen, dass Nita schwanger ist. Schwanger an Zeichen, schwanger an Vorahnungen, schwanger an Nachwuchs und zukünftiger Menschheit: Wohin hätte ich da schon gehen können? In dieser Nacht nicht einmal ins untere Zimmer, um die Ergebnisse der Präsidentenwahl zu sehen, allenfalls, um den Fernseher auszuschalten. Etwas Ruhe, bitte.

Und auch etwas schlafen.

Übrigens hatte sie schon am frühen Morgen geschwollene Brüste. Und sie plusterte sich auf, blühend wie ein Klarissengarten.

Komm und spür mich.

Es stimmt, das ist kein Busen mehr, das sind schon Milchbrüste.

Wir tranken Kaffee und aßen Kekse in Herzform. Keine Anspielung: Bei uns zu Hause gab es nur diese eine Backform. Nebenbei, sie kann Kekse backen, besser als jeder renommierte Handwerksbetrieb. Im Radio erklärten sie ausführlich, wie ganz Entenhausen den Schwarzen Obama gewählt hatte, und wie genau in diesem Moment die ganze Welt feierte. Auch wir feierten, zwar etwas bescheidener als in Chicago, aber mit ehrlicher Begeisterung.

Ihre Brüste waren wirklich runder und voller; und man muss bedenken, dass sie ihre schwache Seite, der am wenigsten auffällige Teil von ihr waren. Mit der einen Hand steckte ich mir Mürbeteigherzchen in den Mund und mit der anderen streichelte ich eine Brustwarze. Und ich fühlte mich in Form und hatte noch genau das Bewusstsein meiner aufrechten Position. Alter Berggorilla.

Ich bin dermaßen alt, dass ich keine Gefahr für diese

Frau und ihren zukünftigen Nachwuchs darstellen werde.

Sie lachte mit allem, was sie zum Lachen hatte, die Krümel der Herzchen an ihren Mundwinkeln sprangen hin und her, kleine freche Insekten.

Ich bin dermaßen alt, dass ich auf keinen Fall jemanden hier stören kann, und dann, wenn ich wirklich gefährlich werden könnte, bin ich von der Bildfläche verschwunden. Selbst wenn ich Vater sein wollte, es gibt keinen besseren Vater als einen abwesenden Vater. Und das wusste Nita, und deswegen drückte sie meine Hand an ihre Brust und beugte sich leicht zu mir hin, um sie zu küssen. Meine Hand mit den schlanken Fingern und der fast unversehrten Handfläche, eine Hand für feine Arbeiten. Und ihre sanften, mitleidsvollen Lippen, Lippen, die sich über das Thema der Liebe auslassen; jahrelang habe ich ihr verboten, dieses Wort zu benutzen, und sie hat gelernt, sich mit Zeichensprache zu behelfen.

Meinem Sohn und gegebenenfalls umso mehr meiner Tochter bin ich bereit, einen Vater zu wünschen, der im Ausland ist, um Krieg zu führen, anstatt einen Mann, der zu Hause herumläuft und sich widerspricht.

Am Morgen jenes ersten Tages der Schwangerschaft ließ sich der Omo Nudo, der nackte Mann, blicken; er klopfte an das kleine Fenster über der Spüle und begann, uns mit beiden Händen zu winken. Ehrlich gesagt war er dieses Mal nicht nackt. Ich sehe, er trägt ein weißes Hemd, ich sehe, er schwitzt, und ich höre, er nuschelt: Er wird wohl etwas Wichtiges zu erledigen haben. Nita hat ihn hereingebeten, und der Omo Nudo isst Mürbeteigherzchen und beklagt sich über die zuständigen Behörden: Er bleibt stehen, neben der offenen Tür. Draußen ist ein schöner Morgen, der Herbst ist frisch und trocken; oben in den Schluchten des Soraggio brennen die *metati* noch, und der Geruch des Kastanienröstens weht bis ins Haus, über die Reste an

Herzchen und Kaffee und den Wildgeruch des Omo Nudo hinweg.

Denn, so denke ich, das Wesen der Vaterschaft liegt in der Entschiedenheit, der blöden, höchst verlässlichen Autorität. Aus diesem Grund kann der Körper eines Vaters, obwohl sein Geist auch notwendig ist, nur Quelle böser Überraschungen und Enttäuschungen sein. Angenommen, er käme nicht vom Krieg zurück, umso besser: Er könnte zum Mythos werden, vielleicht zur Legende. Eine Legende über mich würde ich nicht verachten. Mein Vater hat seine Legende; aber mein Vater hatte bei seiner Legende auch den Krieg und das Geheimnis auf seiner Seite.

Nita plauderte mit dem Omo Nudo, vergaß dabei aber nicht ihre neuen Brüste und richtete es so ein, dass ich sie in ihrer ganzen Herrlichkeit betrachten konnte, sobald ich den Blick von meinem letzten Herzchen wandte.

Der Omo Nudo ist ein schlimmer Verbrecher und wird von der Gesundheitspolizei des Bezirks verfolgt. Er ist illegaler Schweineschlachter und gedenkt nicht, irgendein entsprechendes Gesetz einzuhalten. Er ist ein Wiederholungstäter und renitent, doch an jenem Morgen war er kurz davor, gegenüber der Behörde klein beizugeben. Denn er hatte Angst vor dem Gefängnis, das sie ihm angedroht hatten, und fürchtete, dass sie ihm die Tiere stehlen würden, sobald er im Kittchen wäre. Und er hatte Angst vor der Hitze im Kittchen. Doch der Omo Nudo gibt nicht gerne klein bei. Auch ich gebe nicht gerne klein bei, und auch ich schlachte illegal; aber immer nur ein Schwein, und ohne renitent zu werden. Der Omo Nudo wird bald eine Legende sein, vielleicht noch bevor er stirbt, obwohl er schon sehr alt ist; ein Held ist er ja schon. Außer es würde etwas mit der Behörde passieren und er sollte wegen einer Gemeinheit bloßgestellt werden. Aber das wird nie geschehen.

Er hat keine Kinder, und für seine Legende sorgen wir; ich werde eine Tochter bekommen, darin ist Nita kategorisch, und die Sache wird etwas komplizierter werden. Einen

Vater, wenn er wirklich ein guter Vater ist, beginnt man mit etwa vierzig Jahren gern zu haben, weil man dann schon an einen fernen Ort gegangen und wieder zurückgekehrt ist, und also wird es angebracht sein, dass ich bis dahin ein Vater zum Lieben bin. Aus diesem Grund ist es notwendig, dass ich in der Zeit entfernt und in der Erinnerung vage bin; es wird Fotos geben, es wird Märchen geben, sie wird das Kommando führen, und wenige andere werden mithelfen dürfen.

Jedenfalls, so tapfer Nita und von so gutem Charakter meine Tochter auch sein werden, ich bin nie zu Fuß von Sachsenhausen bis hierher gegangen. Ich bin nicht einmal in Sachsenhausen gewesen, und ich habe auch nie so viel Kälte erlitten wie der Omo Nudo, um zum Omo Nudo zu werden, so wie ich auch nie dem großen Champion William Grover-Williams Brotkrumen geschenkt habe.

»Ich werd froher zur Behörde gehn, wenn die Schöne hier mir einen schönen schüchternen Kuss geben tät«, sagte der Omo Nudo an jenem Morgen zu Nita.

Und die Großbrüstige gab ihm einen Kuss, und dabei stellte sie fest, dass am verwaschenen weißen Hemd des Omo Nudo ein paar Knöpfe fehlten. So fand sie ein paar passende im Kästchen für verwaiste Knöpfe und nähte sie ihm im Stehen an, mit dieser wunderschönen Geste schwangerer Frauen, die den Zwirn mit Spucke befeuchten, um ihn durch das Nadelöhr zu fädeln, die Nadel zwischen den Lippen halten, während sie genau Maß nehmen und den Männern die Knöpfe annähen, wobei sie den Bauch gegen deren Bauch pressen. Wie Maria es wer weiß wie oft bei Josef gemacht hatte.

Man hat später erfahren, dass der Omo Nudo dem Kuss und den Knöpfen Ehre erwiesen und die passende scharfsinnige und wilde Art gefunden hat, sich für die ungerechten Nachstellungen durch die Behörde zu rächen. Aber das geschah, als es schon tiefer Winter war, in jenen wunderbaren Tagen der Ruhe kurz vor Lichtmess, wenn der dunkle Tramontana jeden Abend eine Handbreit Schnee vom Apennin herunterweht; Tage, bestens geeignet für das Schweineschlachten, ruhmreiche Momente für die Metzgerkunst des Omo Nudo.

Damals fielen so große und dichte Flocken, dass sie wie Plätzchen aussahen und man Lust bekam, sie zu essen; die Kinder der Engländer aßen sie wirklich, und Nita sah ihnen hingerissen zu und schüttelte den Kopf und stellte fest, dass der Schnee besser war als das, was sie bei sich zu Hause fanden. Am Morgen kämpften sich die Schneepflüge die Serpentinen hinauf, und in der Stille belästigten und erschreckten sie uns; sie stanken rücksichtslos nach Diesel und sahen aus wie Panzertruppen einer schmutzigen Besatzerarmee, die heraufkam, um uns aufzuscheuchen. Die FIAT 90 waren so alt, dass die Unternehmen niemanden fanden, der sie fahren wollte, auch nicht bei den Mazedoniern, die sich üblicherweise für alles hergaben, und so nahmen sie ehemalige Lastwagenfahrer aus den Dörfern jenseits des Kamms unter Vertrag, die nach dem Krieg gelernt hatten, die Fahrzeuge über die ungeteerten, von den Amerikanern planierten Straßen zu fahren; betrunken und alle kurz davor, auf einen Schlag zu krepieren. Wir kennen sie, sie sprechen noch wie in den alten Zeiten, sodass man Mühe hat sie zu verstehen; mittags halten sie mit ihren Fahrzeugen unterwegs vor einem Gasthaus und essen und trinken miteinander, schweigsam, bis sie beim Fernet-Branca angelangt sind. Dann fluchen sie eine Viertelstunde lang und fahren weiter.

In jenen Tagen war nicht viel zu tun, außer klafterweise Holz in den Kamin zu werfen und den wärmsten Platz zu suchen, an dem man lesen konnte, der am Ende immer das Bett oben war. Nita stellte nachts den Dinkel zum Einweichen hin, und morgens kochte sie die Suppe, dann nahm sie zwei, drei Bücher und legte sich neben mich. Sie störte nicht, war aber bereit, mich bei meiner ersten Bewegung leicht zu berühren.

Der Geruch nach Pilzen, die wir gerade unter den Blättern eines dreihundertjährigen Kastanienbaums gefunden hatten, das leichte Knistern der noch nicht ganz getrockneten Blätter.

Wenn es anfing kalt zu werden, packte mich die Leidenschaft für Geschichten der frühen Antike, sie spürte die Jahreszeiten nicht, und auch unter einem Meter Schnee zeigte sie weiterhin ihre traditionelle anspruchsvolle Frankofonie. Doch wenn es vorkam, dass wir uns berührten, dann sprachen wir von unserer Tochter; und wo ich im Denken eher widerspenstig war, waren ihre Gedanken diesbezüglich klar und entschieden. Sie hätte Locken wie Berenice und würde sie ihrem Mann opfern, denn etwas von ihr sollte auf ewig im Himmel glänzen, da sie aus der Ewigkeit gekommen war. Aber ihr Herz wäre groß und entschlossen wie das des größten Champions William Grover-Williams, und wenn dieses große Herz sie bis zum äußersten Opfer führen würde, dann müsste sie eben so sein, ohne jedes Bedauern. Sie wäre handgreiflich wie Bradamante und auch ein wenig laszív und promisk wie sie, aber ihr Kopf wäre der von Astolfo; auch weil sie das Auto ihrer Mutter erben sollte, das als Transportmittel sehr viel eher dem Wagen von Elias ähnelte, wenn dieser noch durch die Straßen der Welt bis zum Mond hinauffahren könnte. Und noch weiter, bis ins Paradies. Aber dann dachte sie noch einmal darüber nach und entschied sich für Angelica, wegen der Standhaftigkeit ihrer Liebe, wegen ihrer guten Absichten, wegen ihres außerordentlichen Beitrags zur Befreiung Medoros und des ganzen ländlichen Proletariats.

Als ich es schließlich aufgab und aufstand, um mich mit meinen Arbeiten zu beschäftigen, blieb mir im großen Ganzen das Gefühl, dass aus dieser Tochter ein eher undurchsichtiger Typ werden würde. Doch so ist eben ihre Mutter: mit großem Wissen und kontrovers.

Inzwischen versprachen ihre Brüste immer Besseres und ihr Bauch erblühte; ihre Haut wurde immer zarter und glänzender, ihr Mund breiter, ihre Zähne spitzer: Es hatte den Anschein, als sei sie im Begriff, vom einen auf den anderen Moment zu gebären. Mit einem halben Meter Schnee vor dem Haus fiel es uns dann natürlich leichter, uns zu lieben. Wir versuchten, es nicht inmitten der Bücher zu tun, da wir Regeln lieben und gerade diese mit unbeugsamer Entschlossenheit, erst recht nach der Nacht mit der fatalen Ausnahme. Aber es kam vor, dass wir uns an den kältesten Plätzen des Hauses wiederfanden und dort Lust bekamen. Ich glaube, das kam, weil es zu kalt war, um die Kleider auszuziehen; die Kleider behielten wir nämlich meistens an, und das kam unserem inneren Bedürfnis nach einer gewissen Zurückhaltung beim Koitus entgegen: Der Februar ist immer die Zeit der Reinigung.

Zu Lichtmess kam wie gesagt der Omo Nudo zu uns, um sich im Schnee zu reinigen. Das tat er jeden Winter. Nicht dass unser Schnee etwas Besonderes wäre, aber da war auch noch die Suppe, und Nitas Suppe hatte dieses Ich-weiß-nicht-was, das dem Omo Nudo etwas sagt. Und es sagt ihm auch etwas, wie der Schnee auf dem kleinen Platz vor dem Haus liegen bleibt, einem kleinen leicht abfallenden Platz; wir pflegen ihn und halten ihn uns nur so zur Zierde mit Klee und Bohnenkraut. In der Mitte, vorsichtigerweise am steilsten Punkt eingepflanzt, steht der Nussbaum des Hauses, der älter ist als das Haus selbst und auch etwas aufrechter und stabiler. Der Nussbaum ist so alt, dass seine Hexen nach allgemeiner Ansicht schon zu Zeiten tanzten, als diese Täler nur von den Banden bewohnt waren, die den Krieg gegen das Römische Reich überlebt hatten, den verbannten Veteranen, die die Besatzer zur zukünftigen Erinnerung an die edelmütige Großzügigkeit des Siegers freigelassen hatten, damit sie an Hunger starben.

Damals, am Anfang, bevor die Priester kamen und sich die Möglichkeit einer anderen, schlimmeren Hölle abzeichnete, waren die Hexen des Ortes ein Trost; da sie nichts zu stehlen und nur wenige Feuer zu löschen hatten, war alles, was sie sich Böses ausdenken konnten, die Männer auf die Nussbäume zu entführen und mit ihnen zu tanzen, bevor sie sie hinunterstießen. Doch das waren Männer, die Schlimmes gewohnt waren, und die schwärzesten Legenden besagten, dass einige von ihnen sie sogar geheiratet hätten. Sicher ist, dass diese einsamen Wilden gezwungen waren, ein für die lebhaften Baumtänze geeignetes Musikinstrument zu erfinden, und dieses Instrument ist kein anderes als die Geige; ja, gerade die Geige, die dann in den kommenden Jahrhunderten der gequälten Seele der Menschen so viel Trost gespendet hat. Das sagt die Santarellina, die von diesen Dingen mehr als alle anderen etwas versteht.

Seitdem wir hier sind, haben uns die Hexen unseres Nussbaums noch nie belästigt; sie sind alt, und wenn sie versuchen würden, von ihren Ästen herabzusteigen, würden sie am Ende den Hang hinunterpurzeln. Und dann sind sie es auch leid, Zeit zu vergeuden, um jemanden zu suchen, der für sie Geige spielt: Die Männer sind sanft und mager geworden, sie können nicht mehr mit der Unersättlichkeit tanzender Zauberinnen mithalten, auch nicht hier bei uns. Jedenfalls legt Nita, weil man ja nie vorsichtig genug sein kann, beim Johannisfest, in der Zeit, wenn die Hexen die grünen Schalen entsprechend giftig gemacht haben, um daraus Likör zu bereiten, bevor sie sich schlafen legt, ein Bündel mit ihren Keksen unter den Nussbaum. Auf diese familiäre Weise lindert sie ein wenig den Hunger unserer alten Hexen nach Süßem, bezeigt ihren Geistern schwesterliche Pflege und hält sie sich für kommende Zeiten gewogen. Die Hexen sind ihr dankbar und haben sie gern, und so geht sie, auch wenn die Nacht voller Feuer leuchtet, die hier und da im Tal angezündet werden, ins Haus hinauf und verschafft sich dabei mit den kleinen Flammen Licht, die aus ihren nach oben gestreckten Fingern kommen: der Votivlampe ihrer Walpurgisnacht. Ich betrachte sie, sehe ihr

Licht und begreife, wie Bergbewohner, die nur wenig mehr als Tiere waren, es geschafft haben, eine Geige zu erfinden. Am nächsten Morgen sind die Kekse verschwunden, aber die Diebe sind bekanntlich die Siebenschläfer.

Auf dieses Feld und hinter diesen Nussbaum kommt der Omo Nudo, um sich zu reinigen, wobei er, wenn er auftaucht, an das Fenster über der Spüle trommelt und auf seine wilde Art darum bittet, eintreten zu dürfen. Bei dieser Gelegenheit nuschelt und gestikuliert er nicht, er ist nur mürrisch, weil er es eilig hat und hungrig ist und weiß, dass sich die Sache in die Länge ziehen wird. An diesem Tag hat er nämlich nicht das Recht, sich in die Küche zu setzen, dem einzigen Platz, an dem er gern isst, sondern er muss im großen Zimmer Platz nehmen, wo der große Tisch aus Kastanienholz für ihn gedeckt ist. Auf diesem Tisch, der das heilige hohe Alter und die Mächtigkeit eines Altars für heidnische Brandopfer hat, feiern wir die Riten für unsere häuslichen Manen: Im Frühjahr lassen wir den Teig für die österliche *pasimata* gehen, im August legen wir die Patronen für die Hirschjagd bereit, Anfang Dezember machen wir Wurst, zum Dreikönigstag bereiten und füllen wir die Tortelli, und um Lichtmess herum decken wir den Tisch für den Omo Nudo. Die Flasche, die Tasse, die große, die, seit ich Kind war, mir gehörte, das Glas, den Löffel. Und die Serviette, denn hier wird eine Zeremonie abgehalten, und wenigstens bei dieser Gelegenheit kann sich der Omo Nudo die Mühe machen, sich den Mund abzuwischen.

Und in der Art der alten römischen Herrscher dreht sich Nita aus der Küche mit der Urne der dampfenden *Februen* in den Händen und vollführt feierlich den Kreis um das Zimmer herum. *Libera nos a malo*, reinigt, o Februen, dieses Haus von den Schändlichkeiten des Überflusses. Die Suppe verströmt einen dichten und süßen, einen betäubenden Dampf, einen nahrhaften Weihrauch. Aber mehr noch als nach Weihrauch duftet sie nach Erlösung, diese heilige Suppe. Es wurden sieben Kräuter gesucht, gesammelt und zu den durch den Frost süß gewordenen Kartoffeln und der von ihrer Verbannung im Keller gestärkten Zwiebel gelegt, und zwar: Oregano und Bohnenkraut, Gänsedistel und Salbei, Rosmarin, Rucola und Lorbeer. Im nicht mehr glühendheißen Hauch der Kaminglut wurden unter ständigem Aufkochen die Fermente des Dinkels aufgelöst, und heimlich, vor der Fastenzeit verborgen, mit einem guten Stück Schweinespeck angereichert. Denn dieses ehrwürdige Getreide der Bergbewohner ist allein nicht nahrhaft genug, um sie im Winter auf den Beinen zu halten. Und doch machen drei oder vier Teller Suppe, wie Nita sie kocht, den Omo Nudo ausreichend satt.

Der große Körper eines alten Flüchtlings, nackt und kahlköpfig, als käme er aus den ewigen Gletschern des Konzentrationslagers Sachsenhausen. Voll heißer Suppe, angetrunken von unserem abscheulichen Wein, springt er auf dem Platz herum und stürzt sich in den Schnee. Und er schwimmt und läuft und hüpft, bis er nur noch eine bewegliche Puppe aus Eiskrusten ist. Dann klettert er auf den Nussbaum, hievt sich auf die erste Astgabel und schüttelt sich das Eis vom Leib. Und singt. Aufrecht und kampflustig, mit einer tragischen Stimme, als würde er um Hilfe rufen, singt er die Hymne, die ihm nachts leise, um nicht auf der Stelle erschossen zu werden, der große Champion William Grover-Williams beigebracht hat.

Aux armes, citoyens! Formez vos bataillons! Marchons! Marchons! Qu'un sang impure abreuve nos sillons!

Es wird nicht unser Blut sein, wir haben uns gerade erst an Lichtmess gereinigt; wir sind vielmehr diejenigen, die die Furchen tränken, die Reinen, die marschieren werden.

Nackt also, ohne ein Haar vom Kopf bis zu den Füßen, und er ist über achtzig Jahre alt. Und stark wie ein Stier hat er es bis hierher geschafft, ohne in seinem Leben je ein Buch gelesen zu haben. Und Nita ist die Einzige im Revier, die es schafft, ihn sich gewogen zu halten. Sie weiß, wie sie ihn nehmen muss: So wie sie alles andere nimmt, und wie sie auch mich nimmt. Wie er seine Schweine nimmt, wenn er ihnen direkt in die Schnauze blickt, und sie ihre Öhrchen zwischen den zerzausten Borsten spitzen und sich mit gesenktem Kopf gutmütig in eine Reihe stellen, wie wohlerzogene Bettler, die für ihre Almosen Schlange stehen.

Mittlerweile nennt Nita ihn bei seinem Namen; denn der Omo Nudo hat einen Namen, nämlich Bresci, und scheinbar erinnert sich niemand mehr daran. Sie, die von außerhalb kommt, scheint die Einzige zu sein, die ihn kennt. Er heißt Bresci mit Vornamen, und das ist nicht leicht zu sagen, doch wenn sie ihn ruft und ihm dabei direkt in die Augen blickt, als wären es die Augen, die seinen Namen erkennen und ihm antworten müssten, sieht man, dass er schüchtern wird. Und dann spricht sie ihn mit Ihr an, einem elegant romanischen Ihr, und das schüchtert ihn noch mehr ein, weil es ihn an seinen Freund William Grover-Williams erinnert.

»Ihr hattet das große Glück, Bresci, einem der faszinierendsten Menschen des Jahrhunderts, zu begegnen.«

Nita kennt diesen Mann, den sie so sehr schätzt. Sie weiß, wie er war, bis in die kleinsten Details, und sie hat mir ein Foto von ihm gezeigt. Was man darauf sah, war ein schöner Mann mit finsterem Blick und gebräunten Wangenknochen, er trug einen Lederhelm und rauchte eine braune Zigarette und lehnte an einen Bugatti-Rennwagen. Das Foto war von 1928, und er hatte gerade den Großen Preis von Monaco gewonnen. Und er hatte noch eine intensive und dramatische Geschichte vor sich.

Nita erzählte mir, dass William Grover-Williams einer jener geborenen Rennfahrer war, die im Leben nichts anderes tun können, als zu schnell zu fahren, und die aus diesem Grund nicht ewig gewinnen können. Doch wenn sie aufhören zu siegen, haben alle Sehnsucht nach ihnen, nach ihrem reinen Mut und ihren wahnsinnigen Heldentaten, zuallererst die anderen Fahrer, und das macht sie zu melancholischen lebenden Mythen. Voller Scham über ihre Niederlagen, noch hungrig nach ihren Siegen, müssen sie von der Piste gehen und sich etwas suchen, für das es sich lohnt zu leben. William Grover-Williams hatte das auf die richtige Weise gefunden, so richtig, dass er wie ein Held daran sterben konnte.

Er war in Frankreich geboren, als Sohn eines englischen Pferdezüchters, der wegen irgendeiner obskuren Geschichte keinen Fuß mehr nach Ascot setzen konnte, und einer Pariser Kellnerin, die sich vom Zauber seiner Koteletten hatte betören lassen. Als kleiner Junge spielte er mit den Panzerwagen, die als Schrott von der Somme-Front zurückkamen, und ihm gefielen unterschiedslos die einheimischen Motoren wie die Kriegsbeuten; er klaute hier und da ein paar Getriebeteile, mit der verrückten Idee, sich seinen ganz eigenen Motor bauen zu können.

Eine Woche vor dem Waffenstillstand war es ihm wirklich gelungen. Ihm fehlten nur noch ein Rahmen, ein Lenkrad und ein Platz, wo er sich entsprechend hinsetzen konnte, und an Weihnachten 1918 hatte er bereits alles zusammen. Damit fuhr er über die Straßen von Monte Carlo, wohin seine Eltern gezogen waren, um sich vor der Front in Sicherheit zu bringen, und schlug jeden möglichen und vorstellbaren Rekord. Mit siebzehn Jahren überließ er seinen Vater den Pferden und fing an, für die Reichen der Côte d'Azur Autos einzufahren. Was die Magnate wollten, die mit Kriegsgeschäften Geld gemacht hatten, waren Autos, die ihnen nicht den Schrecken einjagten, der ihnen während des Krieges erspart geblieben war, und dazu war William Grover-Williams absolut nicht in der Lage: Er konnte nur erschreckend unsichere Autos entwickeln. So hatte er sich darauf beschränkt, als Chauffeur zu arbeiten.

Er fand einen Adligen, der ihn anscheinend zu schätzen wusste; dieser kaufte einen Bugatti, in den er immer weniger einstieg und mit dem sein Chauffeur immer schneller fuhr. Dieser Mann mochte ihn so gern und war so zwielichtig, dass er ihm ein großes Haus am Meer in der Gascogne überließ. Das Haus lag ein paar Kilometer von einer der damals berühmtesten Autorennbahnen entfernt, und in diesem Haus empfing er eine geheimnisvolle Frau, die immer allein und verschleiert an der Tür stand. Diese Frau war wunderschön und voller heftiger Gefühle, die Villa war der Ort, an dem sie die kühnsten und romantischsten Dinge träumen konnten. Nicht zufällig hieß diese Frau Eva. Später erfuhr man, dass sie die Frau seines Wohltäters war, und irgendwann wurde sie auch William Grover-Williams rechtmäßige Gattin. Die Jahre im Haus am Strand der Gascogne waren die Jahre seiner Siege, eine Handvoll wunderbarer Jahre, in denen er der faszinierendste, lachendste, verrückteste Mann aller Rennstrecken Europas war.

William Grover-Williams war natürlich nicht nur ein Verrückter, er war auch ein Freigeist und ein Rebell. So mochte er sich, als wieder Krieg war, und zwar der zweite, den er erlebte, ganz und gar nicht mit dem Gedanken anfreunden, sich in England in Sicherheit zu bringen, um für die Reichen jenseits des Ärmelkanals Bugattis einzufahren, während die Nazis das Land besetzten, in dem er aufgewachsen war und wo er seine schönsten Rennen gewonnen hatte. Eines Tages begab er sich zu den Musterungsbüros; die von der Musterungsbehörde begriffen, zu was er zu gebrauchen war, und informierten die Kollegen von der Spionage. Die von der Spionage nahmen ihn in die Spezialkräfte auf. Zur Musterung war er mit seinem Freund Benoît gegangen, einem, der ebenfalls Rennen fuhr und sich in England befand, um die Rennen zu gewinnen, die William Grover-Williams nicht mehr gewann. Es ist nicht bekannt, warum es den Spionen in den Sinn kam, es wäre eine gute Idee, eine Gruppe von Sabotagefahrern zu bilden, die über den besetzten Gebieten Frankreichs mit dem Fallschirm abgesetzt werden sollten. Tatsächlich wurden beide im Winter '41 mitten in Paris mit dem Fallschirm abgesetzt, um als Sabotage-Taxifahrer Widerstand zu leisten. Er war zu schön und zu verrückt, denkt Nita, um diese Arbeit gut zu machen. Nach Ablauf eines Jahres wurde die Gestapo William Grover-Williams' habhaft und schickte ihn nach Sachsenhausen, ins Lager der Politischen. Wahrscheinlich war das eine Vorzugsbehandlung in Erinnerung an seine Rennen auf dem Nürburgring. In Sachsenhausen erwartete ihn der Omo Nudo.

»Eines Morgens luden sie sie mit Tritten in den Hintern vom Lastwagen, und wir waren schon da und wussten nicht, ob es Nacht oder Tag war.« Sie sahen alle mit großen Augen an, und sie waren alle so schön und sauber, dass sie wie Filmschauspieler aussahen.

Obwohl alle hier die Geschichte vom Omo Nudo und seinem besten Freund kennen, kann sich keiner einen Reim darauf machen, wie sie so große Freunde werden konnten. Der Omo Nudo hegt ein absolutes Desinteresse gegenüber Geschehnissen, die seine Person betreffen, und diesbezüglich kann er uns keine Hilfe sein. Wir wissen nicht einmal, wie dieser Ort wirklich ist, wo sie sich getroffen haben: Er spricht immer von »da oben«, und den Namen Sachsenhausen kennen wir nur, weil er in seinen Briefen steht.

»Da oben war nur Leid und nochmals Leid.«

Man kann sich schwer vorstellen, dass dieser gestandene Mann, der in Paris in der schönen Gesellschaft aufgewachsen war, wo die Seinen ihn schon als großen Champion und Kriegshelden verehrten, sich mit einem Jungen zusammentat, der nicht einmal wusste, warum er »da oben« gelandet war. Wir können uns nicht einmal vorstellen, warum der Champion es akzeptierte, wie der Omo Nudo erzählte, mit den Resten seines Brotes ernährt zu werden.

Der Omo Nudo machte sich kleine Krüstchen, die er heimlich in seine Hosen steckte, und gegen Abend kam er den Champion besuchen, und es wurde getauscht. Dieser aß seine kleinen Krüstchen wie ein wahrer Herr, säuberte sich mit dem Taschentuch, das um seinen Hals hing, und dann fing er zu sprechen an.

Wie der Omo Nudo uns erzählt, klärte ihn der Champion William Grover-Williams über die großen Fragen des Lebens auf, ohne es zu versäumen, ihm Wort für Wort die Nationalhymne seines Landes beizubringen. In welcher Sprache sie miteinander redeten? William Grover-Williams konnte nur deshalb drei Wörter Sizilianisch, weil er einmal die Targa Florio gefahren war.

Er sprach ununterbrochen, doch an manchen Orten wie da oben ist es so, dass du dich verstehst, als wärest du unten auf der Straße, und dann hielt er gewisse Reden, als wäre er ein Heiliger, »und dann sag mir, da muss man ihn doch einfach verstehn, oder?«

Der Omo Nudo sagte nie, wie es endete, doch das ist bekannt: Wie sein Leben ist auch der Tod von William Grover-Williams Teil der Geschichte. Nita erzählt, dass er in den letzten Tagen umgebracht wurde, als die Russen schon kurz vor Berlin standen. In jenen Tagen räumten die Deutschen das Lager in großer Eile, und der Großteil der noch lebenden Gefangenen starb auf dem Marsch. William Grover-Williams ist vor Erschöpfung gestorben, er wurde erschossen, weil er sich nicht mehr auf den Beinen halten konnte.

Der Omo Nudo sagte, wenn er beim Appell strammstand, kam er ihm vor wie ein kleines Kind. »Und nicht etwa, weil er keine Kraft gehabt hätte; Tatsache ist, dass er sie nur in seinen Händen hatte.« Denn mit seinen Händen konnte er einen Stein in zwei Teile brechen, doch so oft mussten ihn seine Gefährten stützen, einer hier und einer da.

Zur Vervollständigung der Information fügt sie hinzu, irgendwo im Internet behaupte jemand, dass er in Wirklichkeit überlebt habe, man ihn für tot gehalten und im Tauwetter in Holstein habe liegen lassen. Dass er von den Sowjets aufgefunden wurde und darum gebeten habe, in die Gascogne gebracht zu werden, wo er bis zu seinem Tod lebte, ohne den Mund aufzumachen oder irgendetwas zu tun. Doch das ist die alte Geschichte bei allen großen Champions und Helden. Wäre es so gelaufen, dann wäre der Omo Nudo gar nicht hier, sondern in der prächtigen Villa seines großen Freundes immer noch dabei, die großen Fragen des Lebens zu lernen, ohne einen einzigen guten Grund, um zurückzukehren.

Aber die Dinge liefen, wie sie gelaufen sind. Er gehört zu denen, die noch auf den Füßen stehen, obwohl sie es aller Wahrscheinlichkeit nach nicht mehr tun dürften, und alles, was er im Kopf hatte, war, an den einzigen Ort auf der Welt zurückzukehren, den er kannte.

Nita sagt, es gäbe jedenfalls ein offizielles Grab von William Grover-Williams in Brookwood, in Surrey. Dieser Platz ist eine Art Totenwald, ein ganzes Tal voller Gräber von Soldaten, die für England gefallen sind. Ihrer Meinung nach ist das kein passender Ort für diesen Mann, und dass er dort ist, verdankt sich nur der Tatsache, dass er sich diesbezüglich nicht mehr äußern konnte. Sie kennt aber einen anderen Platz, einen sehr schönen Ort, von einer herzzerreißenden Schönheit, die zu seinem Ideal passt. Er ist in Frankreich, im Park eines prachtvollen Schlosses in der Nähe der Stadt Valençay. Dort steht ein Monument, das den Gefallenen der Résistance, einschließlich ihres Helden und seines Rennfahrerfreundes Benoît gewidmet ist. Hätte er wählen können, müsste er irgendwo dort im Park begraben sein. Das Monument ist nicht schön und vielleicht sogar hässlich, aber das hat keine Bedeutung; was zählt, ist, dass es im herrlichen Park dieses edlen Schlosses eines sehr alten Geschlechts von Herzögen steht. Sodass, wie sie sagt, sich alle Gefallenen als wahre Herren fühlen können, wie sie es eigentlich auch gewesen sind.

Im nächsten Sommer fahren sie, Nita und der Omo Nudo, nach Valençay. Das wird der erste Ausflug sein, den Bresci macht, seit er aus Sachsenhausen zurückgekehrt ist, und sie bereiten ihn äußerst sorgfältig vor, besonders was das Essen angeht, das sie mitnehmen müssen, da der Omo Nudo nicht in der Lage ist, sich anders zu ernähren als von dem, was er sich selbst zubereitet; mit Ausnahme von Nitas Suppe natürlich. Jedes Mal, wenn sie darüber sprechen, wird der Omo Nudo ganz schüchtern, doch er wird das Schloss seines großen Freundes William Grover-Williams besichtigen gehen, und sei es das Letzte, was er in seinem Leben tun wird. Es wird eine spektakuläre Fahrt sein, da bin ich mir sicher: von hier bis an die Loire in Nitas Auto, einem milchkaffeebraunen Karmann von 1965. Einem Coupé mit widerspenstigem Charakter, den einzufahren und zu einem Rennen zu bringen der große Fahrer nicht verachtet hätte. Offenbar ist es eine Reise zu zweit, und ich werde sie gerne abfahren sehen.

Wird sie dann schon niedergekommen sein? Wird sie auf der Reise entbinden? Wir haben über ihre diesbezüglichen Pläne noch nicht gesprochen.

Wie der Omo Nudo zurückgekehrt ist

So griesgrämig und raubeinig er auch ist, hat sich Bresci doch die Mühe gemacht, all seinen Schweinen einen Namen zu geben; und darin ist er, soweit ich weiß, im ganzen Revier einmalig. Hier hat niemand Lust, mit einem Tier vertraulich zu werden, dessen Herz kaum ein Jahr später von einem Keil aus Karnelkirschenholz durchbohrt werden wird, von eigener Hand oder durch die des Vaters oder des Bruders. Namen gibt man Kühen, Schafen und Hunden, denn wenn man will, dass sie das geben, wofür sie da sind, muss man das ganze Leben lang mit ihnen reden. Man wünscht sich, dass es möglichst lang ist, und manchmal dauert es auch länger als unser eigenes, und das ist auch gut so. Nicht einmal Katzen haben hier bei uns einen Namen, sie würden ja sowieso nicht auf dich hören; und es gibt keine größere Demütigung, keine schlimmere Einsamkeit als die, von seinem eigenen Tier nicht anerkannt zu werden.

Bresci ist unbestritten der beste Schlachter des Reviers, aber er verrichtet seine Dienste nicht für Dritte: Er schlachtet nur seine eigenen Tiere, die, die er kennt. Und er schaut, im Unterschied zu jedem anderen, seinen Tieren, während er sie schlachtet, in die Augen.

Der Omo Nudo sagt, wenn er seine Schweine beim Namen nennt, schüchtern sie ihn ein. In seiner Schüchternheit sind all seine Gefühle enthalten, von denen uns viele unergründlich erscheinen. Vor ein paar Jahren erschien er übrigens in gebügeltem Hemd und kurzer Hose, nur um Nita um Erlaubnis zu bitten, der Sau, die ihm geboren worden war, ihren schönen Namen zu geben. »Denn mit so einem Namen wird sie mir so schön, dass sie einen einschüchtert.« Wir haben uns gefreut, denn es war eine Sau von Rasse, die mehrere Jahre braucht, bis sie Ferkel wirft, und alt und geachtet sterben wird. Aber letztes Jahr wollte er einem Ferkel den besonderen Namen Nesbø geben, obwohl er eine Weile gebraucht hat, bis er ihn selbst für ein Schwein einigermaßen akzeptabel aussprechen konnte; doch mit diesem sprachlichen Opfer nahm er seine Rache an der Behörde. Denn es ist so, dass für den Omo Nudo Ion Nesbø die oberste Autorität ist, der Bezirksveterinär für Gesundheitskontrollen. Der junge Ion Nesbø, eine zarte aschblonde Seele, ist aus dem äußersten Norden hierher gekommen, um sich in dieses Revier zu verlieben, und in ein junges Mädchen, das ihm unvorsichtigerweise nicht nur sich selbst gewährt hat, sondern auch die Möglichkeit, hier zu bleiben, um sich sein Brot zu verdienen und sich fortzupflanzen. Jetzt genießt er das unverdiente Privileg, mit seiner blöden Unflexibilität in der Anwendung der aktuellen hoheitlichen Vorschriften allen das Leben zu vergiften.

Besonders in Hinsicht auf archaische und grausame Schlachtmethoden setzt er seine Normen durch und beschließt Lizenzentzug und Beschlagnahmung. Doch wie man ein Schwein opfert, ist keine Frage des Gesetzes: Es ist ein Prinzip. Die Behörde sagt, sie sei mitleidvoller, gerechter und sauberer, doch der Omo Nudo weiß, dass keiner gerechter, mitleidvoller und sauberer ist als er. Er lebt mit seinen Tieren und teilt mit ihnen das Futter; er schaut seinen Tieren in die Augen und ruft sie mit Namen. Die Behörde betrachtet Fleischstücke und wühlt darin herum, dann schreibt sie Briefe. Ich denke wie der Omo Nudo, wenn ich auch gewitzter bin und es auf meine Weise machen kann, ohne dass der junge Mann aus dem Norden kommt und etwas bemängelt.

Manch einer sagt, es käme der Moment, an dem wir es alle so tun, wie es die Behörde will, alle und in jeder Frage, und zwar dann, wenn Bresci gestorben sein wird. Ich glaube außerdem, dass der Omo Nudo es rechtzeitig, bevor er stirbt, schaffen wird, Ion Nesbø und seine Überheblichkeit zu zermürben. Inzwischen hat er sich die Befriedigung verschafft, ihm mit eigenen Händen die Kehle durchzuschneiden, am Tag, als er sich in seinem Schweinestall blicken ließ, und der Omo Nudo pfiff und rief Nesbø mit Namen, und sein Ferkel kam ihm entgegen, lehnte sich an ihn und hielt ihm seinen Hals hin. Im vollen Bewusstsein der Gerechtigkeit und der Unvermeidlichkeit einer Handlung, die nicht einmal der heilige Antonius in Frage gestellt hätte.

Bresci wurde mit sechzehn Jahren, nur wegen des Namens, den er trug, auf der Straße von den Schwarzen Brigaden ergriffen; sie verkauften ihn an die Deutschen und die deportierten ihn ins Konzentrationslager Sachsenhausen, wo er als Politischer interniert wurde. Und alles, was er damals von Politik wusste, war die Geschichte von jemandem, der zu Zeiten seines Großvaters Amanteo in den Soraggio gekommen war und sich mit ihm angefreundet hatte, und beide gingen ins Kiesbett des Flusses, um zu schießen und dafür zu üben, den König umzubringen. Eine Sache, die dann durch seinen liebsten Freund, Genossen und geistigen Bruder auch durchgeführt wurde, aber ohne den Beitrag seines Großvaters, der damals schon seit einem Jahr als Einwanderer im Londoner Stadtteil Chelsea lebte, wo er als Kellner in einem Luxusbistro arbeitete.

Das Lokal wurde von der Creme des weltweiten Imperialismus frequentiert. Amanteo servierte erstklassigen italienischen Kaffee und spionierte die Entwicklung des Empires aus, um auf den richtigen Moment zu warten, das ganze Unternehmen in die Luft zu jagen. Er schrieb kurze, feurige Postkarten an seinen Sohn Otello; sein Sohn konnte so einerseits die Bilder der berühmten königlichen Vergnügungen und andererseits die äußerst grausamen Neuigkeiten über den Zustand der Sklaverei der städtischen Volksschichten mitbekommen. In seiner subversiven Tätigkeit bekam der Kaffeehauskellner Amanteo Hilfe von einer fünften Kolonne, einem neuen Freund und Bruder und Kaffeeliebhaber, auf den er in jeder seiner Postkarten hinwies. Der Mann hielt ihn über die geheimsten Abgründe der imperialen Schändlichkeiten auf dem Laufenden, deren Opfer er selbst war, obwohl er sich in der privilegierten Lage eines Adligen befand. Wie Amanteo schließlich seinem Sohn verriet, und zwar beim tragischen Anlass der Verhaftung seines Freundes, handelte es sich um niemand anderen als den sozialistischen Schriftsteller Oscar Wilde. Der Omo Nudo erinnerte sich, als Kind von diesem Schriftsteller ein Foto mit Widmung gesehen zu haben, das ihm sein Vater Otello gezeigt hatte, um die tatsächliche Bedeutung des Großvaters zu beweisen. Dieses Foto wird der Preis sein, den der Omo Nudo Nita für die Fahrt zur Gedenkstätte von Valençay bezahlen wird. Bresci hat geschworen, dass er es suchen wird, bis er es findet, auch wenn er es vom Grunde des Sees heraufholen müsste, wo die Trümmer des Krieges und mit ihnen die Hälfte seines Hauses verstreut liegen.

Bresci erzählt auch, dass bei dem Foto auch noch Bücher waren, und laut Otello sei in diesen Büchern die verborgene Wahrheit versteckt, die sein Vater zusammen mit seinem Schriftstellerfreund suchen ging. Und vielleicht hatten sie die Wahrheit auch gefunden, aber mit einem Ehrenpakt geheim gehalten; und das erklärte auch, warum Amanteo nie wollte, dass jemand aus seiner Familie ihn in seinem schönen Chelsea besuchte, um wie er Kaffeehauskellner zu sein und seine Kenntnisse zu teilen. Dann erinnert sich der Omo Nudo, dass eines Tages, kurz nach seinen subversiven Enthüllungen, sein Vater verschwand, von der Nacht verschluckt. Er hatte gerade noch seine Frau Melina geküsst und seinen Sohn angefleht, dem Namen, den er trug, Ehre zu erweisen, und zwar sowohl dem seines Vaters als auch seinem eigenen. Mit Otello waren auch die Bücher der verborgenen Wahrheit verschwunden. Nita möchte, dass Bresci auch diese suchen geht, womit er sich eine weitere

Fahrt im Coupé verdienen würde, wohin er auch wollte, aber der Omo Nudo ist der Meinung, dass sie mit Otello begraben wurden. Vielleicht in Paraguay, vielleicht in Kolumbien, vielleicht in Panama, wohin Otello auch gegangen sein mag, sie zu lesen, um zu finden, was er suchte.

Otello ließ einige Monate später mit einem schönen Brief von sich hören, und dann mit noch einem und noch einem, und der Omo Nudo sagt, wir könnten sie lesen, wenn er gestorben sei, denn sie seien heikel. Außer den heiklen Passagen, die uns dann nach seinem Tod offenbart würden, macht das, was Otello in diesen Briefen erzählt, und was Melina ihrerseits im Laufe der langen Jahre ihrer weißen Witwenschaft im ganzen Revier verbreitete, ihren Sohn, der zu Fuß von Sachsenhausen nach Hause gegangen ist, zu einem bescheidenen Reisenden.

Demnach floh Otello vor den Schwarzhemden, die ihn wegen seiner politischen Ideen von Gerechtigkeit und Freiheit umbringen wollten. Er konnte knapp ihren Klauen entkommen, weil er im letzten Moment von der Frau des Truppführers informiert wurde, die eine Frau von guten Manieren und mitleidvollem Herzen war und unter der Grausamkeit ihres Ehemannes litt. Die Santarellina sagt, jetzt, da Melina seit ziemlich vielen Jahren tot ist und sie keine Angst mehr zu haben braucht, dass sie mitbekommt, was die Lebenden sagen, dass der Oberfaschist ihn zwar umbringen wollte, aber aus dem Grund, weil er ihn mit seiner Frau Iside erwischt hatte, und dass das ganze Dorf ihm abzuhauen half, denn wie dem auch sei, auch das war Gerechtigkeit. In Anbetracht dessen, dass die Frau ihrem Ehemann Schönheit und Macht gebracht hatte und dafür nur Leiden und Hörner bekam. Die Gerechtigkeit hätte es ebenfalls verlangt, dass Melina ihren Mann wegen des ihrerseits erlittenen Unrechts erdolcht hätte, doch man vereinbarte, dass unter diesen besonderen Umständen Otello die Gunst des Exils und Melina, wenigstens als teilweise Entschädigung, die durch Schweigen gerettete Ehre gewährt wurde.

Damals war die Santarellina ein kleines Mädchen und konnte alles hören, was sie wollte. Sie lebte im Haus von Isides Familie; als sie acht Jahre alt war, hatten sie sie im Waisenhaus gekauft, um sie für die Arbeit auf den Feldern bei sich zu halten.

Otello schrieb dann, dass er mit dem wenigen Geld, das er zu Hause hatte, zu einigen Genossen aus Livorno gegangen war, die ihn übers Meer nach Genua brachten, wo er sich nach Amerika einschiffte, noch den Atem der Schwarzhemden im Nacken. Von da an war es ein ganz anderes Abenteuer gewesen. Er war in Argentinien gelandet, und es gefiel ihm gleich gut, man verstand, was die Leute redeten, und man aß fast wie zu Hause; da er ein tüchtiger und erfahrener Steinbrecher war, entdeckte er sofort, dass sie dort mit dem Stein nicht geschickt waren. Im Handumdrehen zog er einen Handel mit Grabsteinen auf: Von den Meistern aus der Versilia hatte er den Schlag mit dem Meißel gelernt, und er hatte den Katalog mit den Grablettern, den Verzierungen und den Gebeten mitgebracht. Er konnte so gut arbeiten, dass, auch wenn er billigen Serpentin benutzte, ihm seine Stücke besser gelangen als mit Marmor. Das Unglück wollte es, dass er von einem Freund in Versuchung geführt wurde, den er in der Bergregion von Mendoza kennengelernt hatte, wo er sich mit Material versorgte. Dieser Freund, dessen Namen Otello noblerweise in seinen Briefen nie nannte, überredete ihn, dass er, da er es verstand, mit gewöhnlichem Stein zu arbeiten, diesen ebenso gut als Marmor verkaufen könne. Dass es sich nicht lohnte, sich für die Menschen von dort, die von schön und hässlich keine Ahnung hätten, anzustrengen.

Auf diese Weise machten sie nicht wenig Geld, und Otello, der sich ein rechtschaffenes Herz bewahrte, versäumte es nicht, seiner geliebten Frau so viel zu schicken, dass sie den Wald von Trasillico kaufen konnte, der noch heute Brescis Wald ist. Doch dann übernahmen sie sich, und zwar, als sie eine dorische Säule für das Familiengrab des größten Rinderzüchters der Provinz Rio Negro für echt verkauften. Dieser hatte, wie sie erst zu spät erfuhren, bereits ein Haus mit dreißig Zimmern ganz mit echtem Carrara-Marmor ausgestattet. Er präsentierte ihnen sein Haus und ließ sie seinen Marmor anfassen, stolz darauf, 10 000 amerikanische Dollar nur für die Charterung des Schiffes ausgegeben zu haben, das diesen hergebracht hatte, woraufhin seine Gauchos sie blutig prügelten. Infolge des unerfreulichen Zwischenfalls verbreitete sich das Gerücht in allen Provinzen, Otello und sein unbekannter Freund seien Schänder von Grabsteinen, und im Nu wurde eine Vereinigung unzufriedener Kunden gegründet, zu dem einzigen Zweck, die Betrüger zu erschießen, sobald man ihrer ansichtig würde. Denn in Amerika ist nicht, wie ihr glaubt, alles schön und einfach, und dort herrschen weder Gerechtigkeit noch Mitleid.

Otello schrieb sechs Jahre lang nicht mehr, und als er wieder etwas von sich hören ließ, schickte er zunächst Geld, so viel, dass Melina fünfzig Milchschafe und dann noch einen Stall mit zwei Kühen kaufen konnte. Dann fing er an, aus Bogotà in Kolumbien zu schreiben, und er sprach von Wundern, die man kaum glauben konnte. In diesen wenigen Jahren hatte er sich, obwohl aus Argentinien geflohen und mit wenig Geld, als Schokoladenhersteller etabliert und ein Vermögen gemacht. Der beste Schokoladenhersteller des ganzen Landes, könnte man sagen. Dabei muss man bedenken, dass Otello, als er losfuhr, noch nie Schokolade gegessen hatte, sondern nur aus Postkarten von seinem englischen Vater davon gehört hatte.

Er war reich geworden, vergaß aber nicht das Ideal. Zusammen mit dem Geld schickte er Ermahnungen an seinen Sohn, der Sache Ehre zu erweisen, er wisse schon, welcher. Und Weiteres fügte er nicht hinzu, er ermahnte ihn nur, wegen der faschistischen Zensur, die auch für Briefe emigrierter Söhne Italiens galt, die doch nur das Vaterland größer machen wollten. Und als die ersten Anzeichen des Krieges sichtbar wurden, befahl er seiner geliebten Frau, ein Bauernhaus hoch genug im Tal zu kaufen, wo sie die Herden und Güter halten und wohin sie selbst mit ihrem Sohn umziehen sollte. Und das ist das Haus, wo der Omo Nudo wohnt, auch wenn er, als er von den Gletschern des Nordens zurückkam, weder Güter noch Herden fand, sondern nur die Mauern mit Maschinengewehrspuren, und auch nicht alle. Otello, so sagt Bresci, ließ nie etwas von einer Rückkehr verlauten, und seine Mutter machte ihm diesbezüglich auch keine Illusionen, auch nicht in den Jahren seiner Kindheit, als ihm der Vater fehlte.

Die Santarellina vermutet, selbst wenn er als Herr von ganz Amerika zurückgekehrt wäre und obwohl seine Freunde als Partisanen auf den Straßen unterwegs waren, hätte ihm Melina dennoch die Kehle durchgeschnitten. Denn hier werden Schulden beglichen, und für Hörner gibt es keinen Preis.

Man vermutet, dass Otello kurz nach dem Krieg gestorben ist. Seine letzten Briefe kamen aus Panama-Stadt, und dort war er Besitzer aller Konditoreien des Landes. Er schrieb, dass er zu Ostern von seinen Köchen die *pasimata* backen ließ, und dass sie auch bei der Hitze dort so gut wurden wie zu Hause. Am Ostersonntag brachte er dem Gouverneur persönlich einen Korb; dieser Gouverneur war der Enkel eines Italieners und gewährte mehreren emigrierten Brüdern und Genossen Schutz vor Krieg und Verfolgung.

Doch mehr als von seinen Geschäften mit den Konditoreien schrieb Otello vom Krieg und ermahnte sie immer wieder, sich so gut wie möglich zu schützen, denn da, wo er war, bekam er erschreckende Nachrichten über das, was geschah: Manche sagten, die Welt würde sich nie wieder erholen, und alle würden wieder wie Tiere leben. Bresci sagt, sein Vater habe einen Brief über dieses Thema geschrieben, der sehr viel länger als die anderen war. Er ermahnte den Sohn, von dem er wusste, dass er schon groß war, auf sich achtzugeben, sich von allem fernzuhalten, was er erfahren hatte: Dinge, an die die Italiener nicht einmal im Traum dachten.

Otello erzählte seinem Sohn, dass er einen berühmten amerikanischen Schauspieler getroffen habe, der in Panama auf Durchreise war; es war ein großer und dicker junger Mann, der süchtig nach Süßigkeiten und Alchermes war. Er hatte die Augen eines Mörders; *cara de asesino*, schrieb Otello, der inzwischen ein halber Spanier war, aber er war herzensgut, und wenn er sprach, begriff man, dass er sozialistische Ideen hatte. Er konnte nicht weniger als zehn Sprachen, und wenn er seinen Alchermes trank, gestand er ihm, er sei von Präsident Roosevelt in die Länder Amerikas gesandt worden: Es sei seine Aufgabe, die noch nicht betroffenen Völker über die tödlichen Gefahren des Krieges zu informieren, der bald die gesamte Welt auslöschen würde. Dieser so gebildete Mann wirkte gar nicht wie ein Schauspieler, und der Gouverneur behandelte ihn wie einen Fürsten und behauptete, in den Vereinigten Staaten sei nach dem Präsidenten keiner so berühmt wie er. Otello schrieb, er hieße Orso, Bär, aber Bresci dachte, er habe es falsch verstanden, oder das sei sein Spitzname, den er ihm wegen seines Gesichts verpasst hatte. Ich weiß aber, dass es Orson Welles höchstpersönlich war.

Bresci meint, es sei das Schicksal der Männer seiner Familie, von zu Hause wegzugehen, nur um bedeutenden Männern zu begegnen; das war seinem Großvater Amanteo passiert, seinem Vater und ihm selbst. Alle waren sie mit Pech an den Hacken aufgebrochen, doch letztendlich konnte jeder nur dankbar sein. Also, Orso nahm Otello zu einem Vortrag mit, den er in der Stadt hielt, um besser zu erklären, was er unter Krieg verstand. Otello ging hin und hörte Worte und sah Bilder, die er seinem Sohn nicht zu beschreiben wagte, so sehr hatten sie ihn das Fürchten gelehrt. Er solle sich unbedingt, so bat er ihn, in den Wäldern verstecken. Als dieser Brief ankam, war der Krieg fast vorbei, und es wurde klar, dass er mehr als ein Jahr gebraucht hatte, seitdem er geschrieben worden war. Inzwischen hatte Bresci schon selbst erfahren, was es über den Krieg zu wissen gab.

1947, nur zwei Jahre, nachdem er zu schreiben aufgehört hatte, wurde Melina von der Gewissheit erfasst, dass Otello tot war, und sie ging zum Pfarrer, um die Messe für ihn lesen zu lassen, aber solange sie lebte, wollte sie nie zur Behörde gehen, um sich seinen Tod bestätigen zu lassen. Sie ist immer seine Ehefrau geblieben, auch wenn man sie jedes Mal, wenn sie etwas anfasste, das von Otellos Geld gekauft worden war, im ganzen Tal den Tag verfluchen hörte, an dem sie ihn geheiratet hatte. Die Santarellina sagt, dass Melina, gequält von Kummer und Schmerz über den in der Deportation verschwundenen Sohn, den Pfarrer gefragt habe, ob er ein Sakrament zelebrieren könne, um zusammen mit Otello auch die gotteslästerlichen Worte verfluchen zu können, die er seinem Sohn gesagt hatte, als er die Flucht ergriff. Und sie bat ihn auch zu überprüfen, ob es vielleicht in seiner Macht stände, feierlich und öffentlich von jenem Namen Bresci abzuschwören, Ergebnis von Stolz und Grund des Unglücks, um dem Sohn wenigstens das Fegefeuer zu sichern. Der Pfarrer tat nichts davon, auch weil er Otello eigentlich mochte und seine Ideen ihm nicht so unsympathisch waren, dass er sie in den ewigen Flammen brennen sah.

Als Bresci nach Hause zurückkehrte, sprach seine Mutter schon nicht mehr, sondern weinte und fluchte nur noch. Man weiß nicht einmal, ob sie ihren Sohn wiedererkannte; sie lebte oben im Bauernhaus und konnte noch die vier Schafe hüten, die sie über den Krieg hatte retten können. Jedenfalls jagte sie den Mann nicht weg, der sich als ihr geliebter, wundersam auferstandener Sohn vorstellte, und der Sohn begann Haus und Güter wieder in Ordnung zu bringen, und unterhielt die Frau, die nur vor sich hin brummelte. Das einzige Mal, dass ich den Omo Nudo von seiner Mutter sprechen hörte, war, als er Nita sagte, sie habe so schöne Brüste wie sie. Und dabei funkelten seine Augen so verträumt, als sei er gerade erst abgestillt worden und würde ringsherum nach den Brüsten seiner Mutter suchen.

Und das ist das, was wir alle wissen, denn die Geschichte von Otello, seinem Vater Amanteo, dem englischen Kaffeehauskellner, seiner Frau Melina und seinem heute noch lebenden Sohn ist eine von denen, die wir am liebsten erzählen, weil sie voller Leidenschaft und reich an pikanten Geheimnissen ist.

Da ist also dieser Junge, den sie mit sechzehn Jahren nach Sachsenhausen verschleppen und der drei Jahre später von dort zurückkehrt, nackt wie ihn Melina schuf, und wer ihn fragt, wieso ihm so heiß ist, antwortet er, dass er nach der Kälte, die er da oben empfand, nur noch Hitze spüren kann. Und er sagt »da oben«, ohne Weiteres zu erklären, er hat auch nie etwas von diesem »da oben« erzählt, außer den wenigen Sätzen über seinen Freund William Grover-Williams. Der ihn neben den vielen wertvollen Dingen des Lebens auch die Politik gelehrt hat, aufgrund derer er ins Eis des Nordens geschickt wurde, ohne dass er es in seinem Unwissen merken konnte. Wenn er nun kommt, um sich im Schnee zu Lichtmess zu reinigen, und zum Singen auf den Nussbaum steigt, ist alles, was Nita und ich sehen, ein gesunder und freier, vielleicht sogar glücklicher alter Mann.

Der Omo Nudo freut sich, dass Nita sich an seinen richtigen Namen erinnert, und wenn sie es tut, jauchzt er und suhlt sich in seiner sanften und gezierten Obszönität. Bei allem Leiden, das er ihm einbrachte, liegt ihm etwas an seinem Namen, obwohl er den Spitznamen nie unschicklich fand, mit dem ihn die Welt des Reviers beehrt, und voller Stolz nennt er der Behörde seine vollständigen Personalien: Giannoni Bresci, Sohn des verstorbenen Otello, Omo Nudo für das Volk. Die Behörde zeigt gewöhnlich kein

Interesse an der Vollständigkeit der Informationen, die Bresci zur Verfügung stellt, jedoch geht auch der junge Nesbø aus dem Norden, der so gesetzestreu und pflichtergeben ist, wenn er mit ihm etwas besprechen muss, durch das Tal und fragt nach dem sogenannten Omo Nudo.

Als würde er es lieber mit dem Staatsfeind Nummer eins der Schlachthygiene zu tun haben, als diesen Bresci zu erwähnen, der mit seinem Großvater üben kam, um auf den König von Italien zu schießen. Vielleicht fällt es aus demselben Grund allen schwer, ihn mit seinem Vornamen zu rufen: An diesen Namen ist eine Verantwortung gekettet, die Otello unbesonnener Weise auf die leichte Schulter genommen hat, doch im Nachhinein haben wir gelernt, sie zu schätzen. Geister beschwört man nicht leichtfertig, man weckt sie nicht ungestraft.

Der Omo Nudo und ich sprechen uns kaum mit Namen an, zwischen ihm und mir genügen oft stumme Gesten, manchmal Gebrummel. Müsste ich einen Namen wählen, dann könnte ich mich nicht für den einen oder den anderen entscheiden, denn wenn ich an ihn denke, brauche ich sie beide. Bresci ist nackt zurückgekehrt, das hat mir die Duse, meine Mutter, gesagt, und sie erzählte mir alles. Er kehrte zurück, als ich gerade geboren war, und ging hoch in sein Bauernhaus, um es wieder in Ordnung zu bringen und vom Krieg zu säubern. Er brauchte Jahre dafür, Jahre, in denen niemand etwas von ihm erfuhr, außer dass er seltsam war und dass er jeden, den er traf, mit Schweigen behandelte. Meine Mutter begegnete ihm auf dem Weg zu ihrer Arbeit nach Capria, und vielleicht redeten beide miteinander. Denn eines Tages, und es waren schon Jahre vergangen, kam er an unsere Tür und bat um Erlaubnis einzutreten, so wie er war, das heißt halb nackt und mit seinem Wildgeruch, denn wenn er nicht störe, sei er gekommen, um eine Kleinigkeit für den Sohn, für mich, dazulassen.

Ich war acht Jahre alt, und ich erinnere mich gut an

ihn und an die Kleinigkeit, die er mitbrachte. Es war eine Blechschachtel, und er öffnete sie vor meinen Augen; in der Schachtel war ein Büchlein.

»Es wär ein großes Glück für den Jung, wenn er diese schöne Sprache lernen tät«, sagte er.

Und er akzeptierte es, ein Glas frisches Wasser zu trinken, im Stehen, an den kalten Rand des Marmorwaschbeckens gelehnt, während ich versuchte, diese Neuigkeit zu begreifen.

Schachtel und Büchlein und Sprache waren amerikanische Dinge. Die Schachtel hatte einen Scharnierdeckel und war eine Art kugelsicherer Kasten, den die Soldaten im Rucksack trugen, um darin ihre wichtigen Dinge aufzubewahren. Sie war ein wenig verbeult, aber der Verschluss funktionierte noch gut, und man konnte deutlich die leuchtend rot lackierte Schrift mit der Nummer des Bataillons und der Stammnummer des Soldaten lesen. Das Büchlein war rautenförmig, so groß wie ein der Hälfte nach durchgeschnittenes Buch, mehr oder weniger wie manche Comic-Hefte, die damals in Streifen verkauft wurden. Es war eine Militärausgabe, ein ganzes Buch und kein Digest, wie auf dem Umschlag steht. Später habe ich erfahren, dass die Armee der USA ihre Soldaten mit einer ihnen gewidmeten literarischen Buchreihe ausstattete, die extra für sie in diesem merkwürdigen Format gedruckt wurde, das sich besonders dafür eignete, in eine Tasche des Kampfanzugs gesteckt zu werden.

Der Generalstab hatte für seine Soldaten eine reiche Auswahl der besten Abenteuer- und Liebesgeschichten aus nationaler Produktion ausgewählt, wahre Geschichten und fantastische Geschichten. Bei der Planung des Krieges und der Grundlagen für den Sieg dachte jemand in den höheren Kreisen, es sei für die Soldaten nützlich, ab und zu etwas zu lesen; während der Gefechtspausen, in den toten Zeiten vor dem Angriff, während der langen Bombardements zum Feuerschutz, wenn die Artillerie versucht, den Druck des Feindes abzuschwächen und dabei einen zermürbenden Druck unter den eigenen Leuten erzeugt. Lesen, da haben sie sich wohl informiert, lenkt ab, erbaut, zerstreut; und es hebt die Moral, falls der Soldat auch das braucht.

Ich weiß nicht, ob es andere Armeen außer der amerikanischen gab, die ihre Truppen mit Literatur versorgten; ich kann es mir schon vorstellen, obwohl ich nichts dergleichen gesehen habe. Denn Bücher drucken kostet wenig, und wenn sie dick genug sind, können sie auch ein Leben retten, wenn sie sich in der tödlichen Schussbahn einer auf das Herz gerichteten Kugel befinden. Sofort nach dem Krieg wurde die Idee, kleine Bücher zu drucken, die man in die Tasche stecken konnte, unverändert für den zivilen Markt übernommen. Die Duse hatte etliche davon zu Hause; sie hatten dieselben Maße, sogar das gleiche gelbliche, grobe Papier, und sie kosteten hundert Lire. Als kleiner Junge habe ich sie alle gelesen, und es müssen noch einige davon im Haus sein. Es waren meistens amerikanische Romane, doch da gab es, wie ich mich erinnere, auch ein Leben Jesu und historische Erzählungen: Sie hießen Bücher zum Wiederaufbau. Auf der Rückseite des Einbands stand, sie sollten zum wirtschaftlichen Wiederaufbau des Landes dienen. Der wirtschaftliche Wiederaufbau könne nur kommen, wenn auch ein moralischer und kultureller Wiederaufbau stattfände. Gut gesagt. Und so wie diese Bücher den Soldaten vielleicht dazu dienten, den Krieg zu gewinnen, haben sie uns geholfen, im Frieden, der mit all seinen Ängsten vor der Tür stand, durchzuhalten.

Das Büchlein in der Blechschachtel erzählte die Abenteuer eines berühmten Polarforschers. Ein Typ mit einem Bart und stechendem Blick, wie man auf dem Umschlag sehen konnte. Es war natürlich auf Englisch geschrieben. Ich habe beide noch. Das Büchlein habe ich mehrmals gelesen, die Blechschachtel dient nun dazu, Gegenstände aufzubewahren, die nicht verloren gehen sollen.

Den Tag, an dem ich diese Geschenke bekam, wusste ich, so glaube ich heute, nicht richtig zu schätzen. Ich spürte, dass es ein schönes Geschenk war, das begriff ich schon, als ich es nur in der Hand hielt, aber ich war gegenüber dem Mann, der es mir gebracht hatte, sehr schüchtern. Damals war dieser Mann, der nackt herumlief und den man nur selten, und wenn, dann plötzlich zu sehen bekam, für uns Kinder nicht zu deuten, wie die Unruhe, die uns beim Spielen kurz vor dem Abendessen etwas enger in den Höfen zusammenstehen ließ, als wir zugeben wollten. Wenn er gegen Abend zufällig auf der Straße vorbeiging, sagten sie, der Omo Nudo würde leuchten. So hielt ich dieses Geschenk in den Händen, unschlüssig, ob ich es irgendwo hinlegen oder offiziell annehmen sollte, womit ich die Existenz einer Bindung bestätigen würde, die mich erschreckte; die Duse sah mich schweigend an und wartete geduldig, dass ich tat, was meine Aufgabe war und was man mir beigebracht hatte.

Wenn Kinder in die Enge getrieben werden, bringen sie immer etwas zustande, was vor allem sie selbst überrascht, und wenn nicht sofort, dann womöglich ein Jahrhundert später. Tatsächlich wundere ich mich, soweit ich noch weiß, wie ich war, so, wie ich bin, so, wie die Dinge von da an bis heute liefen, noch immer darüber, was ich getan habe. Hätte da nicht der Omo Nudo vor mir gestanden, so wäre das nichts Besonderes gewesen: Ich ging zu ihm und gab ihm einen Kuss auf den Bauch, auf den Bauch, der aus dem Loch in seinem Unterhemd herausstand. Das Einzige von ihm, das in Reichweite war: der nackte Bauch des Omo Nudo. Und ehrlich gesagt, weiß ich nicht, warum ich dachte, mich in diesem Moment revanchieren zu müssen, als ich das tat, was von mir zu verlangen niemandem auch nur im Traum eingefallen wäre.

Am Abend, als Nita das Geschenk des Omo Nudo in einer der Kisten fand, in denen sie immer meine Bücher sucht, habe ich ihr die Geschichte mit dem Kuss erzählt, denn zum

Thema Promiskuität ist das vielleicht das Merkwürdigste, was mir jemals passiert ist, und weil der Omo Nudo dieses Haus mit der würdevollen Vertrautheit von jemandem besucht, der mit allen Wassern gewaschen ist und es sich nicht anmerken lässt. Aus irgendeinem verborgenen Grund hat sie, die sich nicht scheut, mit unverschämter Offenheit jegliche Art von Schweinerei zu äußern, sich eines Kommentars enthalten. Es wurde nicht mehr darüber gesprochen. Doch zwischen den beiden herrscht eine Vertrautheit, die mir unerwartet und verdächtig vorkommt, und gerade in diesen Tagen, wo ich geneigt bin, häufiger und hingebungsvoller Nitas nackten Bauch zu küssen, ihn mir durch die Spalten und Löcher ihrer Pullover, Hemden und Unterhemden zu suchen, frage ich mich, ob das Lächeln, das über ihr Gesicht geht, wenn ich meinen Kopf wieder zu ihren Augen hebe, nur ein Lächeln stillen Vergnügens ist.

Nach dem Kuss, den ich ihm auf seinen runden, harten Bauch gab, ging im Omo Nudo nichts vor; er blieb stehen, wie er war, sah mich nicht auf besondere Weise an und sagte nichts zu mir. Die Duse sah mich an, und ich sah sie an und erwartete etwas Unangenehmes, das aber nicht kam. Er dachte einfach, dass mir sein Geschenk gefiel, und ging. An jenem Tag habe ich von ganz nahe gesehen, wie groß und stark er war, was für eine rote, glänzende Haut er hatte, die im Halbdunkel der Küche, ja, es konnte so aussehen, leuchtete.

Ich ging in den Garten hinunter und stellte mir die Schachtel zwischen die Beine und begann das Büchlein zu lesen; ich wusste nicht, was da stand, aber ich las trotzdem. Ich mochte es gern in der Hand halten wegen seiner Form, die so anders war als die aller anderen Bücher. Ich mochte, dass es in einer Sprache geschrieben war, die aus einer anderen Welt kam, der Welt der Polargletscher und der Forscher. Aber ich mochte vor allem, dass es ein spezielles Behältnis hatte, das unendlich schöner war als die Lederranzen für die Schule, anders als alles andere, was ich bei einem anderen Jungen in der Hand gesehen hatte; ein Kasten, der aus dem Krieg kam, schon voller Geheimnisse, als er noch leer war von allem, was ich dachte, hineinstecken zu können. Ein Ort der Intimität, hätte ich gedacht, wenn ich gewusst hätte, was das heißt.

Jahrelang blieb der Omo Nudo, wenn er mich traf, stehen und fragte mich: Also, wie läuft's mit dem Amerikanischen? Sonst wollte er nichts wissen, nur von meinen Fortschritten mit den *Arctic Adventures*. Es lief ausgezeichnet, es war mein Lieblingszeitvertreib. Ich glaube, ich habe es drei oder vier Mal gelesen, noch bevor ich auch nur ein Dutzend der vielen tausend Wörter kannte, die es enthielt. Doch der faszinierendste Teil des Buchs blieb immer sein Behältnis. Lange Zeit, bis es unvermeidlich wurde, dass ich mich dessen schämte, gab es immer einen bestimmten Moment des Tages, in dem ich mich mit meiner Blechschachtel auf den Knien irgendwo hinsetzte. Und wenn ich sie hielt, wenn ich die stets identische Konsistenz ertastete, wenn ich die glatte Festigkeit und den säuerlichen Moschusgeruch des Metalls genoss, schon in diesem Moment war ich Forscher und Gletscher, Eisbär und Wal. Und wenn sich mir nach so viel Leiden und Erfinden die Sprache von *Arctic Adventures* endlich in ihrer wirkungsvollen und banalen Ausführlichkeit erschloss, so standen in diesem Buch nicht einmal die Hälfte der Geschichten, die in der Blechschachtel eingeschlossen waren. Nein, noch viel weniger.

Als Mann dachte ich an den ersten Besitzer der Schachtel und des Buchs. Die Amerikaner hier hielten die Front mehrere Monate lang, bis zum Ende des Kriegs. Es waren die Schwarzen aus der Buffalo-Division, die Onkel und Großonkel des gewählten Präsidenten Obama. Aber diejenigen, die sie gesehen haben, haben sie nicht lächelnd und große Hoffung ausstrahlend, sondern eher düster, traurig und müde in Erinnerung. Manche von ihnen hatten schon drei Jahre Krieg hinter sich, alle hatten sie so viel vom Tod gesehen, dass sie mit nichts mehr Mitleid haben konnten.

Das Abenteuerbuch eines blonden, bärtigen Weißen wurde jedoch von einem Schwarzen des Buffalo-Regiments gelesen, während er in irgendeinem im Schnee versunkenen Loch in Richtung Cerageto oder dort oben Dienst leisten musste. Ich glaube, dass auch er lieber die Schachtel seines Buches las. Dass, wenn er ab und zu seine Kennziffer auf dem Deckel las, dies mehr als jeder Abenteuerroman seine Fantasie anregte. Und dass es ihm schon besser ging, wenn er nur diese Schachtel anfasste, er weit weg von diesem widerwärtigen Platz war, wo er sich verkrochen hatte, viel weiter weg als der Nordpol. Die Behältnisse zählen allerdings; das Wesentliche am Geschenk des Omo Nudo war die Liebe zum Blech, nicht die zur Literatur. Er wollte mich nicht den Krieg gewinnen lassen, und auch nicht den Frieden: Es hätte ihm nur gefallen, dass ich die Sprache des großen William Grover-Williams lernte. Wer weiß, vielleicht hoffte er, dass er, wenn ich es schaffen würde, noch einmal das Privileg bekäme, nächtliche Vorträge über die großen Fragen des Lebens zu hören, die ihm sein Freund nicht mehr rechtzeitig hatte vollständig darlegen können.

Wenn ich dann als Mann zu lesen angefangen habe, und in diesem Haus, wie ich schon sagte, wurde auch weiter ziemlich viel gelesen, dann habe ich nicht etwa die wunderbaren Tugenden meiner Blechschachtel vergessen: Man findet nämlich nicht mehr so gut gemachte Schächtelchen. Jetzt habe ich meine Bücher, die, die ich noch nicht wegwerfe, in einigen Kisten, die ich von hier oder da herhole; aber das bedeutet nichts, das ist nur, weil es praktisch ist. Nita ist deswegen wütend, sie liebt die Regale der Bücherwände, die Ordnung in den Regalen, die Beharrlichkeit beim Aufbewahren dessen, was sie füllt. Wir lesen nämlich unterschiedliche Dinge, ich erkläre ihr: Ich lese nur minderwertigen Kram. Und das bringt sie unsäglich auf die Palme. Die Blechschachtel bewahre ich jetzt gut geschützt auf dem Querbalken im Schweinestall auf, wo die Figur des heiligen Antonius, des Schutzpatrons meiner Schweine, hängt; darin habe ich ein Heft mit chemischen Formeln, einen seit einer Weile abgelaufenen Reisepass und eine Rolle 100-Franken-Scheine. Das waren lange Zeit meine wichtigsten Dinge, denn sie hätten mir genügt, um zu gehen, wohin ich gewollt hätte, zu jedem Zeitpunkt, um alles Mögliche zu tun. Jetzt nicht mehr; aus eigenem Willen, und nach dem, wie sich die Dinge in der Welt entwickelt haben. Doch bis vorgestern, so kann man sagen, war diese Schachtel der beste Roman, den ich zu lesen erwartet hatte.

Ich habe mit dem Omo Nudo nie die großen Fragen des Lebens erörtert, auch nicht, als ich perfekt die Sprache seines Freundes William Grover-Williams gelernt hatte. Er und ich haben nie besonders geredet; heute ist Nita da, wenn er ein paar Meinungen austauschen will, die ihm am Herzen liegen, und er kann das in mehreren Sprachen tun, auch wenn es sich um große Fragen handelt. Aber seit dem Tag mit dem Kuss auf den Bauch wurde er mir zum Verwandten. Vielleicht war das schon sein Gedanke, als er an die Tür klopfte, wer mag das wissen. Was man sah, was die Duse sah, die Sache, der sich die Santarellina sicher war, was ich spürte, war, dass man den Omo Nudo immer in der Nähe antraf. So ist das bis heute. Ohne, dass man es sieht, wild und starrköpfig in seiner Einsamkeit, begegnet er mir am Ende immer, weil er da vorbeikommt, weil er etwas erfahren will. Wenn ich als Junge den Fluss bis zu den Teichen von Bolognana entlanglief, weil ja bekannt war, dass bei den Staudämmen keine Sirene heulte, und ich so schwimmen und angeln könnte, solange ich Lust hatte, konnte ich sicher sein, dass vor dem Abend der Omo Nudo dort vorbeikommen würde, mit einem umgehängten Sack, mit einer Hippe am Gürtel. Und er würde sich auf einen runden Stein setzen, in seinem Sack wühlen, einen Stein suchen und anfangen, seine Hippe zu schärfen. Dann würde er wieder gehen, ohne mir überhaupt ein Zeichen zu geben. Es ist aber auch mehr als einmal passiert, dass er plötzlich aufhörte herumzuspielen und zu mir her kam; und wenn ich gerade angelte, flüsterte er mir zu: Gleich heult sie. Und wenn ich gerade schwamm, rief er mir das »Gleich heult sie« zu, während er dazu noch einen Stein warf, der eine Handbreit neben mir aufschlug. Nein, sie heult nicht, protestierte ich blödsinnig, und begann lustlos aus dem Wasser zu steigen. Und düster vor Enttäuschung setzte ich mich neben ihn auf die hohen Dämme und wartete, dass die Sirene heulte. Und da waren wir wieder und warteten auf die Welle, die dann mörderisch von den Steilhängen von Ceserana herunterrutschte und sanft und leicht wie Sahne herankam, uns die Füße zu lecken.

Wasser und Feuer trau nur, wenn ich es dir sage, nuschelte der Omo Nudo in den Wind und nahm seinen Sack und ging weg zu seinen Waldarbeiten. Jawohl, Verwandte. Denn es gibt eine zurückhaltende, stille und freie Verwandtschaft. Und bei uns ist sie meistens vermeintlich, diktiert vom natürlichen Hang, sich nie allein zu retten, sondern zusammen mit jemandem, den du mit einer Geste reiner Höflichkeit auswählst. Ein Geschenk, das man macht, ohne einen Pfennig, der ausgegeben, sondern nur mit einer Rechnung, die im Vertrauen eingelöst werden muss. Und das ist die schroffe Vornehmheit dieses Volkes einzeln lebender Tiere, die sich nur für die große Jagd im Herbst und für den Kalender ihrer Heiligen zusammenscharen, sich aber aneinander binden und dabei nur den eigenen Geruch als Pfand anbieten.

Hätte man mir gesagt, dass der Omo Nudo mein Vater ist, wäre ich froh darüber gewesen. So wie er ist, hätte er mir als Vater auch genügt. Aber die Duse ist diesbezüglich immer sehr genau. Hätte ich jemanden gebraucht außer ihr und der Santarellina, nehmen wir an, ich hätte Lust auf einen Onkel bekommen, dann war der Omo Nudo dafür da; so wie Verano und Aristo und wer mir sonst noch gefallen hätte. Doch mein Vater war ein anderer, und nur der. Ob er nun da war oder nicht, um mich vor der Welle zu retten oder mir beizubringen, wie man die Hippe schärft.

Der Omo Nudo ist also mehr oder weniger mein Onkel, aus eigenem Willen, durch meine Zustimmung zu seinem Willen, wie es sich gehört. Wie jeden verlässlichen Onkel braucht man ihn nicht zu sehen, um zu wissen, dass er in der Nähe ist; wie jeder Onkel, der dir sympathisch ist, findet er genau dann etwas Merkwürdiges und kaum Nützliches, wenn du etwas Ablenkung gebrauchen kannst. Da er ein nützlicher Onkel ist, hat er mir ohne Neid beigebracht, Schweine zu schlachten, Hirsche zu jagen und mit weniger als einem Kilo Dynamit den Berg in die Luft zu sprengen. Als Onkel hat er sich jedenfalls beeilt, alt zu werden, und es ist der Moment gekommen, an dem seine Legende von ihm selbst geschützt und das Leben seines Körpers mehrmals von seinen Neffen gerettet wurde. Dafür werden sie von ihm alles erben, was er in seinem Leben hatte: seine Ehre und seine Hippe. Und Ehre und Hippe sind schließlich genau dasselbe.

Im vorliegenden Fall ist die Hippe ein Schwert mit einem alten Namen in der alten Sprache. Reich an metaphorischen Inhalten, selbst Metapher, ist es schließlich ein nacktes Schwert. Unsere Vorfahren hatten es der traditionellen Form des präquiritischen etruskischen Degens nachgebildet, in kalt geschmiedetem Eisen. Eine drei Handbreit lange Klinge und ein Griff aus Nussbaumholz, mit Lederstreifen verbunden. Unsere Vorfahren machten davon im Laufe vieler Jahrhunderte ausgiebig und erfolgreich Gebrauch, ohne es jemals verbessern zu müssen; es erwies sich als gut, 2000 Kilometer von zu Hause weg, in der Schlacht von Salamis, wohin wir gingen, um bei doppeltem Sold die elegante Macht der persischen Kultur gegen das bürgerliche Hegemoniestreben der hellenischen Demokraten zu unterstützen. Es erwies sich als gut in Cannae und sogar in Zama, wo wir fast umsonst Hannibal und dem Bund freier Stämme dienten, die sich den heftigen Modergeruch des imperialen Rom vom Halse schaffen wollten. Es erwies sich für uns als nicht mehr gut genug, als die imperialen Ingenieure einen Weg fanden, Eisen mit Kohle zu verschmelzen, und ein Stahlschwert schmiedeten, das es entzweischlug, als wäre es aus Holz. Als sie uns nach dem Ablauf zweier Jahrhunderte von Revolten schließlich vernichteten und zerstreuten, wollten die Befrieder, dass wir jegliche Demütigung unterschrieben, einschließlich des Verbots, jede Art von Waffen zu tragen. Und so kam es, und das Verbot besteht auch heute noch, von vielen Imperien und Präfekturen geerbt, die seitdem aufeinandergefolgt sind. Aber unsere Vorfahren, das, was nach der Katastrophe von ihnen geblieben war, zeigten sich gewitzt und fanden einen Weg, es zu umgehen. Sie wurden gewitzt aus Verzweiflung, denn es liegt viel Metapher im Schwert und zu viel in seinem Verlust. Sie baten darum, wenigstens eine kleine Sichel für die Arbeit im Wald und auf den Feldern benutzen zu dürfen, damit sie nicht an Hunger starben, und die Gnade des Imperiums gewährte sie ihnen. Sie nahmen also ihre Schwerter und bogen die Spitze um. Formal war es eine Sichel, da war nichts zu sagen, doch in ihren Händen war es noch ihr Schwert. Und heute tragen wir die Hippe genau wie sie damals: für die unzähligen Fälle der Arbeit im Wald und auf dem Feld, und wegen der Metapher, die sie noch in sich trägt. Und die wir pflegen.

Die schönste Hippe des Reviers wurde vom Zunftmeister der Schmiede in einer Werkstatt in Metello geschmiedet, zu den Zeiten, als Napoleon auf St. Helena war; sie wurde im Namen aller Zunftbrüder dem Ururgroßvater von Aristo geschenkt, und nun ist er in ihren Genuss gekommen; und sein Sohn und dann wer weiß, er hat nur eine Nichte. Meine gehörte keinem, den man kennen würde; ich habe sie vor vierzig Jahren auf der Werkbank eines Schmiedes gefunden, der sich mit Zirrhose umbrachte, damit ihm nicht das Zimmer gepfändet wurde, in dem er schlief. Sie ist so gut wie so viele andere und wird nur deshalb nicht in die

Geschichte eingehen, weil sie meinen Namen trägt. Die Hippe des Omo Nudo war von seinem Vater Otello, und davor war sie offenbar für Ontano geschmiedet worden, den Mann, den der Anarchist Bresci von Amerika bis nach Soraggio gebracht hatte, um sich darauf vorzubereiten, den König hinzurichten. Ontano ließ die Hippe in der Obhut von Otellos Vater zurück, um den königlichen Garden nicht die Gelegenheit zu geben, auf ihn zu schießen, während er infolge der wohlbekannten Ereignisse die Flucht ergriff. Dank Melina hatte die Hippe den Krieg unter dem Misthaufen, in einen Fetzen mit Schmalz eingefetteten Wollstoffs gewickelt, überstanden, und dort hatte der Omo Nudo sie gefunden, als er in den Trümmern wühlte. Sie wird zwar nie wie die von Aristo sein, aber es fehlt nur wenig. Wenn er stirbt, dann glaube ich, dass sie mir, seinem Lieblingsneffen, zusteht, und dann wird es an mir sein, meine einzuschmelzen oder sie irgendwo hingeworfen vergehen zu lassen. Nicht schlimm, denn letztendlich ist sie aus einem Fiasko hervorgegangen.

Ich glaube, wir bekommen bald eine Tochter, und ich weiß schon, dass wegen meines Erbes Probleme auftauchen werden. Wie ich Nita kenne, wird sie unweigerlich Fragen über die unterdrückerischen Sitten und Traditionen stellen, und sie wird es nicht ohne einen Grund tun. Das wird mich in Versuchung führen, denn es ist nicht gut, dass man eine Hippe verkommen lässt, vor allem, wenn sie jemandem mit einem Namen gehörte, und es ist eine Todsünde, dass die Hippe des Omo Nudo im Nichts enden soll. Wenn es also eine Tochter sein wird, möchte ich jetzt gern die Hippe, die schon dem Omo Nudo gehört hat, ihr überlassen. Ihr sagen, wie man sie benutzt und wie man sie hält, sie in den Wald führen, um es ihr beizubringen. Für sie einen Ledergürtel finden, in dem sie sie ihrer Gestalt als Frau entsprechend aufbewahren kann, ihr vermutlich eine anpassen müssen, denn es werden keine Hippengürtel eigens für Frauen angefertigt.

Mir gefällt diese Vorstellung von ihr, wie sie eine Amtsstube betritt und ihre Hippe irgendwohin legt, damit klar wird, dass sie nicht vorhat, dort irgendjemanden zu provozieren. Ich würde gerne wissen, ob sie es versteht, zur Saison den Nussbaum im richtigen Maß zu entlauben, ohne einen Schrecken zu bekommen, wenn die Hexen zu brüllen anfangen. Aber damit das geschieht, muss ich besondere Vorkehrungen treffen, und sie noch davor in den Gebrauch ihrer Hippe einführen. Mich gegen die Sitten und Gewohnheiten dieses Reviers stellen, gegen das, was es in ihrem unterdrückerischen Charakter an Gutem gibt. Was eine erprobte lindernde und besänftigende Funktion dieser ganzen großen Freiheit hat, die uns seit ein paar Jahrtausenden umtreibt und uns den Kopf verdreht, bis es damit endet, dass wir einander fremd werden. Und fremd gewordene Menschen machen sich am Ende immer böse Gedanken über die Freiheit.

Die Freiheit ist ein einsames Opfer und eine Qual der Seele, und deshalb versuchen wir sie zu besänftigen, sie etwas zahmer zu machen. Hier gibt es Friedhöfe voller Menschen, die für die Freiheit kämpften, bis sie dabei draufgingen, etliche von ihnen sind Tausende von Kilometern weit weg von dort gestorben, wo sie geboren wurden, und haben von Freiheit sprechen hören, bis sie diese zu ihrer Leidenschaft gemacht haben. Menschen, die in Paraguay, in Polen, in Spanien, in Griechenland, in Russland starben, vor mehr als hundert Jahren, noch weiter zurück in der Zeit. Ohne all die zu zählen, die hier zu Hause gestorben sind. Auf ihren Grabsteinen steht immer nur FÜR DIE FREIHEIT GESTORBEN. Doch ihr Tod, wenn man so sagen kann, war eine einfache und ehrliche Angelegenheit. Und dann sind es auch nicht so viele gegenüber denen, die »an Freiheit« gestorben sind. Die hundert Jahre gelebt haben, ohne auch nur einen Tag Pause von einem Schmerz, der sie von innen auffraß, wie eine Spinne, die sie in ihrem Netz fing und sie in aller Ruhe verschlang und sie dabei jahrzehntelang mit dem Tod kämpfen ließ. Die Hälfte derer, die an Zirrhose starben, hingen dabei an der Flasche mit *striscino*, nur um diesen Schmerz zu stillen, und ich glaube sogar, die Hälfte derer, die sich an die Schwarzen Brigaden verkauften. Die lästige Freiheit, das Unangebrachte zu denken, die unerklärliche Freiheit des Geistes, die sich im Halbschatten des Zweifels umtreibt, die göttliche Eingebung, die die Hände in einer wunderbaren Bewegung befreit; diese Freiheit, die weder Namen von Freunden noch von Feinden hat, kann eine allzu grausame Folter, eine zu schwere Arbeit sein.

Viel einfacher, eine Laune zu befriedigen und sich den Unterdrücker zu greifen und ihm mit einem Schnitt der Hippe die Kehle durchzuschneiden, den Ausbeuter zu packen und ihn in den Schacht einer Höhle hinabzustoßen. Noch einfacher, die zu verhöhnen und aufzuknüpfen, die dir ihren Kummer, ihr rasendes Fieber, um das du sie beneidest, ins Gesicht schleudern. Aus diesem Grund kultivieren wir mit solcher Hingabe unsere Traditionen und die dummen Pflichten, die damit zusammenhängen. Um uns zu beruhigen.

Wenn ich jetzt dieser gesegneten Tochter die Hippe überlasse, dann weiß ich, dass ich ein unglückliches Wesen auf die Welt bringen werde, das dazu bestimmt ist, sich eine zusätzliche Freiheit auf den Rücken zu laden, neben der, die durch die Gepflogenheiten des Ortes vereinbart ist. Und vielleicht nicht nur eine, und vielleicht nicht nur diese. Denn wenn einmal eine Ordnung der Dinge verletzt ist, bleibt nichts mehr unbeschädigt. Tatsache ist, dass ich das gut fände, dass ich bei allem Sklave meiner Gene, des Ur-Egoismus bin, der die Fortsetzung der Erbschaft verlangt; und bis zur Nacht der Wahl des 44. Präsidenten der Vereinigten Staaten wusste ich das nicht. Und mein Unglück ist es, dass, wenn der Omo Nudo tot ist, niemand mehr da sein wird, der verhindert, dass ich meinen inneren Trieben nachgebe, niemand, der dafür stark genug ist: Ich bekleide hier die Position, die die eines Königs wäre, ein unbestreitbares Privileg, das mich mehr zum Sklaven als zum Herren macht. Gott möge mir vergeben.

Und nicht alle alten Gepflogenheiten sind erhalten geblieben, weil die Zeit die Grobheiten gemildert hat, weil die Menschen ärmer an unmäßigem Stolz geworden sind, der sie in den barbarischsten und wahrsten Gewohnheiten beherrschte. Es gab einmal eine Zeit, da brachten sich die Könige zum vereinbarten Zeitpunkt gegenseitig um. Wer den Titel eines Königs genießen wollte, wusste, dass das Glück, nach dem damaligen groben Kalender, ein Dutzend Jahre dauern würde. Das wurde aufgrund der bitteren Erfahrung berechnet, dass zehn Jahre genügten, damit jeder, auch der redlichste Mensch, zum Hochmut verleitet würde. Weswegen man nicht fehlgehen konnte und es klar war, dass, wer König werden wollte, auf jeden Fall mit dem falschen Fuß begann, da sein Nachfolger mit dem Königsmord beauftragt wurde. Das war ein gutes System.

Es werden zehn Jahre vergehen, und niemand wird mich umbringen, auch nicht der ehrgeizigste Thronaspirant. Und niemand wird es gar wagen, mich dafür zu kritisieren, dass ich die Hippe, die Bresci gehörte und davor Otello und noch davor Ontano, und davor irgendeinem anderen, dessen vollständige Erinnerung nicht verloren gegangen sein kann, einer Frau als Erbe hinterlasse. Sie werden sagen, was man überall auf der Welt sagt, dass es früher oder später so kommen musste. Sie werden laut sagen, dass es besser so ist, und in ihrem Herzen werden sie das bisschen Stolz hegen, das geblieben ist, und feige Rache ausbrüten, die keiner der männlichen Nachkommen dieses alten Volkes mehr vollziehen kann.

Nach ihr werden andere Frauen die Hippe tragen, ohne sie sich von ihren Männern auszuleihen, wie es schon immer getan wurde, ohne dass sich deshalb jemand von ihnen herabgesetzt gefühlt hätte, und es wird keine Metapher mehr geben. Auch deshalb werde ich kein guter Vater sein, solange ich lebe: Vor der Tür dieses Hauses sind keine harten Regeln mehr durchzusetzen und keine Kriege mehr zu führen. In diesem gegenüber Befriedungen so großzügigen und gegenüber der Beharrlichkeit so feindseligen Zeitalter bleiben nur noch wenige eherne Prinzipien, die nur die verstorbenen Väter mit ihrer legendären Hartnäckigkeit bestätigen können. Ja, vor allem in diesem Zeitalter weiß ich, dass ich vielmehr eine gute Mutter wäre, da ich für meine Tochter eine fast unendliche Reserve des mütterlichen Gutes der Erinnerung zu verschwenden habe.

Die hundert italienischen Städtenamen

Wenn am Morgen der Wecker die chinesische Melodie zwitschert, die wieder einmal die Träume aneinanderheftet, die wir weiterhin nachts jeder für sich träumen, und Nita sich über mich streckt und sich dann wieder zusammenkringelt und sich streckt und sich noch enger zusammenkringelt und in meinen Bauch gräbt wie der Urwurm bei seiner Ernährung, um von dort aus auf meinen ganzen alten Körper die Namen zu säuseln, die sie sich nachts für die Ungeborene ausgedacht hat, welchen Namen nennt sie wohl?

Und wenn sie dann, träge wie eine Odaliske, den Hals aus den Decken streckt und den Nebel anstarrt, der vom Fenster hereinsickert, und anfängt, ihre Anzeichen der Schwangerschaft zu psalmodieren, für wen singt dann die Sonne, die erst noch kommen muss?

Wenn ich ausreichend Kraft finde, ist das der Moment, an dem ich sie gern besteigen, bespringen möchte. Kein anderer Moment ist größer, schöner und provokanter; denn sie singt mir, von wem sie abstammt, und von ihren Ahnen und Urahnen. Zurück bis zur ersten Generation der Anneliden, die sich die Paarung ausgedacht hat, indem sie, Versuch um Versuch, das definitive Bewusstsein erlangte, dass dieses einander Penetrieren bei Weitem interessanter sei als sich weiterhin durch zwei zu teilen und dann wieder durch zwei und noch einmal durch zwei.

Wenn wir über das sprechen, was kommen wird, erzählen wir von dem, was gewesen ist, und je weiter wir uns voranwagen, desto mehr graben wir im Vergangenen.

Sie ist schwanger mit Altertum.

Und auch an diesem Morgen genieße ich mein Schweigen, während ich ihr zuhöre und sie betrachte, und ich freue mich über das erneute Wunder einer Erektion, die Kraft findet, wo ich sie allein nie hätte suchen können. Zum Glück weiß ich nicht, was sie nachts träumt, und bemühe mich mit anhaltender Sorgfalt, die Wechselseitigkeit der Sache zu pflegen. Die nächtliche Einsamkeit belagert und überzeugt uns, dass wir uns aneinanderschmiegen, auf den Stufen dessen, was wir erleben werden. Wenn ich ihr nach so viel Leiden den Gebrauch des Wortes Liebe erlaube, dann nur, weil auch ich alles in allem sagen kann, dass ich sie liebe: Ich liebe es, mich morgens, bei Anbruch des Tages, wieder mit ihr zu vereinen.

Der Traum ist diamantene Einsamkeit. Wenn er die berühren würde, die neben uns schläft, dann hätte das, was wir träumen, die Zerstörungskraft eines Antimaterie-Strudels. Die unbeständigen Schatten des Traums wirbeln am Rande eines Schwarzen Lochs, in dem wir weder Väter noch Mütter noch einigermaßen zuverlässige Geliebte sind, nur Einzelkinder, Waisen unbekannter Herkunft.

Hörten wir auf zu träumen, würde es sogar besser gehen; wenigstens für sie, vor allem jetzt, da sie schwanger ist. Aber Nita hat Unternehmergeist und Managerfähigkeiten in beträchtlichem Maße, hat Kontrollfunktionen in einem Großunternehmen mit vielen Beschäftigten; genau in dem Moment, in dem sie sich in ihrer ganzen prallen Schönheit von den Decken erhebt, hat sie unseren Pakt bereits Punkt für Punkt besiegelt, ob sie nun träumt oder nicht. Und ohne jegliches Zögern: Ihre Verlässlichkeit ist von höchster Qualität.

Sie steht auf und geht in die Welt der Produktion essenzieller Güter mit einem Schwung voll zuversichtlicher Erwartung. Katzenhaft geht sie zu ihrem Karmann, indem sie den langen Weg über den Vorplatz nimmt, während sich der Nebel um sie herum lichtet und sie, die die Szene liebt, sich verneigt, während sie die Tasche in den winzigen Innenraum des Coupés wirft, zuerst vor dem Tal und dann vor dem Haus, und sich in einer unverständlichen Sprache verabschiedet.

Das katarrhartige Dröhnen dieses großartigen Autos reißt die letzten Fetzen des Raureifs, die noch um den Nussbaum herumtrödeln, in tausend Stücke. Zwischen den vom Eis ausgetrockneten Zweigen erschaudern die alten Hexen, mehr tot als lebendig, beim unerträglichen Gestank des Auspuffs. Ich glaube nicht, dass sie jemals wieder von diesem Baum heruntersteigen werden. Und doch habe ich noch irgendwo das alte Akkordeon meiner Mutter, und wenn ich wollte, könnte ich versuchen, damit sie etwas weniger alt und traurig werden, für sie sowohl den Rumba als auch die Passacaglia zu spielen. Die Tänze, die die Duse mir mit Leidenschaft in der klaren Überzeugung beibrachte, dass sie mir einmal nützlich sein würden; denn, so urteilte sie über meinem Hals, während sie versuchte, ihn so zu beugen, dass ich nicht im Balg ersticken würde, es kommt immer die Zeit für den Rumba, und es kommt die für die Passacaglia. Die Zeit, ach ja; aber das ist gerade die Zeit, in der die Hexen viel zu taub und rheumatisch geworden sind, um mit mir zu tanzen; und sie haben keine Lust mehr auf einen Mann, sie haben keinen Sinn mehr für Musik.

An wen denke ich, wenn ich, im Begriff, das Buch wegzuwerfen, das mir schwer in der Hand lastet, mich zu Nita wende und sie ansehe, schielend, um mit einem einzigen Blick die Konsistenz ihrer Milchbrüste und die Fülle ihrer Hüften zu bewundern? Ich denke an die Duse, ich denke an meine Mutter. Ich denke an die Tatsache, dass ich auch geboren wurde. Und an meinen Vater, den legendären, der, was immer er auch getan hat, offenbar nie dageblieben ist, um die Milchbrüste seiner Frau zu betrachten. Bestimmt nicht, um sanft den Hals seines Sohnes zu drehen, der lernen musste, außer dem Akkordeon auch sein eigenes Schicksal geneigt zu halten. Doch mein Vater ist eine Geschichte, meine Mutter ist Fleisch, das Fleisch der Duse. Sie ist auch jetzt Fleisch, und sie ist schon seit einem Jahr tot, sie ist Fleisch, auch wenn sie ihre ganze Zeit damit verbracht hat, mir die Dinge des Geistes beizubringen.

Sie war die Lehrerin.

Wie sehr ich die Lehrerin Duse lieb hatte, weiß ich noch nicht, und wie sehr sie mich lieb hatte, ist ein Geheimnis, das sie mir nie offenbaren wollte. Aber eigentlich ist Liebhaben zwischen einer Mutter und einem Sohn nicht nichts. Sie können nur dann lernen, sich lieb zu haben, wenn einer von beiden davongegangen ist, üblicherweise für immer. Doch solange sie sich ansehen, und sie können sich auch anfassen, gibt es nur Liebe und Verachtung für die Liebe. Sie hat mir nicht nur den Rumba und die Passacaglia beigebracht, sondern mehr oder weniger alles, was sie wusste. Sie hat mit mir gesprochen, sie hat immer über alles mit mir gesprochen, ohne irgendwelche Zurückhaltung. Und sie hat mir immer die tollsten Dinge gesagt.

Wie auch sonst immer, hat mir die Duse ohne Verlegenheit die Umstände meiner unbefleckten Empfängnis und der darauffolgenden Geburt erzählt. Sie wartete nicht, bis ich sie danach fragte.

Vor allem sagte sie mir eines Tages, wie schön es gewesen war. Ich hätte es nie geglaubt, aber als sie es mir erzählte, dachte ich, es müsse wahr sein. Als sie mir das Foto eines wunderbaren Mädchens zeigte, das sich an ein Fahrrad lehnte, mit langen, lockigen Haaren, die bis zur Stange reichten, empfand ich zum ersten Mal etwas für meinen Vater: wütende Eifersucht.

An einem Sonntag, als ich noch nicht die vierte Grundschulklasse beendet hatte, nahm sie mich beiseite, es war fast Sommer. Sie wusch mir sorgfältig die Hände. Ich erinnere mich an jede Einzelheit, als wäre es eine Frage von Leben und Tod: Es war schon Abend und meine Hände rochen nach Säure, weil mein Spiel gewesen war, so viele Ameisen wie möglich zu töten. Hinten im Garten war ein riesiger Ameisenhaufen mit großen schwarzen Ameisen im verfaulten Stamm einer Platane; im Herbst wuchsen in der Rinde Hallimasch-Pilze. Mit ganz sauberen Händen ließ sie mich auf dem Sofa mit den Eisenfedern Platz nehmen, wo sie abends las und nähte. Über dem Sofa hing eine Lampe in Form einer blauen Blume; die Lampe brannte Tag und Nacht, weil in diesem Zimmer die Fensterläden immer geschlossen waren. Im Zimmer standen auch ein quadratischer Tisch und zwei Stühle; auf diesem Tisch erledigte ich meine Hausaufgaben, und sie korrigierte die ihrer Schüler. Wenn sie damit fertig war, korrigierte sie auch meine – an den Tagen, wenn sie von der Schule kam, samstags und sonntags, und in den Ferien. Dann sah ich meine Mutter, den Rest der Woche kümmerte sich die Santarellina um mich – solange die Duse in der Schule der Capria oben in den Bergen unterrichtete, also bis ich zehn Jahre alt war.

Sie erzählte mir immer, was ihr in der Capria passierte. In die Schule gingen die Kinder der Hirten, die die höchstgelegenen Bauernhäuser des Sillico-Tals bewohnten. Sie unterrichtete in einem Haus aus mit Mörtel verputzten Steinen, das mit einem Käser geteilt wurde, im Raum neben ihrem Klassenzimmer ließ der Käser die Milch kochen und verdicken. Das Haus stand am Rande eines Kastanienwaldes, der dem Volk von Sillico gehörte, das ihn seit vier Jahrhunderten von Familie zu Familie reihum pflegte. Jede Pflanze hatte einen Namen und die Schulkinder kannten sie alle; jede hatte einen Geist und die Kinder sprachen mit jedem. In der Schule fragte die Duse sie darüber ab, was sie von den Geistern hörten und was sie ihnen sagten, und die Kinder antworteten, es gäbe gute und weniger gute. Die guten begleiteten sie, wenn es dunkel wurde, und erklärten ihnen, wie sie ihre Spuren verwischten, wenn in den oberen Wäldern die Wölfe ihren Geruch witterten und sich bereit machten, herabzusteigen; denn Wölfe sind vorsichtig, aber auch sehr neugierig, und sie starben vor Lust zu sehen, ob im Tal ein Schaf oder ein kleines Kind vorbeikam. Die weniger guten brachten sie vom Weg ab, damit sie sich die Schuhe ruinierten, und ließen ihnen den Kastanienkuchen sauer werden, den sie zum Frühstück mit in die Schule brachten. Die Schlimmsten unter den weniger guten verwandelten sich gegen Abend in eine *belùa* und entführten die Einzelgänger. Ein Junge, der mit seiner Mutter und seinen Schwestern in der Sella di Cerasa wohnte, hatte einen Kastanienbaum namens Benjamin zum Vater genommen, denn er hatte seinen ersten Vater im Krieg verloren und brauchte einen neuen; in der Schule war er nicht schlecht, doch ab und zu schlief er ein, und im Schlaf sprach er mit seinem Vater und antwortete auf dessen Fragen. Der Junge hieß Mirto.

Als sich die Menschen dieses Reviers Mitte der Fünfziger vom Krieg erholt hatten, als dann die Schule der Capria geschlossen wurde, fingen alle an, nach England und Australien abzuhauen, wo sich bereits in den vergangenen Generationen etliche hingeflüchtet hatten, und in den Bergen blieb für mindestens dreißig Jahre niemand mehr zurück. Einer der ersten, die weggingen, war Mirto mit seinen Schwestern, denn sie hatten einen Onkel in Newcastle, und sie machten ein Vermögen, indem sie als Küchenhilfen in den Luxushotels dieser Stadt anfingen, als die Londoner noch dachten, dieser kalte Seeort sei ideal für die Badesaison. Jetzt ist Mirto einer der Engländer, die keine Lust mehr haben, nach Hause zurückzukehren, und so schickt er seine Kinder. Die Kinder kommen, bleiben eine Weile in ihren Bauernhäusern in der Sella di Cerasa, und bevor sie wieder abreisen, übergeben sie im Namen ihres Vaters hundert Pfund Sterling für Benjamins Unterhalt an die Gemeinschaft des Volkes von Sillico. Die Gemeinschaft übergibt den Kindern zehn Kilo Kastanienmehl, ein Säckchen getrockneter Kastanien und ein paar Kilo Äpfel, mal mehr, mal weniger; das ist das, was der Kastanienbaum, der

der Mirto als Vater diente, dem Volk noch gibt. Die Duse war Lehrerin und erzählte mir keine Märchen. Und was ich feststelle, ist, dass die Kinder und Enkel der Engländer, die zurückgekehrt und dageblieben sind, um das Revier zu bevölkern, sich offensichtlich noch vor dem Wittern der Wölfe fürchten, und wenn man sie im Wald trifft, hört man sie oft leise vor sich hin sprechen.

Doch inzwischen wurde das Haus von einem Hund bewacht, schwarz und bösartig wie die Nacht; der Hund versuchte, die Kinder zu beißen, bis sie sich in den Schulbänken in Sicherheit brachten, aber nachts bewachte er die Duse. Die Duse schlief in diesem Haus, in einem Hängeboden über dem Klassenzimmer, wo, bevor die Schule eröffnet wurde, der Käser gewohnt hatte. Da war noch sein Geruch und der nach schlecht gewordener Milch; vielleicht roch es nach dem Käser, vielleicht nach seinem Käse. Morgens holte die Duse mit dem Hund Wasser aus einer Quelle, die im Winter zufror. Sie ging im Dunkeln, ohne ihre Karbidlampe, denn um dort hinzukommen, musste sie nur dem Hecheln des Hundes folgen. Dann zündete sie den Ofen an, um das Wasser zu erwärmen und sich zu waschen. Der Hund sah ihr zu, wenn sie sich mit nacktem Oberkörper die Achseln einseifte und in einem Becken neben dem Ofen die Scham wusch, und knurrte bei allen Geräuschen, die aus dem Wald kamen und die die Duse nicht hören konnte. Manchmal, wenn sie sich auf den Unterricht vorbereitete, weinte die Duse vor Sehnsucht und dachte an ihren Sohn, den Verfasser, und an die Santarellina, die ihn gerade aufweckte. Dann kamen die Schüler, und sie hatte keine Zeit mehr, weder für ihren Sohn noch für sonst etwas.

Schüler hatte sie manchmal fünf, manchmal zwanzig, manchmal keinen: Das hing von der Jahreszeit ab, davon, wie die Kastanien- und die Heuernte ausfielen, die Diphtherie und der Scharlach, die Schulden und die Verdienste. Es spielte keine Rolle, ob ein halber Meter Schnee lag oder

der Berg abgerutscht war, denn das waren Dinge, die die Schüler nicht erschreckten; sie hatten vielmehr Angst vor den Krankheiten ihrer Brüder und den Schulden ihres Vaters. Um zur Schule zu gehen, brauchte es nur ein Paar Schuhe und ein Bündel für die Vesper und ein Heft, und diese Dinge hatten mehr oder weniger alle. Und sie widmeten sich dem Lernen an der Wärme des Ofens mit dem Geruch nach Molke, der ihren Schweiß überdeckte, und dem Hund, der an der Schwelle winselte. Sie büffelten und büffelten und lernten wenig, denn sie hatten andere Gedanken im Kopf, und mancher von ihnen war schon aus dem Haus gegangen, wenn die Duse noch Wasser holen musste. Und er hatte unterwegs begonnen, sich seltsame Gedanken zu machen, die er dann mitschleppen würde den lieben langen Tag und die Nacht, und vielleicht sein ganzes Leben lang.

Die Duse dachte das, denn wenn sie später einen als gestandenen Mann wiedertraf, erkannte sie in seinem Blick die Zerstreutheit des Schülers. Und sie versuchte, sich ihre Gedanken erzählen zu lassen, doch die Kinder wussten nicht, wie sie sie erklären sollten, und versuchten, sich aus der Affäre zu ziehen, indem sie mit dem Geist des einen und dem Geist jenes anderen, mit Hexen und Zwergen weitermachten und sich in den Wörtern verhedderten, bis sie zu stottern begannen. Da blieb ihnen schließlich nichts anderes übrig, als über sich selbst zu lachen. Aber die Duse tat jeden Tag ihre Arbeit, als wären sie alle Kinder des Königs. Und sie war Monarchistin, das weiß ich. Sie stürzten sich auf ihre Hefte mit Händen, die schon voller Schwielen und Risse waren, sie bemühten sich sehr, keine Tintenflecke zu hinterlassen, die Zunge vor Anstrengung zwischen den Zähnen herausgepresst, und sie bekamen Appetit. Während die Kinder ihre Kastanienpolentascheiben aßen, aß die Duse ihr Brot mit Käse, denn Kastanien schlugen ihr auf den Magen; der Käse, den sie beim Käser kaufte, war kaum mehr als Buttermilch. Nur selten schaffte sie es, sich einen schönen reifen und anständigen Käselaib geben zu lassen, als ob dieser bösartige, dumme Käser dem Wert des Geldes nicht traute, das sie ihm gab; wenn sie einen fand, dann bewahrte sie ihn auf, um ihn am Samstag mit nach Hause zu nehmen und ihn mit ihrem Sohn zu essen.

Wenn die Frühstückspause kam, mussten ihre Schüler die Zeit nutzen und auf der an der Wand aufgehängten Landkarte so viele italienische Städtenamen wie möglich lesen. Keiner von ihnen kannte auch nur einen einzigen, außer Rom und Florenz vom Hörensagen. Es war wahrscheinlicher, dass sie zu Hause von Newcastle oder London, von Melbourne, von Glasgow hörten, wo sie Verwandte hatten und früher oder später gedachten, dort ihren Lebensunterhalt zu verdienen, wie es sich gehört. Deshalb bestand die Duse darauf, sie die italienischen Städte auswendig lernen zu lassen, und erzählte ihnen in den kleinsten Details davon: damit sie sich ihnen einprägten und sie sie nicht mehr vergessen konnten, auch nicht, wenn sie für den Rest ihres Lebens am anderen Ende der Welt nagelneue Städte bauen würden. Damit es ihnen gut in den Kopf ging, dass all diese Städte ihr Land waren und sie die Pflicht hatten, sie auf Fingerzeig zu kennen, und das gute Recht, überall hinzugehen, als Herren ihres Landes.

Der Käser verkaufte ihr den Käse, aber nur den und etwas Milch für den Morgen; den Rest brachte sie sich von zu Hause mit, und das Brot und den Speck und den Dinkel und das Nötige für die abendliche Suppe ging sie in den Bauernhäusern kaufen. Dabei führte sie auch die Elterngespräche über die schulischen Leistungen der Kinder. Die waren nicht besonders, aber es sollte doch etwas Nützliches dabei herauskommen; wenigstens so viel, dass es eines Tages reichte, um mit einem Arzt oder einem Gutsbesitzer sprechen und einen Brief unterschreiben zu können, ohne sich zu schämen. Vielleicht noch eine Zeitung zu lesen, um zu wissen, wie sich die Welt dreht. Sie sagte diesen Menschen, die schon voller Ängste waren, nicht, dass sie darauf hoffte, dass deren Kinder dank des unschätzbaren Geschenks des Wissens sich mit den seltsamen Gedanken abgeben könnten, die sie bestürmten, ohne von den Geistern und Hexen zu schwätzen. Sie erklärte diesen vom Hunger geplagten Menschen nicht, dass ihre Kinder die schönsten Gedichte der italienischen Sprache auswendig lernen mussten, um Wörter mit nach Hause zu nehmen, die man auf den Feldern und in den Wäldern nicht hörte und die vielleicht nicht einmal die Gutsbesitzer so gut kannten, wie sie vorgaben. Die Duse bestand nur darauf, dass sie sie zur Schule schickten und dass sie ihnen etwas Ruhe gönnten, damit sie nicht schon müde dort ankamen. Wenn sie denn kommen konnten.

Ich wusste nicht, dass meine Mutter schön war, solange sie es mir nicht selbst gezeigt hatte; ich dachte nur, sie sei mutig und stark und selbstbewusst. Aber sie hatte noch ihre langen, lockigen Haare, als sie in die Schule der Capria ging, und sie ließ mich mein Gesicht hineinstecken, wenn sie zurückkam und sie löste, bevor sie sich waschen ging. Sie rochen nach dem ganzen Gestank ihrer Arbeit, und wenn wir uns zum Abendessen hinsetzten und sie mir zu erzählen begann, was sie getan und wen sie gesehen hatte, kannte ich bereits den Geruch von all dem. Ihr Geruch missfiel mir nicht, und weil sie mich daran schnuppern ließ, glaube ich, dass er auch ihr nicht missfiel. Vielleicht hatte sie oben in den Bergen Sehnsucht nach mir, und sie freute sich, dass ich alles aus ihrem Leben kannte, einschließlich des Gestanks, dass ich nicht zu viel von ihr hatte. Nach dem Abendessen gingen wir in das Zimmer mit dem Sofa, setzten uns an den Tisch, und sie fragte mich ab. Und am Montagmorgen im Dunkeln brach sie wieder auf.

Was denkst du, wenn du an deine Mutter denkst? An nichts als an Besitznahme und Verlassensein, an Sklaverei und Revolte; die unabwendbaren Dinge, die die Liebe betreffen. Die Duse und ich hatten die Möglichkeit gehabt, tiefgehend über die Dinge nachzudenken, an den beiden Tagen, die ich mit dem Kopf draußen und den Beinen drinnen in ihrem Bauch zubrachte. Sie erzählte mir, und ich war inzwischen schon ein gestandener Mann, als sie das tat, dass sie sich 48 Stunden lang unter Wehen abgemüht hatte, mich zu gebären. Ich habe mich abgemüht, so sagte sie, zu versuchen am Leben zu bleiben, ohne dass du stirbst. Und du hast dagegen angekämpft, und die Hebamme hat mich geohrfeigt, damit ich nicht ohnmächtig einschlafe. Sie betete zur heiligen Anna und brüllte mich an, als wäre ich eine Mörderin; als ihr die Stimme ausblieb, steckte sie ihren Kopf zwischen meine Beine und flüsterte dir zu. Sie wollte dich überzeugen, denn sie war sich sicher, dass du auf keinen Fall auf die Welt kommen wolltest, und dass wir sterben, du, ich und sie. Sie vor Scham, in ihrer fehlerfreien Karriere zwei Tote hinterlassen zu haben.

48 Stunden halb erstickt, blau angelaufen und am ganzen Körper angeschwollen, und die Duse und die Hebamme, die darüber diskutierten, was ich zu meinem Wohl tun sollte; und ich war noch keinen Tag am Leben. Und sie konnten sprechen, ich aber nicht. Sie erzählte mir, was Wehenschmerzen sind, was ich nie wissen werde.

Was sie mir nicht sagte, ist, wie sehr sie mich an diesen beiden Tagen verflucht hat; sie erging sich in entsetzlichen Einzelheiten über die Menge an Kraft, mit der sie wollte, dass ich geboren würde, schwieg aber darüber, wie sehr sie mich gehasst hat, weil ich es nicht konnte, ohne sie vor Schmerzen fast sterben zu lassen.

Was ich ihr damals nicht hätte sagen können, ist, wie sehr ich sie gehasst habe, als ihre Scheidenmuskeln mich erdrückten. Es ist nur eine Frage von verzeihlichen verbalen Unterlassungen: Was es zwischen uns an Definitivem zu wissen gab, haben wir uns an diesen beiden Tagen gesagt. Wenn wir überlebt haben, dann weil wir am Ende einen Pakt geschlossen haben. Dieser Pakt ist immer noch gültig.

Auch heute, so höre ich mich sagen, obwohl sie schon seit einer Weile tot ist. Heute mehr denn je, da nur noch ich übrig geblieben bin, der ihr Ehre erweisen kann.

Ich erinnere mich an die Frau, die nachts wegging. Und manchmal ließ sie es zu, dass ich sie sah, während sie wegging. Sie weckte mich, bevor sie sich fertig machte, und brachte mich wieder ins Bett, bevor sie ging, denn ihr Aufbruch war auf vier Uhr morgens gelegt: Damals gab es keine andere Möglichkeit zur Schule zu gehen als zu Fuß. Für sie wie für ihre tapferen Schüler. Im Unterschied zu diesen hatte sie ein Fahrrad, immer noch dasselbe wie auf dem Foto, und immer noch glänzend vor Öl und Chrom, aber mit dem Fahrrad konnte man nicht zur Capria kommen. Wie ihre Schüler musste sie pünktlich zum Montagsunterricht sein, doch sie musste noch rechtzeitig das Klassenzimmer heizen und den Fußboden fegen und die Mäuse begraben, die in den Fallen gelandet waren.

Für den Weg hatte sie wunderschöne amerikanische Bergstiefel; sonntagabends stopfte sie sie an der Spitze mit Baumwolle aus, weil sie ihr etwas zu groß waren. Und sie hatte einen langen, groben Rock aus Barchent, der mir die Knie rötete, wenn ich sie daran rieb. Und eine Baumwolljacke mit Samtrevers, die ich als Großer gerne gehabt hätte, weil sie vor allem Knöpfe aus Horn mit dem Profil eines Pferdekopfes hatte. Und unter der Jacke alle Pullover, die sie brauchte, denn um diese Uhrzeit war es in den meisten Unterrichtsmonaten kalt. Und dann eine Militärazetylenlampe von irgendeiner Armee, welcher, wusste sie nicht mehr, damit sie in den Wäldern Licht hatte, bis der Morgen anbrach. Und im Rucksack, mit einem Gummiband in einem Leinenlappen eingewickelt, der laut der Duse gebraucht wurde, als sie mich stillte, die Blechdose mit dem Antischlangenserum; aber nur in der Jahreszeit, wenn es heiß wurde und die Schlangen schon zu früher Stunde unterwegs waren.

Auch der Rucksack war amerikanisch, und es gab das Versprechen, ihn mir zu vererben, wenn die Duse damit fertig wäre, zur Capria zu gehen; vollgepackt war er so schwer, dass sie mir verbot, zu versuchen ihn mir aufzusetzen. Vielleicht spielte sie sich ihrem Sohn gegenüber auch nur ein bisschen auf, aber sie musste schon hart bleiben, denn darin war alles, was sie in den Bauernhäusern nicht zum Essen, zum Anziehen und für ihre Arbeit bekommen würde. Als Letztes setzte sie sich, nahm die große Masse ihrer Haare und band sie sich fest auf den Kopf: Wenn sie damit fertig war, sah es aus, als trüge sie darauf einen Korb.

Und sie schminkte sich die Lippen; schon ganz fertig angezogen, mitten im Zimmer stehend, nahm sie aus ihrer Jackentasche das Kästchen mit dem kleinen Spiegel und dem roten Stift und fuhr sich über die Lippen. Ich weiß noch genau, wie eifersüchtig ich auf diese geschminkten Lippen war, auf diese Divengrimasse, mit der sie sie schürzte, um die Farbe darauf zu verteilen. Sie, die Mutter und Lehrerin, erklärte mir, dass sie das nur aus Trotz gegenüber dem Schulamtsleiter tat. Und sie erzählte mir, wie sie 1949 ihre Stelle als Lehrerin antrat und der Schulamtsleiter wollte, dass sie ihm ihre Hände zeigte. Ich wollte mich nur überzeugen, ob Sie Lack auf den Fingernägeln haben, denn das Amt, das ich Ihnen zu geben habe, passt nicht zu einer Dame, die an Nagellack gewöhnt ist, sagte er zu ihr. Die Duse hatte keinen Lack, und so gab man ihr ihre Bergschule. Doch da sie die Oberflächlichkeit ihres Vorgesetzten inakzeptabel fand, wollte sie ein Zeichen der Auflehnung tragen, denn wenn für die Capria Nagellack nicht in Ordnung war, dann wären sicher auch rote Lippen nicht in Ordnung. Wenn eine Lehrerin dazu bestimmt ist, sich die Hände zu ruinieren, so argumentierte meine Mutter, dann umso mehr, sich den Mund zu verschleißen. Und ein anderes Mal, soweit sie sich erinnerte, setzte der Schulamtsleiter auch das auf die Verbotsliste. Doch sie sprach freimütig mit mir, genau wie mit einem Erwachsenen, das war ihre Methode.

Ich habe sie nie aus dem Haus gehen sehen, und das ist gut so. Sie legte mich wieder unter die Decken, gab mir zwei Küsse auf den Hals, wie ich das später Liebende tun sah, und legte mir das Goldkettchen mit dem Wecker um den Hals. Es war ein kleiner silberner Wecker, und wenn ich ihn berührte, gab er mir ein starkes und einzigartiges Gefühl kalter Vitalität, als würde ich eine Eidechse anfassen. Der Wecker war ein Geschenk ihres Vaters; dieser Mann wäre mein Großvater gewesen, hätte er in der Gegend gelebt; doch ich habe ihn nie gesehen, und er ist immer nur ihr Vater geblieben. Der Wecker hatte einen Klang wie eine kleine Kirchenglocke, die Art von Schellen, die die Messdiener nach links und rechts schwenkten, wenn sie unterwegs den Pfarrer mit dem heiligen Öl begleiteten, und hatte die Aufgabe, mich, ohne mich zu erschrecken, rechtzeitig aufspringen zu lassen, um zu frühstücken, mich anzuziehen und zur Schule zu gehen. Denn auch ich ging, wie ihre Schüler, zur Schule. Während der Woche kümmerte ich mich selbst darum, ich zog ihn auf und überprüfte, dass sich der Zeiger der Weckzeit nicht verstellte; abends, bevor sie nach Hause ging, musste die Santarellina nur überprüfen, dass er an seinem Platz war, und dort fand sie ihn immer: über dem Wollunterhemd, unter dem Schlafanzug.

Ich habe sie nie aus dem Haus gehen sehen, aber ich weiß, welchen Weg sie nahm. Vom Ponte ging sie die weiße Straße bis nach Treppignana, das waren die Häuser, wo ihre Freundin, die Santarellina, wohnte, von dort zu den Hanffeldern von Fosciandora. Danach begann sie die immer gut gepflegten und freigeräumten Saumpfade der Wälder hinaufzusteigen, die zu den *metati* von Villa führten. Und dann nach Sillico, und von Sillico immer durch Wälder weiter nach oben bis zu den knirschenden Pfaden der Buchenwälder der Capria. Irgendwo dort war ihre Schule. Dieser

Abschnitt des Saumpfads wurde Vandelli genannt, weil er eine gewisse Strecke entlang der Trasse des alten Bauwerks verlief, das der Abt Vandelli entworfen hatte, um die Ländereien des Reviers mit dem Herrschaftsbereich der Este zu verbinden. Auf dieser Straße brachten sie Marmor, Salz, eingezogene Soldaten, Schafswolle und einmal pro Jahr einen Bären auf die andere Seite des Apennin. Der Bär war die Abgabe, den die Este verlangten, um die freie Entscheidungskraft des Volkes von Sillico über seine Wälder zu bestätigen, und sobald die Kastanienernte vorbei war, machten sich alle Männer dieses freien Sprengels auf in die Schluchten zwischen dem Monte Belfiore und Morgiandonda, um diesen Bären zu jagen. Damals gab es noch etliche davon, und zu jener Jahreszeit waren sie schon so träge, dass sie die Männer nicht fraßen, aber der dümmste Bär war bereit, sich dem Vergnügen der Herren von Este zu stellen.

Das war der Weg zur Schule: Im Schritttempo der Duse brauchte man mehr als zwei Stunden, wenn kein Schnee lag; bei Schnee musst du eine Stunde draufgeben, wenn der Schnee sehr hoch liegt, noch eine weitere halbe Stunde, wenn nachts der Eiskristall eine so dichte Eisschicht verteilt hat, die vom Bergstiefel nicht ohne Mühe zerbrochen werden kann, noch eine weitere Stunde. Und dann ging die Duse schon am Sonntagabend los. In meinem Tempo, und ich meine, damals, als ich den ganzen Erdball mit meinen Füßen hätte umrunden können, brauchte ich bei gutem Wetter drei Stunden. Die Duse war immer tüchtiger als ihr Sohn.

An den Weihnachtstagen sahen wir das Foto von Präsident Obama, wie er oben von einem Felsen die Asche seiner geliebten Großmutter im Meer verstreute. Es war ein sehr suggestives Bild, und die Choreografie der Gefühle, die sich im Gesicht des Präsidenten abzeichneten, war sehr wirkungsvoll. Nita und ich haben über dieses Bild nachgedacht und uns gefragt, ob wir uns unter solchen Umständen so gut gehalten hätten wie er, ob wir zu solch exemplarischen Gesten mit so starken Emotionen in der Lage gewesen wären. Ob jemand überhaupt ein Foto wie dieses von uns hätte schießen können. Beim Tod der Duse hätte ich ein Vorgänger des gewählten Präsidenten der USA sein können.

Die Duse starb im letzten April, ohne einen letzten Willen zu hinterlassen. Über sich selbst hat meine Mutter nie etwas gesagt, was ihr Ende und die sich daraus ergebenden Nachwirkungen betraf; weder zu mir noch zu jemand anderem, soweit ich weiß. Der einzig bekannte Wille geht mehr als fünfzig Jahre zurück und lautete, dass, wenn ihr etwas zustoßen würde, ich ihren amerikanischen Rucksack bekäme. Ich habe diesen Rucksack dann genommen, ohne dass ihr etwas zustoßen musste.

Wenn ein Sohn darangeht, seine Mutter zu beerdigen, dann beginnt er dort, sie zu lieben. Und er kümmert sich mit mystischer Hingabe um sie, nachdem er die sterblichen Reste des Fleischs, das ihn mit weitaus stärkeren Dingen als das Glück und ihre Pflege verbunden hat, anderswo gelassen hat, wo es keine Härte gab. Als ich die Papiere unterschreiben musste, wurde ich aufgefordert, sofort zu entscheiden, was ich mit ihr machen wollte. Es waren die Tage um Ostern. In ihrem Haus, im Zimmer mit dem Sofa, auf dem quadratischen Tisch, fand ich unter einem Hanftuch die *pasimata* zum Aufgehen. Die *pasimata* muss von Gründonnerstag bis Sonntagmorgen aufgehen, wenn sie dann in den Ofen geschoben wird, nachdem schon alles andere gekocht worden ist. Sie war weder alt noch krank, um sterben zu müssen; ich denke, sie hat es auf dieselbe Weise gemacht, wie sie die ganze Schulzeit in der Capria über die roten Lippen trug: aus Auflehnung. Es war nicht vorherbestimmt, dass sie starb, und es war allgemeine Meinung im Revier gewesen, dass sie uns alle überleben würde.

Die Lehrerin Duse hatte die Medaille für vierzig Jahre Dienstzeit bekommen, ging aber weiter in die Schule, da sie nichts anderes zu tun hatte, nicht einmal für jemanden das Abendessen zu kochen, meine ich. Sie blieb weiter in ihrem Haus am Ponte, und der einzige Zeitvertreib, den sie sich gönnte, war der Garten, zur Bestürzung des ganzen Dorfes. Im Laufe der Jahre hatte sie begonnen, sich diese zweihundert Meter unberührter Erde zu halten, als müssten sie im Guten oder Bösen zurechtgerückt und dazu gezwungen werden, eine exotische Laune gegen die Natur und die nötige Anmut zu sein. Von der Straße sah dieser Garten aus wie eine Plage sterbender, nervöser und verdrehter Pflanzen, oder unwahrscheinlich blühend und überentwickelt, ins lächerliche Bild eines tropischen Deliriums pervertiert: Keine einzige Pflanze hatte auch nur einen Bezug zu dem Ort, an dem sie wachsen musste; Samen und Zwiebeln und Knollen ließ sie sich mit der Post kommen. Dieser Garten war eine Verrücktheit, und wie alle Verrücktheiten bezog sie ihren Ursprung aus einem gebrochenen Herzen, das keine Nähkunst wieder zusammenflicken konnte.

Das jedenfalls denke ich, aber alles, was man sehen konnte, war die senile Wunderlichkeit der Duse, und in dieser Hinsicht gab es keine einzige ihrer geliebten Freundinnen, die sich nicht für sie und die verletzte heilige Würde des Apennin schämte. Was die Duse tun sollte, sagten sie, sei die Schule und sonst nichts.

Sie nahm ihre ehemaligen Schüler und deren Nachkommen mit nach Hause, der Reihe nach oder alle zusammen, und im Sofazimmer machte sie weiter ihre Arbeit mit der Landkarte der italienischen Städte und den schönsten Gedichten in ihrer Sprache. Es hatte sich sowieso nichts geändert, und im Allgemeinen hatten die Nachkommen der Bergbewohner auch weiterhin nur eine geringe Neigung zum Lernen und einen von Geistern abgelenkten Blick. Soweit ihr Ruf reichte, betrachtete man ihre Korbfrisur aus blau gefärbten Haaren, als wäre sie für die Ewigkeit gedacht. Als man sie mir zeigte, hatte sie noch etwas Rot auf den Lippen, und als die Santarellina sie für die Totenwache vorbereitete, machte sie sie ordentlich zurecht, vielleicht sogar etwas zu viel. Demnach hat die Duse die *pasimata* aufgehen lassen, um Ostern zu feiern, hat sich umgezogen, sich die Lippen geschminkt und die Santarellina gerufen, damit sie sie ins Krankenhaus zum Sterben begleitet. Sie hat sich in wenigen Tagen aus der Affäre gezogen, am Samstagabend war schon alles zu Ende.

Die Santarellina hat sie sterben sehen. Ich hätte nicht dabei sein können, und ich hätte es auch nicht gewollt. Wie kann man seine Mutter sterben sehen? Wie kann eine Mutter zulassen, vor den Augen ihres Sohnes zu sterben? Nur um sich nicht zu demütigen, hätte sie sich hundert Jahre lang vor Krankheit verzehrt, bis ich mich entschlossen hätte, als Erster zu sterben. In diesen letzten zwanzig, dreißig Jahren haben wir uns kaum gesehen. Wenn wir mal Lust bekamen, uns zu sehen, dann versuchten wir, uns zufällig zu begegnen. Mein Haus ist nun fünf Stunden von ihrem entfernt, in ihrem Schritttempo, als sie noch ein Mädchen war, und wenn wir wollten, dass es geschah, mussten wir einen weiten Weg zurücklegen. Natürlich konnte das nur ein seltener Moment sein, und für eine Weile würde die Erinnerung an das letzte Mal bleiben, Worte und Bilder, über die man ab und zu nachsinnen konnte, um zu erwägen, was von unserem ursprünglichen Pakt verloren und was geblieben war. Ich habe nie gesehen, dass sie gerührt war, wenn sie mich traf; doch einmal, bei der Herbstmesse der Käser in Castelnuovo, habe ich bemerkt, dass sie einen Blick in ihr Kästchen mit dem Spiegel warf, bevor sie auf mich zukam. Ich war damals gekommen, um sie zu treffen, und ich glaube immer noch, in der Absicht, noch einmal zu versuchen, mein Gesicht in der Masse ihrer Haare zu versenken. Um den Duft ihres Lebens zu riechen, ob noch der alte Gestank da war oder ob sie einen neuen gefunden hatte. Aber seit einer guten Weile bin ich zwei Handbreit größer als sie, und die Sache wäre nur lächerlich; vorausgesetzt, sie hätte es noch mit sich machen lassen.

Das letzte Mal, dass ich sie sah, war an Fronleichnam vergangenen Jahres. Sie war auf der Straße vor ihrem Haus und verstreute eine große Schürze voll Blütenblätter auf dem Asphalt für die Prozession, die dort vorbeikommen würde; es waren ihre unbekannten ausländischen Blumen. Wir haben nicht viel geredet, haben uns aber geküsst, und ich habe mich hinuntergebeugt, damit sie mich auf den Hals küssen konnte, wie sie es immer getan hat. Wieder einmal würde ich in mein Leben zurückkehren, ohne dass sie die schulmeisterliche Notwendigkeit fühlte, mir diesbezüglich etwas zu sagen, sondern mit der feuchten Spur ihrer Lippen und dem Rot an der Stelle, wo es eine Geliebte hätte hinterlassen müssen; und ich erinnere mich, dass ich mit einer gewissen Befriedigung dachte, Nita würde es bemerken und sich fragen und lange ärgern müssen, bevor sie sich dann entschloss, diesen Strich zu ignorieren und vielleicht zu vergessen. Sie und die Duse sind einander nie begegnet. Es war keine Entscheidung, sondern die praktische Kraft der Dinge und eine stillschweigende Übereinkunft.

Und da fragt man mich, was ich nun mit den sterblichen Resten meiner Mutter zu tun gedenke. Ich habe um ein paar Stunden gebeten und diese Zeit dafür genutzt, an die Pania zu denken. An die Pania della Croce, zwischen den drei Pania-Gipfeln.

Jetzt gehe ich an die Haustür und sehe sie. Hoch über den südlichen Kämmen, in den Himmel geneigt, als wollten die anderen Berge nichts mehr von ihr wissen; spitz und gotisch, glühend bis vor einer Viertelstunde, als die Sonne flach im Westen stand und sie schräg entlang dem Bergrücken des Omo Morto entzündete, als wäre sie mit den Händen im Sack erwischt worden und würde der ganzen Welt zur Schau gestellt. In diesem Moment ist die Felsenburg, an der sie lehnt, violett und ihre Höhen blau. Wenn es noch eines speziellen Warnzeichens bedurfte, so strahlt vier Finger über ihrem Gipfel Venus und weitere vier Finger darüber, nicht weiter als um ein, anderthalb Grad nach Osten verschoben, dominiert durch Licht und Masse Jupiter. Einsame Liebende, am Himmel noch von einem Schimmer gefärbt, vereint, um sich Leben und Tod streitig zu machen. Gestern Nacht hat Nita sie bemerkt und daraus ihre Wahrsagungen von Gesundheit und Eintracht gezogen.

Niemandem von hier kämen Eintracht und Gesundheit in den Sinn, wenn er zur Pania blickt, tagsüber oder nachts, mit oder ohne Sterne und Planeten. Um die Wintersonnenwende herum, wenn ihr Schatten den Grat herunterrutscht und Alpe di Sant'Antonio in Dunkelheit taucht, verkriechen sich die Menschen dieses Ortes den ganzen Tag zu Hause. Ein Schatten böser Geschichten, der sich mit dem langen schleppenden Gang der Abendhexer verbreitet, an die man in diesem Sprengel noch glaubt, und die man deshalb auch sieht. Auf der Pania sind so viele Menschen gestorben, viel mehr als auf der Vetta delle Saette und auf jedem anderen Berg des Reviers. Da die Pania nie irgendjemandem etwas zum Leben gegeben hat, und sei es auch nur einer Ziege, erschien sie immer als geeigneter Ort, um zu sterben. Sie liegt viel zu nahe am Meer, urteilen die Bergbewohner, und ist zu sehr der Bösartigkeit des Windes ausgesetzt; und mindestens darin haben sie Recht, denn ihr Gipfel ist das Auge eines Wirbels von Strömungen, die sich Stunde um Stunde zwischen dem Apennin und dem Meer kreuzen. Aus diesem Grund sind die Geröllhalden, aus denen das Gebirge seine Felsenburg ausstößt, ständig in Bewegung, als wären sie flüssig, instabil und trügerisch, wie es das Wasser des Meeres für die Hiesigen ist. Auf diesen Geröllfeldern sind die habgierigsten und schamlosesten Hirten gestorben, die sich, um ein schon verkrüppeltes Lamm zurückzuholen, die Beine gebrochen haben, ohne dass sie jemand rechtzeitig hätte holen können, verloren in den Abendwolken, erfroren in der Nacht. Auf der Pania erfriert man; du kauerst dich an einen Stein und dein Atem schäumt schon in deinem gefrierenden Blut, und ein paar Kilometer unter deinem letzten Wimpernschlag könntest du die Strände der Versilia sehen, wie sie planiert werden, um sie auf die nächste Badesaison vorzubereiten. Im Laufe der Jahre hat man schon etliche gefunden, am Rande des Abgrunds zusammengerollt, die noch das Meer betrachteten. Nach Monaten noch unversehrt, denn auf der Pania kommen weder Füchse noch Wölfe vorbei; üblicherweise nur Menschen, die anderswo abgehauen sind, manche vom Gesetz verfolgt, andere von Banditen. Und dann wurde 1944 auf der Pania unsere Schlacht bei den Thermopylen geschlagen, und diese Tatsache hätte allein schon genügt, deren Unheil zu bestätigen.

Auch die Kinder in den Schulen kennen die Geschichte von Valanga. Es gibt immer jemanden, der sie erzählt, bei den Menschen herrscht noch die Vorstellung, dass Valanga und seine Männer unseren Stolz auf ewig bewahren. Dabei ist sie nichts anderes als eine Geschichte von Partisanen, aber voller Schönheit und Leidenschaft, die für ein tausendjähriges Epos ausreicht. Fangen wir an, schön war der junge Mann aus Gallicano, der sein Medizinstudium aufgab, um in die Berge zu gehen. Schön war seine Familie und voller libertärer Leidenschaft. Schön war seine Frau, die ihm von einem Engländer weggenommen wurde, den er selbst aus der Gefangenschaft in einem deutschen Lager gerettet hatte und wie ein Bruder in seinem Haus pflegte. Und bereits darin, und im heimlichen und unaussprechlichen Schmerz von Valanga hätte jeder die Blindheit eines Schicksals sehen können, das sich ohne Rücksicht auf irgendjemanden erfüllen sollte. Schöne Gesichter hatten seine Männer, oder besser gesagt, seine jungen Kerle; und es gelingt ihnen, immer noch schön zu sein, dort wo sie sind, in den angeschimmelten Ovalen aus abgenutztem Porzellan in der weißen Marmortafel, ewig wie der Stolz, zu Füßen der Säule, die bestätigt, was gewesen ist. Es war schön, dass sie sich zum Kämpfen für die Pania della Croce entschieden haben: den undankbarsten Ort, der aber am weitesten von den Menschen entfernt war, die unter einem Kampf hätten leiden können. Und voller Leidenschaft waren ihre Taten, sogar bemitleidenswert, auch wenn sie doch stets das Werk von Valanga waren. Sie waren zwanzig, und zweitausend brauchten sie, um sie aufzustöbern. Und natürlich ist es ihnen gelungen, und sie hielten sie dicht am Gipfel fest, tagelang ohne Munition und ohne Brot, bis Valanga die Entscheidung traf, sich gemeinsam hinunterzustürzen, in der letzten leidenschaftlichen Tat, die ihnen blieb: im Sterben zu fliegen.

Man sagt, auf der Pania sei auch mein Vater gestorben, der eines schönen Tages bis zum Kreuz hinaufgestiegen sei und sich hinuntergestürzt habe. Wenn dem so ist, dann ist er 1500 Meter weit im Flug geglitten, bevor er in einem Feld hinter den Stränden der Versilia landete, und ich kann mir zwar vorstellen, was Valangas Leute auf diesem Weg dachten, aber seine Gedanken kann ich mir nicht vorstellen. Ich kenne ihn nicht, ich weiß nicht, wer er ist, es gibt nur seine Legende. Die Legende besagt, er habe sich aus Sehnsucht hinabgestürzt, die Sehnsucht habe Besitz von ihm ergriffen und ihn mit dem logischen und einzigen Ziel nach dort oben hinaufgetrieben. Sie reden von seiner Sehnsucht wie von etwas Grausamem und Unabwendbarem, denn er war sehnsüchtig nach dem, was er weder gehabt noch gesehen hatte. Und der Omo Nudo sagt, dass er nur, indem er sich von der Pania stürzte, dem nahe kommen konnte, was er suchte.

Wenn ich also in der Zeit, die ich hatte, um mich um die Duse zu kümmern, an die Pania dachte, dann weil ich mich fragte, ob meine Mutter nicht denselben Weg hätte gehen wollen, wenigstens dieses letzte Mal, ein letztes Mal. Und ich fragte mich, ob sie wirklich nie Sehnsucht nach ihm gehabt hatte, wie sie es aussehen ließ, und sei es durch Unterlassung: Ich habe zu Hause nie etwas von meinem Vater gesehen, kein Foto oder auch nur ein Stück Stoff oder ein Stück Papier, das seinen Geruch bewahrt haben könnte. Und wenn sie von ihm sprach, und das tat sie diffus, benutzte sie dieselbe ehrliche schulmeisterliche Großzügigkeit, wie wenn sie die Geschichten von der Schule der Capria oder irgendeine andere Geschichte der Völker erzählte, mit denen sie mich vertraut machen wollte. Ohne die geringste Spur einer Abwesenheit und eines Schmerzes, kein Zeichen eines gebrochenen Herzens, noch das einer Naht, nur ein scheußlicher Tropengarten. Wenn ich nur etwas gehabt hätte, um zu sagen: Vielleicht würde ihr das so gefallen; wäre sie etwas weniger undurchdringlich gewesen, etwas weniger die Duse, hätte ich sie einäschern lassen und sie auf die Pania gebracht, um sie dem Mann, der sie gehabt hatte, hinterherfliegen zu lassen. Dem Mann, den sie wollte, wie auch immer die Dinge gelaufen sind. Und ich wäre Präsident Obama um einiges voraus gewesen, zum Beweis dafür, dass wir nicht so rückständig sind, wie wir genannt werden.

Aber die Duse ist die Duse, und du kannst sie nicht dem entziehen, was sie sein will. Du kannst sie weder ihren Schülern, den Kindern, deren Müttern und Ehefrauen und Großeltern wegnehmen, die immerhin alle ihre Schüler gewesen sind oder dabei sind, es zu werden und wieder zu werden. Und jeder von ihnen machte Vertrautheitsrechte geltend und behauptete, die Pflichten der Dankbarkeit einzulösen. Und vor allem hätte ich sie der Santarellina nicht wegnehmen können, die sie nur überlebt hatte, um ihr noch beizustehen. Und so bekam sie ihr Begräbnis in großem Pomp, mit dem Erzpriester, den Diakonen und Messdienern, mit der großen Musikkapelle aus Schülern: einhundert Blechbläser, mit der Kraft des Blasens seit 1848. Sie bekam die Messe und Tränen, Schluchzer und Kronen, eine schöne Predigt und den Trauerzug.

Ich bat nur darum, als äußerstem Willen des Erben, dass ich sie bitte wenigstens am Ende allein loswerden durfte. Nur ich und die Santarellina und Nita. Sie, die die Duse nie kennengelernt hat, freundete sich an jenem Tag mit der Santarellina an und lernte sofort, wie man sie eng umschlingen konnte, ohne diese alte Frau zu zerbrechen, die etwas mehr als einen Meter groß war und etwa dreißig Kilo wog, und von diesen dreißig bestand mindestens eines aus scharlachroter Farbe für die Haare.

Von allen Friedhöfen, die sie gewollt und sogar verlangt hätten, wählte ich für meine Mutter den von Castelvecchio aus; dort gab es noch Erde und der Wärter hatte nichts gegen die Forderung einzuwenden, auf ihr Grab etwas von ihrem Tropengarten zu pflanzen: Auch er war ein ehemaliger Schüler. Wenn ich gewollt hätte, dann hätte ich vielleicht herausfinden können, auf welchem italienischen Friedhof ihre Familie gelandet war; ich hätte die Duse ihrer Familie übergeben können, und wenn man es genau bedachte, hätte sie das angesichts ihrer konservativen Natur vielleicht gewollt. Wäre sie nur etwas weniger unaufmerksam bezüglich der Vergänglichkeit ihres Fleisches gewesen, hätte ich von ihr ein Zeichen bekommen, irgendein Wort, eine Anweisung, um mich davon zu befreien, für sie entscheiden zu müssen. Eine vollkommen unnatürliche Position: Wann entscheidet der Sohn für seine Mutter, außer, um sich der Lächerlichkeit preiszugeben?

Da ich nur das weniger Falsche tun durfte, wählte ich den Platz aus, der der Santarellina am besten gefiel; vielleicht weil sie dort jemanden hatte, vielleicht weil er gut gepflegt war, gewiss, weil er in der Nähe ihres Hauses war, sodass sie, wenn sie etwas Zeit hatte, wusste, wo sie sie verbringen konnte. Und dann, trotz des ganzen Widerwillens, den der Umstand des Begräbnisses mit sich gebracht hatte, könnte ich nie die Geschichte vergessen, die mir die Duse erzählte, als sie als Kind jede Woche ein Bündel Toscano-Zigarren brachte, die die kleine alte Frau aus Castelvecchio gerne rauchte.

Was ein heikler und geheimer Auftrag war, denn das verschrumpelte und im Blick und Benehmen bösartige Weiblein war niemand Geringeres als die letzte lebende Schwester des großen italienischen Dichters Giovanni Pascoli. Der besagte große Poet gehörte zur Familie der Osteria del Ponte, als ständiger Trinker, bis er am Wein erkrankte und dann starb. Das besagte Wirtshaus war seinerseits im Besitz der Ghetti, der Familie der Duse. So spielte Duses Mutter, mit dem schönen Namen Amelia, als kleines Mädchen auf den Knien des Dichters, als wäre sie seine Tochter. Und sie weiß noch, dass er ihr selbst wie ein kleines Kind vorkam, vor lauter Hätschelei und kleinen Versen, wenn er mit ihr spielte: *Amelia, Amelia,* sang er ihr vor, *süß bist du wie die dornige Rose, flieh mit mir, mein kleiner Schelm, denn jetzt löse ich dir den Zopf.* Und wie er sie dann erschreckte, wenn er sich, einem Dämon aus der Hölle gleich, beim Kartenspiel mit seinen Freunden, den Fuhrleuten und Republikanern, zum Fluchen hinreißen ließ. Übrigens hatte der Dichter keine Kinder, nur zwei heißgeliebte Schwestern, und sie lebten als Waisen, die sie waren, in einer Villa, zehn Minuten mit der Kutsche vom Ponte und der Osteria entfernt. Und als der Dichter starb und seine Schwestern als Waisen und Italien und die Poesie verlassen zurückließ, war es der einstimmige Wunsch aller, dass die Kutsche auf ewig im Hof der Osteria der Ghetti abgestellt würde, da sie nur für diese Strecke und dieses Ziel gekauft und benutzt worden war.

Das ganze Volk liebte den Dichter, so wie kein anderer Dichter je von Schmieden und Bauern geliebt wurde. Es war ein verwaistes Volk, dieses Volk Italiens, und es wusste es zu schätzen, wie einer von ihnen emporgestiegen war, ohne deshalb ihre tiefsten Schmerzen als Geknechtete zu vergessen. Als Waisen wussten sie, wie wohl eine Flasche Wein tat, und sei er auch nur mittelmäßig, wenn man ihn nur mit einem anderen trank, der wusste, wovon die Rede war, wenn man ein Glas in einer kirchlichen Stille nachfüllte. Die Lehrerin Duse kannte das Verwaistsein Italiens und pflegte das Andenken seines Dichters mit unendlicher Hingabe; sie fand es schicksalhaft, dass er es sich ausgesucht hatte, in diesem Landstrich zu leben, der verwaister als jeder andere war, und auf tragische Weise poetisch, dass er beschlossen hatte, am Wein aus dem Gasthaus ihrer Familie zu sterben. Vielleicht war ihrer Hingabe eine spionierende Absicht nicht fremd, Tatsache ist, dass sie mich, bevor ich der Lehrerin anvertraut wurde, die der Staat für mich ausgewählt hatte, bereits ihre bekannte Geschichte und ein Dutzend Gedichte hatte auswendig lernen lassen. Das setzte mich in großes Erstaunen. Wie konnte ich denken, dass es jemals andere Kinder gegeben hatte, die der Poesie so nahe waren wie ich? Sie erzählte mir, dass sie jenen inzwischen schon alten Valentino gekannt hatte, der barfüßig herumlief; der neu eingekleidet war wie die Sprösslinge des Weißdorn, der zum berühmtesten Fischer von Perlfischen in der Erinnerung des Reviers wurde.

Ich habe nicht vergessen, mit welcher Freude sie von diesem Mann sprach, die Röte, die sich über ihr Gesicht verbreitete, wenn sie ein Gedicht von ihm rezitierte; und zwar nicht, weil der Dichter ihre Mutter auf seinem Schoß gehabt, und auch nicht, weil sie selbst seiner todkranken Schwester heimlich etwas zu Rauchen besorgt hatte. Ich weiß nicht, ob mir heute die Gedichte gefallen, die ich gelernt habe, jedenfalls gefielen sie mir nicht besonders, als die Duse sie mir samstags und sonntags vor dem Abendessen einbläute. Aber es stimmt, wenn mir eines in den Sinn kommt, in dieser Zeit, in der ich mich endgültig und vollständig als Waise fühle, dann bin ich gerührt; zu Tränen gerührt, wage ich ohne Scham zu sagen. Und ohne Scham rezitiere ich Nita diese zwei, drei Verse des Gedichts, das mich schon als Kind zum Weinen brachte; und die Duse wusste, dass ich weinen würde und rezitierte sie mitleidvoll mit mir, damit ich das Leid, das sie mir auferlegte, geteilt spüren konnte:

Für immer heißt sterben … ja: am Abend sich schlafen legen: so bleiben und sich nicht regen. Ich sage ihr diesen Stummel Poesie im heiligsten Moment des Verlassenseins auf, wenn sie, ihr Buch des Tages auf den Boden gelegt, dort auf dem alten Backsteinboden voller Ritzen, aus denen sich nachts die kinderreichen Familien der Küchenschaben emsig erheben werden, sich in ihren Schoß zusammenkauert und den leichten Atem des Schlafs einatmet. Bereits da, am Ort ihrer unvermeidlichen, unverletzlichen Intimität, wo der Poet der Waisen Italiens nicht einmal als Verdacht eindringen dürfte. Sie hört es oder hört es nicht.

Und also brachten wir sie nach Castelvecchio, zusammen mit dem Fahrer im Mercedes Benz mit dieser obszönen silberblauen Farbe, die bei Leichenzügen üblich ist; die Santarellina in der Mitte, als wäre sie ein Mädchen, das in seiner Bestürzung mit den Fensterkurbeln oder dem Türgriff eine Dummheit anstellen könnte. Doch sie weinte nicht und schien auch nicht zu leiden; und sie betrachtete uns, mal den einen, mal die andere, genau wie es Kinder tun, wenn sie erwarten, dass die Erwachsenen etwas aushecken. Und sie lächelte ihr übliches höfliches Lächeln mit zusammengepressten Lippen und weit offenen Augen; denn auch das ist ein Kinderlächeln, das alles sieht, alles Mögliche, von etwas weiter vorn, von einem Punkt, wo das, was geschieht, schon vorbei ist und von wo man sich von dem, was kommt, nichts Gutes erwartet. Ansonsten wären die Kinder zu schwach und könnten wegen nichts sterben, und ebenso würde es ihr ergehen.

Die Santarellina wird uns noch alle begraben, dachte ich, als der Wärter jemanden holen ging, um die Duse hinunterzulassen, und zwar, weil alles zu überleben ihre erste Pflicht ist, seit sie geboren wurde.

Und der Wärter kam mit zwei Russen zurück, die dort irgendwo in der Umgebung arbeiteten, gerade als die Santarellina aus ihrer Handtasche ein Taschentuch herausgeholt hatte und sich die Nase putzte. Und vielleicht hätte sie in diesem Moment doch zu weinen anfangen können, aber gewiss nicht unter den Augen der ausländischen Arbeitskraft. Die Handtasche der Santarellina hatte die ungefähre Form einer Mandel, diese Art von Tasche aus Lackleder, die englische Frauen in den fünfziger Jahren gern am Samstagnachmittag trugen. Jene Art von Artikel, die dreißig Jahre später die Frauen hier stolz zur Hochzeit ihrer Neffen und Cousinen tragen sollten, nachdem sie sie am Rande der Erschöpfung von ihren Verwandten von dort als Geschenk bekamen; die sie ihrerseits fast neu von ihren launischen Chefs in Newcastle und Birmingham als Prämie bekommen hatten. In den zwanzig Jahren, die die Santarellina damit verbrachte, fish and chips in der goldenen touristischen Umgebung von West-Newcastle zu braten, hatte sie die Möglichkeit, genügend Geld beiseite zu legen, um sich selbst eine eigene neue zu kaufen, und vielleicht war sie dafür extra nach London gefahren, denn man weiß, dass sie mindestens einmal dort gewesen ist; jedenfalls glänzte an jenem Morgen ihre Tasche in der Ostersonne, als wäre sie nagelneu. Und es glänzte auch ihr Kostüm aus ultramarinblauer Schantungseide. Jetzt, wo ich daran denke, war die Santarellina an jenem Tag gekleidet, als ginge sie zu einer Hochzeit, genauso, wie sie zu allen Hochzeiten und zu allen Beerdigungen ihres langen Lebens gegangen sein wird.

Obwohl sie meine ganze Kindheit bei mir war, ist es mir nie gelungen, mit ihr vertraut zu werden, nicht genug, um ihr die Fragen zu stellen, die alle Kinder gedankenlos denen stellen, die sie um sich haben. Nur an diesem letzten Mal, als wir das Schwein geschlachtet hatten und ich bei ihr zu Hause vorbeiging, um ihr etwas Schweinskopf zu bringen, der ihr so gut schmeckte, dieses Mal, als ich sie mit einem Mobiltelefon in der Hand antraf und sie mir zeigte, wie viele Leute sie schon angerufen hatte, um ihr beim Schweinskopf Gesellschaft zu leisten und ein wenig dazusitzen und sich die alten Märchen zu erzählen, die in Vergessenheit gerieten, in jenen Tagen, als ich gerade Nita gesehen hatte, wie sie schwanger wurde, da fragte ich sie, warum sie nie geheiratet hatte. Sie antwortete fröhlich: weil, mein Junge, ich als Witwe geboren bin. Und sie hatte ihr vertrautes Lächeln mit geschlossenem Mund und offenen Augen, aufgerissen für die Wahrheit, die schon seit achtzig Jahren und länger in ihr brütete. Und eine Frau, die als Witwe geboren ist, kann also keinen Unterschied zwischen Hochzeiten und Beerdigungen machen, und ein schönes Schantung-Kostüm ist für ein ganzes Leben gut.

Die Russen arbeiteten planmäßig und sorgfältig langsam; auf diese Weise wurde das Begräbnis schnell und gut gemacht, die tropischen Pflanzen sorgfältig eingesetzt und sogar gewässert. Zwischen das Grün stellte der Wärter ein dünnes Holzbrett, gut von einer Schaufel Kies abgestützt, auf der in Großbuchstaben präzise und deutlich der Vor- und Nachname meiner Mutter stand. Auf den Marmorgrabstein musste man noch etwas warten. Auf der Rückseite des Brettes stand, verblasst, aber einem Kenner nicht verborgen, die Marke des bekanntesten Herstellers von Jagdmunition. Das sollte wohl schon etwas bedeuten.

Während wir wieder gingen und ich nach oben in die weißen österlichen Wolken schaute, entdeckte ich auf den ersten Blick die Pania della Croce, fern, leuchtend, dämmernd über dem Rauch, der aus der Wärme des Tals aufstieg. Wenn sie gewollt hätte, hätte die Duse sie auch sehen können, ohne sich allzu sehr zu bemühen. Mit ihrem Fasanenschritt trippelte die Santarellina allen voran, in Gedanken schon dabei, die Flamme unter der Suppe anzuzünden. Hühnersuppe mit Tortelli, das ist das Gericht, das den Verwandten Verstorbener guttut, in der Gewissheit dieses Reviers, dass es immer jemanden gibt, der sie zubereiten kann.

Der Tango der verlorenen Liebe

So wie es mir meine Mutter zu verstehen gab, wurde ich in reiner, unbefleckter Liebe empfangen. So wie sie es sah, sollte ich aus keinem Grund Urteile formulieren und, wehe mir, äußern über meinen Vater, über sie selbst, über mich, der ich durch sie auf die Welt gekommen war, und die Nase in diese Liebe stecken, die mir zu erzählen sie sich bereit machte. Keinen Laut. Nicht, während sie mit mir sprach – und als sie es tat, war ich ungefähr neun Jahre alt –, und nicht, wenn aus mir ein Mann geworden wäre. Dann, als Mann, würde ich vielleicht besser verstehen, doch schon damals, auf dem Sofa mit den Sprungfedern, vom grünen und blauen Licht der Glasblume über dem Sofa beleuchtet, vertraute sie darauf, dass mich nichts daran hindern würde, das Wesentliche, das, was wirklich zählte, zu begreifen. Weil ich eine Seele hatte, und die Duse hegte ein absolutes Vertrauen in ihre Vernunft, obwohl sie wusste, dass die Seele eines Kindes wie die eines Kaisers nur ein schweifendes, schmeichelndes Seelchen war. Genau das sagte sie mir, während sie mir leicht den Arm drückte, damit ich mich umdrehte und ihr in die Augen sah: mein schmeichelndes Seelchen. Und sie scherzte nicht.

In diesem Punkt, bei der Einhaltung der Vorschrift, Liebesangelegenheiten nicht zu beurteilen, konnte ich mein ganzes Leben lang disziplinierten Gehorsam bewahren; um unnötigen Versuchungen aus dem Weg zu gehen, habe ich es, nur für den Anfang, vermieden, das Wort selbst auszusprechen. Ich habe nie Liebesansprachen gehalten. Auf diese Weise habe ich mir auch erspart, welche anzuhören, da niemand Lust hat, sich hinzustellen und zu jemandem von Liebe zu sprechen, der, wie er weiß, nicht beabsichtigt, den Gefallen zu erwidern. Natürlich glaube ich an die offensichtliche Existenz der Liebe, an ihre konkrete Notwendigkeit und an ihre ungeheure Kraft: Meine Mutter wollte mir zeigen, dass sie dafür ein erdrückender Beweis war. Hätte ich nicht Gewissheit bezüglich der Liebe gehabt, so hätte ich sie tödlich verraten, aber ich wäre jetzt bestimmt nicht hier, bei dieser Frau, die unbekümmert über die Verbote überall in Wort und Tat Liebe verbreitet. Und wenn Verbote an Wirkung verlieren, verlieren sie schließlich auch ihren Sinn; sodass ich, alt genug, um mir zuzugestehen, dass ich ein Mann unfehlbarer Prinzipien bin, nicht nur entdeckte, dass ich dachte, sie zu lieben, sondern mich auch dabei überraschte, es ihr zu sagen, vielleicht in einem Moment mangelnder Wachsamkeit.

Jetzt ist sie dort, im großen Zimmer, und liest. Ich weiß, wie: Sie sitzt zusammengekauert auf einem dieser kleinen Korbsessel voller Splitter, die wir diesen Sommer auf den Hof hinausgestellt haben, unter den Hintern hat sie sich ein Kissen geschoben, um sich den Rock nicht zu ruinieren. Ihre Aktenmappe von der Arbeit liegt noch hingeworfen auf dem Boden, und, ich würde schwören, ihre Polarforscher-Windjacke zusammengeknüllt auf der Mappe. Ich hörte sie kommen, ihre Sachen hinwerfen, sich in der Küche ein Glas Wasser holen – das gibt ein Geräusch wie von einem Wasserfall, das der Wasserhahn nur bei ihr macht –, und sich auf dieses trockene und unbequeme Korbnest werfen. Sie kauert sich dort zusammen, als wollte sie zu einem Bündel von Lumpen werden: ihre ideale Position, um zu lernen. Sie hat nicht nach mir gesucht, als sie hereinkam, und ich auch nicht nach ihr, doch wenn ich mich nun dort blicken lasse, ist alles, was ich vorfinde, ein Raum voller Liebe. Randvoll, vollgestopft, verstopft mit Liebe. Liebe, die bis zur Dachkammer reicht, die auf den Fußboden gleitet, in den

Fensterritzen steckt, sich im Eckschrank ausbreitet, wo wir die Wurst haben, die wir heute Abend essen werden. Sie ist immer das, was sie sagt, und sie tut immer das, was sie ist; und das genügt, um die Existenz der reinen Ader ihrer Liebe zu beweisen. Wenn Gott Liebe ist, und es gibt eine reiche und jahrhundertealte Theologie, die danach strebt, es zu beweisen, dann ist Nitas Präsenz im Zimmer dort der Beweis seiner Existenz. Wäre es doch nur so einfach. So wie ich bald gelernt habe, nicht über Liebesangelegenheiten zu urteilen, habe ich mit Leichtigkeit gelernt, Gott nicht zu beurteilen. Und um mich nicht in leichte Verwirrung zu bringen, vermeide ich es, auch nur seinen Namen auszusprechen. Ich meide den Glauben in Bezug auf Gott und in Bezug auf die Liebe.

Wohingegen ich an die Geschichte glaube, die mir meine Mutter von sich erzählte, als sie ein Mädchen war, zu der Zeit, als sie einem jungen Mann begegnete, der vom Amazonas hierher gekommen war. Es ist eine herrliche Geschichte.

Es war Krieg, und der Krieg hatte alles dermaßen verändert, dass der Tropenwald bis in das Revier gekommen war. Am Anfang war jedoch nur die Duse.

Die Duse war gut geboren, sagte sie mir, und sie wollte sagen, dass sie von zwei Menschen geboren wurde, die sich liebten und schnell lernten, auch sie zu lieben. Ihre Mutter war die Tochter von Wirtsleuten, sie war also aufgewachsen, um wohlgesinnt und neugierig zu sein. Ihr Vater war schön und ein Auswärtiger und ein paar Monate nach der Schlacht von Vittorio Veneto im Revier gelandet, mit dem noch fiebrigen Blick eines jungen siegreichen Offiziers; er war hier, um die Laufbahn eines Provinzbürokraten einzuschlagen, war aber noch voller Energie und Fantasie. Er kam gern ins Wirtshaus, setzte sich in den Schatten der Platane, dorthin, wo schon der größte Dichter seinen Tisch zum Briscolaspielen hatte, und trank in Ruhe den Punsch, den sie ihm zubereitete. Er trank langsam und in kleinen Schlucken, wie es die vornehmen Städter machen, und sah sich nach jemandem um, mit dem er seine innovativen Ideen über Politik und Kultur teilen konnte. Das ergab sich nur sehr selten und mit unbefriedigenden Ergebnissen. Der Vater der Duse hegte revolutionäre Gefühle, und das war bei den Trinkern der Osteria del Ponte gern gesehen, aber seine Launen erwiesen sich als schwierig und seltsam, alle gediehen in den Hyperboreen der Poesie, in den unbekannten Künsten der Moderne, in den Experimenten der zukünftigen Wissenschaften. Während für seinen Geschmack selbst das Gedicht des Poeten überholt und längst vergangen erschien, der noch einige Jahre zuvor, von Verehrung umgeben, auf dem Stuhl saß, von dem aus er nun Undankbarkeit verbreitete.

Denen vom Ponte war er nicht sympathisch, aber er gefiel der Tochter der Ghetti, die zu verstehen glaubte, was er meinte, wenn er ihr mit einem weißen Lächeln seine Einsamkeit zeigte. Sie waren beide schön, von so unterschiedlicher Schönheit, dass die eine für die andere nur perfekt sein konnte. Sie heirateten sofort, ohne Zeit damit zu verschwenden, Klarheiten zu suchen, die sie nicht brauchten, und zogen weit genug vom Wirtshaus weg, dass sie sich einbilden konnten, ohne es auszukommen. Auf Hochzeitsreise fuhren sie nach Florenz, gingen in die Oper, besuchten die Museen und gingen an den gerade wieder aufgebauten Böschungen am Arno spazieren. Aber der junge Bräutigam konnte endlich auch viel und mit großer Freude in den Zirkeln und Cafés diskutieren. Dort gab es viele wie ihn, siegreiche und ungezähmte junge Geister, die sich nach Rettung aus der grauen Mittelmäßigkeit einer Nachkriegszeit sehnten, wo die Masse sich dem eben erst erreichten Ruhm verweigerte und abgeneigt war, neue Siege zu wagen. Andere sprachen im Namen des Volkes und von Sozialismus und Sowjets, er und seine neuen Freunde verabscheuten es, sich hinter einem Volk verstecken zu müssen, das gegen die natürliche Ungleichheit der starken Geister wetterte, und nahmen sich vor, das in Brand zu setzen, was von Italien im Namen der faden Banalität des Brotes noch blieb. Er kam nach Hause als Faschist der ersten Stunde; und er schaffte es nicht einmal rechtzeitig, seine Frau zu schwängern, denn er machte sich sofort auf den Weg, um seinen Teil zum Marsch auf Rom beizutragen.

Zurück kehrte er mit einem Gepäck aus außergewöhnlichen Ereignissen und historischen Umwälzungen, in einer Uniform, die ihn als Parteifunktionär auswies, er stellte sie zufrieden zur Schau, und sie machte ihn etwas weniger revolutionär und etwas älter, als er aufgebrochen war. In seinen langen schwarzen Haaren war eine silberweiße Strähne aufgetaucht. Er wechselte seine Arbeit und war nun ein hohes Tier der Faschisten, mit der Pflicht, sich um das rechte Wohl des Volkes zu kümmern; er ging weiterhin ins Wirtshaus und war jetzt der Ehemann der Tochter, und obwohl er so sichtbar im Rang aufgestiegen war, suchte er immer noch die Diskussion und fand sie auch weiterhin nicht.

Die Duse hat mir das so erzählt, sie hat gesagt: Faschist der ersten Stunde und so weiter. Da ich von meiner Mutter nie wieder etwas darüber gehört habe, erinnere ich mich eher an die Art, in der andere mir viele Jahre später davon berichteten, aber mir kommt noch ihr entschiedener Ton ohne jegliche Ereiferung in den Sinn: mit leiser, schulmeisterlicher, erklärender Stimme. Er kam zurück als Faschist der ersten Stunde. Er war ein braver Mann, er liebte mich so. Er dachte, es auf seine Weise richtig zu machen, doch am Ende musste er weggehen, weil er für den Krieg gewesen war, und der Krieg war verloren. Sie konnten nicht mehr hier bleiben. Er und meine Mutter, denn ohne sie ging der Mann in einem Glas Wasser unter. Sie haben mich nicht allein gelassen, ich war es, die bleiben wollte: Ich war ja schon groß. Er hat nie jemandem etwas Böses getan, später hätte er zurückkommen können. Aber wer weiß.

Doch wenn Söhne von ihren Vätern sprechen, erzählen sie blutrünstige Märchen und edelmütige Legenden, von Sehnsucht und Reue, Rache und Erbarmen. Söhne sprechen von Vätern, groß wie Riesen, sanft wie weiße Rinder, sie sprechen von ihren großen Werken und von riesigem Elend. Sie zeichnen zweifelhafte Fresken von mit Türmen bewehrtem Ehestand, und sie sprechen davon, wie sie sie fressen wollten, als sie gerade neugeborene Kinder waren, davon, wie sie kräftige Muskeln von ihrem eigenen Fleisch gaben, damit diese sich ernährten und wuchsen. Sie erzählen von ihren eigenen Augen, die den Mythos gesehen haben. Ein Sohn spricht nicht von dem, was sein Vater gewesen ist, sondern von dem, was er über sich selbst und über ihn geträumt hat.

Aber worüber spricht eine Tochter, wenn sie ihrem Sohn, dem Enkel ihres Vaters, sagt, dass der Großvater, von dem er nichts weiß, ein Faschist der ersten Stunde war? Und der Enkel erinnert sich noch heute nicht, ob er damals auch nur die geringste Ahnung vom Faschismus und seinen Stunden hatte. Damals, als schon alles vorbei war, nachdem nichts mehr da war, was hätte gerettet werden können, auch nicht aus Tochterliebe. Sie spricht von dem, was weder sie noch das Kind damals irgendwo unterbringen konnten. Sie spricht nicht von Märchen und Legenden, sondern von der Geschichte der Menschen. Man hält keinen Geschichtsunterricht über den Kopf eines Vaters hinweg, nicht einmal die Lehrerin Duse kann das. Alles, was sie kann, kraft ihrer Liebe zu den Dingen, wie sie sind, ist das, was sie muss: die Worte nacheinander sagen, schön deutlich, damit sie bleiben. Bleiben, auch wenn sie im Moment nicht verstanden werden. Das ist ihre Aufgabe. Und dann weiß der Sohn, was er daraus machen soll: Sein Seelchen verdient höchstes Vertrauen. Wie ich schon sagte, habe ich diesen Mann dann nie kennengelernt, und auch heute hege ich ihm gegenüber keinerlei Feindschaft und kein Gefühl: Er ist nur die Worte meiner Mutter. Ich habe meine Vorstellungen über den Grund, warum er sich nie blicken ließ; weder er noch seine Frau, nicht einmal, um das Wirtshaus zu verlangen, das ihm zustand, in Zeiten, als alle ohne Scham etwas verlangt und ohne Zurückhaltung bekommen haben. Doch meine Vorstellungen habe ich für mich behalten; übrigens wusste die Duse sicher alles über sie und wo sie gelandet waren, und wenn sie mit mir darüber nie sprechen wollte, wird sie schon ihre Gründe gehabt haben.

Und an jenem Abend erzählte sie nur weiter.

Sie gaben ihr den Namen Duse, weil ihr Vater die große Schauspielerin Eleonora Duse verehrte; er war sogar in Neapel gewesen, um sie spielen zu sehen, und dann noch an jedem Ort, den er damals erreichen konnte. Ihre Mutter hatte Angst, dass er sich in sie verliebt hatte; und da er ein eigensinniger Kopf war, weinte und weinte sie, zu Tode erschrocken, er könne von zu Hause weggehen und der Duse folgen. Aber das sind Liebschaften, vor denen man keine Angst zu haben braucht, sagte mir die Duse, das sind Liebschaften von Kindern. Nun wollte aber der Pfarrer sie nicht taufen, weil es keine Heilige im Kalender mit einem Namen gibt, der ihrem auch nur ein wenig ähnelt. So drohte ihr Vater damit, ihn aus dem Priesterstand ausschließen zu lassen, denn Mussolini persönlich würde zum Papst gehen, um ihn wegen dieser Geschichte zur Rede zu stellen, und wenn es im Kalender noch keine Heilige gebe, dann würde er eben eine darin aufnehmen lassen. Ihre Mutter verehrte diesen so aufrichtigen und willensstarken Mann und freundete sich, wenn auch in der Angst des Verdachts, den sie noch hegte, sogar mit dem Namen an, den er ihrer Tochter gab. So ist meine Mutter die einzige Duse Italiens. Sie liebten sie, und zwar sehr, betonte sie. Ihrem Vater war es natürlich wichtig, dass sie so tüchtig wie die Schauspielerin und sogar noch tüchtiger würde. Sie schickten sie nach Lucca in die Schule und ließen sie Musik studieren; sie stellten sich ein Klavier ins Haus, und es hatte den Anschein, als gäbe es nicht einmal im Teatro degli Impavidi ein gleichwertiges. Sie ließen sie sogar Gesangsunterricht nehmen.

Die Gesangsstunden nahm sie bei einer berühmten russischen Sängerin, die im Theater unterrichtete. Sie sagte mir, es gebe nichts Schlimmeres als diese Frau, die redete ohne die geringste Lust, verstanden zu werden, und lächerliche Reifröcke trug, als würde sie pausenlos *La Traviata* spielen, auch, wenn sie auf die Toilette ging. Sie sagte mir, es gebe nichts Widerwärtigeres, als ihre schmerzhaften, bösartigen Kopfnüsse zu bekommen, und nichts Lächerlicheres als ihre Frisur in Form eines Topfs, die sie immer mit hundert Haarklammern zusammenhielt. Aber sie konnte singen und einem etwas von ihrem Gesang beibringen. Und mit vierzehn Jahren war die Duse ein glückliches Mädchen, die in der Schule früher als die anderen das Examen machen würde, während sie ihre Zeit damit verbrachte, all das zu tun, was ihr schön und interessant erschien. Und sie wusste nicht, wo es ihr besser gefiel: in der Schule, beim Singen, bei den Aufmärschen der Giovani Italiane, im Wirtshaus ihrer Großmutter oder bei sich zu Hause.

Wo man ihren Vater selten sah, doch wenn er kam, hatte er immer etwas für seine Frauen dabei. Und das waren wertvolle Dinge, es genügte nicht, Funktionär der faschistischen Partei zu sein, um sie zu finden, sondern man musste seine Frauen auch sehr lieben, um sich bei der Suche Mühe zu geben. Die gläserne Blume, die noch über dem Sofa Licht spendete, hatte ihr Vater von einer Insel Venedigs mitgebracht. Und auch die Spieluhr, die sie auf der Kommode in ihrem Schlafzimmer stehen hatte, mit den Figuren zweier Tänzerinnen, die den Abschiedswalzer tanzten; dieser geheimnisvolle Mechanismus, den ich nicht in Bewegung setzen konnte, sondern ich musste immer warten, bis sie Lust hatte, ihn mir ein, zwei Mal im Jahr vorzuspielen, auch das war ein Liebesmitbringsel für sie aus dem fernen Bayern.

Wenn er nicht auf Reisen durch die Gebiete des Imperiums war, ließ er samstagnachmittags seine Tochter die letzte Arie vorsingen, die sie gelernt hatte, und dann ging er ins Wirtshaus seiner Schwiegereltern zurück, unermüdlich in seinem Willen, mit den Klempnern und Fuhrleuten über die großen Themen der Kunst und der Politik zu debattieren. Und er stoppelte eine Rede nach der anderen zusammen, während er sich hartnäckig einbildete, wenigstens sein Verlangen nach Kunst zu befriedigen, da er bei der Politik bald merkte, dass da nichts zu machen war. Diejenigen, die dort seit fünfzig Jahren an die Kutsche des Dichters gelehnt Karten spielten und *striscino* tranken, hörten ihm nicht einmal zu; die Neuen, die Faschisten der zweiten und dritten Stunde, nervten ihn nur mit ihrem Jawohl, mein Herr. Die Duse, die jetzt schon eine junge Frau war und angefangen hatte, an Festtagen an den Tischen zu bedienen, zwinkerte ihrem Vater zu und beide äfften die Faschisten nach. Und es schien, als sei alles schön und gut gemacht, in der richtigen Reihenfolge und in der rechten Harmonie, so wie das Leben und die Welt, denn ihr Leben war die ganze mögliche und unvorstellbare Welt, sie musste nur so bleiben, für immer.

Als der Krieg kam, merkte es zunächst niemand. Sicherlich wussten alle, dass er da war, doch er hatte sich sofort in der allgemeinen Mobilmachung der UNPA aufgelöst und für die Duse in ein paar zusätzlichen Gymnastikübungen, die samstagvormittags zu absolvieren waren, und am Ende des Unterrichts in einer Viertelstunde Anweisungen über den Feind, der im Hinterhalt lag. Der Feind war französisch, englisch, amerikanisch, polnisch, russisch, der Feind war überall. Und er war auch hier irgendwo, in einer Verkleidung, die sie noch nicht sehen konnte, die ihr Vater aber schwor, wiedererkennen zu können. Der Keller unter dem Haus am Ponte füllte sich jeden Tag mehr mit Lebensmitteln, Brennholz und Kohle. Die Mäuse rannten wie verrückt herum, als wären sie auf dem Jahrmarkt.

Dann begann der Krieg verloren zu gehen, und auch da

merkte es zunächst niemand. Doch das dauerte nur einen Moment; dann begann sich der Keller zu leeren, fast so plötzlich, wie er sich gefüllt hatte. Ein paar verwundete Soldaten kamen nach Hause und setzten sich unter die Platane des Wirtshauses und schauten den Leuten ins Gesicht, als kämen sie aus der anderen Welt; zuerst schweigsam, dann redeten sie und hörten nicht mehr auf. Defätismus, sagte ihr Vater, aber jeden Tag sagte er es mit weniger Energie. Am Ende sagte er nichts mehr; es war der Tag, als sie Benito Mussolini unter Arrest stellten und ihn auf dem Gipfel eines Berges zurückließen, als sein Schweigen begann, auch gegenüber seiner Frau und seiner Tochter, die er dennoch auch weiterhin so sehr liebte. Und es kam der 8. September, und alle begriffen, auch die, die bisher so taten, als würden sie nichts begreifen. Es begriff auch die Duse, die immerhin schon sechzehn Jahre alt war, wenn sie die Reihe der deutschen Kettenfahrzeuge, winzig klein und dicht gedrängt wie Ameisen, betrachtete, die wie ein Klanggewitter den Carpinelli-Pass herunterkamen. Einige Tage später sagte ihr Vater, sie solle nicht mehr zur Gesangsstunde nach Lucca fahren, denn jetzt gebe es die faschistische Republik, und alle müssten jetzt Vernunft annehmen, wenn sie ein für alle Mal diesen Krieg gewinnen wollten. Und ging weg und ließ die Kellerschlüssel da und die Sonderlebensmittelkarte für die hohen Tiere; und blieb monatelang von zu Hause weg, im Norden, um diese neue Republik zu gründen. Als er am Ende jenes Winters zurückkam, war vor seinem Haus die Front. Da küsste der Vater als Erstes die Duse, bat sie um Verzeihung und verkaufte das Klavier an die Deutschen; dann begann er erneut, die Koffer zu packen: Alle zusammen müssten sie weggehen, um die Republik voranzubringen. Und die Duse fand heraus, dass sie auch mit siebzehn Jahren ihre Meinung sagen konnte. An jenem Tag ärgerte sie sich, und zum ersten Mal ließ sie es ihrem Vater gegenüber an Respekt fehlen. Nicht wegen des Klaviers, sondern weil sie etwas in seinem Gesicht entdeckt hatte, das sie sehr ärgerte: eine Unentschlossenheit, die sie nie zuvor gesehen hatte. Eine Unfähigkeit wie bei einem Jungen, ein Umherstreifen: Das war nicht mehr ihr Vater, sondern jemand, der eher einem kleinen Bruder ähnelte, dem man im ganzen Haus hinterher sein musste, damit er keinen Schaden anrichtete. Sie sah jenen Mann, der ihr die Tänzerinnen aus Bayern, die steinernen Rosen aus Libyen, das Veilchenparfüm aus Montenegro mitgebracht hatte, unsicher bei ihr zu Hause in der Schublade wühlen, während ihr Geist immer klarer und entschlossener wurde; in dieser so konfusen Situation war sie sicher, dass ihr Leben nicht am Ende war, sondern gerade erst begonnen hatte.

Sie sagte mir, dass man so zum Mann wird, und zur Frau: dass du plötzlich spürst, dass jetzt, und nur jetzt der richtige Moment ist, dein Leben zu beginnen, auch wenn es der falscheste Moment von allen zu sein scheint. Was suchte denn dieser Junge mit den gefärbten schwarzen Haaren, der sie nachts im Haarnetz einschloss, aus Angst, sie würden ihm davonlaufen? Wohin gedachte er seine Frau und seine Tochter zu bringen, wo man doch schon an der Art, wie er sich bewegte, während er die Dinge zum Mitnehmen einpackte, sah, dass er selbst nicht wusste, wohin er gehen sollte und warum? Dieser Junge redete und redete, doch er hatte Angst vor allem, auch vor dem, was er sagte. So sagte sie zu ihrem Vater, dass sie bleiben würde, dass sie ihn so lieb hätte, aber dass sie hier bleiben würde, auch ohne das Klavier. Ihre Mutter setzte sich auf einen Stuhl und weinte leise, aber weder sie noch er machten schließlich große Geschichten. Es stimmte ja, dass sie nicht wussten, was aus ihnen werden würde.

Die Front war zwar gefährlich, aber da war die Osteria del Ponte, und ein Wirtshaus ist ein sicherer Ort, im Frieden wie im Krieg; besser als das Rettungsboot eines Schiffes, noch besser als die Bunker, die sie auf den Gebirgskämmen gebaut hatten.

Also blieb sie da, und niemand wagte es, ihr Haus zu betreten oder sie auf der Straße anzuhalten oder auch nur ein böses Wort an sie zu richten. Die Hälfte des Hauses hatten die Deutschen requiriert, und dort wohnte ein Offizier mit seinem Burschen. Doch man sah sie nie; sie gingen durch die Hintertür hinein und hinaus und blieben absolut lautlos in ihren Zimmern: Vielleicht kamen sie nur zum Schlafen. Und ab und zu hinterließen sie auf dem Küchentisch ein Stück Butter oder ein paar Scheiben Leberwurst, ihre süßliche, scharfe Speise.

Die Duse brachte diese Dinge ins Wirtshaus, und dort blieb sie, um zu essen und die Bücher zu lesen, die ihr Vater zu Hause gelassen hatte; sie setzte sich jeden Tag mit einem neuen Buch auf einen Stuhl unter die Platane. Es war unglaublich, wie viele Bücher ihr Vater hatte lesen können, bevor er sie auf die Welt brachte, und es kam ihr unwahrscheinlich vor, dass diese Bücher zu nichts anderem gedient hatten, als aus ihm einen Flüchtling zu machen, der nicht mehr wusste, wie er zu seiner Tochter sprechen sollte. Ihr Vater hatte sehr die Kunst und die Poesie der gerade erst vergangenen Jahre geliebt, und wenn die Kunstbücher sie unschlüssig und sprachlos machten, sie ihrer vielleicht sogar überdrüssig wurde beim Gedanken, nur einen kleinen Teil dessen, was sie sah, begreifen zu können – sobald sie einen Gedichtband aufschlug, irgendeinen Band, und sei es auch nur den eines ärgerlichen Avantgardisten, dann wusste sie, dass sie etwas gefunden hatte, was sie dann mit sich nehmen würde. Wie einen Stein mit einer seltsamen Farbe, den sie im Fluss fand, würde sie ihn weiter in ihren Händen halten, ihn anhauchen und umschmeicheln bis an die Schwelle des Schlafs. Und noch mehr: Sie spürte, dass manche Wörter für immer bei ihr bleiben würden. Sie hegte sie und hatte das Gefühl, dass sie sie von Minute zu Minute wachsen ließen, wie einen Ballon, immer größer und leichter, gespeist von der heißen Luft, die die Poesie ausströmte. Manchmal stieß sie auf einen so aufdringlichen Vers, so gleichklingend mit ihren zartesten Gedanken, dass sie es sein lassen musste, dass sie aufhören musste zu lesen. Und sich zwingen, diesen für ihr Herz zu großen Invasoren zurückzuhalten, ihn daran zu hindern, ihr wehzutun. Sie fühlte sich wie der hohe Damm des Soraggio, wenn sie sie als Kind hinbrachten, um ihn unter dem wütenden Ansturm der Wildbäche in der Schneeschmelze wimmern zu hören. Andere Male kam es vor, dass sie das Buch, das sie las, wegwarf, als hätte es ihr wehgetan, es in der Hand zu halten; es konnte passieren, dass es auf der Straße landete, doch zum Glück kam damals fast nie jemand vorbei.

Im Haus hatte sie auch alle Bücher des Dichters der Waisen gefunden, jenes Pascoli, den ihr Vater so sehr verschmähte, und ihn im Wirtshaus zu lesen, verschaffte ihr eine seltsame und vertraute Freude, als ob er, der Dichter, ihr jene Gedichte persönlich vorlesen und sie dabei, wie er es mit ihrer Mutter getan hatte, auf den Knien halten würde. Derselbe zärtliche und traurige alte Onkel voller melancholischer Geschichten; jener Mann erwartete keine andere Befriedigung vom Leben als ein Lächeln seiner geliebten Nichte. Und sie las die Gedichte, die sie schon auswendig konnte, und lächelte, auch wenn sie voller Schnee und Waisentum waren. Um sie herum unter der Platane waren noch welche, die Karten spielten und *striscino* tranken; das waren die Alten, diejenigen, die sich wirklich noch daran erinnerten, wie viel sie mit dem Dichter getrunken hatten.

Niemand achtete auf sie; hier nahm scheinbar niemand etwas ernst. Auch nicht, als im Frühsommer die Salven der 140er Mörsergeschosse anfingen, laut zu pfeifen, die von der Versilia losflogen und an der Linie von Pradarena zerschellen würden; auch nicht, als ihnen die Flugzeuggeschwader in den Ohren zu dröhnen begannen, die denen, die sich die Mühe machten, den Kopf zu heben, manchmal schwarz und manchmal silberweiß erschienen. Scheinbar interessierte es diese Menschen unter der Platane wenig oder gar nicht, dass die silberweißen Flugzeuge anfingen, die Straße zu beschießen, die von Lucca heraufführte; und überhaupt nicht, als die Deutschen Befehl gaben, dass alle in ihren Häusern bleiben sollten. Ebenso, als sie böse wurden und begannen, Dinge aus den Häusern wegzuschleppen und alles zu durchsuchen und hier und da Ausweise zu verlangen. Und als sie die Echos der Salven der Sten hörten, die von den Schluchten von Sassi bis hierher hallten, und das Tak-Tak-Tak, das ihnen, kurz bevor die Sonne unterging, ankündigte, dass die Scharfschützen mit ihren Karabinern Arbeit gefunden hatten. Kugeln nicht gegen die Engländer, sondern gegen die Söhne und Enkel und Urenkel derjenigen, die unter der Platane geblieben waren. Derer, die auf nichts achteten. Es hatte den Anschein, als seien der Ponte und das Wirtshaus ein Vorposten der neutralen Schweiz, den niemand zu verletzen wagte. Die Front war hier in nächster Nähe, doch um sie herum war sie still und inaktiv, während überall geschossen, bombardiert und verbrannt wurde. Dieses Phänomen nannte man Niemandsland. Nach Sonnenuntergang half die Duse mit, das schwarze Tuch vor die Fenster zu hängen, dann machte sie sich auf den Weg, um bei ihr zu Hause sorgfältig die Verdunkelungsmaßnahmen durchzuführen, damit alles in Ordnung war, bevor die Patrouillen der Ausgangssperre herauskamen. Und sie setzte sich vor die abgeschlossene Tür, die von der Küche zu den Zimmern der Deutschen ging, und achtete darauf, dass von dort kein Laut kam, nicht einmal ein Schlafseufzer. Wenn sie wirklich sicher war, dass sie draußen auf Patrouille waren, ging sie in ihr Zimmer und holte unter dem Bett die Decke heraus, in die sie ihr Akkordeon eingewickelt hatte, und begann zu spielen.

Der Krieg hatte der Duse Dinge genommen, hatte ihr aber auch welche zukommen lassen. Ihr Vater hatte ihr Klavier verkauft, aber ihre Mutter hatte ihr aus dem Wirtshaus das Akkordeon gebracht, das sie in einem Glasschrank vor der Gaststube hatten, bereit für ein Man-weiß-ja-nie. Es gab immer ein Man-weiß-ja-nie, soweit sich ihre Mutter erinnerte, und es gab immer jemanden an einem bestimmten Moment des Abends, vor allem im Sommer, als alle Schwierigkeiten hatten, sich genügend zu betrinken, um zum Schlafen nach Hause zu schleichen, der zum Glasschrank ging und das Akkordeon herausholte. Manchmal konnte es auch vorkommen, dass sie tanzten; unter Männern, fein und anmutig wie Galane, denn der Tanzschritt ist etwas, das man hat wie Vornehmheit: gratis. Bei der Ausgangssperre brauchte niemand mehr das Akkordeon, und nun gehörte es der Duse. Es war ein Instrument der alten Sorte, mit Elfenbeintasten und einem Balg aus ganz bemaltem feinsten Lammleder; hier und da hatte es ein wenig Lackierung verloren, konnte aber noch einen klaren und kräftigen Ton halten. Die Duse wollte es spielen lernen wie das Klavier, wenn möglich noch besser, denn es war ihr sonst nichts geblieben, was sie hätte glücklich machen können.

Sie verschaffte ihr große Freude, die neue und überraschende Anstrengung, die erforderlich war, um einen einzigen Ton zu erzeugen. Einen vollen Ton; denselben, für den auf dem Klavier der Anschlag mit dem Zeigefinger und ein leichter Druck auf das Pedal genügt hatte, um zu hören, wie er sich im ganzen Haus verbreitete. Doch so kam es ihr viel schöner vor, dass für die Musik die Anstrengung der Arme und der Schultern erforderlich war. Wie eine Arbeit. Sie sah, dass alle um sie herum, seitdem Krieg war, mit einer krampfhaften Energie arbeiteten. Die Menschen brachten sich um vor Anstrengung für etwas zum Essen, etwas zum Anziehen, etwas zum Heizen. Die Mädchen in ihrem Alter gingen mit Körben voll Steinen, Kastaniensäcken, Strohkreuzen den Berg hinauf und hinunter; die kleinen Mädchen mühten sich den ganzen Tag mit ihren Vätern und ihren Großvätern ab, um Löcher zu graben, Gräben zuzuschütten, Steine zu klopfen und sich Mauern zu bauen. Sie kämpften sich ab, um etwas Schutz zu finden vor dem Hunger, der sich einstellte, vor der Kälte, die kommen würde, vor den Bomben, die zu fallen begannen. Auch die schmächtigsten kleinen

Mädchen hatten breite Schultern und große Hände bekommen. Auch sie hätte gern gearbeitet, doch sie wusste nicht, was sie tun sollte: Akkordeon zu spielen, war die einzige Arbeit, die sie auf die Schnelle lernen konnte.

Sie lernte nach Gehör, denn die Klaviernoten halfen ihr nicht mehr viel. Sie versuchte, die Lieder auswendig zu lernen, die sie im Radio hörte, und sich die einzuprägen, die sie im Wirtshaus und auf der Straße gehört hatte, wenn vor dem Krieg samstagabends im Sommer der ganze Ponte zu tanzen anfing. Es waren meistens melancholische Lieder, und jetzt, da sie mehr darauf achtete, wunderte sie sich, dass den Menschen diese Lieder so sehr gefielen, als hätten sie die Sehnsucht, sich noch mehr zu verzehren, als das Leben sie sowieso schon verzehrte. Aber auch ihr gefielen sie, auch die Duse verspürte das Bedürfnis dieser besonderen Melancholie, die ihr aus den Lungen und aus den Armen aufstieg, wenn sie in der Nacht ohne Laut und ohne Lichter in einer großen Umarmung den Balg auseinanderzog und das Akkordeon tief ausatmete, als würde es den trägen Geist einer in den Wäldern verborgenen Höhle ausstoßen. Und sie schloss die Umarmung, drückte den Balg zusammen, und der Seufzer wurde zum ersten Akkord. Eines Tangos.

Es gab so viele Tangos zu lernen.

O Meer, warum
lädst du mich ein zum Träumen heut Nacht,
wo ich leide und nicht vergessen kann
meine Liebe, die ich verlor?
Sag mir, was ist
diese fremde Musik, die du jetzt
dort unten ganz leise singst,
und die das Herz traurig macht.
Vielleicht ist das die Musik des Meeres,
die beim Warten das Herz erzittern lässt,
jedes Segel kehrt wieder und du findest nicht zurück,
denn bittere Tränen vergießen lässt du.

Die Duse hatte keine Liebe gehabt, und unter den verloren gegangenen Dingen war keine Liebe. Doch wenn sie dieses Lied spielte, fühlte sie sich, als hätte sie allen Kummer erlitten und alle Leidenschaften einer großen Liebe genossen. Sie hatte die Nacht, sie suchte das Meer. Ein dunkles, aufgewühltes Meer, ein Meer von Ferne und Exil, von stürmischer Gischt und eiskaltem Wind. Sie suchte im Meer ein Segel, und da waren drei, vier, zehn Segel, die sich am Ufer in Sicherheit brachten. Und sie weinte, weinte, vor Melancholie um ihre Liebe, die nicht zurückkehren konnte. Wären die Deutschen drüben gewesen, um ihr still zuzuhören, hätten auch sie geweint.

Wie viele Tangos gab es doch zu lernen. Und sie legte alles hinein.

Gegen Ende des Sommers, im Septemberneumond, ließ Pippo von sich hören, und die Duse lernte schnell, ihre Tangos mit dem launischen Rhythmus und dem unsteten Ton seines Motors in Einklang zu bringen. Sie begleitete ihn, wohin er auch immer ging. Ein paar Mal hatte er eine Bombe abgeworfen, aufs Geratewohl in die Dunkelheit, und niemand wurde verletzt; aber sie fürchteten ihn alle wie die Pest, außer ihr. Die Duse wusste es sehr zu schätzen, dass Pippo zurückgefunden hatte.

In jenen Tagen spielte das republikanische Radio ständig ein Lied, das trauriger nicht sein konnte. Es war ein Mädchen, das von zu Hause einen Brief an seinen Vater schrieb, der im Krieg war. *Lieber Papa, dir schreibt meine Hand, mein Herz zittert, und ich weiß nicht, wieso. Die Tränen, die mein Gesicht benetzen, sind Tränen des Stolzes, glaube mir.* Das Lied hieß *Kleines Kriegsgärtchen,* denn dieses Mädchen bemühte sich, seinen Beitrag für die Kriegsanstrengungen zu leisten, indem es im Beet vor dem Haus einen kleinen Gemüsegarten anbaute. Dieses Lied erinnerte sie natürlich an ihren Vater; wie auch er wegging, um an irgendeiner Front zu kämpfen, von der sie nichts wusste, außer dass sie so sein musste wie die um ihr Haus. Und das war eine Front mit Bomben, Schüssen und Toten, ohne dass man jemanden von Stolz sprechen hörte. Und es erinnerte sie an ihre Mutter, wie sie völlig unnatürlich bei ihrem Ehemann war, anstatt hier, zu Hause, zu sein und zusammen mit ihrer Tochter stolz auf ihn zu warten.

So musste die Duse in jenen noch warmen Tagen, während in den Wäldern die Kastanien in nie gesehener Menge und Größe reiften, dass es die Leute fast vergessen ließ, dass sie sie unter den Bomben würden einsammeln müssen, immer öfter über die Liebe ihres Vaters und ihrer Mutter nachdenken. Und sie kam zur Überzeugung, dass diese in Art und Beschaffenheit noch verwirrender und zweifelhafter war als die, die die Tangos nicht zu besingen wagten. Oder es war gar keine Liebe, sondern noch mehr, das, was danach kommt. Wie das, was Adam und Eva empfunden haben mussten, als sie den Garten Eden verließen und eng umschlungen durch die wilde Welt draußen gingen, solange sie lebten, wer weiß wie viele Jahrtausende noch. Das unsterbliche Komplizentum zweier Sünder, vielleicht das zweier Mörder. Aneinander gebunden wie Paolo und Francesca hätten sie nie sein können. Doch sie wusste nicht, mit wie viel Sünde sie sich befleckt hatten, und konnte nur Vermutungen anstellen. Und ihre Vermutungen führten nur zu größerer Unsicherheit und Sehnsucht.

In diesem Sommer hatte sie eine Freundin gefunden, erzählte mir die Duse, und ohne ihre Freundin wäre nichts von dem geschehen, was dann geschah. Vielleicht hätte auch die Duse nicht so lange gelebt, bis etwas geschah; denn, so erklärte sie mir, das Glück, das ihr das Akkordeon verschaffte, und die Zärtlichkeit, die aus den Gedichten kam, hätten ihr nicht genügt. So tauchte die Santarellina auf.

Es gibt ein Foto auf der Kommode im Sofazimmer, auf dem man die Duse und die Santarellina sieht, zu der Zeit, als sie sich kennenlernten, in den Kriegstagen. Sie sind zwei Mädchen, die sich im Schatten der Platane der Osteria del Ponte unterhaken. Das Licht, das durch die Blätter des großen Baums hindurchschimmert, schafft komplizierte Helldunkel-Effekte, wodurch die Konturen der Mädchen verschwimmen und auf seltsame Weise hervorspringen, sodass es schwierig ist, sie zu erkennen – außer an den Haaren und an den Schuhen. Eines der Mädchen hat ganz kurze schwarze Löckchen und trägt an den Füßen Holzschuhe: Das ist die Santarellina. Das andere Mädchen hat eine Masse launischer Wellen, die von einem breiten Band in Zaum gehalten werden, und trägt an den Füßen flache Schuhe, die so blank sind, dass sie im Schatten glänzen: Und das ist die Duse. Was man noch sieht, ist, dass die Santarellina mit ihren Löckchen kaum an die Augen der Duse heranreicht. Was man nicht genau begreifen kann und was mir die Duse später sagen wird, ist, dass die Santarellina auch für eine Bergbewohnerin in Kriegszeiten außergewöhnlich mager war.

Das gleiche Foto steht auch bei der Santarellina auf dem Küchenschrank, nur der Rahmen ist anders: Bei der Duse ist er aus Silber, bei der Santarellina aus mit Blumen bemaltem Holz. Ich habe die Santarellina gefragt, wer dieses Foto geschossen hat: Es war ein deutscher Offizier, der einen Fotoapparat besaß, den er immer dabei hatte, um alles zu fotografieren. Dieser Offizier hielt manchmal im Wirtshaus an, um einen Punsch zu trinken, wenn er zu Fuß von Castelnuovo herunterkam, und er war für seine Eleganz und seine höflichen Umgangsformen bekannt; er unterschied sich so sehr von allen anderen, dass die Alten unter der Platane ihm den Beinamen Baron gaben. Und sie weiß noch, dass die Duse nur aus diesem Grund zustimmte, sich fotografieren zu lassen: wegen der vornehmen Höflichkeit dieses Mannes, und weil sie unbedingt wollte, dass sie beide verewigt wurden, als sie fröhlich waren, was immer auch später geschehen könnte. Sie erinnert sich auch, dass der

Offizier es noch schaffte, ihnen die Fotos zu geben, bevor er seine Garnison räumte, um *den anderen* Platz zu machen. Die Santarellina sagt »die anderen« und meint damit die Italiener der Republik, die Monterosa-Gebirgsjäger. Aus Verachtung und Schande nennt sie sie nicht beim Namen. Sie erinnert sich, als sie »die anderen« zum ersten Mal sah, nämlich als sie kamen, um sich im Stall ihrer Dienstherren die einzige Milchkuh zu holen, die noch da war. Diese Kuh gehörte zwar ihren Dienstherren, aber etwas von der Milch stand auch ihr zu. Und sie erinnert sich, wie sie nichts von ihren Pflanzen wissen wollten; und schließlich erinnert sie sich, dass in der Nacht darauf ein deutscher Soldat aus Castelnuovo mit der Kuh am Strick ankam, um sie zurückzugeben. Und das war die letzte Erinnerung, die der elegante Offizier hinterließ; ein Grund, warum dieser schöne Rahmen, den sie in den Jahren in Newcastle gekauft hatte, nicht nur für sie und die Duse, sondern auch für ihn war. Der Baron war, nach dem, wie sich die Dinge dann entwickelten, wahrscheinlich nicht lange darauf gestorben.

Die beiden Freundinnen hatten sich getroffen, weil die Santarellina in diesem Sommer aus dem Gebirge heruntergekommen war, um im Haus ihrer Dienstherren zu arbeiten. Hier waren, nach den Zwangsrekrutierungen und den Spitzeln und den Razzien, keine Männer mehr für die täglichen Arbeiten geblieben. Sie arbeitete als Mann, nicht als Dienstmädchen. Sie lebte den großen Teil des Jahres in einem Bauernhaus ihrer Dienstherren oberhalb der Rocchette, und da weidete sie das Vieh und durchkämmte die Wälder. Wenn die *metati* erloschen, ging sie mit den Maultieren, die die Kastanien zu den Mühlen brachten, hinunter. Sie blieb im Dorf bis zu den Feiertagen und etwas länger, und ging wieder ins Gebirge hinauf, wenn der Schnee noch hoch lag; da oben blieb sie bis zum Markt von San Michele, wenn sie mit den Lämmern und dem Käse zum Verkaufen wieder herunterkam.

Doch jetzt, wo an den Rocchette die höchste Frontlinie

verlief, und es schien, dass diese Felsen für die Deutschen mehr zählten als Berlin, hatten ihre Dienstherren Kühe und Schafe den Hirten der noch ruhigen Täler jenseits des Vestito in Obhut gegeben und sie ins Dorf geholt; sie würden sie zur Kastaniensaison wieder hinaufschicken.

Übrigens, in der unverzeihlichen Konfusion, die der Krieg oft zwischen Eigentum und Aufkauf, Viehdiebstahl und gerechtem Verfahren schafft, sollten die Dienstherren der Santarellina ihr Vieh nie wiedersehen, das wer weiß wohin verschwunden oder wer weiß an wen verkauft war, und sie mussten sich eine Weile mit der kleinen Kuh zufrieden geben, die der Baron der Santarellina hatte zurückbringen lassen; doch später sollten sie reichlich Entschädigung durch andere Aufkäufe und andere Viehdiebstähle bekommen, die bei anderen Kriegen getätigt wurden, die sie sich in Afrika suchten.

Der Herausragendste von ihnen war ein Sohn, Rizieri, von legendärer Niedertracht, der sofort nach dem Referendum von '46, aus Angst vor dieser neuen Republik, mit seiner Ehefrau wegging, um Aufseher in einer Diamantenmine in Transvaal, im tiefsten Afrika, zu werden. Er dachte sich ein äußerst schlaues System aus, um der Bergbaugesellschaft, die ihn eingestellt hatte, Diamanten zu stehlen: Ein paar schwarze Ausgräber, die er sich wie Sklaven hielt, ließ er unter Stockschlägen einen pro Woche verschlucken, und er ließ sie diese außerhalb der Kontrollzäune mit Faustschlägen in den Bauch wieder hinausscheißen. Er schaffte es, sich drei Viertel des Landes zu kaufen, bevor er von den Rangers seines Unternehmens geschnappt und umgebracht wurde, wobei er schlimmer starb, als er seine Schwarzen hatte leben lassen.

So erzählt es die Santarellina und fügt noch schreckliche Details hinzu. Und sie erzählt von seiner Ehefrau, die ins Dorf zurückkehrte, und auch wenn sie nicht mehr so »glatte Beine und einen strammen Hintern« hatte, wie als sie aufgebrochen war, war sie doch immerhin am Leben, obwohl nach der wohlüberlegten Meinung der Santarellina sie der Stein des Anstoßes und die Urheberin von Rizieris Ruin war. Dies nur zur weiteren Bestätigung ihrer Meinung über die Dummheit der Männer und die rettende Prostitution der Frauen.

Die Duse und die Santarellina trafen sich eines Morgens, während sie, vom Storch verfolgt, auf der Straße nach Fosciandora flüchteten. Damals wusste man noch nicht, dass der Storch so tief flog, um die Situation an der Front besser fotografieren zu können, und es wurde vielmehr erzählt, dass er von einem besonders bösartigen Flieger gelenkt wurde, der sich in seiner Bosheit die Personen einzeln aussuchen würde, die er gern mit dem Maschinengewehr beschießen wollte. Die Duse kam gerade von der Mühle zurück, wo sie etwas Brot für das Wirtshaus gekauft hatte, die Santarellina war unterwegs, um einer Familie von dort oben Schweinefleisch zu verkaufen; jede hatte ihr schön schweres Bündel umhängen und keine von beiden wollte sich zur Auserwählten des Maschinengewehrschützen anbieten. Sie warfen sich zwischen den Erlen in den Graben, noch bevor sie einander bemerkten. Die eine sah viele Haare im Gras, die andere zwei große Augen, die aussahen wie die eines Mäusebussards, der mit dem Kaninchen in den Klauen erwischt wurde. Sie kannten sich nicht, jede wusste, wer die andere war, aber sie hatten sich noch nie Guten Tag gesagt. Sie warteten, dass der Storch sich jemand anderen aussuchte, und dann richteten sie sich wieder auf.

Zuerst sahen sie nach, ob sie sich nicht zufällig in die Hosen gemacht hätten, machten sich etwas zurecht, tasteten nach ihren Bündeln, und dann begrüßten sie sich. Sie standen dort eine ganze Weile am Rande des Grabens. Sie redeten so viel, dass sie Hunger bekamen, und sie aßen Brot und Schwein, Dinge, die ihnen gar nicht gehörten. So wurden sie Freundinnen; ohne viele Vorreden und Förmlichkeiten, wie die Santarellina sagt. Als wären sie Schwestern, die sich begegnen, nachdem sie zwanzig Jahre lang herumgewandert waren, versuchte mir die Duse zu erklären. An jenem Tag mit dem Storch war die Duse noch keine achtzehn Jahre alt, und die Santarellina nur um eines älter.

Der Krieg hatte viele Dinge weggenommen, aber er hatte auch welche kommen lassen, und die Santarellina war gekommen, damit der Krieg nichts mehr von dem mitnahm, was blieb, und besonders, damit er das Leben, das noch kommen würde, nicht wegnahm. Das ist das, was die Duse schon immer dachte. Die Santarellina, die alle Dinge weiß und von allen sprechen kann, ist bei diesem Thema sehr zurückhaltend; oder einfacher gesagt, sie hat keine Meinung. Die Santarellina interessiert sich sehr für die Vorfälle, die geschehen, und wollte anscheinend nicht über die Fragen nachgrübeln, die die Seele betreffen. Ansonsten ist ihr Leben so voller heftiger und verwickelter Ereignisse gewesen, dass die Dinge der Seele ihr immer als Leichtigkeiten, als Lappalien vorgekommen sein mussten.

Ich bin als Witwe geboren

Die Duse hat mir gesagt, wie die Santarellina geboren wurde, und sie selbst erzählt mir noch jetzt davon, wie sie gelebt hat. Sie ist eine selbstbewusste und stolze kleine alte Frau, und sehr eingebildet.

Ich bin als Witwe geboren, hat sie mir verraten, noch so voller Verblüffung über sich selbst, in ihrem Alter noch in Stimmung, über ihr tragisches Leben zu spotten.

Ich habe noch nie eine andere Frau kennengelernt, die sich imstande fühlt, von sich etwas ebenso Definitives zu sagen. Auch keinen Mann. *Ich bin als Witwe geboren.* Nicht Junggeselle, nicht alte Jungfer, nicht sonderbar und auch nicht untauglich, sondern »ich bin beraubt geboren«. Warum die Santarellina über ihre Tragödie lacht, erscheint mir rätselhaft; ich weiß nicht, ob sie es so gelernt hat, ob sie sich dazu gezwungen hat, ob sie nichts Passenderes für sich und das Leben im Allgemeinen gefunden hat. Denn über all das, von dem sie erzählt, muss sie irgendwann lachen. Mit geschlossenem Mund, mit aufgerissenen Augen, gerade mit einem winzigen Speichelfaden, wenn ihr aus Versehen die Spitze eines Porzellanzähnchens zwischen den Lippen hervorschaut. Nita sagt, dass sie sich, so winzig sie ist, auf diese Weise in vielen schlimmen Situationen aus der Affäre gezogen haben muss. Indem sie lachte. Denn wenn es dir wirklich schlecht geht, ganz schlecht, um es mit ihren Worten zu sagen, und du keine Möglichkeit hast wegzulaufen oder etwas anderes zu tun, dann findest du heraus, dass Lachen funktionieren kann. Ich glaube, dass sie recht hat, wenigstens in Bezug auf die Santarellina, obwohl ich von ihr nur das weiß, von dem sie will, dass man es weiß, aus ihrem Mund oder damals von ihrer Freundin Duse, und den Rest könnte ich mir nur vorstellen. Und das hilft nicht.

Die Santarellina ist, außer dass sie Witwe ist, auch als Waise geboren. Jene Art von Waisen, die damals auf dem Altar von San Lazzaro in der Kapelle der Nonnen von Sassi zurückgelassen wurden. Ihr Name, Santarellina, ist genau diese Art von Namen, den die Nonnen den Findelkindern gerne gaben: Sie werden sie dort mehr tot als lebendig gefunden haben, sie werden mit Freude festgestellt haben, dass sie nicht so stark zitterte, dass man verzweifeln musste, dass sie sie mit wenig zufrieden stellen konnten, und dann haben sie ihren Wahlnamen gefunden. Ich weiß nicht, wie sie sich da oben in Sassi durchgeschlagen hat, aber auf jeden Fall ist sie nur kurz dort gewesen. Als sie acht Jahre alt war und schon die Schule beendet und gelernt hatte, Holzschuhe zu tragen, ohne zu stolpern, kamen Bauern, um sie zu kaufen, und nahmen sie mit. Damit sie sich später um nichts Sorgen machen müssten, baten sie die Nonnen, einen Pfarrer zu holen und sie die Erstkommunion empfangen zu lassen. So war das üblich. Es herrschte eine große Lust, die Kinder frühzeitig arbeiten zu lassen, damit sie lernten, ohne Widerworte bei den Arbeiten zu dienen, und damit sie zufrieden in der Knechtschaft aufwuchsen. Wenn in den Häusern der Tagelöhner nicht genügend Kinder waren, gingen die Landbesitzer zu den Nonnen, wählten aus, was sie brauchten, und boten dem heiligen Josef, dem erhabensten der vermeintlichen Väter, eine Gabe dar. Punkt und Schluss. Kein Einwand diesbezüglich: Es war ein gutes Werk; auf die eine oder andere Art schien es, als müsste es das sein.

Tatsächlich habe ich nie gehört, dass die Santarellina Kommentare zu ihren Eltern abgab oder Urteile über ihre Situation äußerte. Ob es ihr im Waisenhaus besser gegangen wäre? Sie erinnert lachend daran, dass sie, als sie anfing, in den Wäldern zu arbeiten, weniger wog als die Last, die sie tragen musste. 25 Kilo Kastanien. Oder ein Lamm, das etwas leichter war. Meiner Meinung nach, und ich stütze mich da nur auf das Gesetz der Schwerkraft und der Hebelkraft, musste sie eine Kleinigkeit mehr wiegen, um der Schwerkraft entgegenzuwirken und einen effektiven Hebel anzusetzen; doch das ist nur eine Detailfrage, und es ist nicht ausgeschlossen, dass die Santarellina ihre Arbeit entgegen den Naturgesetzen verrichten konnte.

Sie erinnert sich an das Leben, das sie lebte. An die Lieder, die sie sang; alles Kirchenlieder, die ihr die Nonnen beigebracht hatten. Die Lieder waren wichtig, denn sie leisteten ihr viel Gesellschaft in den Wäldern und auf den Weiden oberhalb des Turrite-Tals, die bis zu drei, vier Stunden von den Schäferhütten entfernt waren. Die Gespräche, die sie allein leise vor sich hin führte, um nicht gehört zu werden; auch die waren wichtig, denn wenn man nicht ein wenig plaudert, verliert man die Gabe, die Gott uns gegeben hat, sich mit Sprache auszudrücken, um also die Bestätigung zu bekommen, dass man anders auf der Welt ist als die Tiere. Sie redete nie mit den Tieren, denn sie erinnert sich, dass sie immer vor ihnen Angst gehabt hat; einschließlich der Lämmer und der Schafe, die erschraken, wenn sie nur ihre Gerte aus frischer Weidenrute sahen. Und doch war es so. Sie erzählt, dass sie diese Angst im Nonnenkloster bekommen hatte, und sie hat sie nie wieder verlassen. Denn wenn sie eine böse Waise war, sperrten die Nonnen sie zum Schlafen in den Stall mit dem Esel und der Kuh, und die beiden hatten die Weisung, sie keine ruhige Minute schlafen zu lassen, und bemühten sich, sie mit Tritten und Schnauzenstößen und Fürzen vom sauberen Stroh zu verjagen, wo sie sich etwas bequem hinlegen konnte. Nachts versuchte der Esel, an ihr zu knabbern, und die Kuh, ihr in den Schoß zu kacken, und keiner der beiden zeigte jemals ein Fünkchen Mitleid.

Also hielt sie die Tiere auf Distanz, ließ sich aber gern mit den Pflanzen ein, und auf besondere Weise mit den Kastanien. Kastanien sind brav, und vor ihnen braucht man nicht im geringsten Angst zu haben; wenn man sie kennenlernen will, helfen sie einem vielmehr immer, falls es nötig ist. Sie erinnert sich an das eine Mal, als sie noch keine zehn Jahre alt war und mit einem Auftrag zu einem *metato* geschickt wurde, wo sie noch nie gewesen war; man sagte ihr, wo der Weg war, und ließ sie allein, als die Sonne schon am Untergehen war. Und sie, die nie etwas zum Klagen hatte, nahm ihre Last und stieg einen Pfad mitten im Wald hinauf, und je weiter sie hinaufstieg, desto dunkler und dichter wurde er.

Doch es war nicht so sehr die Dunkelheit, die sie erschreckte, als die Tatsache, dass sie die Pflanzen nicht mit Namen kannte. Hätte sie diese Kastanienbäume erkannt, dann hätte sie sie gerufen, und sie hätten sie gehört, und sie hätten sich Gesellschaft geleistet, denn wenn du im Dunkeln gehst, ist Alleinsein das Schlimmste. Wäre sie mit ihnen vertraut gewesen, dann hätte sie die passenden als Sitz gefunden, und ab und zu hätte sie etwas anhalten können, um ihre Füße von den Verstauchungen und Kratzern auszuruhen. Sie hätte gewusst, wo sie ihre Wurzeln hatten, und wäre nicht gestolpert.

So blieb ihr als Fremder nichts anderes übrig, als mit ihrer Last weiterzugehen und *Tantum Ergo Sacramentum* zu singen, um wenigstens der Versuchung zu widerstehen, anzuhalten und zu warten, dass die Nacht sie packte. Oder schlimmer noch, dass die *belùa* sie packte. Und da Märchen die reine Wahrheit sind, besonders wenn sie Geschichten von Waisen erzählen, ging ihr, genau wie im Märchen, mitten in der Steigung ein Holzschuh kaputt, und sie musste barfuß über Steine und Igel gehen, bis ihre Füße zu bluten anfingen.

Wenn sie erklärt, in welchem Zustand ihre Fußsohlen waren, verkrümmt die Santarellina ihre Hände zu einem unförmigen Klumpen und lacht, und erinnert stolz daran, wie sie auch damals gelacht hatte über die sonderbare und komische Form, die sie angenommen hatten. Und sie wäre lachend über ihre blutenden Füße an Kälte und Angst gestorben, im Wald verirrt, wenn nicht ein guter Mann vom *metato* gekommen wäre, um nach ihr zu suchen. Wie in den wahrhaftigsten Märchen war der Mann hässlich wie die Nacht, aber mit einem Herzen aus Gold, und er gab ihr ein paar Schuhe, die er mitgebracht hatte, damit sie nach Hause zurückgehen konnte. Die Schuhe waren unsäglich alt und ihre Füße hatten darin so viel Platz, dass es schlimmer war, als wären sie an Steine gestoßen, aber es freute sie so sehr, dass man ihr diesen Gefallen getan hatte, dass sie den Nachhauseweg rannte. Sie lief im Dunkeln in einem unbekannten Wald und lachte, lachte; bis sie das Licht ihres Zuhauses fand, und da begann sie vor Freude zu weinen. An jenem Abend aß sie ihre Portion Polenta mit den Füßen in einer Schüssel kalten Wassers, das sich ganz rot gefärbt hatte; und während sie noch aß, schlief sie schon vor Müdigkeit und träumte.

Sie lachte beim Träumen, sagt sie. Und sie erinnert sich, dass ihre Träume hauptsächlich den Buckel zum Thema hatten. Denn ihre größte Sorge war eben, einen Buckel zu bekommen, ein Unglück, das sie mehr als jede andere Hässlichkeit ekelte. Ein Christenmensch konnte hässlich wie der Teufel sein und noch mit erhobenem Haupt gehen, doch wenn er einen Buckel hatte, war er der Teufel in Person, und dann konnte er also die Welt nur schief sehen und alles hassen. Sie hatte Angst, einen Buckel zu bekommen, wegen der Lasten, die sie trug. Die anderen Arbeiter erschreckten sie und sagten ihr, so klein, wie sie sei, und bei den ganzen Lasten, die sie auf ihren Schultern trug, bekäme sie einen Buckel, noch bevor sie zwanzig Jahre alt wäre. Sie blieb still, verzehrte sich aber wegen dieses Buckels, der kommen würde, und träumte von nichts anderem als von Buckeln. So hatte sie sich schon mit acht Jahren klare Vorstellungen über das Leben gemacht: Sie hatte beschlossen, nie bucklig zu werden, niemals. Und da das alles war, was sie wollte, musste Gott es ihr geben.

Und wie sie mir ihren heiligen Schwur in Erinnerung ruft, stellt sie sich vor mich hin und dreht sich auf ihren Fußspitzen wie ein Model, damit ich genau sehen kann, dass sie in ihrem Alter noch nicht bucklig geworden ist. Sie ist so rege und so winzig, ihr Gebiss so glaubhaft, und die Dauerwelle ihrer Haare so rot und kräftig, dass ihre breiten arthritischen Hände nur aus Versehen an allem Übrigen zu kleben scheinen. Aber nicht einmal Gott kann ihre Hände vor dem Leben retten, und das Gewicht der Lasten auf Santarellinas Händen war der Biss eines Hundes, der nie lockergelassen hat. Sie hat nie gern ihre Hände vorgezeigt, auch nicht, als ich ein Kind war und sie sich alle Tage um mich kümmerte. Was man über ihre Hände weiß, ist, dass es weder die Wälder noch die Hausarbeit waren, die sie so unmenschlich gemacht haben, sondern die zwanzig Jahre, die sie in Newcastle verbrachte, als sie dorthin ging, um Kartoffeln und kleine Fische zu braten. Es war nicht das Schälen von drei, vier Zentnern Kartoffeln am Tag, das ihr solche Hände bescherte, und auch nicht das Säubern all dieser Fische, sondern das Öl, in das sie diese Dinge zum Braten hineinlegte, das ab und zu auch ihre Hände briet. Scheinbar sind auch ihre Lungen mehr oder weniger in dem Zustand wie ihre Hände, obwohl der Einzige, der sie gesehen hat, der englische Arzt war, der sie hierher zurückgeschickt hat. Auch wegen des Öls, das ihr die Lungen frittiert hat. Aber die Santarellina ist noch so stark wie nie.

Stärker als die Santarellina sind nur die Frauen aus Vagli. Aber das sind Frauen, von denen man nicht weiß, woher sie kommen.

Auch über ihre Männer weiß man nichts Genaues, außer der Gewissheit, dass sie nur wenig schwächer als ihre Frauen sind. Sie leben hier im Revier, aber sie stammen nicht von hier. Nicht mit ihrer Sprache, nicht mit ihrem Aussehen, nicht mit ihren Sitten und Bräuchen; sogar ihre

Hippe ist anders als die aller anderen, breiter und kürzer. Sie haben sich ihre eigene Legende geschaffen, nach der sie die Kinder der Sklaven sind, die der römische Besatzer in den Tagen der Auflösung des Römischen Reichs nicht gefangen halten konnte.

Nachdem sie von den kolonialen Latifundien geflohen waren, hatten sie sich in Banden zusammengeschlossen und lebten von Korruption, bis sie in den schmalen Hochebenen oberhalb der Schluchten von Forcoli einen sicheren Unterschlupf fanden. Hier konnten nicht einmal die langobardischen Barbaren weit genug und mit ausreichender Boshaftigkeit eindringen, um sie zu einer Vereinbarung und zum Handel zu zwingen; sie schafften es auch nicht, sie von der Güte ihres arischen Christus zu überzeugen und eine ihrer Kirchen zu bauen, keine Frage. Zur Zeit der Langobarden nahmen die Kirchen den Platz der Festungen ein, die bei der Auflösung der römischen Legionen außer Betrieb gesetzt wurden; diese Festungen wurden vom Volk besetzt, um sich dort in Sicherheit zu bringen und auch um den Seelen in dieser Zeit des Kummers etwas mehr Luft zu verschaffen, und sie wurden neu aufgebaut als Häuser des neuen Gottes der Herrschaftslosen. Von diesen mit germanischer Redlichkeit geweihten und eingerichteten Kirchen ist wenigstens eine pro Dorf geblieben, außer im Dorf Vagli. Dort rühmen sie sich als Heiden; und auch ihre Pfarrer, die selbst auszuwählen sie die Gewohnheit haben, auch gegen den Willen der obersten Autorität, scherzten nie, wenn es darum ging zu ketzern, in der Vergangenheit wie in der Gegenwart.

Dieser Vagli-Bewohner ist ein spezieller Typ des kriegerischen Priesters, wie auch seine Gemeindemitglieder Krieger sind; alle, Frauen und Männer, Laien und Geweihte, sind von einer unbeugsamen Kampfeslust besessen, die sie zur äußersten Rebellion treibt und sie an einen allgemeinen feindseligen Charakter fesselt. Zu Zeiten des Krieges bestand Valangas Bande zur Hälfte aus ihren Jugendlichen, und ihre besten Mädchen waren die Kuriere; einer ihrer Pfarrer hat gekämpft, die Messdiener haben sich engagiert. Aber aus ihren Reihen kamen auch die schlimmsten und rachsüchtigsten Spitzel, Verräter aus Vergnügen und Veranlagung. Und das wäre Wasser auf die Mühlen ihrer Legende, vorausgesetzt es stimmt, dass das genetische Ergebnis der Sklaverei auf ewig einen Rest von Neid und Rache mit dem Hunger nach Gerechtigkeit und dem Durst auf Revolte vermischt.

Doch in ihrer Sprache gibt es unverständliche Ausdrücke für denjenigen, der die Rudimente des einfachen Sanskrit der Zigeuner aus dem Orient nicht kennt, und der in den Wangenknochen, die sie hoch unter ihren runden, besonders schwarzen Augen tragen, nicht die unverwechselbare Arroganz der Sinti erkennt. So kommen sie, anstatt ein unwahrscheinlicher Stamm rebellischer Sklaven zu sein, einfach aus Indien und ließen sich zur Zeit der letzten großen Pest in Europa im Revier nieder, als das noch warme Herz eines der Ihren ungefähr ein Laib Brot wert war. Sie ließen sich nieder, weil die Art von Sesshaftigkeit, die sie hier pflegen konnten, das Umherschweifendste war, was sie hier genießen konnten. Vielleicht ist es eine banale Frage des optischen Effekts, aber wer in diesen Tälern lebt, ist der Überzeugung, nie eine Minute stillzustehen; dies trotz besorgter Studien der Behörden, die hingegen ergeben haben, dass das Revier angesichts des stürmischen Weltenlaufs außergewöhnlich ruhig geblieben ist. Es ist also sehr viel wahrscheinlicher, dass sie Zigeuner sind, und darin liegt nichts Schlechtes, außer dass es ihnen überhaupt nicht gefällt; sodass sie sich im Laufe der letzten beiden Jahrhunderte von ihren abtrünnigen Pfarrern große Bücher auf Latein und Italienisch schreiben ließen, beides Sprachen, die für sie selbst sehr schwierig waren, um die heilige Sache ihrer Legende zu vertreten. Ein pathetisches, aber auf edle Weise mühevolles Vorhaben; und auch das wird das Märchen unterstützen, dass sie Erben eines Stammes befreiter Sklaven sind.

In Wirklichkeit hat sich ihre Legende über die Welt verbreitet, nicht von unlesbaren Büchern und Sekten, sondern von ihren Migranten getragen. Von den Engländern, wie wir sie weiterhin nennen und mit allen anderen durcheinanderbringen, die weggegangen sind, auch wenn die aus Vagli nicht nach London gehen wollten und eher in Patagonien und in der Provinz von Canberra landeten.

Das waren die richtigen Weiten für sie, wo sie umherschweifen und Krieg führen und fantasieren konnten, wie es gleichermaßen in der Natur der Zigeuner wie der rebellischen Sklaven liegt. Dort, in diesen einsamen Kontinenten, wo die Geschichten alle neugeboren sind und der Legendenstoff ständige Nahrung braucht, haben sie sich mächtig bemüht, die eigene Rache auszutoben, indem sie ihre auffallenden Epen verbreiteten, sie im Licht der Hirtenfeuer besangen, sie über dem Dampf der Suppenteller der Armenküchen flüsterten, sie den englischsprachigen Arbeitgebern im Staub der Main Streets, wohin sie zur Arbeitssuche gingen, ins Gesicht schleuderten.

So haben sie es geschafft, sich so bemerkbar zu machen, dass sie hervorragende Anthropologen überzeugen konnten, Ozeane zu überqueren und an der Quelle ihrer faszinierenden Geschichten direkt im Ursprungsrevier zu trinken. Hier lauschen und spähen, fragen und fotografieren diese vornehmen Restesammler schon seit Jahrzehnten. Sie betrinken sich und zeichnen auf, in der Illusion, der jahrhundertealten Einzigartigkeit von Vagli auf den Grund zu kommen. Die Vagli-Bewohner laden sie zum Abendessen ein, geben ihnen ihren *striscino* zu trinken und erzählen ihnen, was ihnen am ehrenwertesten und am geeignetsten erscheint, die Neugier der Wissenschaft zu befriedigen, und die Forscher geraten in Entzücken. Dann zeigen sie ihnen, wie sie es in ihrem Gemeinderat mit dem Gesetz halten, und sie schreiben alles auf und drehen Filme mit Tränen in den Augen, als wohnten sie dem letzten Menschenopfer bei. Sie interviewen ihre Frauen und verlieben sich in alle jeglichen Alters. Sie haben ihre Gründe.

Berufsmäßig engagierten sich die Männer bevorzugt als *tecchiaioli* in den Marmorsteinbrüchen; *tecchiaioli* wie sie gibt es keine. Der *tecchiaiolo* ist der Akrobat, der hinaufklettert und am Seil hängt, um den Ort der Marmorader auszubessern und zu reinigen, nachdem die Explosion der Mine Schutt hinterlassen hat, die die Menschen töten könnten, die dann am Bruch arbeiten müssen. Heute geben sie ihnen ein paar Karabinerhaken mehr, und wenn sie wollen, können sie sich sogar in die Sicherheitsleine einklinken und sich einen Helm auf den Kopf setzen, so sterben weniger, doch bis vor zwanzig Jahren kletterten sie mit einigen Armlängen Seil und ein paar Holzkeilen hinauf und hielten in der einen Hand ihren Fünfkilo-Hammer und mit der anderen versuchten sie sich irgendwo festzuhalten. Sommers wie winters, fast nackt, barfüßig oder mit Ledersohlen. Hinauf zu bereits spiegelglatten Brüchen, und dann über die von den Minen zerstoßenen Abhänge. Wobei sie Staub aufwirbeln wie ein Sturm und es Kies und Steine hagelt. Niemand sagt etwas, wenn sie vor Arbeitsbeginn eine halbe Flasche kippen; wenn sie wieder herunterkommen, ist ihre Kehle so von Marmorstaub verstopft, dass sie nicht einmal sprechen können, ohne sich die Lunge aus dem Leib zu spucken. So trinken sie die Flasche zu Ende und gurgeln dabei. Sie haben geschwitzt, und der Staub ist auf dem Gesicht und auf den Armen verkrustet, und wenn Sommer ist, auch auf dem Rücken und auf der Brust, die bei ihnen aus Tradition nackt ist. Wenn sie sich gewaschen haben, sieht man, dass sie am ganzen Körper Schrammen haben, und du siehst auch, dass allen ein Finger oder ein Zeh fehlt. Normalerweise.

Nur selten brechen sie sich den Hals und sterben; oder noch seltener sterben sie, weil sie ein Kabel zerschneidet, das von einer Winde abgesprungen ist, oder weil sie sich mit der Sprengstoffkammer zu viele Freiheiten herausgenommen haben. Wenn sie jemals den Fuß in eine Kirche setzten, würdest du die *tecchiaioli* auch dort erkennen, auch in Hemd und Hut. Und du erkennst sie am Tag ihrer Hochzeit und bei jeder anderen Gelegenheit. Am Staub unter den Fingernägeln, an den Narben, aber vor allem daran, wie sie die Augen zusammenkneifen und alles etwas schief anschauen, um es zu bestimmen und seine Unsicherheit und seine Gefahr abzuschätzen. Und daran, wie sie sich beim Gehen nach vorn beugen, mit geradem federnden Schritt, dreist und selbstbewusst. Und natürlich fühlen sie sich als das, was sie sind: Helden. Mit unberechenbarer Laune und verzweifelt, kurzsichtig und selbstgefällig, beschränkt und großherzig wie die Helden. Das denken alle, die sich in der Umgebung der Höhlen, der Arbeit und des Glücks und des Unglücks bewegen, das daraus folgt. Aufgrund dessen, was diese Menschen über Heldentum wissen. Das denken sogar ihre Arbeitgeber.

Natürlich wollen sie im Austausch gegen das Viele, was sie geben, auch gut und ohne viel Gerede bezahlt werden. Das letzte Mal erneuerten sie ihren Tarifvertrag im Steinbruch oberhalb ihres Dorfes, sie hatten Probleme mit den neuen Chefs, Leute von einer multinationalen Gesellschaft. Da sie zu keinem Abschluss kamen, nahmen sie ihren Chefingenieur, banden ihn ordentlich fest und ließen ihn in die Höhle eines alten Bruchs hinab. Und dort ließen sie ihn eine Nacht lang baumeln. Als sie ihn wieder hochzogen, bevor er ihnen vor Kälte und Angst starb, ging einer ihrer Pfarrer los und schloss sehr schnell die Verhandlung ab und setzte selbst die Unterschriften, die gesetzt werden mussten.

Ich kenne diesen Pfarrer, manchmal kommt er hier vorbei und grüßt uns, wenn er auf die Jagd geht. Ich weiß nicht, wie alt er genau ist, aber sicherlich älter als achtzig; er hat seit mehr als einem halben Jahrhundert auch die Pfarrei von Fabbriche, und ich sah ihn schon mit Gummistiefeln herumlaufen, als ich noch ein kleiner Junge war. Auch damals war er so hager wie heute und seine Gesichtshaut hatte schon eine fast braune Farbe; er machte mir sogar etwas

Angst, denn zumindest sein Schädel war genau wie der der Mumie von San Pellegrino. Doch während San Pellegrino ganz in Gold und Seide gekleidet war, trug er nur ein schwarzes Priestergewand, und wenn es kalt war, eine dicke Lederjacke über dem Gewand. Das Gewand ist immer das gleiche, selber Schnitt, selbes Modell; auch wenn er nie einen Schneider fand, der es ihm in der richtigen Größe anfertigte, denn ich habe es an ihm immer zu kurz und zu weit gesehen. Es hat nie einen guten Eindruck gemacht, aber ich bin sicher, dass es für ihn in Ordnung ist, denn es ist die ideale Tracht, um sich ohne Behinderung in den Schluchten zu bewegen, wo er Hirsche jagen geht. Er hat sich auch nie richtig rasiert, und auch das macht keinen guten Eindruck; vor allem nicht jetzt, wo dieses Sandpapier, das seine Kopfhaut bedeckt, weiß ist und im Sonnenlicht glänzt wie eine Krankheit.

Er geht allein zur Jagd, so ist er immer gegangen. Er steckt sich eine Handvoll Patronen in eine Tasche seines Gewands und ein Stück Brot mit etwas dazu in die andere und geht los. Er hat ein wunderschönes Gewehr, sehr alt, aber besser erhalten als der Allerheiligste; wenn es nicht zu kalt ist, bleibt er zum Schlafen im Wald, besonders in den letzten Jahren, wo er nicht mehr seine Lederjacke hat, sondern eine Windjacke von einer großen Marke in futuristischem Stil, die ihm seine Gemeindemitglieder geschenkt haben. Auch die ist schön weit, aber lang genug, sodass sie ihm bei der Gelegenheit als Matratze und Decke dienen kann. Er schießt fast nie, aber wenn, dann hört man es im ganzen Tal und auch darüber hinaus, da er Militärpatronen benutzt, die er sich, wie er sagt, im Gebirge besorgt hatte, als er in den Grotten herumstöberte. Es ist gutes Material, das die von der Monterosa zurückgelassen haben, also erstklassiges deutsches Material. Wenn er etwas trifft, dann ist es entweder ein Wildschwein oder Damwild oder ein junger Hirsch. Dann häutet er ihn vor Ort und steigt hinunter, um jemandem Bescheid zu sagen, damit er ihn sich holen geht:

Von seiner Jagd nimmt er sich nur das, was ihm seine Gemeindemitglieder schon gekocht bringen. Und auch wenn er so hager ist, ist seine Küche sicherlich der Ort, wo man am besten isst.

Er ist ein kriegerischer Priester, sagte ich, in der tausendjährigen Tradition des Volks von Vagli, das ist der Grund, warum er seinen Beruf mit kämpferischer Wildheit ausübt. Ich glaube, seine Freunde lieben ihn gerade deshalb. Sie lieben Don Gigliante, das ist sein so bezeichnender Name von glückverheißender Reinheit, mit einer Hingabe, dass es, wären es nicht Menschen aus Vagli, servil erscheinen würde. Don Gigliante verfolgt die Sünde mit derselben Beharrlichkeit, mit der er den Spuren der Hirsche folgt, und mit derselben Entschlossenheit ist er bereit, seine deutschen Patronen auf die Sünder zu verschießen. Das geben die Gemeindemitglieder selbst zu, und offenbar sind sie stolz auf die Buße, ein qualvolles Gottesgericht, das er ihnen auferlegt; sie fühlen sich durch diese Strenge privilegiert, unter den seltenen Auserwählten auf einem sicheren Weg, den ewigen und weitaus schlimmeren Strafen der Hölle zu entgehen. Von Natur und Kultur aus sind die Vagli-Bewohner große Sünder, doch aus demselben Grund sind sie auch zur Buße und zur Strafe bereit, wenn es eine gerechte Strafe ist. Und sie wissen genau, dass das, was ihnen Don Gigliante auferlegt, gerecht ist und außerdem heilig. Das wissen sie und ihr Pfarrer, der seit fünfzig Jahren das Geheimnis ihrer Beichte wahrt und jeden Sonntag bei der Predigt diejenigen beim Namen nennt, die nicht bei der Beichte waren, damit sie über ihre Schande Rechenschaft ablegen. Er weiß alles über diese Männer, da besteht kein Zweifel, und nur aus diesem Grund müsste er gebeugt gehen unter der Last, die er trägt. Wenn er nicht noch stärker als ihre Frauen wäre.

Wenn er vorbeikommt und Lust hat, kurz zu verweilen, nimmt er gern etwas von Nitas Traubenkonfitüre, die er mit einer sanften Bewegung wie ein altmodischer Seminarist vom Löffel schlürft. Er redet mit ihr über die Natur der irdischen Dinge und fragt mit behutsamer Höflichkeit nach seinen Gemeindemitgliedern, die in dem Betrieb arbeiten, den sie leitet; wer nicht in den Steinbruch geht und auch keinen Lastwagen nimmt und mit ihm herumfährt, und auch keine Ziegenherde hält und zum Weiden herumzieht, beugt sich der Lohnarbeit. Er fragt, ob sie ihren Verpflichtungen nachkommen und ob sie immer die Besten sind, wie sie sollten. Dann reden sie über die weite Natur, die sich vor ihren Augen ausbreitet, und halten sich mit ausgefeilten Betrachtungen über die Schwierigkeiten auf, die seltener, hochwertiger Anbau nach sich zieht. Das tut Nita, wenn sie nicht ihren Pflichten nachgeht, die Produktion primärer Güter zu kontrollieren: Sie produziert selbst welche. Sie tut das in Mengen, die nicht mehr industriell, selbst für ihr eigenes Überleben nicht ausreichend, jedoch von seltenem Wert sind. Hinter dem Haus hat sie ihren kleinen Obst- und Gemüsegarten, wo antike Samen vergessener Früchte der Erde träge Wurzeln schlagen und bescheiden gedeihen. In ihrem Garten ist sie sicher, eines Tages ihren Gott erkennen und daraufhin seinen geheimen Plan für die Auferstehung des Fleisches entziffern zu können.

Mit Don Gigliante, der noch nie etwas angebaut, aber das Beste vom Essbaren gegessen hat, flüstert sie von großblättrigem Jasmin und Mais und Birnchen und Äpfelchen, und vielleicht auch von Gott und der Auferstehung, so wie sie den Einen in der anderen in der Ungewissheit der kommenden Jahreszeit erahnen können. Sie unterhalten sich mit einer Vertrautheit, die ihren Grund nur in ihrer diskreten geistigen Übereinstimmung hat. Nita ist schließlich immer noch eine Fremde; sie ist es in ihren Gewohnheiten, in ihrer Sprache, in ihrem Glauben; sie ist mindestens fünfzig Jahre jünger als er, und in ihr ist keine Spur von Wildheit und auch nicht von einer der Eigenschaften, die Don Gigliante oder eines seiner Gemeindemitglieder haben könnten. Ein Grund, weshalb mich ihre Übereinstimmung überrascht und beunruhigt.

Das letzte Mal, als Don Gigliante vorbeikam, kurz nach St. Blasius, waren wir mitten in der Hirschsaison, der Saison der Wilddiebe, meine ich. Der Schnee war ziemlich hoch und trocken genug, um die feinsten Details der von den Tieren hinterlassenen Fährten zu konservieren, aus denen man auf Größe und Zeitpunkt schließen kann; in jenen Tagen des Eiskristalls waren sie schon so ausgehungert, dass sie sich mit den Piniennadeln und den in der Kälte verdorrten Disteln zufriedengaben, die sie suchen gingen, indem sie bis zu den Saatfeldern herunterkamen. Während er seine Konfitüre schlürfte, erfuhr Don Gigliante von Nitas interessantem Zustand. Da bat er auch um einen Kaffee, um dem Stück Toscano, das er zu rauchen begonnen hatte, mehr Körper zu verleihen, und nahm mich beiseite. Normalerweise hat er kein Bedürfnis nach besonderer Vertrautheit: Er und ich beichten uns gewöhnlich keine geheimen Zweifel und intimen Hoffnungen; Don Gigliante und ich tauschen höchstens einmal Informationen über die Entwicklung jenes offen oder nur heimlich jagbaren Teils der Schöpfung aus. Er fragte mich, ob ich denke, noch lange genug zu leben, um mein Kind aufzuziehen; mein Mädchen, um genau zu sein, da auch er sofort zur Überzeugung kam, dass das Ungeborene weiblich ist. Er fragte es mich in seinem üblichen Ton, mit dem er mich um vertrauliche Informationen über die Verfügbarkeit von Wild in den Allmenden bittet, für deren Respektierung ich sorgen muss.

Ich versicherte ihm, dass das nicht der Fall sei, dass dieses Mädchen geringe oder keine Gefahr laufe, die Last meiner Schande zu ertragen. Er schien mir erleichtert zu sein. Ich weiß, wie sehr er seine Männer liebt, aber ich weiß auch, wie sehr er deren Frauen liebt. Ich weiß, und was man in Vagli tut, ist nur leicht theatralischer als das, was anderswo im Revier passiert, dass diese Frauen stark genug für jede Last sind, aber nicht stark genug, um ihre Männer zu ertragen. Nicht so lange, bis ihr Leben ausgesaugt ist wie ein Knochen, nicht, dass sie soweit kommen, gezwungen zu sein, dieses Stückchen Göttliches zu entweihen, das sie in ihrem Innern tragen. Ich kann mir die Beichte dieser Frauen vorstellen: Ich möchte, dass der Herr mir die Gunst erweist, ihn mir aus dem Weg zu räumen, Vater, ich würde ihn in der Nacht erwürgen, hätte ich nicht Angst, ihn aufzuwecken. Und nicht, dass viele dieser Frauen von ihren *tecchiaioli* nicht geliebt, sogar verehrt würden; doch die Art der Liebe, die die Männer über ihnen ausschütten, zermürbt sie. Der abnorme Egoismus dieser Liebe, die unwirksame Gewalt, mit der sie beim Akt des Gebens ausgeübt wird, und die vergebliche Faulheit beim Nehmen. Die Haltlosigkeit ihres Vaterschaftsanspruchs, als wären sie wirklich in der Lage, ihre Kinder zu besitzen, ohne dass es ihnen auch nur gelingt, ihre Frauen zu besitzen, nicht wie die Frauen das erwarten würden, indem sie eine Seele zum Teilen haben. Ich weiß das alles nur, weil ich schon als Kind darin geschult wurde, es zu sehen, denn eines Sonntagnachmittags begann die Lehrerin Duse, die aktive Erziehung zum Verständnis einer Liebe, von meiner Empfängnis an, vor mir auszubreiten. Und da spricht dieser alte Pfarrer mit mir, als müsste ich noch alles kapieren. Das ist typisch für die Arroganz dieser Menschen.

Aber um auf die Bärenstarken von Vagli zurückzukommen, diese Frauen gehen heute als Arbeiterinnen in die Papierfabriken unten im Tal, als Staplerfahrerinnen, als Hilfsarbeiterinnen. Dann, kaum dass sie etwas Zeit haben, betätigen sie sich als Maurerinnen, um die Häuser, in denen sie wohnen, zu bauen und abzureißen; sie verlängern sie, erweitern sie, reißen sie ab und bauen sie wieder auf. Wenn sie dann noch etwas Zeit haben, verlieben sie sich rettungslos und tragisch. Diese Frauen machen die Männer krank, die nicht auf sie vorbereitet sind. Sie sind von einer wohlgestalteten Männlichkeit, die einen erregt und verwirrt, bebend in ihren Bewegungen von gleichgültiger, finsterer Anmut. Sie haben eine dunkle Haut und seidige Haare, wie bei ihren Männern sind ihre Augen schwarz, sie haben aber einen noch intensiveren und bösartigeren Ausdruck. Man muss nicht Anthropologie studiert haben, um zu begreifen, dass sie ihre Liebe und ihr Geschäft mit eiserner Faust beherrschen. Und dabei werden sie von der Legende geleitet, die sie nicht mit Büchern und Unterhaltungen teilen, sondern die sie nähren in der steinernen Höhle ihrer Schenkel, im knochigen Leder ihrer nackten Fußsohlen, im dunkel melodischen Singsang ihrer wilden Sprache. Und in ihrem täuschend zügellosen, leicht wellenförmigen Gang, der dem, der ihn nicht kennt, wie das Symptom einer primitiven Laszivität vorkommt, der aber der Rhythmus ist, mit dem sie ihre außerordentliche Kraft abwägen.

Die Frauen aus Vagli haben sich über die Jahrhunderte daran gewöhnt, die Arbeit zu verrichten, die die Männer wegen schlechter Bezahlung und zu großer Anstrengung ablehnen. Sie sind es auch, die die Staudämme des Reviers gebaut haben, den schlimmsten Teil der Arbeit verrichtet haben, die nötig war: Zehn, fünfzehn Jahre lang brachten sie im Akkord die Steine aus dem unteren Flussverlauf zu den Becken. Fünfzig Kilo in einem Korb auf den Schultern balancierend, über fünfhundert, sechshundert und beim letzten Staudamm im Soraggio sogar tausend Meter Höhenunterschied. Hinauf über die im Krieg verlegten Saumpfade und die mit den von den Amerikanern zurückgelassenen Ferguson-Raupen planierten Schotterwege. Ich erinnere mich noch, als ich Kind war und sie in der Karawane am Ponte ankamen und stehen blieben, um Luft zu schnappen. Sie schleppten sich zum Geländer und stützten ihre Last auf, ohne den Gürtel zu lösen, der sie auf den Schultern hielt, atmeten drei Mal tief durch und fingen dann an, ihre Zigaretten zu drehen, sie holten Schnitttabak und Zigarettenpapier aus ihren Büstenhaltern. Die Frauen aus Vagli, das ist bekannt, haben schon immer geraucht.

Ich sah ihnen von der anderen Straßenseite zu, von hinter den Erlen stellte ich sie mir vor, wie sie in ihrem Rauch verschwanden, und verliebte mich in alle, eine nach der anderen. Ich blieb abseits und betrachtete sie, denn ich hatte etwas Angst vor ihnen; eine sanfte, entwaffnende Angst wie die, die man als Erwachsener vor den schönen Dingen im Traum hat. Damals waren sie für mich nur zu sehr Frauen und zu sehr Fremde. Und bevor sie wieder aufbrachen, sangen sie noch ein kleines Lied, um sich einander Mut zu machen. Alle zusammen bildeten sie einen mächtigen, kriegerischen Chor aus Stimmen, dunkel und aufreizend wie der Schrei gereizter Tiere. Das schönste Lied, das sie sangen, lautete an einer Stelle:

Im Frühjahr wird er wiederkehrn mit seinem Schwert,
ganz blutbefleckt,
und wenn ich dann verheiratet bin, oh welcher Kummer,
oh welcher Schmerz.

Bei diesem Lied hörte ich schlagartig auf, in sie verliebt zu sein. Es war eines der Lieder, die die Duse so gerne sang, und manchmal am Sonntagmorgen setzte sie sich mit dem Akkordeon vor das Haus, nur um es für mich zu spielen und zu singen.

Ich höre das Tuten des Dampfers, das ist mein Liebster,
der wegfährt.

Die Santarellina hat mit den Frauen aus Vagli gearbeitet. Kurz nachdem sie und die Duse sich trafen, während sie vor dem Storch flüchteten, verstärkten die Deutschen ihre Frontlinien; sie bauten vielmehr eine ganz neue Front auf, die von da an Gotenlinie genannt wurde.

Man rekrutierte die Männer, die noch vorhanden waren, und an allen Gebirgskämmen wurden Schützengräben ausgehoben und kleine Festungen und Kasematten gebaut, und es wurde ein gewagtes Straßennetz geplant, das alle strategischen Punkte der neuen Front einbezog. Und weil an einem bestimmten Punkt keine Männer mehr da waren, stellte die TODT, die deutsche Zwangsarbeitsorganisation, Frauen an, die genügend Kraft bewiesen; sie wurden hauptsächlich mit dem Transport der Pflastersteine betraut, die die Steinklopfer zurechthauten. Der Lohn waren ein Kilo Brot, 200 Gramm Marmelade und 100 Gramm Margarine pro Tag, plus einen vierzehntägigen Bonus für zusätzliches Fett und zusätzliches Mehl zur Lebensmittelzuteilung. Die Frauen aus Vagli gingen massenweise dorthin, weil sie mit dieser Bezahlung allein zwei Kinder durchbringen konnten und weil viele von ihnen lieber ihre Männer versteckten, sie im Untergrund ließen und sie in ihren geheimen Aktivitäten des Widerstands beschützten.

Nach dem Krieg übernahm die Elektrizitätsgesellschaft von der TODT die Idee, die Frauen für den Transport der Steine schuften zu lassen, und das erwies sich wieder als gute Idee, denn die Frauen mussten wenigstens ein paar Kinder allein durchbringen; der Lohn der Gesellschaft waren 100 Lire am Tag, mehr oder weniger, was dem Lohn des Zwangsarbeitsunternehmens entsprach. Die Santarellina meldete sich freiwillig, weil sie keine Angst davor hatte, Steine zu schleppen, und weil das der erste Lohn war, den sie jemals für ihre Arbeit bekam. Von dem, was ihr die TODT gab, konnte sie nicht nur essen, sondern auch etwas zum Tauschen beiseite legen, um sich zu holen, was sie wollte. Das war zuvor nie der Fall gewesen, und so fügte sie ihrem alten Bestreben, nie bucklig zu werden, ein neues hinzu. Sie blieb zwar noch Magd bei ihren Bauern, musste aber nicht mehr so viel tun, so beschäftigt, wie sie bei der strategischen Arbeit der Deutschen war. Mit etwas Schlauheit hatte sie jetzt, da sie zwei gegensätzliche Knechtschaften zu erfüllen hatte, etwas in den Händen, von dem sie früher nie gewusst hatte, was das war: Zeit für sich. Und sie wollte diese Zeit, um mit ihrer Freundin Duse zusammen zu sein. Was sie beide zusammen machten, das hat mir die Santarellina nie erklärt, aber sie sagt, sie habe begriffen, was ein wenig

Freiheit ist, als sie zum zweiten Mal in Knechtschaft geriet.

Auch die Duse äußerte sich nie über die Art dieser Freundschaft, vielleicht leisteten sie sich einfach nur Gesellschaft.

Es fing so an: Im ganzen Dorf, im ganzen Tal war niemand einsamer als sie. Niemand so sehr Waise. Sie redeten miteinander, sie erzählten sich etwas, und dabei sahen sie, wie der Krieg voranschritt, immer weiter, und sie beschützten einander, wie sie konnten, blieben in der Nähe, standen sich bei. Natürlich war es die Santarellina, die mehr Dinge beisteuern konnte. Sie war stärker, sie war ausgehungerter, sie war fröhlicher, also aktiver und unternehmungslustiger, verlässlicher und scharfsinniger. Die Duse konnte nur ihr Akkordeon und den Schutz des Wirtshauses beitragen, denn das Wirtshaus blieb im Niemandsland. Aber der Santarellina, glaube ich, hätte auch das Akkordeon genügt. Ich habe sie oft zusammen singen hören; die eine gegenüber der anderen, die Duse, die den Balg mit einer Bewegung auseinanderzog, bei der sie auch ihre Freundin umarmen konnte, die Santarellina, die ihren Hals nach oben streckte und ihren Mund aufriss, und es kam eine Stimme heraus, so winzig wie sie selbst, aber auch grauenvoll schrill. Das Gepiepe ausgehungerter Mäusebussardküken.

Die Duse lächelte immer, wenn sie sang, und bei der Santarellina war es der einzige Moment, an dem sie es nicht tat. Sie sangen das Lied von Albanien, das über eine Liebe, die wegfährt, sie sangen Tangos, sie sangen andere Lieder, an die ich mich nicht recht erinnere, die aber voller skandalöser und rasender Liebe waren, dass der Duse am Ende des Liedes die Arme wehtaten und sie kurz aufhören musste, um sie auszustrecken. Ich denke, das waren Lieder, die die Santarellina beigesteuert hatte, es konnten nicht die eines Mädchens sein, das mit dem Gesang eines russischen Soprans aufgewachsen war. Ich glaube, dass die Santarellina sie gelernt hatte, als sie die Straße der TODT baute; das scheinen mir passende Lieder für die Stimmen der Frauen aus Vagli zu sein.

Sie liebten sich, die beiden Mädchen, gewiss, doch so sehr, wie sie sich auch liebten, es genügte nicht, um ihre Verbindung zu erklären. Diese beiden sind ihr ganzes Leben zusammen gewesen. So zusammen, wie sie sein konnten, aber stets auf eine Art, die mir vielleicht wie die von zwei Schwestern, vielleicht wie die von zwei Eheleuten vorkam. Ich müsste die Materie besser kennen, ich hätte die Duse besser kennen müssen, und ich müsste mit dem Lächeln der Santarellina besser vertraut sein, dann könnte ich vielleicht in aller Offenheit sagen, dass sie sich geliebt haben.

Zum ersten Mal habe ich das gedacht, als ich vom Friedhof zurückkam, wo wir die Duse begruben, als ich Nita bei der Santarellina untergehakt sah, wie sie sich ansahen und wie sie miteinander sprachen. Ich dachte wieder daran, wenn mir die Duse und ihr Akkordeon, ihre Stimme und ihre Lieder einfielen: dass sich die Santarellina in die spielende Duse verliebt hat. Sie hat sich in die Musik und in dieses Mädchen verliebt, das diese umgehängt mit sich trug. Ich hätte das auch tun können, wenn ich wenigstens unter diesem Gesichtspunkt ein freierer Mann gewesen wäre. Ich kenne die Liebe nicht, die sie vereint hat; ich weiß nicht, wovon ich spreche, und vielleicht ist es ungerecht, dass ich mir diese Freiheit nehme. Doch jetzt hätte ich gern mehr begriffen. Jetzt, da Nita schwanger ist und ich lange genug leben werde, um das zu sehen, was daraus entstehen wird. Und das, was entstehen wird, wird der Index und das Glossar meines Lebens sein, und der Leben, die mit mir schwanger waren. Jetzt, wo die Duse nicht mehr da ist und mir nichts mehr beibringen kann, hätte ich gern etwas mehr gelernt.

Vor einigen Jahren hat die Santarellina Tetanus bekommen; es war zur Zeit der Fußballweltmeisterschaft, und wenn man die Geschichte dieser Infektion rekonstruiert, dann hat sie sie sich dabei geholt, als sie über ein Stück Zaun vom Hühnerstall stolperte, als sie herbeigelaufen kam, um Italien zu sehen. Sie war kurz davor zu sterben, denn im Bezirkskrankenhaus denkt niemand mehr an Tetanus, wenn da eine alte Frau auftaucht und von Krämpfen geschüttelt wird. Die Santarellina ist noch am Leben, weil, wie sie sagt, auf der Welt noch Platz war; und weil die Tochter von Vittorio, eine Kardiologin und fast noch ein Mädchen, sich in den Kopf gesetzt hatte, auf der Suche nach Anzeichen außer in ihrem Herzen auch in ihren alten Gliedern zu suchen. Tetanus ist kein so schlimmer Tod: Der Körper geht langsam Stück für Stück seinen eigenen Weg, und das letzte, was sich verabschiedet, ist das Gehirn. Natürlich nur, wenn sie dich an eine Maschine hängen, die die Arbeit der Lungen übernimmt, die weit vor dem Gehirn zum Teufel gehen. Die Santarellina sagt, als ihr nur noch dieses letzte Stück von ihr, ihre Denkfabrik geblieben war, habe sie eine unaufhaltsame Lust bekommen, all das zu sagen, was ihr in ihrem langen Leben voller tragischer Abenteuer durch den Kopf gegangen war, und was sie noch niemandem erzählt hatte. Sie sagt, sie habe eine plötzliche Lust bekommen, große Romane zu schreiben. Sie sah alles klar, sie hatte auf einen einzigen Schlag alles begriffen, was ihr und Italien und der ganzen Welt in diesen achtzig Jahren geschehen war. Sie wusste, wie sie das alles sagen sollte, es lag ihr auf der Zunge. Die Santarellina weiß das nicht, aber ihre plötzliche blendende Erleuchtung ist eine Nebenwirkung der Endphase der Infektion: Sie nennt sich Hyperluzidität. Es ist, als ob, nachdem sie darauf verzichtet hatte, ihren Körper zu beherrschen, dem Gehirn eine Menge Energie übrigbliebe, die es schließlich in der reinen und freien intellektuellen Spekulation einsetzen kann.

Ein Großteil dieser Romane wurde geschrieben. Nicht von der Santarellina, deren höhere Künste schon seit mehreren Wochen unbenutzbar waren und die ein genetisches Misstrauen gegen die eigene Schrift hatte, sondern von der Duse. Die Duse war die ganze Zeit bei ihrer Freundin im

Krankenhaus und diente ihr als Schreiber. Es gibt also mehrere Hefte bei ihr zu Hause, Hefte, die noch niemand aufgeschlagen hat, die die Romane der Santarellina an die Nachwelt überliefern, ihr ganzes äußerstes Bewusstsein von sich selbst und der Welt. Das hat mir die Santarellina persönlich berichtet, aber sie hat nicht gesagt, dass ich sie lesen kann, wenn ich will. Früher oder später wird das Haus der Duse ausgeräumt, gereinigt und verkauft, und dann stellt sich das Problem, was man mit diesen Heften tun soll, und die Santarellina beabsichtigt nicht, mir bei der Entscheidung zu helfen. Natürlich hat die Duse sie mir gegenüber nie erwähnt; vielleicht sind sie bei diesem Haufen von Heften, die meine Mutter im Laufe ihres Lebens mit allerlei Themen und Fragen gefüllt hat. Sie sind da, ich habe sie gesehen, als ich noch ein Kind war, die Hefte mit den Liedern, die sie spielte, die mit dem Tagebuch ihres Tropengartens, und die Hausaufgaben für ihren Sohn natürlich. Die, die ihr Sohn gemacht hat, und die, die er hat sein lassen. Ich weiß, dass sie in den Heften auch die Märchen sammelte, die an den Abenden erzählt wurden, und vielleicht wird da auch ein Roman sein: Obwohl sie nie von Tetanus gequält wurde, litt die Duse immer an Hyperluzidität. Ich kann mir vorstellen, dass ich in all diesen Romanen, die im ganzen Berg linierten Papiers mit der schulmeisterlichen Schrift der Duse liegen, den Weg zum Verständnis finden könnte. Doch um zu verstehen, müsste ich eine Intimität verletzen, die mir nicht gewährt wurde, die ich mit einem Akt meines Willens verletzen und wofür ich in den Augen derer, die mich gezeugt und ernährt haben, die Verantwortung übernehmen müsste.

Ich weiß nicht, wir werden sehen. Vielleicht einigt sich Nita mit der Santarellina und kümmert sich selbst darum, ob aufheben oder vernichten, erfahren oder es sein lassen. Jedenfalls wurde mir wenigstens etwas von der literarischen Aktivität der Santarellina offenbart. Sie hat mir Wort für Wort den Brief wiedergegeben, den sie ihrer Freundin diktierte und der regulär abgeschickt wurde. Es ist ein Glückwunschbrief an Herrn Lippi, den Trainer der Fußballnationalmannschaft, die sich bei der Weltmeisterschaft hervortat, während sie Romane erfand. Die Santarellina ist für Juventus, wie es bei allen Engländern des Reviers die Regel ist, sie ist aber auch nobel sportlich und kennt die Bedeutung des Herrn Lippi und tut sie kund.

Orto di Donna

Als im Herbst die Alliierten kamen, waren die Duse und die Santarellina am Ponte, um sie zu erwarten. Die Duse hatte das Akkordeon mitgenommen, die Santarellina hatte eine kleine Sichel zum Grasmähen im Leinenbeutel, den sie an ihre Taille gebunden hatte. Die Idee, auf die Brücke zu gehen und sie zu erwarten, stammte von der Duse. Am Abend, als sie mir ausführlich von meiner Zeugung erzählte, wollte sie nicht auf die Gründe eingehen, die sie auf die Brücke geführt hatten. Wenn es stimmt, dass mein schmeichelndes Seelchen in der Lage war, alle Dinge zu fassen, hätte ich auch dieses Detail begreifen können. Aber sie hielt es nicht für nötig, darauf einzugehen, als ob die Sache an sich von keiner Bedeutung wäre. Sie ging ihrem Schicksal entgegen, dass sie dorthin ging, war jedenfalls notwendig: Wenn du dort erwartet wirst, dann gibt es keinen anderen Ort, an den du gehen kannst. Auch die Santarellina glaubt, sich nicht an dieses Detail zu erinnern: Man ging dorthin, sobald der Kanonenbeschuss aufgehört hatte, und für St. Remigius herrschte eine solche Kälte, mein Kind, dass mir die Klinge der Sichel den Bauch gefrieren ließ. Wir waren den Krieg leid, das ist alles, was sie dazu noch sagt.

In Wirklichkeit hatte der Krieg erst begonnen. Aber Sant'Anna und Borgiolo und Forno und San Terenzo hatten schon stattgefunden. Und noch früher, als es noch Juni war, war der Vorfall von Orto di Donna geschehen. Und dann der von der Valanga an der Pania della Croce und so weiter. Hier erinnern sich alle an alles, auch die, die nicht dabei waren; diejenigen, die noch geboren werden sollten, wissen davon mehr als alle anderen. Und sie sind es, die sprechen, die schreiben. Die, die im Sommer '44 hier waren und dann im August und schließlich im Winter dieses Jahres, wenn sie noch das Glück haben, am Leben zu sein, sagen wenig oder nichts, und am wenigsten schreiben sie. »Wir waren den Krieg leid«, das scheint für sie alles zu sein, was es zu sagen gibt, sogar für die, die eine Silbermedaille für militärische Tapferkeit hinten in der obersten Schublade der Kommode haben. Vielleicht in ein kleines Bündel, ein rotes Halstuch eingewickelt, verblasst bis auf die Knochen, wie die goldene von Verano. Die ich gesehen habe, nachdem ich einige Jahrzehnte lang davon reden gehört hatte, am Tag, als sein Sohn mich bat, sie für ihn aufzubewahren, weil er nach England fuhr und nicht wollte, dass sie allein im Haus blieb, wo sie bisher wie die ewige Glut der Feuerstelle einer alten Familie gehütet wurde. Jetzt liegt sie in der kleinen Blechdose für die Dinge, die zählen.

Das Schweigen wirkt eher bewahrend als auslöschend, und von '44 wurde alles bewahrt; an einem Ort in der Seele dieser Menschen, der trocken ist, trocken wie der Winter an Lichtmess; ein spitzer, verhornter Knochen, der kaum aus dem Rest der Gebeine herausragt. Eine genetische Last, die, wenn diejenigen, die damals gelebt haben, schließlich sterben, weiterhin in den Nachkommen ihrer Kinder schmerzen wird; und wenn es feucht wird, dann spüren sie, je nach ihrer Position, wenn sie sich hinsetzen oder hinlegen oder aufstehen oder sich herumrollen, wenn sie sich lieben, genau an jenem Punkt dieses Knochens einen leichten Schmerz. Und wenn sie fragen, wird der Arzt es sich nicht erklären können, und sie werden sich nicht mehr erinnern können, woher er kommt. Doch er wird bleiben, anders als alle Wörter in allen Büchern und alle Kongresse über dieses Thema. Es gibt ein paar Straßen, die den Namen der Vorfälle dieses Jahres tragen, und es gibt Erinnerungstafeln und Gedenksteine. Es gab einmal eine Zeit, da kamen die

Behörden, um die Umstände und Jahrestage zu feiern, jetzt lassen sie sich schon seit einer Weile nicht mehr blicken. Und das ist besser so. Sie kamen und schnappten sich ein paar Überlebende, ein paar Medaillen, ein paar Legenden, und ließen sie einige Stunden lang kerzengerade dastehen und sich demütigen vor ihren Reden, ihrem Unwissen über die Dinge, wie sie gelaufen sind, über ihren Kern. Dinge von Männern und Frauen, von Jungen und Mädchen, und von Tieren. Wer wirklich etwas von diesem Kern hätte zeigen können, ließ sich bald nicht mehr blicken, wurde krank und verschwand, starb schnell und ohne Aufsehen.

Dabei muss gesagt werden, dass während dieser ganzen Zeit die Menschen lebten und weiterhin Heu machten, Getreide droschen, Kühe molken und Kastanien sammelten und sie rösteten, vorausgesetzt, dass es welche gab und von den Beschlagnahmungen welche übrig blieben. Es muss gesagt werden, dass sie das alles machten bei all den ermordeten Toten ringsum, wobei sie so taten, als sei nichts geschehen, solange es ging. Es muss außerdem gesagt werden, dass in jenem Jahr keine Hochzeiten gefeiert wurden, und zwar nicht, weil sie abgesagt wurden, weil Versprechen gebrochen und Bräute enttäuscht wurden, sondern sie wurden nur verschoben, bis die Männer wieder zurückkamen aus den Bergen oder von der Zwangsarbeit oder aus den Grotten, wo sie sich versteckt hatten.

Aber eine Hochzeit gab es doch, trotz allem. Und es war die des jungen Filippo Nesi, der bis zum Jahr davor in Lucca Medizin studiert hatte, und dort hatte er sich in ein Mädchen verliebt und wollte nichts davon wissen, abzuwarten. Die Hochzeit wurde auf der anderen Seite der Front gefeiert, unter der Rechtsprechung der alliierten Besatzung, nicht einmal eine Woche nach der Befreiung der Stadt, und um heiraten zu gehen, überschritt der junge Nesi mit einem Rucksack voller Tritol die Gotenlinie: Weil er gerade so fröhlich war, wollte er das feiern, indem er direkt an der Straße die Fabrik in die Luft sprengte, die die Deutschen mit

Kupferspulen für die Motoren ihrer 88er Kanonen belieferte. »Aus Freude«, das antwortete er, als sie ihn fragten, was er sich dabei gedacht habe, gerade an dem Tag, da er sich für sein ganzes Leben binden wollte.

Jedenfalls muss gesagt werden, dass in jenem Jahr, obwohl es keine Hochzeiten gab, im Revier mehrere Kinder geboren wurden, und die Hebammen wie üblich ihre Arbeit taten. Es muss noch gesagt werden, dass die Deutschen gerade mitten im Sommer böse wurden, als die Truppen abgelöst wurden und die SS der Division Kesselring, die oberste Elite, das Kommando der Front übernahm. Aber ob gutmütig oder böse, die Menschen lebten Tür an Tür mit ihnen, versuchten, ihre Regeln zu akzeptieren, und redeten mit ihnen. Sie versuchten, sie zur Vernunft zu bringen, betrieben Haarspalterei, um das richtige Maß zu finden, sie sich erträglich zu machen. Nur mit den Italienern, seien es SS, Monterosa oder Schwarze Brigaden, sprachen sie nie und versuchten auch nicht, sie sich erträglich zu machen, sondern es muss gesagt werden, dass dies von der Tatsache abhing, dass die von der Republik von Salò dazu ausgebildet waren, alles zu verfluchen, und zwar auf so übertriebene Weise, dass sie bald anfingen, sich selbst zu hassen. Und schon im Winter '44 begannen die Menschen im Revier, etliche von ihnen zu begraben, die hinterrücks von ihren Anführern erschossen worden waren, als sie zu desertieren versuchten.

In erster Linie versuchten die Menschen also zu leben, vor allem in jenen Monaten; sie versuchten zu essen und zu schlafen, sich vor der Kälte zu schützen und nicht an Krankheiten zu sterben. Es muss gesagt werden, dass es aus diesem Grund in jenen Monaten für niemanden möglich war, sich eine klare Vorstellung von der Realität zu machen, und letztendlich lag auch niemandem daran, eine zu haben: Es waren Zeiten ohne gute Nachrichten, es waren Zeiten, die vorübergehen mussten, indem man sich so weit wie möglich von der harten Wahrheit entfernt hielt.

Wie gesagt wurden Mitte Juni fünf junge Männer und zwei Frauen in Orto di Donna gefunden. Den jungen Männern hatte man in den Rücken geschossen, und die Frauen waren erschossen und dann gepfählt worden. Sie kamen aus Vinca, um sie zu suchen: Die Frauen waren unterwegs gewesen, ihre Jungen zu verstecken, die Schwarzen Brigaden hatten sie am höchsten und ältesten, heiligsten und sichersten Ort des ganzen Tals gefunden. Sie wurden nachts weggebracht, in Decken gehüllt, auf dem Rücken einer Karawane aus Maultieren, die sie über die Straße der TODT nach Hause zurückbrachte, nachdem sie den Deutschen die Erlaubnis abgehandelt hatten, sie in ihrem Dorf begraben zu dürfen. In der Karawane, die in Orto di Donna campierte, waren ein Arzt und ein Pfarrer. Der Pfarrer segnete die Toten, so, wie sie waren, danach brauchte der Arzt mehrere Stunden, um die Pfähle aus den Leichen der Frauen herauszuziehen, dass ihre Glieder nicht beschädigt wurden. Jener Pfarrer und jener Arzt überlebten den Winter '44 nicht: Beide wurden an verschiedenen Tagen und an verschiedenen Orten mit derselben Anklage auf Sabotage und Banditentum erschossen. Als man von Orto di Donna erfuhr, gingen die Hirten, die noch nicht auf die Sommerweide hinaufgezogen waren, los und zündeten den ganzen Talkessel an, und in diesem Sommer wurde kein einziges Vieh mit seinem Gras gefüttert, kein einziger Eimer Milch wurde von diesem Weideland gewonnen. Wie gesagt, die Menschen wollten nichts weiter als leben.

Am Sonntag will ich hinaufgehen, sagte mir Nita gestern Morgen, während sie sich das Gesicht einseifte. Damit meinte sie, dass es nun meine Aufgabe sei, die Sonne wieder scheinen, das Eis schmelzen und die Wege wieder instandsetzen zu lassen. Es ist nicht gesagt, dass es mir gelingt.

»Hinauf« ist, wo sie hinpilgern geht. »Hinauf« ist Orto di Donna.

Die Frauen gehen dorthin, um zu beten, damit die Liebe ihre Geliebten rettet. In dieser Angelegenheit sind sie sehr hartnäckig. Es ist bekannt, dass sie nie allein gehen, sondern in Gruppen und Brigaden, um sich Mut zu machen und miteinander zu scherzen. Sie nehmen zu essen und zu trinken mit, Decken, um sich hinzulegen, und Zigaretten zum Rauchen; von zu Hause nehmen sie den schönsten Käse, den sie finden können, und die am besten verkorkte Flasche aus dem Keller mit, und sie lassen sich von den Bäckereien extra das Kartoffelbrot backen. Nita backt ihre berühmten Biskuits und legt sie in ein Leinentuch, wo sie ruhen und abkühlen; dann legt sie sie vor der Abreise mit zauberhaften Händen in eine Blechschachtel, die sie in ihren Rucksack steckt, gegen jedes logische Kriterium rationalen Gepäcks.

Diese Schachtel, auf der ein kleines Motiv im alten schottischen Stil aufgedruckt ist, hatte sie schon bei sich, als sie zum ersten Mal hierherkam, und daraus habe ich sie, je nach Gelegenheit, alles Mögliche entnehmen und hineinstecken sehen. Aus dieser Schachtel holte sie eines Tages das Foto des großen Champions William Grover-Williams heraus. Dorthin steckt sie, um sie vor dem Wind zu schützen, die Pfingstrosenblüte, die sie am einzigen, einzigartigen Tag ihrer Blüte auf der Argegna pflücken geht; sie tut das, obwohl die Forstbehörde das Pflücken mit einer schwindelerregend hohen Strafe belegt. Von dort pflückt sie sie mit einer Geste der Verwunderung, noch rot wie fließendes Blut, damit ich sie unversehrt auf dem Altar unserer häuslichen Laren niederlege.

In dieser Blechschachtel bewahrt sie ihre Namensliste auf. Die Namen, die sie trägt, als wären es ihre, und dabei werden sie aus der Liste geholt, die sie in ihrer Schachtel aufhebt. Sie wählt sie in einer Reihenfolge aus, die ich nicht kenne, außer, dass sie sie als regelmäßig wiederkehrende Namen benutzt: Angela, Antonella, Domenica, Errica, Anna, Maria, Margret, Sonia, Patrizia, Silvana, Manuela, Natalia, Marina, Annamaria, Elisabetta, Eleonora, Velia, Viviana,

Catherine, Helen, Loredana, Angelica, Mirella, Katia, Euridia, Nilla, Franca, Rita, Flavia, Rosella, Brigitte, Mariangela, Verdiana, Carla, Vincenzina, Berta, Lina, Rosina, Irene, Lidia, Idria. Es sind so viele. Sie trägt sie eine Zeit lang und dann schaut sie in die Schachtel und tauscht sie aus. Das ist merkwürdig, da gibt es nichts zu sagen, aber es ist kein Problem: Hier im Revier sind Namen aus alter Gewohnheit eine sehr persönliche und private Angelegenheit. Außer wenn es natürlich die Beziehungen zur Behörde berührt, und dann heißt einer so, wie es im Personalausweis steht, und die Sache interessiert nur die Behörde. Der Omo Nudo gab seiner Zuchtsau den Namen Angela, weil sich meine Frau ungefähr vor einem Jahr so nannte, als die Königinmutter seines Schweinestalls diejenige auf die Welt brachte, die zur offiziellen Erbprinzessin für die Fortdauer der Spezies gewählt wurde. In diesen Tagen höre ich, dass er, wenn sie miteinander sprechen, sie anspricht, als wäre sie Sonia, ohne offenbar noch irgendeine Erinnerung an Angela zu haben. Der Omo Nudo ist ihr gegenüber anpassungsfähiger und nachgiebiger als ich, besser geeignet, ihr zuzuhören, wenn sie ihr Innerstes aus ihrer Blechschachtel herauszieht, eine Schachtel, die so anders ist als die, die er mir damals geschenkt hat. Er wäre ein guter alter Vater für meine Frau, wenn sie zustimmen würde: Schon zu seinen Lebzeiten ist er eine Erscheinung, bald wird er eine Legende sein, und dennoch sorgt er sich hingebungsvoll um seine Lieblingstochter und geht wie ein Verliebter auf ihre Eigenart ein. Wer sonst, wenn nicht der Verfasser, kann bezeugen, wie jeder alte Mann noch darauf wartet, ein Kind zu haben, und jeder Waise sich noch ein wenig Vater erhofft?

Für Nita benutze ich weder die Namen aus ihrer Schachtel und noch weniger den in ihrem Personalausweis, übrigens ist es für mich nicht nötig, dass wir uns beim Namen nennen, und für sie auch nicht: Wir wissen ja, wer wir sind. Und das, was wir waren, hat keinen Namen, der zu mir oder zu ihr passen würde. Doch manchmal kommt es vor, dass es mir ein Vergnügen ist, und mehr als eine Notwendigkeit, sie bei ihrem Namen gegenwärtig zu halten, für mich zu nennen oder sie anderen gegenüber zu erwähnen. Dann benutze ich den, den die Vagli-Bewohner, die mit ihr zusammenarbeiten, ihr gegeben haben. In Vagli herrscht noch eine starke Erinnerung an die legendäre Ehefrau von General Garibaldi, und mit den beiden Pistolen am Gürtel und den in einem langen, bedrohlichen Zopf zusammengebundenen Haaren ist sie heute noch ein lebendiges Bild, wobei sich fast niemand mehr an ihre Geschichte erinnert. Aus diesem Grund gab es und gibt es in Vagli noch Anitas, keine getauften, denn kein Vater hat Lust, eine Nita zu Hause zu haben, sondern sie wurden erst später so genannt, aus familiärem Unmut oder populärem Ansehen. Natürlich sind es Frauen von großer Faszination, aber alles andere als gefügig; auf überhebliche Art leidenschaftliche Frauen und mit einer Neigung zum Aufstand, noch stärker, als es die aus Vagli im Allgemeinen sowieso schon sind. Ich kenne den Grund nicht, warum meine Frau sich ihren neuen Namen verdient hat, obwohl ich es mir vorstellen kann, und mir jedenfalls gefällt er. Mir gefällt es, eine Nita im Haus zu haben, mir gefällt es, sie so zu nennen, wenn sie mir den Rücken zukehrt und meine Stimme von einem Schauder überrascht wird, von dem nicht einmal sie weiß, ob es vor unerwarteter Freude oder leichtem Ärger ist. Sie dreht sich um und lächelt mich an, wobei sie leicht ihre Zunge zusammenrollt, wild und liebevoll wie ein Hund; und es ist Anita, wie sie der General hat lächeln und ihm die Stirn bieten sehen. Ich mag gern glauben, dass sie sich das eine oder andere Mal beim Umdrehen selbst überrascht und mich Garibà, Garibaldi, nennt. Das wäre wirklich der Gipfel meiner menschlichen Karriere.

Nita geht also mit ihren Biskuits in der Schachtel nach Orto di Donna, und wenn sie zurückkommt, scheint sie mir froh zu sein, dass sie zurückkommen wollte.

Dieser Platz ist ein jungfräulicher Ort, ein steiniger Tabernakel von makelloser Schönheit, unschuldig und hoch am Rande des Kamms, den das Gebirge zur anderen Seite, zum Meer hin wirft. Sie ist »oben«, wie meine Frau sagt, weil sie es wirklich ist, wie ein Votivaltar über den Trümmern des Steinbruchs 17 erhoben.

Der Steinbruch 17 ist wichtig, der Steinbruch 17 stellt etwas dar: Er ist die sauberste Quelle des Statuarius-niveus-Marmor. In diesem Steinbruch wurde bereits Marmor abgebaut, Jahrhunderte bevor die Invasoren der Antike ihn sich als ihre Sache sicherten und Kapital verschwendeten, um ihn mit drei Zenturien Elite-Antiguerillatruppen zu besetzen. Und das nur, um ein paar Tonnen ewiges Weiß für jeden ihrer blöden Cäsaren zu garantieren. Obwohl es nicht so aussieht, als ob die Einheimischen sich ihre Zeit mit der Kunst der dreidimensionalen Wiedererweckung himmlischer und irdischer Gottheiten vertrieben, ist es doch sicher, dass sie aus diesem Stein Becken zu hygienischen und religiösen Zwecken schlugen und Tafeln einmeißelten, um die Dekoration ihrer Häuser mit nach wie vor unleserlichen Ziffern zu verbinden. Und sie drechselten auch Schilder, um damit Gesetze und Befehle zu verkünden, und Wannen, um den Schweinespeck über den Winter aufzubewahren. Mehr oder weniger, wie man das heute noch tut; zwar werden heute die Gesetze mit weniger dauerhaften Mitteln bekannt gegeben, doch aus diesem reinsten weißen Marmor bestehen noch die Wannen des ganzen Reviers, und in seinen kalten Schatten lagert der Speck seiner Schweine in Frieden.

Um nach Orto di Donna zu kommen, müssen die Frauen einen nicht einfachen und nicht kurzen Weg auf sich nehmen, zu Fuß, wie es übrigens ihren Riten entspricht. Ich sehe sie marschieren, singend und unbekümmert mit ihren immer so unpassenden Schuhen, und mühselig von der

Mündung der Rifogliola bis zur Serenaia hinaufsteigen. Und von Beginn an ist es, als gingen sie zur Vesper nach Prati, aber sie halten sich weiter oben, dicht am Rande des Steinbruchs, und von dort aus beginnen sie das eigentliche Wagnis, indem sie, auf die Gefahr hin abzustürzen, die aus den Trümmern der Eiszeit entstandenen Karsttrichter passieren, und auf den von den Spitzhacken geschaffenen Furchen die von den Baggern gegrabenen Schluchten wieder hinaufsteigen und im ewigen Schatten den Karnelkirschwald durchqueren, der oberhalb der Granitfelsen wächst. Und schließlich, wie in Filmen über verloren gegangene Kulturen, müssen sie sich mit ihren Bündeln und Kleidern dünn machen, um durch den Spalt zwischen zwei Menhiren hindurchzuschlüpfen, die in der undurchdringlichen Schlucht aus Brombeer- und Holunderbüschen emporragen, zwei Steine hoch wie babylonische Türme, von denen niemand weiß, ob sie von Gott oder von den Vorfahren der Menschen erbaut wurden. So betreten sie, von ihrem Liebesgeplauder aufgezehrt und gereinigt, den heiligen Ort. Und was sie sehen, ist eine Talmulde aus Thymian, Silberdistel und Akelei, eine Wiese, die sich über die Zeiten hinweg mit der Erde gefüllt hat, die hergebracht wurde von den gegenläufigen Strömungen am Fuß der drei Ursprungsgipfel der Apua mater: Pizzo d'Uccello, Grandilice, Pisanino. Berge mit Zähnen wie Haifische.

Wenn das einmal ein Garten war, dann war er gut geschützt; wenn dieser Garten blühte, dann musste der Duft, den man heute noch riecht, einmal berauschend gewesen sein.

Dem liegt natürlich eine Geschichte zugrunde. Die Geschichte besagt, dass in dieser geheimen Talmulde in den tragischen Zeiten der Kriege Roms gegen unsere Völker sich ein kleiner Volksstamm in seiner Einsamkeit Mut machte. Und die Geschichte besagt weiter, dass im Verlauf dieser

Kriege eine äußerst erbitterte Schlacht gekämpft wurde zwischen den Legionen des Invasoren und dem, was von den Apuanischen Banden übrig geblieben war. Die Schlacht vollzog sich auf offenem Feld, für unsere Guerilleros auf verhängnisvolle Weise ungeeignet, in den überschwemmten Ebenen in der Nähe der Arnomündung, mehr oder weniger dort, wo heute die Stadt Pisa ihr Leben fristet. Die Unsrigen wurden vom letzten großen König und seinem letzten noch lebenden Sohn angeführt. Wie es sich gehörte, war der König sehr stolz auf seinen Sohn, und er liebte ihn zärtlich; so auch der Sohn, der ihm respektvoll mit seiner außerordentlichen Kühnheit und seinem ungezähmten Mut erwiderte. Zudem war der Prinz von einer so klaren und lieblichen Schönheit, dass sie übermenschlich erschien; eine Schönheit, die jeden zum Hochmut verführt hätte, nur ihn nicht. Wie es immer geschah, beunruhigte die Schönheit des jungen Prinzen die nach Blut und Herrschaft dürstenden Invasoren nicht, die ihn zu der Beute bestimmten, die als erste zu töten sei, und wüteten gegen ihn und seine von Feindesblut getränkte Fahne, die er als Banner führte. Es gelang ihnen nicht, sie ihm aus der Hand zu reißen, aber sie richteten ihn so zu, dass er lebensgefährlich verletzt wurde.

Es war die letzte große Schlacht und die entscheidende Niederlage, die den Anfang der Plünderung und der Unterwerfung dieses Landstrichs bedeutete. Die Banden zerstreuten sich und verloren sich in den Sümpfen, und der alte König nahm seinen leblosen Sohn auf seine alten, erprobten Schultern und machte sich auf zum Gebirge im verzweifelten Versuch, den einzigen ihm verbliebenen Reichtum in Sicherheit zu bringen. Wäre es nicht um die Liebe zu seinen Nachkommen gegangen, so hätte er sich gern auf dem Trümmerhaufen seiner Niederlagen geopfert; er hätte den Tod gesucht und ihn gefunden und mindestens eine Schar Legionäre in die Finsternis der apuanischen Unterwelt mitgenommen, diese törichten Männlein, die keinen anderen Wagemut kannten, als sich zur Schildkröte zusammenzuschließen und blind wie Nachtfalterlarven vorzurücken, vorzurücken und vorzurücken. Er beschwor stattdessen das, was von seiner königlichen Kraft noch geblieben war, und drang in die wohlbekannten Pfade der apuanischen Festungen vor. Seine wertvolle Last lag ihm sanft wie ein Lamm auf den Schultern; der König bemerkte ihn nur wegen des rauen Atems seines Todeskampfs.

Nach unsäglichen Mühen gingen sie zur Tambura hinüber und dort wurde ihnen von den Wachtposten des Stammes geholfen, der in einem versteckten Wiesenland hinter den Gipfeln lagerte. Der Stamm war befreundet und alle in diesem Gebiet, wenn sie noch am Leben waren, waren Freunde des Königs. Dieses war Freundesland, und als der Prinz vorbeikam, blühten die Pfingstrosen, die dort immer eine rosafarbene Blüte hatten, plötzlich auf und nahmen die Farbe des Blutes an, das seine Kleidung befleckte. Sie wurden empfangen und geliebt, der König und sein Sohn, und das Stammesoberhaupt schlug vor, dass seine eigene Tochter versuchen sollte, dem sterbenden Prinzen das Leben zu retten. Dieses junge Mädchen war von perlfarbener Schönheit und alter Weisheit, und man hörte über sie weit über die Grenzen ihres Stammes hinaus nur Gutes. Sie beherrschte perfekt die ärztliche Kunst und ihre Behandlungen, und sie widmete sich Tag und Nacht der Rettung des kleinen Prinzen. Sie hatte sich auf den ersten Blick in ihn verliebt, eine Liebe, wie sie nur bei reinster, unschuldigster Jugend vorgesehen ist, und beim Bewundern des wenigen Lichts, das noch in seinen Augen schimmerte, konnte sie wohl hoffen, dass sie erwidert würde.

Einen ganzen Winter blieb sie an seinem Kopfende und entfernte sich nur, um die Heilkräuter zu sammeln, die sie in ihrem Garten anbaute, dem *orto di donna*, dem Frauengarten. Und ihre Liebe wuchs von Tag zu Tag, so wie beim ganzen Stamm und beim Königsvater die Hoffnung auf eine wundersame Heilung wuchs. Doch als wäre er taub gegenüber der ganzen Liebe und jeder Medizin, wurde der Prinz von Tag zu Tag immer schwächer; unweigerlich verbrauchte sich sein Lebenssaft. Und im Frühjahr starb er.

Von diesem Moment an geht die Geschichte nicht mehr um Könige und Prinzen, um Kriege und Stämme, es ist nur noch die einer jungen Frau. In einer Verzweiflung ohne Pause und Frieden versteifte sie sich darauf, nur zu leben, um jeden Tag ihren Schmerz zu erneuern und ihn stärker zu machen. Ihre Wissenschaft hatte versagt, und vor allem hatte ihre Liebe versagt. Nichts von dem, was sie wusste, war von Nutzen gewesen, und nichts von dem, was sie empfand, hatte Früchte getragen. Die Liebe, die sie erfüllte und sie wie ein tiefer Bach bis zum unbekannten Äußersten auswusch, war für das Leben ihres Geliebten nicht genug gewesen. Und sie fing an zu weinen und hörte nicht mehr auf. Sie weinte im Sommer und das Wiesenland breitete sich aus; sie weinte im Winter und ihre Tränen wurden zu Eishaufen. Sie ging über das Eis ihres eigenen Schmerzes hinauf und weinte immer noch, bis aus ihrem Schmerz ein Gebirge entstand. Ein Gebirge aus zu schneeweißem Eis geronnenen Tränen. Ein Gebirge, das strahlt, bis es die Augen schmerzt, ein Gipfel, der den Namen Pisanino trägt, weil er daran erinnern soll: dass für einen jungen Krieger aus den Ebenen von Pisa so sehr geweint wurde, dass daraus ein Berg entstand.

Und an diesem Punkt kommen die Götter. Denn nicht anders als bei den anderen launischen Gottheiten der menschlichen Kindheit machen sich die gefürchteten und eigensinnigen antiken Götter der Einheimischen bemerkbar. Zu diesem Zeitpunkt können sie zwar nichts wirklich Gutes mehr tun, aber lindern können sie noch. Sie lösen also ein so mächtiges Erdbeben aus, dass sie das Profil der Berge um den Pisanino herum verändern, und rufen das Mädchen, ihre Arbeit zu betrachten. Sieh mal, schönes Mädchen, sagen sie zu ihr, deine Liebe sei auf ewig belohnt. Steige ruhig auf deinen tränenreichen Kalvarienberg, doch wenn du auf dem Gipfel deines Pisanino bist und gegen Abend deinen Blick leicht nach Süden wendest, wirst du von da an damit getröstet werden, dass du das Gesicht deines Geliebten für die Ewigkeit versöhnt ruhen siehst. Und tatsächlich bildeten sie durch das Erdbeben den Omo Morto, den Gebirgsgrat, der besonders am Abend genau das ist, was der Name besagt, ein Mann, der in Ewigkeit auf dem Rücken ruht. Kompliment.

Alle Frauen kennen diese Geschichte auswendig, und wenn sie sie seit zahllosen Generationen untereinander weitergeben, tun sie das mit einer Fülle von Details und Begeisterung, und es pilgern nach Orto di Donna Mütter mit ihren Töchtern, Tanten und sogar Großmütter mit ihren Nichten und Enkeln, zu dieser einzigen Gelegenheit schamlos miteinander vertraut. Nita kommt von auswärts und hat nicht viele Freundinnen, und manchmal ist es ihr sogar lieber, allein dorthin zu gehen. Dann will sie, dass ich sie bis zum Ende der befahrbaren Straße begleite und sie dann dort wieder abhole. Wir verabreden uns, für den Nachmittag, für den nächsten Tag, für den darauf. Und ich bleibe hier, um auf unbestimmte Zeit auf sie zu warten, denn mittlerweile sind eine Menge unvorhersehbarer Dinge geschehen; sie trägt keine Uhr, um sie nicht zu verlieren, und sie ist nicht gewohnt, sich nach der Sonne zu orientieren. Ich warte, das tue ich immer, ich habe sie noch nie ihrem Schicksal überlassen. Ich tue das gern, und ich weiß, dass in nicht allzu langer Zeit sie an der Reihe ist, auf mich zu warten. Darauf, dass ich meine Mahlzeit beende, dass ich mit dem Kacken fertig bin, dass ich aus einem Krankenhaus entlassen werde, dass ich etwas Luft hole. Und dann wird sie auf den Tag warten, den ich auswähle, um zu sterben; sie wird darauf warten zu begreifen, ob es einfach oder ob es kompliziert und schmerzhaft sein wird, und wenn sie es begriffen hat, wird sie weiter warten, auf die eine oder andere Weise, bis dieser Tag endlich gekommen ist. Und dann, zu guter Letzt, wenn die sterbliche Hülle auf eine etwas seltsame und ihr angemessene Weise verstreut ist, wird sie auf den richtigen Moment warten, um mich besuchen zu kommen. Sie glaubt an das Jenseits, sozusagen; sie glaubt, dass wir nie aufhören zu sein. Aus diesem Grunde hat sie all meinen Versuchen widerstanden, sie aus dem Haus zu jagen; im Wesentlichen glaubt sie nicht an den Tod und fürchtet keine Trennung. Ich warne sie. Meine Nase wird spitzer und meine Lippen dünner; und, siehe da, ich schneide mich jedes Mal, wenn ich mich rasiere: Der natürliche Lauf der Dinge schreitet voran.

Sie hat den Anschein, als wäre sie eine große Expertin, was den Tod betrifft. Ihre spekulative Ader bringt uns dazu, darüber zu sprechen. Dabei nutzen wir die Gelegenheiten, wenn die Arbeit in Teilzeit erledigt werden kann: Während wir das Badezimmer blockieren und unsere intimen Verrichtungen durchführen, wenn wir unsere Lektüre unterbrechen, die nicht voranschreitet, wie es uns gefällt, oder wenn sie uns zu aufregend erscheint, um die Seite, die wir gerade begonnen haben, zu beenden, ohne Luft zu holen. Am Tisch sprechen wir nie davon, weil das Essen uns gänzlich Geist und Herz ausfüllt, aber es kommt vor, dass wir es bei den Vorbereitungsarbeiten tun.

»Sterben, sterben sterben«, und sie verdoppelt es, damit klar wird, dass sie sich dessen sicher ist, was sie sagt, »ist nicht so einfach, das wirst du sehen.«

In Bezug auf den Tod wiederholt sie gerne und oft »es ist nicht so einfach«. Und da ich nicht vergessen kann, dass sie Expertin im Vereinfachen primärer Produktionssysteme ist, hilft mir das nicht gerade, einen offenen Disput zu bestreiten.

»Es ist nicht so einfach, das Sein zum Verschwinden zu bringen«, kann sich die Inhaberin eines festen Arguments zu philosophieren erlauben, »und eben deswegen heißt das Sein korrekterweise Sein. Unbestimmter Modus, Tempus Präsens.«

Und sie glaubt, damit auch ihr einsames Wandern nach

Orto di Donna zu erklären und ihr Sich-Verlieren, und die Unzuverlässigkeit des Zeitpunkts ihrer Rückkehr; mich über die Gewissheit aufzuklären, die sie erhellt, wenn sie schließlich zur versäumten Verabredung kommt. Denn Nita ist davon überzeugt, dass die von Orto di Donna, die Erschossenen und Gepfählten von '44, froh sind, ihren Besuch bekommen zu haben, dass sie sich freuen über ihre Biskuits und die Tatsache, dass in ihrer Blechschachtel das einzige Gebet ist, das sie spendet. Sie ist sich der Güte ihres Gebets und der Tatsache sicher, dass es für den unbestimmten Modus, Tempus Präsens von Sein, geeignet ist.

Sie haben ihr von den Toten von Orto di Donna erzählt. Ich selbst habe ihr etwas von '44 erzählt, in dem Sommer, als sie sich entschloss, in meinem Haus wohnen zu bleiben. In jenem Sommer gingen wir natürlich nach Orto di Donna, doch es war nicht bei dieser Gelegenheit, dass ich ihr davon erzählte, sondern im Bett, in einer Nacht, die so frisch war, dass man sie mit dem Lesen eines der Bücher verbringen konnte, die es verdienen, in das Heiligtum unseres Zimmers oben aufgenommen zu werden. Sie arbeitete sich an einem ihrer französischen Romane ab; und dieses Mal so vehement, dass sie mich zwang, einen Blick hineinzuwerfen. Auf dem Umschlag stand *L'éducation européenne* und auf der Rückseite mit exhibitionistischer Evidenz: »Der schönste Roman über die Résistance laut J.P. Sartre«. Ich hatte nicht den Eindruck, dass er mir gefallen könnte, so fing ich an, ihr von '44 zu erzählen. Um sie zu stören, und aus Eifersucht. Ich muss sagen, dass sie mir zuhörte, sie steckte einen Finger in die Seite, machte es sich auf dem Kissen bequem, damit sie mich mit ihrem speziellen schrägen Blick ansehen konnte, der vergangene gründliche Versuche zu verstehen gibt, und hörte mir bereitwillig zu. Als ich vom Reden müde war, schlug sie ihr Buch auf und ging direkt zu einem Zeichen, das sie mit dem Bleistift hinterlassen hatte. »Nichts Wichtiges stirbt jemals«, las sie, dann wandte sie sich ihren Dingen, ihrem Daumen, ihrer Seite zu.

Einige Zeit später habe ich diese *Education européenne* wieder in die Hand genommen, die irgendwo herumlag, wie alles, was meine Frau gerade benutzt hat, und habe sie auch gelesen. Nein, am Ende hat es mir nicht gefallen: Dort war alles schöner als das Schönste bei uns, alle bedeutender und auf edle Weise leidenschaftlich.

Ich weiß nicht, ob der Autor je Gelegenheit hatte, den großen Helden William Grover-Williams kennenzulernen, fragte sich Nita, die über ihn natürlich weit mehr weiß als ich; sie sagte es, weil sie scheinbar dafür geschaffen sind, sich zu begegnen und große Freunde zu werden. Und sie hat nicht ganz unrecht. Beide Halbblut, ein wenig Pariser und ein wenig Europäer, beide verrückt nach Geschwindigkeit, und für ihre Verrücktheit zu Helden geweiht. Und die Liebe, die sie für die glücklichen Frauen begeisterte, die sie gehabt hatten, und die rebellische Leidenschaft, die sie auszeichnete und dazu bestimmte, mit intensiver Großzügigkeit ihr Leben aufs Spiel zu setzen. William Grover-Williams wurde zu früh ermordet, als dass ihm hätte in den Sinn kommen können, Romane zu schreiben, doch hätte er dort oben in Sachsenhausen einen Bleistift und ein Stück Papier gehabt, so hätte er, bevor er von uns ging, etwas sehr Ähnliches geschrieben wie das, was Romain Gary hinterließ, bevor er sich mit seiner alten Ordonnanzpistole in den Kopf schoss, schon alt, aber deshalb nicht weniger geistreich: *Liebhaber von gebrochenen Herzen werden freundlich gebeten, den Blick abzuwenden.* Herzen brechen manchmal wegen einer Kleinigkeit, und die Menschen glauben tatsächlich, dass man wegen einer Kleinigkeit sterben kann. Dieser Zettel war nicht nur ein letzter Zug Sarkasmus, sondern eine notwendige Erläuterung: Der heroische Flieger und Romanautor Romain Gary und der große Champion William Grover-Williams sind für etwas gestorben, und für etwas haben sie auch gelebt.

Je nach der Position, die ich auf der Toilette einnehme, zum Beispiel, wenn ich mich leicht zurücklehne, kann ich durch das Fenster westlich des Omo Morto die Zähne der Roccandagia sehen. Im Winter, wenn der Tag klar ist und der Wind aus dem Norden weht, sehe ich das Kreuz, das San Viano auf dem spitzesten Zahn aufgestellt hat. Vor mehr oder weniger 700 Jahren.

Die Geschichte, die wir erzählen, besagt, dass San Viano mit seinem Kreuz auf dem Rücken dorthinauf auf den Gipfel stieg, um Buße zu tun, und wir erinnern gern daran, dass seine Sünde die Sünde des Zorns war. Er war dem Volk des Dorfes Vagli böse, wohin er eines schönen Tages gekommen war, um den Glauben zu predigen und die Ankunft des göttlichen Gerichts auf die Erde vorherzusagen. Doch war dieses Volk, wie es auch zu diesen anfänglichen Zeiten allgemein bekannt war, renitent gegen den Glauben und gegen San Vianos Gott und vergalt ihm seine Freundlichkeit, indem es ihn mit Steinen bewarf, sobald er seinen Kopf aus seiner Einsiedelei steckte, die er sich am Rande eines Abgrunds gleich außerhalb des Dorfs gebaut hatte.

San Viano, der scheinbar aus den fernen Ländern der Skanier hierhergekommen war, hatte noch nicht die Heiligkeit erreicht und in seinem Glauben war er noch nicht so weit gegangen, die andere Wange hinzuhalten. Also warf er den Dorfbewohnern ihre Steine zurück. Doch die Erwartung und das Wohlwollen, die der mitleidvolle und barmherzige Gott diesem Mann gegenüber hegte, waren so groß, dass seine Steine als Brote die Köpfe erreichten. Lauwarme, knusprige Brote aus weißem Weizenmehl. Er vergalt Steine mit Broten, das ist die Wahrheit; doch anstatt ihnen die Augen auf die Güte von San Vianos Glauben zu öffnen, brachte das Wunder das Volk von Vagli dazu, ihn immer weiter zu bewerfen: Das Brot war gratis, reichlich vorhanden und gut.

Bis der Heilige, noch nicht vollkommen heilig, in barbarischen Zorn ausbrach und Gott anrief, er solle mit seinem ganzen Mitleid und seiner ganzen Güte Schluss machen; er betete, dass die Steine Stein blieben, genau wie die Herzen dieser Menschen. Gott stellte ihn zufrieden, wie er konnte. Die Dörfler bekamen kein Brot mehr, aber San Viano konnte auch keine Steine mehr werfen: Mit seiner ganzen skanischen Kraft schaffte es sein Arm nicht mehr, weiter zu werfen als einen Schritt, und bevor er es begreifen konnte, entstand um ihn herum ein kleiner Berg aus Steinen, die ihr Ziel nicht erreicht hatten.

Schließlich begriff er: Er erinnerte sich, dass Gottes Sohn sich Steine und Spucke und Beleidigungen einhandelte, deshalb aber nicht aufhörte, es mit Brot zu vergelten. Und er beschloss, Buße zu tun und zu versuchen, wenigstens in etwas seinem Erlöser ähnlich zu werden. Er baute sich ein Kreuz und fand in der Roccandagia sein Golgatha. Auf dem Gipfel angekommen, stellte er sein Kreuz auf und begann über seinen Zorn zu meditieren; er lernte ihn zu besänftigen, indem er auf den Kämmen umherstreifte, Schluchten und Abhänge passierte, bis er für sich eine andere Grotte fand, so abgelegen, dass sich niemand mehr die Mühe machte, ihn in seinen Gebeten stören zu kommen, obwohl die Versuchung der Vagli-Bewohner, sich wieder mit kostenlosem Brot zu versorgen, groß war.

Die Menschen von Vagli mussten sich ihr Brot auf ganz andere Weise besorgen, und die Strafe für ihre nachlässige Ungläubigkeit war, dass sie es sich mit der harten Arbeit in den Steinbrüchen verdienen mussten; von da an bis in die Ewigkeit mussten sie sich abmühen, um aus dem Marmorstein ein Stück Brot zu machen. Und jeder warf morgens nach dem Aufstehen und abends vor dem Zubettgehen einen Blick auf die Roccandagia in der Hoffnung, dass der heilige Viano weiterhin in solcher Ruhe lebe, dass er eines Tages beschließen würde, zu ihnen zurückzukehren, ihnen zu vergeben und ihnen wieder Brot zu schenken. Was nie geschah, und vielleicht ist deshalb der heilige Viano kein Heiliger im römisch-katholischen Kalender, und niemand hat jemals für ihn einen Altar verlangt. Außer im Dorf Vagli, wo sie noch nicht die letzte Hoffnung auf seine wundersame Bäckerkunst verloren haben und wo sie ihn als Schutzpatron fürchten und verehren; und die einfache Einsiedelei, aus der er sich herauslehnte, um ohne Sinn und Zweck zu predigen, wird Altar der Reue oder der verlorenen Gelegenheiten genannt.

Man weiß von keinem anderen, der danach von San Viano bis hinauf zur Roccandagia gegangen und dem es gelungen wäre, durchzukommen. Das ist keine Legende: Etliche Idioten haben dort oben ihr Leben gelassen; Bergsteiger von auswärts, die man zwei, drei Tage lang schreien hörte, bevor sie es aufgaben und sich von den Felswänden hinabstürzten. Ab und zu stieg einer der Hirten von Campo Catino hinauf, um diejenigen zu holen, die am einfachsten von den Graten wegzuräumen waren; ein Hirte, der von Mitleid gerührt wird, was nicht alle Tage vorkommt.

Wenn ich wüsste, wie ich zu San Vianos Kreuz gelangen könnte, glaube ich, dass ich mich dort wohlfühlen könnte, um über das unbestimmte Präsens nachzudenken; es gibt im ganzen Revier keinen geeigneteren Ort für eine schonungslose Überprüfung der Grundlage des Seins, dessen, was vom Sein unbestimmt und gegenwärtig bleibt. Vielleicht beschäftigte sich San Viano damit, als er seine besten Jahre damit verbrachte, sich ein Kreuz zu bauen, und den Rest seines Lebens, es auf dem Zahn zu errichten.

Ich müsste auf Nitas Gewissheiten hören, jetzt müsste sie noch dort oben sein, gegenwärtig und unbestimmt in Ewigkeit, den unmöglichen Pass zu schützen, die Bergsteiger in die Schluchten hinunterzujagen, die dummen, unwissenden Schänder ohne Gebet, die Erben der Steinewerfer aus Vagli. Wenn es mir gelänge, ihn nachzuahmen, wenn ich mich im unmenschlichen Unterfangen abmühen würde, mit meinem Kreuz auf der Schulter dort hinaufzusteigen, es neben seinem aufzustellen, solide hölzerne und gegenwärtige Materie, dort bleiben würde, um ihm die verdiente Ablösung bei der Bewachung des Passes zu geben, dann kann ich mir vorstellen, dass dies der Grundstein für die Errichtung einer Legende sein könnte. Doch von der Toilette aus betrachtet, scheint es mir eine allzu pittoreske Angelegenheit zu sein. Alles etwas zu choreografisch. Aber nicht die Roccandagia, nein: Auch von hier, von den banalsten Geschäften aus betrachtet, ist es nur Tragödie und Schönheit.

Wenn sie den Namen Gottes ausspricht, färben sich Nitas Wangen purpurrot. Etwas entzündet sich bei ihr irgendwo, ein neuronisches Mikrorelais gibt einem wirksamen Lymphwiderstand Strom; sie glaubt an das, was sie sagt, sie sieht den Gott, den sie ausspricht, und zeigt, dass sie ihm zugetan ist. Nach all dieser Zeit ist es mir noch nicht klar, welchem Gott sie ergeben ist, aber ich denke, das ist ein Problem, das mit der Natur Gottes und nicht mit ihrer zu tun hat.

Ich selbst, obwohl ich sorgfältig vermeide, seinen Namen zu nennen, bin nicht sehr klar bezüglich der Gottheit. Übrigens kommt es vor, dass wir davon sprechen, wenn wir den Mund voller Zahnpasta oder die Hände voller Artischockenstacheln haben: Der Geist steht über uns, fühlt sich aber nicht imstande, uns all seine vielfältigen Facetten sichtbar zu machen. Unter dieser Art von Umständen kann es vorkommen, dass sich eine unwahrscheinliche Vertrautheit mit dem einstellt, was ansonsten unberührbar wäre; und die Vertrautheit ist der Feind der Kenntnis.

Dieses ganze Tal ist voll von Zeit und ist mit Menschen bevölkert gewesen, die sich durchschlugen und der Zeit misstrauten, weil sie den Verdacht hegten, es gäbe mehr davon, als man ihnen zusammen mit den Kalendern verkauft hatte. Und noch immer schlagen sie sich durch und vermehren sich weiterhin, damit sich auch ihre Kinder durchschlagen, und deren Nachkommen bis zur hundertsten Generation. Und alles, was sie wollen, ist etwas mehr Zeit, als ihnen versprochen wurde von den Regierungen und den Heiligen und den Astronomen. Doch ich wäre gern so optimistisch und wohlgesinnt wie Nita.

Deswegen habe ich irgendwann auf den Gedanken verzichtet, sie mir vom Halse zu schaffen. Ich habe sie nur gebeten, es nicht zu wagen, öffentlich zu erklären, dass die Liebe etwas retten kann. Sie hat es versprochen, und sie sagt, sie geht nach Orto di Donna, um sich an ihr Versprechen zu erinnern, und wie sinnvoll und logisch es angesichts der Tatsachen doch ist. Unzähliger Tatsachen. Und ich weiß, dass sie mich verrät, und ich zögere, Maßnahmen zu ergreifen, nur weil ich sie liebe, das lässt mich zur Schwäche neigen.

Die Wahrheit ist, dass Nita insgeheim in sich eine fromme Religion des Entsagens vom Leben hegt, einen Kult unmenschlicher Sanftheiten, die sie dazu führen, bis nach Orto di Donna zu stiefeln, in der Gewissheit, Bestätigung dafür zu finden. Sie sieht, dass dieser Tempel nicht von Gespenstern heimgesucht, sondern von Geistern beseelt ist. Ich weiß, dass sie auch daran glaubt, obwohl sie sich schämt, es mir zu sagen, wenigstens mit diesen Worten.

Aber die Hirten denken mehr oder weniger wie sie, da sie schon mit dem ersten Heu nach dem vergifteten von '44 mit ihren Tieren nach Orto di Donna zurückkehrten; und noch heute reifen dort oben die wertvollsten Laibe, der Käse, den sie zu den Wettbewerben bringen, um den gesamten Alpenkreis diesseits und jenseits der Grenzen zu demütigen.

Doch schließlich kam in jenem Sommer nach Orto di Donna auch Sant'Anna, und davon erfuhr man mehrere Tage später, als die Frauen der Versilia wieder die TODT-Straße hinaufgingen, um die Tambura zu passieren und ihr Salz gegen das einzutauschen, was sie hier bei uns noch finden konnten: Speck, Dinkelmehl, Kartoffeln; wer in jenem Jahr ein Säckchen Salz hatte, hatte damit eine Woche zu essen. Nach Monaten, oder Wochen, gingen sie zum ersten Mal den Pass hinauf, aber sie ließen nur ein paar Tage verstreichen; auch nach Sant'Anna wollten die Frauen der Versilia nur leben, wie alle, und dafür musste man sich abmühen und sich in Bewegung setzen.

Als ich den Omo Nudo fragte, wo er Halt gemacht hatte, als er von Sachsenhausen in seine Heimat zurückging, sah er mich scheel an: Willst du mich auf den Arm nehmen, Kleiner? Warum, sagte er, sollte ich anhalten, um was zu tun? Lieber laufen, als Halt machen und nachdenken.

Natürlich nicht. Die Frauen aus der Versilia gingen, ohne viel nachzudenken, wieder auf die TODT zurück. Es war einen Tag zu Fuß, in der Nacht hielten sie auf dem Pass zum Schlafen an, warfen sich in die Felder. Einige schliefen aber in der Kaserne der Monterosa; das waren die, die Hunger hatten, aber wirklich Hunger, und dort konnten sie essen, so viel sie wollten, bevor sie mit dem Major schlafen gingen und dann mit dem Unteroffizier und dem Obergefreiten, und dann mit dem, der sonst noch da war. Das hat man später erfahren, ihre Freundinnen haben sie nicht verraten. Ihre Verlobten, ihre Brüder, ihre Väter haben von dem gegessen und getrunken, was sie aus der Kaserne mitbrachten, bis sie beschlossen zu begreifen, und dann gingen sie zur Tambura hinauf; aber nicht in jenem Jahr '44, sondern später, als dort oben nur noch kleine Jungs waren, die man mit einer Maschinenpistole in der Hand zurückgelassen hatte, um für den Major und den Unteroffizier und den Obergefreiten die Zeche zu bezahlen.

Es kehrten also diese Frauen zurück und begannen, von Sant'Anna zu sprechen, denn um zu leben, muss man bekannt geben, dass man noch am Leben ist; am Leben, auch wenn alle anderen tot sind. Dort wusste man nicht einmal genau, wo Sant'Anna war, außer durch die zwei oder drei Steinbrecher, die vor der Gotenlinie zum Arbeiten bis in die

Steinbrüche von Camaiore gingen. Sant'Anna ist nämlich nicht einmal ein Dorf, sondern ein Sprengel mit seinen in den Ebenen versteckten Häusern, die hier und da in den von Hackendorn verseuchten Eichenhainen gegraben wurden, zu weitläufig, um von diesen wenigen Seelen gehörig gepflegt zu werden. Doch in jenem Jahr '44, mitten im Sommer, war es voll von Leuten, entfernten Verwandten und Untermietern, Frauen und Kindern und vom Militärdienst befreiten Männern, die aus der gesamten Gegend von Lucca und der Versilia evakuiert worden waren. Diese Gegend hatte damals von überall her Beschuss einstecken müssen; von den 380ern der Marine, die sie von Montemarcello auf die Engländer abschoss, von den Granaten der neuseeländischen Haubitzen, die sich Lucca zum Ziel genommen hatten, von den Splitterbomben der amerikanischen B 17, die die Moral des Feindes brechen wollten, bis zu den Brandbomben der nächtlichen Bomber des Freien Frankreichs, die sich für das erlittene Unrecht schadlos halten wollten. Und vom ganzen Arsenal, das die Deutschen mit den Batterien der Gotenlinie abfeuern konnten, um den Befehl des Oberkommandos auszuführen, der Kesselrings Armee verpflichtete, die alliierten Streitkräfte in den Beschränktheiten ihres halben Sieges festzuhalten.

Dieser abgelegene unbekannte Ort schien eine gute Abhilfe zu sein; die Deutschen selbst hatten ihn als Evakuierungsgebiet bezeichnet, und gewöhnlich hielten sie ihr Wort.

So waren es mehr oder weniger tausend, die sich zwischen den Häusern, den Ställen und Scheunen drängten, bis der Sommer vorbei wäre, bis der Krieg vorbei wäre. Und die Frauen mit ihren kleinen Kindern waren froh, dass sie sie in den Wäldern herumtoben lassen konnten, und die Frauen mit Säuglingen waren froh, ein wenig Ziegenmilch zu haben, und die Schwangeren über die frische Luft und die Speckscheiben, mit denen sie ihr Brot belegen konnten. Vier SS-Abteilungen und ein General, Elitemänner der Division

Reichsführer SS, Adolf Hitlers persönliche Division, gingen hin, um 560 von ihnen umzubringen.

Erfahren, wie sie in ihrem Handwerk waren, begannen sie um sieben Uhr morgens, und um zehn Uhr waren sie bereits fertig. Eine Arbeit, die mit der gebotenen Sorgfalt ausgeführt wurde: zuerst Maschinengewehrfeuer für das Gröbste, dann Pistole für die Feinarbeit, schließlich Handgranaten und Flammenwerfer für den Rest. Sie brachten die Frauen und die Kinder um und die Alten; die Männer nicht, nicht alle; sie waren rechtzeitig geflohen, sie waren die Einzigen, die etwas zu befürchten hatten. Es war alles in Ordnung, es war wirklich alles in Ordnung: Es gab dort keine Partisanen, und ringsum in den Bergen war nie etwas vorgefallen; es war nur ein Ort für Evakuierte.

Es geschah am 12. August jenes Jahres '44, es war heiß, es war der Tag des heiligen Anicetus; doch nicht einmal der Pfarrer wusste genau, wer dieser Heilige war und was er Gutes vollbracht hatte. Der Pfarrer starb nicht an jenem Tag, er kam zu spät nach Sant'Anna, um an die Wand gestellt zu werden; er weiß nur noch, dass er die Deutschen antraf, wie sie unter den Bäumen um das brennende Dorf herum lagen. Sie rauchten und hörten Musik aus einigen Grammofonen, die hier und da verteilt waren; sie kamen ihm so müde vor, als könnten sie nicht mehr. Doch das stimmte nicht, das sah nur so aus. Von dort brach die Reichsführer SS auf und stieg in zwei Wochen die Apuanischen Alpen hinauf zum emilianischen Apennin, über Valla, Bardine, Vinca, über Pioppeti und Borgiola, über Forno, über San Terenzo, und sie hielten auch in Frigido und setzten ihre Arbeit fort, auf dieselbe Weise, mit derselben Ausrüstung.

Ich habe Nita nach Sant'Anna geführt; im letzten Jahr, als ich beschloss, dass sie bleiben durfte, und ich habe sie begleitet, die Grenzen unseres Reviers zu erkunden. Wir gingen zu Fuß hin, über die Pania Secca, den Forato und den

Procinto, und das kostete uns viel Mühe und viel Sohle, wie es sich gehört. Es ist kein sehr schöner Ort, jetzt bestimmt noch viel weniger als damals im Sommer. Jetzt gibt es dort Denkmäler, Mausoleen und Beinhäuser; und Denkmäler sind immer hässlich, wie du sie auch siehst. Und Mausoleen sind schlimmer als Denkmäler, und Beinhäuser noch schlimmer als Mausoleen.

Aber dort gibt es Namen, und ich habe Nita hergebracht, um sie zu lesen. Es sind wirklich so viele, und man braucht so viel Zeit, um sie alle zu lesen, einen nach dem anderen, ohne diesen oder jenen zu überfliegen, ohne welche zu bevorzugen. Jedem Namen die richtige Zeit zu gewähren, ihn gut auszusprechen, damit er nicht schon verloren geht, wenn man den nächsten ausspricht. Jeder Name ist eine Seele, und das ist alles, was auf dieser Erde von einer Seele bleibt. Also darf man keinen durcheinanderbringen, in der Eile niemanden vergessen; ruhig lesen, ohne eine Zeile zu überspringen, man kann durcheinanderkommen. Die Tucci zum Beispiel sind nicht nur Verwandte, sondern acht Geschwister:

TUCCI ANNA MARIA 18 JAHRE.
TUCCI CARLA 3 JAHRE.
TUCCI EROS 13 JAHRE.
TUCCI FELICIANO 10 JAHRE.
TUCCI FRANCA 6 JAHRE.
TUCCI LUCIANA 14 JAHRE.
TUCCI MARIA 3 MONATE.
TUCCI MARIA GRAZIA 8 JAHRE.

Und ihre Mutter Bianca ist woanders, weil das Einwohnermeldeamt will, dass in der offiziellen Schreibweise zuerst der Mädchenname kommt, doch deswegen darf man nicht vergessen, dass sie dort sein müsste, wo ihre Kinder sind; also wird sie gesucht und im Geiste an ihren Platz zurückgeführt. Wenigstens im Geiste.

Ein Nachmittag genügt nicht, um die Namen von Sant'Anna zu lesen, wie es sich gehört. Deshalb habe ich Nita Anfang Juni hergebracht, damit sie unter der Sonnenwende alles Licht hatte, das sie brauchte. Sorgfältig schrieb sie die Namen in ein kleines Heft; dann unterstrich sie unter ihnen acht mit einem roten Filzstift. Ich habe nachgesehen: Es sind die Namen der schwangeren Frauen; neben diesen Namen wurde in der Liste auf den Marmortafeln der Stand ihrer Schwangerschaft in Monaten vermerkt. Am 12. August '44 waren mindestens hundert Mädchen und junge Frauen in Sant'Anna, wer weiß, ob es wirklich nur acht schwangere Frauen waren: Vielleicht wussten es einige noch nicht, vielleicht wollten manche nicht, dass es bekannt wurde. Zu Hause hat meine Frau die Seiten aus dem Heft gerissen und in ihre Keksdose gelegt. Weitere Namen, eine weitere Liste, viel länger als die, mit der sie angekommen ist. Jetzt im Licht ihrer bevorstehenden Mutterschaft frage ich mich, warum sie in einer Zeit totalen Unwissens über ihren zukünftigen Zustand die Notwendigkeit verspürte, die Namen der Schwangeren von Sant'Anna zu unterstreichen. Ob sie sich vielleicht heimlich darauf vorbereitet, eines Tages eine von ihnen zu werden? Die Kameradin aller schwangeren Frauen dieser Welt, oder der Erschossenen und Verbrannten von Sant'Anna? Was sie betrifft, so dürfte sie nichts zu befürchten haben: Hier, wo sie sich zu bleiben entschlossen hat, wird es keine Razzia von Zivilisten geben, wenigstens in den nächsten hundert Jahren sind hier keine Kriege vorgesehen, nicht hier. Nach dem, was zu wissen in unserer Macht steht, wird niemand mit Flammenwerfern einen Anschlag auf unser Leben verüben, und auch nicht auf das der Ungeborenen.

Insofern sie nicht etwas in der Luft wittert, was uns, und mir als Erstem, entgeht. Ich habe scharfe und gut entwickelte Sinne, aber sie noch mehr als ich, das sehe ich. Es gibt Momente, Momente ohne ersichtliche Bedeutung, an denen ich sie überrasche bei unerwarteten Seitenblicken, plötzlichem Zittern des Nasenflügels, Zucken ihrer kurzen Finger, die das Nichts um sie herum erforschen. Dann erinnert sie mich an die Santarellina, wenn sie mich als kleinen Jungen durch die Wälder führte. Als würde sie sich auf einmal nach einem Geräusch umdrehen, das ich nicht hörte, so wie sie ihre Plauderei unterbrach, um etwas zu betrachten, was ich nicht sah. Es erinnert mich an ihre lautlose, ständige Wachsamkeit gegenüber Grenzen, die ich nicht bemerkte. Das hatte sie '44, vielleicht noch früher gelernt: Sie war mit der Intelligenz der Davongekommenen, der scharfen Hypersensibilität der Flüchtlinge ausgestattet. Sie war den Krieg leid, die Santarellina, und sie war ihn ihr ganzes Leben lang leid. Nicht anders, als sie bis heute den Hunger leid war, obwohl sie in dieser Hinsicht nichts zu befürchten hatte. Und noch letzte Woche, da alle Felder noch voller vom nicht endenden Eis geschwächter Stoppeln waren, kommt sie mit einem Korb Frühkräuter bei uns vorbei, die vernünftigerweise erst in einem Monat oder später wachsen würden. Doch sie weiß, dass die Ausnahme einem das Leben rettet, nicht die Vernunft, und sie geht außerhalb der Saison über die Felder, zuversichtlich, die Ausnahmen zu finden, die sie und ihre Lieben ernähren werden.

Nita hat auf die eine oder andere Weise dasselbe gelernt. Auch hinsichtlich der Kräuter, von denen sie jetzt weiß, dass es sie gibt, und die sie lernt zu erkennen, ohne dass man sie ihr kochen und auf den Teller legen muss: Auch sie ist eine Davongekommene und beim Davonkommen ein Flüchtling.

Sie kommt aus einem Ort, der nicht anders ist als Sant'Anna, das Sant'Anna in der Blüte des Sommers '44. Als ich erfahren habe, aus welchem Abgrund diese so junge und schöne und willensstarke Frau kam, dachte ich, dass dieses Revier nicht groß genug wäre, um auch sie zu fassen. Vor allem jetzt, da die Engländer zurückgekehrt sind, da es sich wieder mit den Nachkommen jeglicher Art von Evakuierten, Exilierten und Entmündigten bevölkert. Hier versuchen sie, viele Jahrhunderte alte Wunden zu lindern, hier wird die Liste der offenen Rechnungen der antiken, mittleren und jüngsten Geschichte neu erstellt, und man schaut, was man begleichen, was man erlassen kann. Dieses Tal ähnelt einem Sanatorium, und zwar Jahr für Jahr mit größerer Plausibilität. Hier wird geheilt; und infolgedessen werden keine Wunder vollbracht. Und man schätzt auch keine durch ein Wunder Geheilte, überzeugt wie wir aus ältester Kultur sind, dass niemand durch ein Wunder Sant'Anna und auch kein anderes Massaker, Verfolgung oder Krieg überlebt hat; so wie auch niemand durch ein Wunder geboren wurde oder durch ein Wunder gestorben ist, sondern nur auf Grund der Weite des Lebens, auf Grund der Konsistenz dessen, der es erzeugt und der es umbringt.

Als man erfuhr, wer diese Schönheit war, die an ihrem Namen hing, dem richtigen für die Behörde, war schon das Schild aufgehängt: durch ein Wunder am Leben.

Nicht, dass sie sich vorgestellt hätte. Aber ein gewisser Mensch aus dem Rathaus, wohin sie gegangen war, um sich als fleißiger, berechtigter Gast anzumelden, ein stets aufmerksamer Freund der Begebenheiten des Lebens, stellte Nachforschungen an. Nur, um sich vorzuwagen, dafür zu sorgen, mit allen Wassern gewaschen zu sein, für den Fall, dass ihm die richtige Art gelänge, Hand an die Auswärtige zu legen. Also ein Mädchen, das durch ein Wunder am Leben ist, in der Blüte des August '80. Sie wurde gefunden, ihre Tasche voller Puppen dicht an das Gesicht gepresst, in den Trümmern des Wartesaals des Hauptbahnhofs von Bologna. An jenem Morgen waren 85 gestorben, darunter ihr Vater, ihre Mutter und ihr Bruder, und es gab keinerlei Grund, warum nur sie in dem Haufen um sie herum überleben sollte. Sie war die Kleinste und die Zerbrechlichste, sie war die Ausnahme, nicht das Wunder. Und doch ist sie da.

Anders als '44, und ähnlich wie bei anderen zwischenzeitlichen Gelegenheiten, wurde die Tat mit einer Tasche voller Tritol und nicht durch Einsatz militärischer Mittel vollführt. Anders als im August '44 gab es keinen direkten Kontakt zwischen Vollstreckern und Hingerichteten, so wie in jenem Jahr in der Gegend auch keine Partisanenaktionen oder besonders relevante Kriegsoperationen stattgefunden hatten. Ein Bahnhof ist per se eine Evakuierungszone, allgemein als solche anerkannt, ohne die Notwendigkeit eines besonderen Erlasses.

Woher Nita kam, habe ich also von einem Angestellten des Einwohnermeldeamts erfahren, der die Absicht hatte, es mit ihr zu treiben, überzeugt wie er war, dass er, auf der letzten Stufe der Behörde stehend, schon jemanden darstellen würde, und wenn nicht jemanden, dann wenigstens etwas. Natürlich haben alle hier von dieser Geschichte erfahren, aber nie, ich sage nie, wurde sie auf irgendeine Art und aus irgendwelchem Grund darauf hingewiesen, auch nicht auf die hinterlistige Tour; dem Angestellten selbst hatte man zum Stillschweigen geraten. Und sie, Nita, war nie der Meinung gewesen, mit mir darüber sprechen zu müssen, und ihr Leben vor ihrer Ankunft hätte auch in einer der Bücherkisten beendet sein können, die unten im Keller vor sich hinschimmeln. Nichtsdestoweniger hat sie, die liebenswert eitel ist, dafür gesorgt, eine lange feine Spur von Indizien zu hinterlassen. Die nämlich ihre Namen sind, die sie trägt und ablegt, wie es ihr gefällt. Es sind die Namen der Frauen, der Mädchen, der alten Damen, der Kinder, die im Bahnhof in die Luft geflogen sind. Ich weiß das, weil auch ich meine Recherchen angestellt habe, aber erst lange, nachdem ich es mit ihr getrieben hatte. In ihrer Obsession liegt Eitelkeit, aber auch Sanftmut und zartes kindliches Vertrauen. Jedenfalls ist es nicht so wichtig. Was zählt, ist, dass hier genügend Platz für all das ist, was sie mitgebracht hat. Denn hier werden keine Wunder vollbracht.

Wintergewitter

Und nun ist Ostern. Es war ein schöner Winter, ein schwerer Winter, denn so muss der Winter sein, mit dem Märzschnee, der die Pässe gesperrt hat, denn es ist gut, dass sie eine Weile gesperrt bleiben, und dem letzten vom vergangenen Samstag, der die ersten Aprikosenblüten hat erfrieren lassen. Wenn es gute Bäume sind, werden sie sich davon erholen. Auf der Alm von San Pellegrino haben die Pfähle am Straßenrand den ganzen Winter über zwei Meter angezeigt, und erst in diesen Tagen beginnt der Schnee zu schmelzen und sich die Gräben hinunterzuziehen, die schon den Fluss ansteigen lassen; auch das ist gut: Es ist gut, dass der Mumie des heiligen Pellegrino die Füße in den Schuhen mit Goldfäden gefroren sind, und es ist gut, dass sie, um sich aufzuwärmen, weiter den Schnee von der Alm weggetreten hat. Denn von hier aus nimmt die neue Jahreszeit neue Kraft.

Es ist noch kalt, und der erste zunehmende Mond des Monats funkelt im Dunst, der dort oben noch eingefroren ist: Es ist der erste Mond des Jahres, der dazu gut ist, alles wachsen zu lassen, was du im Garten säen willst. Meine Frau wird das gleich morgen früh tun, heute hat sie unter der Aufsicht des Omo Nudo schon alles vorbereitet. Der Omo Nudo, dem ab morgen schon warm sein wird.

Der Mond ist gerade ausreichend, um den Gebirgsgraten der Panie etwas Licht zu spenden, doch wenn ich die Augen gut offen halte, kann ich von hier aus das ganze Revier sehen, mein heimatliches Tal, vom nutzlosen Wachtpunkt der Festung der Verrucole zur heuchlerischen Heiligkeit des

Marmors von Barga. Die Glocke des Sillico hat vor Kurzem elf Uhr geschlagen, und jetzt, da das Echo dort in den Wäldern verhallt ist, höre ich die Stille. Es ist die Stille von hier, es ist eine Stille, die sich nie verändert hat, seit ich mich erinnere. Es ist die Stille der fünfziger Jahre. Wenn jetzt unten an der Landstraße am Fluss auch nur ein Auto vorbeifahren würde, so würde es dasselbe Geräusch verursachen wie vor sechzig Jahren, und es würde diese Stille nicht zerreißen, den Ton, in dem ich aufgewachsen bin. Wie die Note, die im Universum noch den Klang seiner Schöpfung verbreitet; sie wird verstummen, wenn die Galaxien und alles andere verstummen werden. Als Kind spürte ich, dass ich in dieser Stille ohne jeden Widerstand ertrinken könnte; aus reinem Glück, mich aufzulösen, aus der unaufhaltsamen Notwendigkeit, zu ihr zu gehören. Als Kind dachte ich tiefgründige Dinge, die ich heute nicht mehr denke, ich erlebte ein edleres Leben und größere Gefühle. Ich weiß nicht, wo sie geblieben sind; weggeworfen, weil unbrauchbar geworden. Könnte ich in diesem Moment noch derjenige sein, der ich bei der Geburt war, was wäre mit mir? In einer Nacht wie dieser würde ich durch die Wälder laufen und vor Freude brüllen, bis ein paar Wölfe mit dem ganzen Hunger des Winters auf den Pfoten mich gegen einen Gebirgskamm drängen und mich erledigen würden, indem sie mir mit einem einzigen Biss die Halsschlagader öffneten.

Ich spüre, dass sich um den Nussbaum die Luft bewegt; es ist kein Geräusch, es ist ein ganz leichtes Rauschen in Kurzwellen. Ich sehe sie zwar nicht, aber ich weiß, es ist die Zwergohreule, die sich in der absoluten Stille ihres Fluges den Ast ausgesucht hat, auf den sie sich setzt. In Kürze wird sie rufen: Wenn sie heute Nacht ihr Nest verlassen hat und bis hierher gekommen ist, dann um zu rufen; auch für sie hat die neue Jahreszeit begonnen. Tatsächlich.

Diju, diju, diju.

Aus dem Dorngestrüpp unter dem *metato* antwortet das Weibchen, diiju, diiju, diiju.

Es ist nicht leicht, sie auseinanderzuhalten, aber in dieser Stille ist es doch nicht so schwer. Wenn sie dann einen Weg finden, einander zu gefallen, werden sie heute Nacht zusammen auf die Jagd gehen und entscheiden, welches ihrer Nester sie dazu benutzen werden, um mit dem Brüten zu beginnen. Und so weiter bis zu diesem Winter, wenn jeder wieder seinen eigenen Weg gehen wird. Als strikt Monogame sollten sie dann besser zusammenbleiben, gerade wenn es schwieriger sein wird, Futter und Wärme zu finden, doch irgendwo haben sie noch das vage Gefühl, etwas allein tun zu müssen. Tatsächlich steht in den Büchern, dass sie vor dem Schnee nach Afrika aufbrechen, in den Savannen überwintern und dann zurückkehren müssten. Doch hier bei uns sind sie geblieben. Aus den Büchern erfährt man außerdem, dass dies, wenn auch selten, ein Umstand ist, der eintreten kann; nicht hier, aber in Spanien, in der Türkei, doch in Wirklichkeit wurden in diesem Tal noch keine Ornithologen gesichtet, und das Überwintern der Zwergohreule hier ist einer der nicht wenigen unerklärten Widersprüche des Reviers. Jedenfalls ist es gut, dass die Zwergohreule hier bleibt. Es ist ein sehr schöner Vogel, der sich von Dingen ernährt, die wir nicht essen, und ihr unsichtbarer Flug und ihr verhaltener Ruf sind Teil der so einzigartigen und wertvollen Stille.

Was wird die Ungeborene mit all dem tun? Wird sie lernen, die Luft zu hören, die sich um die Flügel der Zwergohreule herum bewegt? Und welchen Klang wird diese Stille für sie haben? Auch wenn ich lange genug leben würde, um ihr das beibringen zu können, und es ist nicht vorgesehen, dass das passiert, werde ich ihr nichts von dieser Nacht beibringen können, so wie es auch mir niemand beibringen konnte. Sie wird es von selbst begreifen, wenn sie will; es gibt kein anderes System. Wenn sie dafür geeignet ist, im Revier zu leben, wohin ihre Mutter gezogen ist und wo ihr legendärer ferner Vater geboren und aufgewachsen ist. Wenn das der Fall ist, dann kann es nur eine große Freude sein für diejenigen, die hier bleiben werden, denn das Ende wird noch ein wenig hinausgezögert. Nicht das Ende dieses bescheidenen, kaum produktiven und frechen Reviers, sondern das Ende des ganzen Universums. So sehe ich es. Und so musste es die Duse sehen, als sie zustimmte, mich zu empfangen, und anfing, an mich zu denken.

Als der Krieg schon kurz vor dem Ende war, gerade in den Tagen, als er am schrecklichsten war und es unmöglich erschien, dass er wirklich rechtzeitig enden würde, um noch jemanden am Leben zu lassen. Sie wird gedacht haben, wenn ich heranwachsen und dabei lernen würde zu hören, würden die Dinge noch eine Weile vorangehen. Doch damals dachte sie nicht an die Zwergohreule, die sie, die nachts vom unruhigen Brummen von Pippos Motor besucht wurde, vielleicht nicht einmal erkennen konnte, sondern an ihr Akkordeon. Die Musik ihres Akkordeons in der Stille der vierziger Jahre. Es gab zwei Tage großer Diskussionen zwischen ihr und mir, bis ich mich entschloss, ihr die Erlaubnis zu geben, mich zu gebären, und bevor ich einverstanden war, mir zwischen den Tangos ihres Nachkriegsakkordeons bis zu dieser Nacht meinen Weg zu bahnen. Wird die Ungeborene das tun wollen? Wird sie zustimmen, auf alles zu verzichten, was sie jetzt hat, um die Agonie der Welt um einen einzigen Schritt zu verlängern? Das kann nur ihre Mutter wissen. Sie ist oben.

Sie schläft, schläft wie alle Frauen des lieben Gottes einen Schlaf, den die Männer nicht kennen. Es ist ein tiefer, hemmungsloser Schlaf, lang und breit wie das Meer ihrer Unruhe, aufgewühlt von tierischer Hingabe; ein gesunder, heilender, fruchtbarer Schlaf. Männer können so nicht schlafen: Ihr Schlaf ist ständig von oberflächlichen Problemen untergraben, ein ungewollter, grober Schlaf, und wenn sie aufwachen, haben sie nie genügend ausgeruht. Sie ruht sich jetzt von einer Anstrengung aus, die ich nie unternommen habe, über die ich nie genügend wissen werde. Sie ruht sich von ihrer Brut aus, und mit ihr ruht sich die Ungeborene aus: Beide schlafen von einem Hormonfluss betäubt, der mächtiger als jede Erinnerung, als jegliche Belastung ist. Und selbst wenn sie lästig wären, so schlafen sie darüber hinweg.

Die Ungeborene gibt Anzeichen zu wissen; nicht alles, aber genügend, um sich mit ihrer Gebärmutter auszutauschen; und sie, die Schwangere, weiß alles und ist dabei, ihr Kind mit Wissen zu füttern. Sie suchen mich nicht, sie brauchen mich nicht. Sie werden es tun, nämlich mich suchen, wenn sie die dringende Notwendigkeit verspüren, ihren Vorrat an Salz und Zucker, an Kalium und Fett aufzufüllen, und deswegen werden sie etwas suchen, was strikt außerhalb der Saison und schwierig aufzutreiben ist. Und da ihr Bedürfnis zu leben in diesem Moment weder Grenze noch Maß kennt, bekommen sie Lust nach einer Tüte voll gebratener Akazienblüten. Und sie werden mich darum bitten. Dafür müssen sie bis Mai warten, auch wenn sie nicht warten können.

Einstweilen schlafen sie, und im Schlaf ist der Informationsaustausch zwischen ihnen langsam und ununterbrochen. Wie eine Unterhaltung bei einer Abendgesellschaft, das rastlose Dahinfließen eines Märchens der Santarellina. Irgendwo da unten wird eine Waise geschaffen, und die Waise führt die Spezies fort. Als gäbe es kein anderes Schicksal, als ob auf dieser Erde nur das Waisentum kräftig gedeihen könnte, und als ob man nur hier wirksam etwas heilen könnte, indem man die Waisen zur poetischen Bestimmung des Ruhms hinwendet. Warum habe ich Nita geschwängert und damit einen schnellen, sicheren Prozess der Witwenschaft und des Waisentums ausgelöst, wenn nicht deswegen, weil meine Lenden von der poetischen Gewissheit genährt werden, dass aus dieser Zeugung etwas Gutes herauskommen würde, und aus dem Guten ein Bestes? Warum ist Nita so stolz auf ihre Schwangerschaft, so glücklich ihrer zukünftigen Witwenschaft zustrebend? Warum hat die Duse abgewartet, dass der Kanonenbeschuss zu Ende war, sich ihr

Akkordeon umgehängt und sich auf das Geländer des Ponte di Campia gesetzt, um ihr Schicksal zu erwarten, um für sie zu spielen, für die Waise, die kommen würde?

Weil man den Krieg leid war.

Die Massaker und die vereinzelten Toten; dann alles andere, was im Herbst '44 noch kommen sollte. Und es stimmt, dass man sich daran gewöhnen kann, alles zu tun, doch es ist nicht menschenmöglich, sich mit dem abzufinden, was man sieht und was man hört. Denn das, was man tut, geht vorbei, doch alles, was man sieht und was man hört, bleibt ewig, und während es bleibt, wächst und wächst es; und wenn das seine Aufgabe ist, dann würgt es das Leben ab und erstickt es wie ein Krebs.

Den Frauen zuzuhören, die kamen und von Sant'Anna erzählten, war schlimmer, als dort gewesen zu sein; die Schreie eines Menschen zu hören, den man auf der Straße sterben ließ, ist schlimmer, als umgebracht zu werden. Das Pfeifen der Granate zu hören, die durch den Himmel rauscht, schlimmer, als in die Luft zu fliegen; zu sehen, wie ein Junge aufgehängt wird, schlimmer, als selbst aufgehängt zu werden.

Ich weiß, dass Marta, die Kurierin, eines Nachts losging, um die Leiche von Falco, dem Jungen von Valanga, zu holen; einem der wenigen, die es schafften, ins Tal hinunterzusteigen, dem die Miliz auf der Straße im Wald oberhalb seines Hauses in den Rücken schoss und den sie dort liegen ließ, damit er verfaulte. Ich weiß, dass nicht ihr Pflichtgefühl sie dazu brachte, nicht die christliche Nächstenliebe und auch nicht die Tatsache, dass dieser Junge ein Freund von ihr war, der im selben Monat geboren und mit ihr aufgewachsen war. Was sie nachts aus dem Haus gehen ließ, sie dazu brachte, mit ihrer Azetylenlampe bei voller Ausgangssperre die Patrouille der Miliz herauszufordern, bis auf die Knochen nass zu werden bei einem dieser Oktoberstürme, die aus dem Nichts auftauchen und wie die Herausforderung des Dämons ins Nichts zurückkehren, was ihr die Kraft gab, sich diesen nassen Körper auf die Schultern zu laden und ihn bis zum Friedhof von Trasillico zu tragen, was ihr die richtigen Worte in den Mund legte, um den Pfarrer zu überreden, sein Haus zu verlassen und beim Messner zu klopfen, um einen ordnungsgemäßen Gottesdienst abzuhalten und den Jungen zu segnen und ihn auf der Stelle zu beerdigen, damit sich bei Marta das alles einstellen konnte, dazu bedurfte es der Verzweiflung ihrer Augen, der Angst, ihn auf Ewigkeit unbeerdigt auf der Straße verfaulen sehen zu müssen. Marta wäre mit ihm zusammen verfault.

Als Marta ihrem Kommandanten den Bericht über das Geschehene schreibt, formuliert sie: *Die angeblichen Patrioten, die nicht mit mir kommen wollten, haben sich dessen, was sie gesehen haben, nicht geschämt.*

Marta war noch keine achtzehn Jahre alt, war nach der sechsten Klasse nicht mehr zur Schule gegangen und nähte Wäsche. Sie schreibt weiter: *Als ich Falcos Leiche auffand, konnte ich meine Tränen nicht zurückhalten, aber ich konnte mich beherrschen, denn eine italienische Frau kann alles, wenn sie der Schwäche nicht nachgibt.*

Nichts zermürbt so wie das Hören und das Sehen, es gibt keine größere Schande, als gesehen zu haben und gehört zu haben. Nach dem Ende des Krieges hat Marta zu nähen aufgehört, hat sich ein Paar Kühe und einige Ziegen gesucht und lebt seitdem in einem Raum neben einem Schafstall in der Gegend von Borsigliana; und nun sind es schon sechzig Jahre, die sie dort oben lebt, umherstreifend und griesgrämig, wunderlich. Ich habe sie immer zu den Festen eingeladen, und sie hat immer abgelehnt. Gleich nach dem Krieg haben sie auch ihr eine Medaille verliehen, und hätte sie es beantragt, hätte sie auch noch eine Pension dazu bekommen; aber obwohl sie so sorgfältig beim Schreiben ihrer Berichte und ihre Prosa so reich für ein Mädchen war, das nur sechs Jahre in die Schule gegangen war, hatte es ihr nie behagt, einen Antrag zu stellen. Und offenbar braucht sie das nicht.

Sie hat ihre Kühe und ihre Ziegen, und sie versäumt es nie, sie sich im Frühjahr paaren zu lassen, sodass sie sich mit der Zeit vermehrt haben, und sie kann so viel Milch trinken, wie sie will, und Käse machen und ihn verkaufen, da sie dazu fähig ist. Und von dem, was sie hat, bleibt ihr sogar noch etwas übrig, und Martas Großzügigkeit ist ein weiterer Grund für unseren Stolz. Nach dem Krieg waren unsere Mütter jahrelang so abgemagert und unterernährt, dass sie nichts mehr in ihren Brüsten hatten, mit dem sie uns hätten stillen können; und diese ganzen Jahre, und auch danach, als die Unterernährung von der Erschöpfung abgelöst wurde, gab es keine junge Mutter, die zu ihrem Stall pilgerte, um etwas Ziegenmilch für ihr neugeborenes Kind zu erbitten, die nicht mit einer Ziege am Strick nach Hause zurückgekehrt wäre. Denn Marta hat sich immer die Ehre gemacht, in der ganzen Zeit der Not etwas zum kostenlosen Gebrauch abzutreten.

Ich war noch ein Mädchen, da war ich es schon ganz schön leid, Kinder weinen zu sehen. Als einziges Geschenk verlangt sie, dass man ihr früher oder später zeigt, wie das Kind gewachsen ist, und wenn es nicht gut gewachsen wäre, dann würde Marta daran sterben, das wissen wir.

Auf irgendeine Weise steht jede Familie im Tal mit dem Leben eines zu Hause Geborenen bei dieser Marta in der Schuld; auch deshalb kann sie ihren wunderlichen Manien freien Lauf lassen, und ihre Verrücktheiten erscheinen uns sanft und erträglich wie die unserer alten verkalkten Mütter. Wenn ihre Ziegen im Winter werfen, nimmt sie das Zicklein mit zu sich ins Bett, solange es noch nicht genügend Kraft hat, sich wegzustrampeln, aber wenn wir ihr begegnen, kommt es keinem in den Sinn, sich zurückzuziehen, wenn sie einen umarmt und küsst wie ihr eigenes Kind; was letztendlich auch die Wahrheit ist, da wir ja mit ihrer Milch aufgewachsen sind. Ich sage wir, weil die Duse mir von der Ziege erzählt hat, die mir Milch gab; solange sie bei uns im Haus war, hatte die Ziege den Namen Duse, denn in der praktischen Logik der Lehrerin würde ich so aufwachsen, ohne unnötige Unterscheidungen treffen zu müssen; ich erinnere mich zwar nicht an diese Ziege, glaube mich aber an Konsistenz und Geschmack ihrer Milch zu erinnern, süß und klebrig.

Wenn die Kuhherde stärker anwächst, als sie es braucht, sucht Marta einen Hang, der entfernt und geschützt genug ist, und lässt ein Kälberpaar frei; also gibt es heutzutage um die Orecchiella herum Kälber und kleine Stiere, die seit mehreren Generationen wild weiden. Die Sache gefällt den Behörden nicht, die in diesen Kühen, die sich vermehren können, wie sie wollen, ein gefährliches Risiko im Gleichgewicht der Schöpfung sehen. Der blonde Nesbø hat mehrmals bei Marta einen Hinterhalt versucht. Doch ohne Erfolg, in Anbetracht dessen, dass Marta mit noch nicht einmal achtzehn Jahren schon wusste, wie sie die SS abschütteln konnte; so ist zwar bekannt, dass die Kühe ihr gehören, doch den Behörden fehlen die diesbezüglichen Beweise. Zu der Saison, in der das wilde Vieh kalbt, sieht man den Vertreter der Veterinärbehörde im Feldanzug in den Felsen um das Wiesenland am Pass postiert. Vom Tarnkhaki gut geschützt, späht er mit seinem Fernglas den demografischen Verlauf von Martas Freigelassenen aus und schreibt in ein Verzeichnis, wie viele es sind und was sie machen, um zu irgendeiner endgültigen Lösung zu kommen. In Wirklichkeit sind die Herden nie groß gewachsen, da Gott in seiner Weitsicht den Wolf und den Winter und den Hunger geschaffen hat.

Er schuf auch den Menschen, von diesem stammt die Einrichtung der Edel-Wilderer, die aus der fernen Lombardei auf luxuriösen amerikanischen Jeeps einfallen, um zwei oder drei Kälber zu schießen und ein bisschen Fleisch mit nach Hause zu bringen, das sie der verhungerten Brut ihrer Huren und ihrer Kumpanen servieren können. Sie schlachten die Tiere vor Ort und schon am nächsten Tag weißt du, dass sie da waren, weil sich der Gestank der Eingeweide kilometerweit verbreitet, und aus mehreren Kilometern kannst du die Gesellschaft von Mardern, Füchsen, Dachsen und jeder Art von Beos, Raben und Krähen beobachten, die zu den Innereien, Fellen und Knorpeln kommen. Sie tun es auf dreiste Weise, gegen ihre eigene Natur und die bekannten Gewohnheiten, von diesem unnatürlichen Überfluss geblendet. Wir mögen Tiere nicht besonders, die sich von Kadavern ernähren, und wir verachten sie; wir unterscheiden sie von den Jagdtieren, die sich ehrlich und mühevoll mit der Ernährung beschäftigen, und dezimieren sie nach unserem Belieben.

In unserer Gewohnheit herrscht eine Willkür, die viel darüber aussagt, wie wir gemacht sind, über unsere Neigung, uns in den Angelegenheiten der Natur als Herren aufzuspielen. Als wären wir wirklich die Erben Adams, rühmen wir uns des Titels Herren der Schöpfung und herrschen gebieterisch über Beos und Wölfe. Doch Adams Samen ging schon vor einigen Tausend Jahren verloren zwischen den von seinen eigenen Nachkommen behauenen Steinen, in irgendeinem Megalithen von Mesopotamien oder Indien oder Atlantis; er hat sich mit etwas Unmenschlichem vermischt, auf das er traf, während er Steine behaute und sie aufeinanderlegte. Wir haben nicht einmal mehr die Erinnerung an Adam bewahrt, und das ist ein Glück. Denn wir sind nur seine Bastarde und geben uns mit einer eingeschränkten und beschränkten Herrschaft zufrieden, die zu unserem Stand passt.

Aber die Lombarden, die in ihren mit Tarntüchern geschmückten Pick-ups und in mit Kriegskarabinern verzierten Carbonfaserjacken kommen, um aus zweihundert Metern auf Martas kleine Rinder zu schießen, die denken nicht einmal im Traum daran, über etwas zu gebieten: Sie sind nur Räuber, die sich zu Herrschern erhoben haben, Herrschern über das ganze geschaffene und nicht geschaffene Universum. Oder über alles, an das sie Hand anlegen können. Wenn wir Adams Bastarde sind, sind sie direkt vom Stein hervorgebracht worden. Marta mag diese Wilderer nicht, so wie im Allgemeinen niemand Wilderer mag, wenn sie nicht gerade aus der Familie sind; doch man weiß, dass sie, seitdem sie ihre Sten den Karabinieri übergeben hat, als ihre Arbeit als Kurierin zuende war, nie wieder die Hand gegen ein Lebewesen erhoben hat, mit Ausnahme eines Zickleins zu jeder Mariä Himmelfahrt, das sie einen Nachbarn schlachten lässt, um sich nicht die Hände zu beschmutzen.

Ihnen, den Wilderern, widmet sich Bresci in seiner Freizeit, und in der Kälberjagdsaison lungert der Omo Nudo in seinem ziellosen Hüten in der Umgebung der Orecchiella herum. Und der Anblick dieses Halbnackten mit seiner gut sichtbar umgehängten Hippe ist der nötigen Ruhe beim Schuss auf die Kuh nicht förderlich. Und wenn sie ihn nicht sehen, dann können sie inzwischen den Geruch seines Lederetuis erkennen, das für ihren rudimentären und trägen Geruchssinn wie die Eingeweide riecht, die sie später herumliegen lassen. Ebenso wenig können sie daran zweifeln, dass mit diesem Werkzeug die Reifen ihres Pick-ups aufgeschlitzt wurden. Sie hassen es, wenn ihre Dinge kaputt sind, sie hassen die Auflehnung gegen ihre Herrschaft, und früher oder später werden sie ihn erschießen; sie müssen sich nur untereinander einigen und den Mut finden, es zu tun.

Doch da Gott, als er den Wolf und den ganzen Rest erschuf, auch den Omo Nudo geschaffen hat, braucht das Gleichgewicht der Schöpfung keinen weiteren Gesundheitsprotektor, nicht hier.

Dazu muss ich noch sagen, dass Omo Nudo und Marta einander nicht ertragen können. Und diese Sache ist bemerkenswert, da sie doch so offensichtlich einer für den anderen geboren zu sein scheinen oder wenigstens so gelebt haben, dass sie sich hätten begegnen und miteinander verbinden können: zwei Wesen, die ihre große Tat vollbracht haben, um sich ihr Leben zu verdienen, von der Geschichte durchbohrt und beide schließlich auf der Suche, in einem

Pflegeheim der Einsamkeiten die daraus herrührende Verletzung zu heilen. Der eine von der anderen ein paar Stunden zu Fuß entfernt. Und sie begegnen sich schon, doch wenn, dann grüßen sie sich, indem sie den Kopf zur Seite drehen, und wenn sie sich etwas zu sagen haben, dann brummen sie, sodass man sie nicht verstehen kann, etwas vom Schaden, den jeder durch die Existenz der Tiere des anderen erlitten hat. In Anbetracht der Tatsache, dass sie nicht einmal wüssten, wie sie sich direkt Schaden zufügen sollten.

Sie hätten sich vor sechzig Jahren zusammentun sollen, sie sollten es jetzt noch tun, doch wer soll ihnen das sagen? Sie sind die Besten von uns, von den Lebenden unbestreitbar diejenigen, die am vollsten mit liebenswürdigen Legenden sind; es stimmt, der eine läuft halbnackt herum, die andere trägt selbst im Juli eine Windjacke, die nur noch ein Fetzen ist, doch könnten sie sich deshalb nicht lieben? Sich gegenseitig etwas Frische und etwas Wärme geben, wäre es nicht besser, wenn sie versuchten, miteinander zu schlafen? Das ist nicht nur eine intime Sache von ihnen. Sie sind schon so alt, das ihr Leben nicht mehr in ihren Händen liegt: Müssten sie daran leiden, was sie tun, wäre es die Verantwortung aller. Zumindest, wenn man sie nicht in die Hände der Behörden geben will, die an einem bestimmten Punkt des Niedergangs jemanden schicken, der zuerst den einen und dann die andere holt. Ab und zu sprechen wir mit Nita darüber, und es ist die Meinung aller, dass sich beide früher oder später von der Pania hinabstürzen werden. Womit sie wieder einmal getrennt dasselbe tun, dieselben Absichten und dasselbe Herz haben.

Doch die Meinung meiner Frau lautet, dass sie sich nicht hassen, dass sie sich vielmehr lieben. Sie behauptet, dass sie auch heute noch ineinander verliebt sind, und dass es nicht gesagt ist, dass Liebe etwas mit Liebhaben zu tun hat. Dass sie sich irgendeinen unbedeutenden Grund gesucht haben, um sich auf ewig zu Feinden zu machen. Vielleicht, so behauptet sie mit einer gewissen Kühnheit, ertragen sie es nicht, einander zu lieben, da sie schon einmal jemanden oder etwas anderes zu sehr geliebt haben. Oder weil sie geglaubt haben, es könne keine Liebe mehr zur Verfügung stehen, und nun unerwartet und unangebracht auf sie zu stoßen, machte sie ärgerlich und wütend. Oder einfach, weil sie in der Sache nicht erfahren waren und nicht wussten, wie sie sie nehmen sollten, nahmen sie sie von der falschen Seite. Nicht immer ist Liebe eine gute Nachricht; da hat Nita recht.

Doch am Sonntag, an dem sie von meiner Geburt erzählte, sagte mir die Duse, dass sie immer eine gute Nachricht ist.

An jenem Herbstmorgen '44 also war es so kalt, wie man es zu dieser Jahreszeit nicht erwarten konnte, und später hat man erfahren, dass es um San Pellegrino herum einen Eissturm gegeben hatte und der kalte Wind Gebirgskamm für Gebirgskamm bis zum Ponte heruntergekommen war. Seit dem vorherigen Tag hatte man keinen Deutschen mehr gesehen; nicht, dass sie einen großangelegten Rückzug unternommen hätten, aber von einem bestimmten Moment an waren sie nicht mehr da. In Wirklichkeit hatten sie schon eine Woche zuvor begonnen, nacheinander wegzugehen; ganz leise und unauffällig hatten sie sich in die oberen Verteidigungslinien zurückgezogen. Ebenso die Miliz. In der Nacht und bis zum Morgen hatten sie ununterbrochen die Straße unten im Tal bombardiert; lange, matte Schläge, als hätten sie keine Lust, und alle schön weit weg von der Brücke, als wollten sie sie verschonen. In der Nacht, zur Zeit der Ausgangssperre, als es keine Patrouillen mehr gab, die sie durchsetzten, kam jemand aus Moriano ins Wirtshaus, von dem man wusste, dass er einen Bruder bei den Schwarzhemden hatte, ein Kurzwarenhändler, der immer an alle verkaufte. Auf einen Tisch stellte er den geöffneten Koffer mit der Ware, ließ sich ein Glas Wein bringen und sagte, wenn Kameraden in der Nähe seien, so sollten sie sich besser ganz ruhig verhalten, denn die Amerikaner seien im Anmarsch. Er sagte, sie seien schon auf der Landstraße von Lucca angetreten, und wenn sie nachts hinausgingen, könnten sie auch den Lärm der Motoren im Leerlauf nicht mehr als zehn Kilometer von hier hören.

Die Duse hörte diese beiden Dinge, weil sie nach der Suppe mit der Santarellina noch dageblieben war, um beim Maisauskörnen zu helfen. Das war nicht anstrengend und man wurde eher vom Singen als vom Auskörnen müde. Sie sangen immer, wenn sie etwas zusammen tun mussten; sie sangen auf die Art, wie die Santarellina es von den Frauen aus Vagli gelernt hatte, als sie die TODT-Straße weiterbauten, und sie sangen auf die Art der Duse: Jedenfalls waren es immer die üblichen Lieder voller Eifersucht und Kummer, Lieder von Liebe und Müdigkeit. Der Mann aus Moriano war weggegangen, froh darüber, diese beiden so schönen und fröhlichen Mädchen gesehen zu haben, weißen Zwirn und sechs grün-aquamarine Knöpfe an den Maultiertreiber aus Compiana verkauft zu haben, der zum Abendessen gekommen war. Es war bekannt, dass der Maultiertreiber Faschist war, und vielleicht wollte er seine Uniform leicht abändern: Er war geizig und wollte sie nicht wegwerfen. In jener Nacht schliefen die Duse und die Santarellina beieinander; das taten sie oft in der letzten Zeit, denn die Duse hatte schließlich den Deutschen nicht mehr getraut, die schweigsam und regungslos in den Zimmern drüben waren. Sie schliefen beieinander, weil sie sich daran gewöhnt hatten; sie taten es nämlich auch, wenn sie genau gesehen hatten, dass das Motorrad mit Beiwagen und die Maultiere der Deutschen nicht auf dem Hof und im Schuppen standen.

Die Santarellina sagt, die Duse wäre zur Brücke gegangen, auch wenn Generalfeldmarschall Kesselring persönlich kontrolliert hätte, was sie tat, und deshalb hat sie sie mit ihrer Sichel begleitet, weil die Duse nie die Gefahr hatte sehen können. Vom Standpunkt meiner Mutter aus war nämlich die einzige Gefahr, die ihr drohte, die Einsamkeit. Ansonsten sei es nicht so gefährlich gewesen, den Bomben des Storchs auszuweichen und zu vermeiden, während der Ausgangssperre von einem Jugendlichen der Miliz beschossen zu werden; sie war auch nie Gefahr gelaufen zu sterben, wenn sie die Brücke überquerte und die Suppe im Wirtshaus bekam, da die Brücke für die hier und die dort zu wichtig war, um darauf zu schießen, und das Wirtshaus die glückliche Heiligkeit von Wirtshäusern an der Grenzlinie genoss. Die einzige ernsthafte Gefahr, die ihr drohte, wenn sie in einem Haus mitten im Niemandsland blieb, war, dass eines schönen Tages wirklich niemand mehr da war, wie die Duse auch vermutete, dass es eintreten konnte; deshalb hatte sie die Santarellina gebeten, zum Schlafen bei ihr zu bleiben. Und deshalb tat die Santarellina das gern, obwohl es ihr nichts ausmachte, allein zu sein, da sie ja allein geboren und aufgewachsen war. Denn das müssen zwei Freundinnen tun: sich lieb haben und sich in der Angst nie verlassen. Das sagt die Santarellina.

Aber die Duse war auch mutig, und ich bin es, der das hier sagt, ich, der ich gesehen habe, wie sie sich die ganzen Jahre die Stiefel anzog und sich den Rucksack über die Schultern warf, ich, der sie jedes Mal mit festem, sicherem Schritt habe zurückkommen sehen, wie jemand, der jede Straße allein gehen kann: Wenn sie nicht wusste, was Gefahr war, dann weil es für sie nie genügend Gefahr gab, nie, und sie sich ihr ganzes Leben lang an diese persönliche Überzeugung hielt.

Jedenfalls hat mir die Duse nur erzählt, dass sie gegangen ist und dass ihr das Akkordeon an jenem Morgen so schwer wog, als wäre sie wieder ein Kind geworden.

Sie setzten sich auf das Brückengeländer, die Duse das Akkordeon genau auf ihren Schenkeln platziert, die Santarellina den Beutel mit der Sichel auf dem Schoß; keine von beiden war groß genug, um die Füße auf den Boden zu stellen, und sie ließen sie baumeln und leicht an den Stein des Geländers prallen. Das war ihre Gewohnheit, das taten sie immer, wenn sie sich auf die Brücke setzten, um die Leute vorbeigehen zu sehen: Sie ließen ihre Füße baumeln, weil sie glaubten, sie würden so eine Haltung verschlagener junger Frauen annehmen. Wegen der Kälte hatte sich die Duse Wollstrümpfe angezogen, die sie an den Waden kratzten, und außer dass sie die Füße baumeln ließ, rieb sie sich auch noch an den Beinen, um das Jucken etwas zu beruhigen. Auf die Platanen des Wirtshauses hatten sich Stare gesetzt und zirpten wie Liebeszikaden. Und doch schien es, als herrschte Stille, denn, so sagt die Santarellina, wenn die Kanone aufhört, ist jedes Geräusch Stille.

In dieser Stille, als wären sie im Zirpen der Stare herangewachsen, hörten sie die Motoren der Amerikaner. Und soweit man das sagen konnte, waren sie nicht mehr im Leerlauf. Und im Nu bogen sie in die Kurven von Campo ein. Die Duse erzählte mir, dass sie wegen des Juckens der Wollstrümpfe keine Gelegenheit gehabt hatte, genau darüber nachzudenken, was sie mit ihrem Akkordeon tun sollte. Sie hatte es mitgenommen, weil sie wusste, dass sie es spielen würde, aber erst als hinter der letzten Kurve der Staub aufwirbelte, wurde ihr klar, dass sie noch nicht wusste, was sie spielen sollte. Und da dachte sie an etwas Fremdes, denn alles, was sie in Kürze zu sehen erwartete, war fremd, so fremd, dass die Deutschen im Vergleich dazu geradezu Nachbarn waren. Die Amerikaner kamen. Und sie kannte kein einziges amerikanisches Lied und hatte auch noch keines gehört. Ihre Waden juckten sie so sehr, dass sie am liebsten nach Hause zurückgerannt wäre und sie gebadet hätte. Sie versuchte, die Finger auf die Tasten zu legen, doch sie spürte die Fingernägel, die am Elfenbein kratzten. Und während sie kratzten, kam ihr ein Tango in den Sinn. Ein Tango, der nicht im Wirtshaus und auch nicht auf dem Dorfplatz getanzt wurde, ein Tango, den sie von ihrem Vater gelernt hatte, der sie viele Abende lang bestürmt hatte, damit sie die Worte richtig auszusprechen lernte. Das Fremdeste, was sie je gespielt hatte.

Ay limón limonero
Limonero de mi corazón.

Und sie steckte ihre Haare zusammen, die ihr auf die Hände fielen, richtete ihren jungen Rücken auf, bis sie die gut angespannten Muskeln spürte, öffnete ihre Arme im weitesten Bogen, den sie vollführen konnte, nahm alle Luft in den Balg, die sie von der Brücke holen konnte, und schlug den hohen, durchdringenden Akkord an, der der voranrückenden Armee den Schmerz eines verliebten Mädchens auslieferte, das zu Füßen eines blühenden Zitronenbaums um Mitleid flehte.

Und sie sang und spielte. Und im Eifer dieses Tangos wimmerte und schwor sie, dass die Welt nie etwas so sehr ersehnt hatte, wie dieses Mädchen die Liebe ihres *mocito* ersehnte, ihre langen, ungezähmten Haare fielen ihr zerzaust ins Gesicht und in die Falten des Balgs. Und sie sang und spielte. Und mit dem Eifer dieses Tangos überschüttete sie die Stare auf den Platanen und die gesamte alliierte Armee.

Als sie am Ende der ersten Strophe Luft holte, versuchte sie, die Augen zu öffnen, und bevor sie etwas sah, roch sie etwas. Sie roch süße Benzindüfte und Tabakrauch. Und dann sah sie meinen Vater. Es war alles etwas konfus, und sie wollte mit der zweiten Strophe weitermachen, in der das Mädchen zu dem Zitronenbaum singt, so wie man zu einer Rose singt, vom Kummer, sich verlassen zu fühlen. Um sie herum waren keine Lastwagen und Panzer, die waren ein wenig zurück, und ihre Motoren hörte man kaum bei ihrer Musik; zwei Schritte vor ihr standen angewurzelt Soldaten und hörten ihrem Tango zu. Etwas weiter vorn als die anderen mein Vater. Er war ein großer junger Mann mit Locken und dem Gesicht in einer Farbe, wie sie die Bauern am Ende der Heuernte haben. Er hatte ein Tuch um den Hals in einer Farbe, die zu Frauen passt, fast rosa, und eine Zigarette hing ihm zwischen den Lippen. Und in seinen Händen hatte er ein riesiges Gewehr, dessen Lauf auf den Boden gerichtet war. Sie schloss die Augen und fing wieder an zu singen und zu spielen. Und nach der Hälfte der Strophe roch sie den Tabakduft noch stärker, der sie an der Nase kitzelte und sie ärgerte; also hob sie die Augen und sah diesen jungen Mann an, der ihr in die Haare qualmte.

Mein Vater sah sie an und lächelte auf lustige Weise, und seine Zigarette schaukelte hin und her, während er mit einer Hand in seiner Jackentasche wühlte. Er holte eine Schachtel heraus und begann sie zu schütteln. Er hatte ein gutes Rhythmusgefühl, hat mir die Duse erzählt: Er spielte seine Streichholzschachtel präzise und geschmeidig, als wären es ein paar Maracas. Und damals wusste die Duse noch nicht, was Maracas sind. Er begleitete ihren Tango des Limonero bis zum Ende, dann verbeugte er sich vor ihr, während seine Kameraden applaudierten und sich Feldflaschen mit Wasser weiterreichten, mit dem sie sich bespritzten wie bei einem Kinderfest. Die Santarellina kannte dieses Lied nicht und sang es daher nicht mit der Duse mit. Sie hätte es sowieso nicht getan, sagt sie, und sie sagt auch, sie habe die ganze Zeit eine Hand auf ihrem Beutel gehabt und den Griff ihrer Sichel umklammert. Aber dieser junge Mann war schön, das sagt auch sie.

Dein Vater war schön.

Manchmal sagt mir meine Frau, dass ich schön bin. Ich glaube ihr nicht, doch ich tue nicht recht daran: Ich unterdrücke die Freiheit ihres Blickes. Und vielleicht sehe ich auch meinem Vater ähnlich. Laut der Duse sehe ich ihrem Vater ähnlich. Doch zu den Einzelheiten dieses Themas sind wir noch nicht vorgedrungen. Ich habe lockige Haare, ich hätte sie, wenn ich sie mir wachsen ließe, und ich habe eine dunkle Haut und bin schlank und kräftig. Nicht mehr und nicht weniger als die Hälfte derer, die in diesem Revier geboren sind. Aber ich bin eher groß, und das unterscheidet mich von ihnen.

Dein Vater war groß, hat mir die Duse erzählt, er war so groß, dass er mir die Äpfel vom Baum pflückte, ohne sich auf die Zehenspitzen zu stellen.

Die Äpfel, die mein Vater für meine Mutter pflückte, will jetzt niemand mehr, denn sie sind hart und sauer, bis sie verfaulen. Nur Leute wie der Omo Nudo, die ihre Schweine lieben, kommen sie pflücken. Nichts macht ein Schwein so glücklich, wie wenn es einen schönen Haufen roter Äpfelchen im Schatten des Schuppens sieht, nichts macht ihr Fleisch schöner und würziger als den ganzen Herbst hindurch eine Schaufel voll Äpfel am Tag. Auch meinen gebe ich welche. Aber ich laufe nicht mit dem Sack in den Bergen herum, ich habe in meinem Garten drei wilde Apfelbäume gepflanzt, und das habe ich zu Ehren meines Vaters getan.

Die Duse hat mir erzählt, dass das ihre einzige Ablenkung war, auf den Weiden Äpfel klauen zu gehen. Mein Vater mochte sie, weil sie ihn an den Geschmack einer Frucht aus seinem Land erinnerten. Dies taten sie den ganzen Herbst '44 und den frühen Winter über. Sie nahmen nur drei pro Kopf, damit sie von den Bauern nicht umgebracht wurden: In jenem Herbst genügte es nicht, eine Uniform und ein Gewehr Kaliber 9 zu haben, um ungestraft Äpfel zu stehlen. Und sie mussten ganz schön sauer sein, damit man sie noch auf dem Baum finden konnte. Zur Saison gehe auch ich ab und zu mit meiner Frau in den Garten und pflücke ein paar Äpfel. Sie bittet mich darum. Hol mir diesen, hol mir jenen, und sie zählt, wie viele ich holen kann, ohne mich auf die Zehenspitzen zu stellen. Ich habe ihr nie von den Äpfeln von '44 erzählt, das ist kein wichtiges Detail; offensichtlich ist es irgendein Spiel, das Frauen ganz allgemein gefällt, ein System zur Bewertung ihrer Männer. Jedenfalls habe ich aber, auch wenn ich meinem Vater ähnlich sehe, nicht seinen Charakter geerbt: Ich lache fast nie. Ich habe auch nicht den richtigen Mund dazu, ich kann meine Zähne nicht entblößen. Er scheint aber ein schönes Lachen gehabt zu haben. Im Jahr '44, und das sagt schon alles.

Ich habe ein Foto von meinem Vater, oder besser gesagt, die Duse hatte ein Foto von ihm, das sie mir am Abend der großen Enthüllungen gezeigt hat. Von da an habe ich es nicht mehr gesucht. Es nützt mir nichts, es noch einmal zu betrachten, ich habe es damals auswendig gelernt. Ich habe es nicht einmal gesucht, als ich das Haus der Duse ausräumte, sowie ich auch einen Haufen anderer Dinge nicht gesucht habe, die alle durcheinander in den Kisten landeten, die jetzt zusammen mit der Bücherkiste im Keller stehen. Ich habe ein Foto meines Vaters und weiß nicht, wo es ist. Aber das ist nicht wichtig. Er war wirklich noch sehr jung. Er steckte in seiner Felduniform, wie Jungs ihre strapazierfähige Kleidung tragen, wie ein Prinz; diese unbekümmerte, nachlässige und dabei doch natürlich vornehme Art, die aus dem Glanz eines stolzen, fröhlichen Körpers kommt, auch wenn er voller Schlamm ist.

Auf dem Foto sieht die Uniform sauber aus, wenigstens einigermaßen, aber die Stiefel waren bis zu den Gamaschen voller Schlamm. Er schaute zum Fotoapparat hin, seinen Kopf leicht geneigt, als wollte er ein besseres Licht finden, und lächelte. Dabei entblößte er strahlend weiße Zähne. Eine Hand hatte er am Gürtel mit den Patronentaschen, während er in den Fingern der anderen Hand eine Zigarette hielt. Auf sonderbare Weise, als wäre sie explosiv und müsste mit Vorsicht behandelt werden. Er hatte die Augen eines Jungen, und ich hoffe, dass meine in seinem Alter genauso waren. Die Augen eines Mannes, auch des unbefangensten, sind immer etwas trübe, die eines Jungen sind klar. Es gibt Jungen, die gezwungen sind, mit zwölf Jahren ein Mann zu werden, er hatte im Herbst '44 noch leuchtende Augen; und er war schon achtzehn, und ein Jahr zuvor war er in den Krieg gezogen. Hinter dem Rücken meines Vaters war das unscharfe Profil von etwas, was wie ein Kind aussah; die Duse sagte mir, das sei die Santarellina. Die Santarellina ließ ihre Freundin tendenziell nie allein, außer, so glaube ich, wenn sie mit meinem Vater auf Äpfelsuche ging. Auf dem Foto kann man es nicht erkennen, doch wahrscheinlich hat sie auch hier ihren Beutel mit der Sichel dabei.

Wie kann ich mich nach fünfzig Jahren an all diese ganzen Einzelheiten erinnern? Das ist einfach: Auf diesem Foto ist alles, was ich von meinem Vater gesehen habe, alles was mir als Erinnerung bleibt. Der menschlichen Betrachtung und dem eventuellen Mitleid stehen verschiedene Arten von Waisen zur Verfügung, doch die größte Waise von allen ist, wer einen Vater oder eine Mutter ohne einen guten Grund verloren hat. Es ist leicht, sich damit abzufinden, dass ein Mensch im Krieg gestorben ist, es ist sogar vernünftig, sich zu trösten, wenn eine Mutter auf einem Feld gepfählt wurde oder beide Eltern in einem Bahnhof in die Luft geflogen sind. Du kannst wählen, ob du Waise eines Vaters wirst, der ein Mörder war oder nur ein Hurenbock; du kannst eine böse Mutter der frevelhaftesten aller Einsamkeiten aussetzen. Aber wie könntest du dich damit abfinden, deinen Vater überhaupt nie gesehen zu haben, wo du doch weißt, dass er ein kräftiger und lächelnder, gutmütiger und großzügiger Junge war? Wie kannst du zur Überzeugung kommen, eine gewöhnliche Waise zu sein, wenn es doch keine Leiche, keinen Verrat oder Lüge oder Schuld oder zynisches Schicksal gibt? Und da ist nur die Lehrerin Duse, die dir sagt: Dein Vater war so groß, dass er die Äpfel von Bäumen pflückte, ohne sich auf die Zehenspitzen zu stellen, dein Vater war so gutmütig, dass er bunte Fähnchen in den Gewehrlauf steckte, um die Kinder, denen er begegnete, nicht zu erschrecken. Nun, er hätte das mit den Fähnchen auch bei mir versuchen können.

Aber das ist nicht der Punkt. Ich habe nie das Fehlen meines Vaters verspürt, und als Kind war ich auch nie eifersüchtig auf diejenigen, die einen hatten, aber ich habe stets die zwingende Notwendigkeit eines guten Grundes verspürt. Die einzigen Gründe, die ich kenne, sind die der Duse, ihre Erklärungen am Sonntag der Enthüllungen. Und die Duse war eine Lehrerin: Sie war nie der Meinung, sie müsse begründen, was sie erklärte und was sie nicht erklärte.

Ich weiß nur, dass ich aus einer reinen und einfachen Geste der Liebe geboren wurde. Und ich weiß, dass mein Vater kurz danach weggegangen ist. In diesem Fall hatte er einen guten Grund: Es war Heiligabend '44, in jener Nacht hatte das *Wintergewitter* begonnen. Die Duse erzählte mir, dass sie an jenem Morgen aus dem Haus ging, als es noch dunkel war, froh darüber, was sie tun würde, um ein bisschen Weihnachten zu organisieren, und auf der Brücke, entlang der Straße und auf das Brückengeländer geworfen hatte sie tote Soldaten liegen sehen. Es waren viele, eine ganze Patrouille, es waren die Kameraden meines Vaters. Da war geronnenes Blut im Raureif, überall, und keiner von ihnen hatte noch Schuhe an. Das Wirtshaus war geschlossen, die Santarellina bei ihren Herrschaften, um Heiligabend vorzubereiten. Es war niemand auf der Straße, sie hörte von nirgendwoher ein Geräusch und sie fing an, einem nach dem anderen ins Gesicht zu sehen, um meinen Vater zu finden. Er war nicht dabei.

In der Nacht war lautlos das *Wintergewitter*, die Weihnachtsoffensive, über die Brücke gegangen. Einige Stunden später sollten sie erfahren, was das Wintergewitter war, als Flugzeuge im Tiefflug vorbeikamen und die Talsohle unter Maschinengewehrfeuer nahmen und man in Richtung Lucca und Pistoia so viele dieser Detonationen hörte, dass es schien, als sei das Jüngste Gericht gekommen.

Die Deutschen und die Monterosa waren aus ihren Linien in den Bergen heruntergekommen und hatten den Überraschungsschlag versucht, wobei sie mit Messern töteten, um so tief wie möglich heranzukommen, ohne aufzufallen. Die Schuhe hatten nicht sie mitgenommen, das waren Leute von hier, die welche brauchten und früher als die Duse aus dem Haus gegangen waren. Mein Vater und die Überlebenden seiner Einheit hatten sich zurückgezogen; am Abend verteidigten sie sich schon in Poretta.

Alles ist wahr

Wo haben mein Vater und meine Mutter dem reinen und schlichten Akt der Liebe, in dem ich gezeugt wurde, Substanz verliehen? Unter welchem Apfelbaum oder auf welcher Wiese, in welcher Hütte oder welchem *metato*?

Im Herbst beginnen bei den Apfelbäumen auf den oberen Feldern die Blätter zu trocknen, wenn die Früchte noch hängen und sich unter jedem Baum ein goldenes, knisterndes Bett bildet. Dort ist es schön; es ist schön, mit einem Mädchen herzukommen, ohne unterwegs viel gesprochen zu haben, verschwitzt von der Hitze, die aus dem letzten Heu ausströmt, anzukommen, ein paar Früchte zu pflücken, um sich den Mund zu erfrischen, bevor man sagt, was gesagt werden muss, und es dann leise zu sagen, wobei man weiß, dass man nach Saurem duftet. Es ist schön, dieses Mädchen zu küssen, das dir den ganzen Weg gefolgt ist, ohne zu fragen, wohin und warum, es zu küssen und sich dabei umzusehen, ob der Bauer wirklich seine Arbeit beendet hat und für eine Weile nicht auf seinen Acker zurückkommt. Dort, an den Tagen, die St. Remigius noch wie Sommer erscheinen lässt, um die zu trösten, die wenig geerntet haben und noch darauf hoffen, mit etwas spätem Obst entschädigt zu werden, dort, die Jacke unter den größten Apfelbaum geworfen, ist es schön, auch nur dazuliegen und einen kleinen Apfel zu essen und die Hufe des Damwilds zu hören, das sich im fernen Unterholz bewegt und auf den Abend wartet, um seinen Anteil an den Früchten zu genießen. So ist es auch alleine schön, und schon seit Jahrzehnten mache ich es so, denn mit der Zeit habe ich gelernt, dass es besser ist, weniger verheißungsvolle, aber dauerhaftere Stille zu wählen, und Mädchen, die schon satt an Saurem und neugierig auf anderes sind.

Doch in jenem Herbst neigten die Duse und mein Vater gewiss nicht zur Sattheit, und, so glaube ich, sie waren auch nicht gerade neugierig auf anderes. Wenn sie verliebt waren; und das kann ich nur vermuten, denn weder am Abend der Erzählung von der unbefleckten Empfängnis noch später erinnere ich mich, gehört zu haben, dass die Lehrerin Duse das Verb »sich verlieben« oder das Substantiv »Verliebte« ausgesprochen hätte. Worte, die ich erst später und anderswo hörte; insbesondere hat sie an jenem Abend nur »Liebe« gesagt, und die Duse kannte die italienische Sprache gut und wusste, wie man sie unterrichtet.

Kann man vielleicht lieben und der Liebe Ausdruck verleihen, ohne sich deshalb verliebt zu haben? Warum nicht? Hat sich Maria vielleicht in Josef verliebt? Sie hat ihn geliebt, so sehr geliebt, dass sie ihm ihr Geheimnis anvertraute; wenn Maria sich überhaupt verliebt hat, dann wegen des Verkündigungsengels, dessen, was zu sagen er gekommen war. Und mein Vater? Wer war mein Vater, Josef oder der Erzengel Gabriel?

Nach dem, was ich gesehen habe, war er nur ein Junge. Und konnte vielleicht ein Junge, irgendein gesunder Junge, sich nicht in die Duse verlieben? Und sei es auch nur wegen ihrer Haare, wegen ihres Akkordeons, wegen ihrer Stimme? Und sie so besitzen, unter einem Apfelbaum? Das ist keine Sache der Duse, es liegt nicht in der Art meiner seligen Mutter, sich von einem Geschöpf des Herrn besitzen zu lassen; vielleicht von ihren exotischen Pflanzen, doch sonst von niemandem. Sie betonte, dass mein Vater einen zartfühlenden Charakter und ein weiches Herz hatte. Sie sprach nie von Lagerstätten in den Blättern und leidenschaftlichen Küssen, von Galanterie und Freigebigkeit, sondern wie sie abends auf dem Geländer der Brücke saßen und über wundersame Dinge sprachen, die er im Herzen hatte. Wie sie versuchten, nie aufzuhören zu reden; und wie sie, als der Schlaf sie übermannte, anfingen, gemeinsam die Füße gegen das Mäuerchen zu schlagen, und ihre Holzschuhe hatten einen hohen Klang und seine Militärstiefel einen tiefen Klang, und das war wie Musik. Bis er in sein Feldlager zurück musste, und dann begleitete er sie bis zu ihrer Haustür, wo die Santarellina ihre Sichel in Reichweite an einem Nagel des Türpfostens hängen hatte.

Die Duse hat mir vom Segenswunsch berichtet, mit dem er sie jedes Mal verließ; den er flüsterte, sagte sie, als wäre es das Schönste der Welt, was er ihr als Erinnerung hinterließ: Schöne Nacht ohne Mond.

Sie hat ihn mir mehrmals wiederholt, jedes Mal mit etwas mehr Sanftheit und Melodie, damit es so weit wie möglich der Art und Weise entsprach, wie er ihn ausgesprochen hatte, mit dem speziellen unnachahmlichen Akzent meines Vaters, mit seinem unnachahmlichen Zauber. Die Duse hat sich sehr bemüht, damit ich auch lernte, diesen Gruß zu wiederholen, und zwar richtig, denn es war das Romantischste, was ihr von diesem Mann je gesagt wurde, und sie forderte jeden Mann, mich eingeschlossen, heraus, etwas Besseres zu finden. Irgendein Mann, der ihr etwas Schönheit in einer Nacht ohne Mond schenken kann, der etwas von der Liebe weiß, irgendeine Frau, die fähig ist, etwas Schönheit in einer Nacht ohne Mond zu finden, hat alles gelernt, was sie von der Liebe braucht. Das hat sie mir gesagt, und infolge ihrer schulmeisterlichen Ehrlichkeit hat sie noch ergänzt, dass in jenem Herbst '44 niemand, dem ein menschliches Wesen am Herzen lag, im Traum daran gedacht hätte, Mondlicht zu erhoffen: Es war in jenen Nächten, dass Pippo, der Bomberpilot, im leichten Widerschein des Mondlichts auf dem Fluss vorbeiflog und nie genau wusste, worauf er zielen sollte, und daher seine Bombe abwarf, wie es ihm gerade einfiel.

Doch das, betonte die Duse, war das Schönste an deinem

Vater, und es dürfte das Schönste an all denen gewesen sein, die lieben: Er verstand es immer, den Zauber der Poesie zu finden.

Mein Vater war ein Poet, stell dir vor. Ein junger Poet, der vom anderen Ende der Welt gekommen war, um Krieg zu führen im Land des großen Poeten der Waisen, dem Benjamin des Volkes, das vom universalen Waisentum heimgesucht wurde. Der Prophet, der, obwohl er jeden melancholischen Zauber der Nacht und der Sterne, die in der Nacht aufleuchten, erforschte, nie das Talent für einen einzigen Vers hatte, der das Herz seiner nicht wenigen Leser zur Hoffnung auf eine schöne Nacht ohne Mond angeregt hätte. Ohne zu berücksichtigen, dass der Junge selbst Waise war, und dass die Duse sich als nichts anderes fühlen konnte. Wie hätte sie sich da nicht verlieben können? Und wie hätte der junge Poet sich nicht in die lockige Tangosängerin verlieben können?

Also waren es nur zwei gewöhnliche junge Menschen, die sich im Jahr '44 mitten auf der Gotenlinie verliebten.

Damals konnte sich niemand die Einsamkeit vorstellen, der sich nicht ein Loch unter dem Keller gegraben und sich darin versenkt hatte, und die beiden jungen Leute hatten das gesamte Universum durchquert, bevor sie allein waren, beide zusammen in Einsamkeit. Wo sie in jenem Herbst einen passenden Ort für Duses Liebe gefunden haben mögen, ihre erste Liebe, wie sie bestätigte, ihre einzige Liebe, wie sie präzisierte, wo sie all das zusammengetragen haben mögen, was sie brauchten, um jener Jahreszeit in jenem für Liebende so wenig geeigneten Jahr zu entfliehen, kann ich nicht sagen. Vielleicht unter einem Apfelbaum, falls sie mutig genug waren, einen Mittag auszunutzen, der selbst für die Bergbewohner zu heiß, einen Regentag, der auch für die nach harten, sauren Äpfeln Hungrigen zu langweilig war. Doch es war nicht unter einer Kastanie, es war nicht zwischen Säcken mit Blättern in einem *metato*. Mir hat nämlich niemand gesagt, ich würde nach *metato*-Rauch stinken, und das ist der sicherste Beweis, dass ich nicht von dort herkomme, was mich mächtig stören würde wegen der Promiskuität in den Wäldern während des Herbstes, wenn gesammelt und getrocknet wird und alles ein Kommen und Gehen ist.

Der Sohn von Verano wurde allerdings sehr wohl im Wald gezeugt und riecht nach Rauch, seitdem er geboren wurde. Weil er in einem *metato* gezeugt wurde, weil sein Vater heiratete und am Tag danach mit seiner Frau auf Hochzeitsreise zur Kastanienernte fuhr. Die Santarellina sagt, Verano und seine frischvermählte Frau habe man die ganze Küste entlang im Dunkeln laut brüllen hören, weil sie sich bei der Bewegung an den in den Blättern versteckten trockenen Zweigen wehtaten. Nein, das ist nichts für die Duse. Und ich bin sauer und hart aufgewachsen und werde es bleiben, bis ich verfaule, ein Grund, weshalb ich zweifelsohne von den roten Äpfeln komme.

Als ich ein Junge war, benannten die anständigen Menschen und die Fotoroman-Zeitschriften, die die Santarellina las, einen wie mich mit dem Ausdruck: ein Kind der Liebe. Nichts Treffenderes. Doch ich mochte nicht so genannt werden, auch nicht von der Duse. Die Tatsache, dass ich aufgepasst habe, als sie mir erklärte, sie habe alle wichtigen Worte auswendig gelernt, sie würde sich bis heute an alle erinnern, ohne eines zu entstellen, bedeutet nicht, dass ich es zu schätzen wusste. Nicht wirklich. Es ist schwer, als Unbeugsamster aller Waisen aufzuwachsen und zu glauben, das käme alles vom Privileg, das Kind einer Liebe zu sein. Eine Seltenheit im Revier, ich habe jedenfalls noch kein anderes getroffen. Nicht, dass es nie vorgekommen wäre, dass mich jemand aus diesem Grund besonders geschätzt, dass er mich »Kind der Liebe« genannt hätte oder ähnliche Scherze. Keine geistreiche Bemerkung, keine diesbezügliche Schlussfolgerung. Auch wenn sie versucht gewesen wären, so hatten Alte und kleine Kinder doch alle viel zu viel Respekt vor der Lehrerin Duse, um es zu versuchen. Und nicht viel später fingen sie auch an, Angst vor mir zu haben. Nein, auch die Duse konnte von ihrem Sohn verlangen, sich eine vernünftige Meinung von sich selbst zu bilden. Und natürlich eine angemessene Meinung von der Liebe. Und eine wenigstens annehmbare von seinem Vater.

Der kein Amerikaner war, nicht in dem Sinne, wie man ihn damals dem Amerikanersein gab. Er gehörte nicht zur Armee der Vereinigten Staaten. Er war nämlich ein Amerikaner aus Brasilien, ein Brasilianer aus dem Bundesstaat Pará. Wir, die wir nicht undankbar sind, erinnern uns noch daran: Die ersten Alliierten, die sich im Revier blicken ließen, waren Brasilianer, sie waren es, die '44 die Front hielten. Dann kamen die Inder, die Maori, die Neuseeländer, die Schwarzen des Buffalo-Regiments, aber erst, nachdem die Brasilianer zur Hälfte umgekommen waren in der Weihnachtsoffensive, in *la Wintergewitter*; wie wir es sorgfältig im Originalwortlaut auswendig lernten, und dabei einem Wort einen unabsichtlichen und unangebrachten Anschein weiblicher Leichtigkeit verliehen haben, das die Deutschen schlimmer als männlich, nämlich als sächlich betrachten.

Die Brasilianer waren die von der Rauchenden Kobra; so komisch nannten sie sich. Sie kamen aus einem Land, so groß und vor allem so fern vom ganzen Rest der Welt, dass auch der Weltkrieg darin versunken wäre. Ihr Präsident, der dumme Diktator Vargas, hatte nämlich feierlich gegenüber der Nation erklärt, er würde ihr Kriegsleiden ersparen, und versprochen: Eher werdet ihr eine Kobra Zigarren rauchen sehen, als dass sich unser geliebtes Land auf einen weiteren Krieg einlässt. Das Volk erinnerte sich noch an die langen, fruchtlosen Kriege, die sie vor einigen Jahrzehnten gegen Argentinien und Paraguay geführt hatten, Kriege um Territorien, von denen niemand wusste, ob sie am Ende erobert worden oder verloren gegangen waren, Land, das regieren zu wollen sich jedenfalls niemand die Mühe machte. Als sie schließlich zu 30000 in einem Dutzend Handelsschiffen zusammengepfercht waren, mit dem Ziel »europäischer Kriegsschauplatz«, sagten sie sich: Nun gut, dann heißt das, dass die Kobras wirklich das Rauchen angefangen haben.

Und sie schrieben es auf ihre Fahnen, ließen es sich auf ihre Kragenspiegel sticken, malten es sich auf die Seitenwände ihrer Lastwagen. *Die Rauchende Kobra.* Ihre Generäle nahmen es ihnen nicht übel, und nicht einmal der treubrüchige Präsident: Sie wussten, dass es weder leicht noch opportun wäre, den Sinn für Humor dieser Zehntausenden jungen Männer zu bestrafen, die meistens noch nicht einmal genau begriffen hatten, wer ihre Verbündeten und wer ihre Feinde waren. Da ihr Diktator von faschistischer Tendenz war, war er sich bis kurz vor Kriegseintritt in Freundschafts- und Treuebekundungen für die Achse ergangen; Roosevelt musste mit Feuer und Flamme drohen, viel bezahlen und noch mehr versprechen, um Brasilien auf seiner Seite mit nach Europa zu bringen.

Sie brachen auf mit einer Generationen alter, schlecht funktionierender Ausrüstung, unter dem Kommando von Offizieren, die bei den Familien der Großgrundbesitzer angeworben waren, den wenigversprechenden Söhnen dieser Familien, Militärs aus Verdruss, die bei deutschen Ausbildern und mit französischen Büchern gelernt hatten. Allein um diese Männer und ihr Alteisen zusammenzubringen, brauchte man Monate, weil die Kasernen über das ganze Land verstreut waren, eine von der anderen Tausende Kilometer entfernt und weitere Tausende von der Hauptstadt; Garnisonen in den Regenwäldern von Maranhão und Pará versunken, in den Wüsten von Minas Gerais vertrocknet, in den Grassteppen von Santa Catarina vergessen.

Sie wurden in Rio de Janeiro eingeschifft, wobei man ihnen sagte, sie würden Griechenland befreien gehen und früher oder später anhalten und auf afrikanischem Territorium für dieses schwierige Unternehmen ausgebildet werden; dort würden sie auch bestens bewaffnet werden. Doch sie wurden in Neapel an Land gebracht und für den Rest des

Sommers '44 mitten auf dem Land bei Caserta auf einer großen Pfirsich- und Aprikosenplantage kaserniert. Man ließ sie Kniebeugen machen und zwischen den Baumreihen auf- und abmarschieren, und sie konnten gerade noch das gesamte Obst essen, bevor das Alliierte Oberkommando einen Zweisternegeneral schickte, um sie zu beglückwünschen, sie neu einzukleiden und neu zu bewaffnen und sie auf Lastwagen zu verfrachten mit dem Befehl, nach Norden zu fahren, bis sie auf den Feind trafen.

Der nächste Feind war hier bei uns, und hier hielten sie an. Unterwegs gab es die ersten Toten. Aber nicht im Kampf, sondern meistens bei Unfällen. Auf den Straßen, weil man ihnen Fahrzeuge gegeben hatte, die sie nicht fahren konnten, und man ihnen nicht erklärt hatte, wie; während sie die neuen Waffen ausprobierten, weil sie nicht wussten, wie sie funktionierten, und man ihnen auch das nicht erklärt hatte.

Der Erste, der durch das Feuer eines Kameraden starb, hieß Antenor Chirlanda, stammte aus dem Staat São Paolo, und mein Vater hatte sich während der Überfahrt mit ihm angefreundet. Es war keine schöne Fahrt für Antenor: Alle zogen ihn auf und nannten ihn Mussolini, aufgrund einer erstaunlichen Ähnlichkeit mit dem italienischen Diktator, den zu bekämpfen sie unterwegs waren. Mein Vater tröstete ihn und erzählte ihm vom alten Antenor, seinem Namensvetter, dem weisen, weitsichtigen Trojaner, der den Krieg hasste und am Ende einer der wenigen war, die die Zerstörung ihrer Stadt überlebten. Er erzählte ihm, wie er es schaffte, nach Italien zu gelangen, genau in jene Gegend, wohin sie fuhren, und lange genug zu leben, um sogar eine neue Stadt zu gründen, eine Stadt, die sie bald befreien würden und die noch seinen Namen trug, den Namen Antenore.

Doch so war es nicht, und Antenor Chirlanda kam nicht einmal bis nach Padua, weil die vereinfachten Thompson-Gewehre, die man ihnen gegeben hatte, um den Diktator Mussolini zu besiegen, schadhafte Sicherungen hatten. Übrigens hatte sich Antenor freiwillig gemeldet, nicht um die Welt zu sehen, sondern nur, um sich nicht bei der Kaffeeernte zu Tode zu schuften. Es gab nur wenige Freiwillige wie ihn im brasilianischen Kontingent; einige Kleinkriminelle, die so um ihre Strafe herumkamen, aber meistens Jungen vom Land, die sich ehrlich einen Lohn verdienen wollten, ohne sich der Sklaverei auf einem Latifundium aussetzen zu müssen.

Und dann war unter ihnen mein Vater. Der weder ein Krimineller noch im engeren Sinne einer vom Land war. Man kann sogar sagen, dass mein Vater sich aus einem Motiv poetischer Natur freiwillig gemeldet hatte. Und auch wenn er nur eine Waise in der Masse der über den brasilianischen Kontinent verstreuten Waisen war, war er keine X-beliebige von ihnen.

An ihn erinnert sich der große Schauspieler und Regisseur Orson Welles. Er erzählt, dass er ihn getroffen und mit ihm gesprochen hat. Er berichtet von jenem Treffen und der daraus folgenden kurzen Unterhaltung in den Heften, die er während der Aufenthalte vor den Aufnahmen zu einem seiner innovativen, aber erfolglosen Filmwerke geführt hatte. Der Streifen hieß *It's all true*, ein sehr ehrgeiziges Projekt, in dem der Regisseur sich bemüht haben soll, nur die Wahrheit der vielen menschlichen und sozialen Begebenheiten zu zeigen, die er auf einer langen Reise durch den lateinamerikanischen Kontinent erlebt hatte. Hätte die Produktionsgesellschaft, mit der er sich eingelassen hatte, sich später nicht geweigert, ihn zu drehen, wäre mein Vater einer der Darsteller geworden. Das war die Absicht von Herrn Welles. Damals war er ein vielversprechendes und angesehenes Genie auf der Suche nach neuen intellektuellen Anregungen, mein Vater ein Junge von dreizehn, vierzehn Jahren, der an den Landungsbrücken der Flussmärkte bei Santarém herumlungerte. Ein verhinderter Kinostar, wie es scheint, auch wenn Herr Welles ihn nicht über die ihn betreffenden Pläne informiert hatte.

Von diesen Plänen spricht er in seinen Tagebüchern und in einem langen Interview, das er vierzig Jahre danach als schon alter Mann einem englischen Fernsehsender gab; über meinen Vater sagt er, dass die Begegnung mit diesem Jungen ihn zu einer radikalen Meinungsänderung bezüglich des Kontinents geführt habe, den er gerade durchfahren hatte, während er Tausende nutzloser Meter Film drehte, und dass sie ihn dazu gebracht hatte, seine filmischen Absichten zu überdenken. Er ergänzt, dass es sich um diese Art unvorhersehbarer Begegnungen handelte, die dazu dienen, ein künstlerisches Bewusstsein heranreifen zu lassen, und was die kurze Unterhaltung mit dem jungen Chico betraf, so sei diese so viel wie die Lektüre des *Sommernachtstraum* wert gewesen.

Ich habe also von Orson Welles erfahren, dass mein Vater Chico hieß; wie der Junge nachdrücklich betonte, war sein Name Domenico, bei allen als Chico bekannt. Die Duse hat mir nie seinen Namen gesagt, die Duse hat immer nur von »deinem Vater« und »meinem Liebsten« gesprochen. Die aus dem Tal, die ihn gekannt haben, sprachen einfach vom »Brasilianer«. Ich habe nie jemanden gefragt, wie mein Vater hieß, und das war gut, vielleicht eine Warnung: Chico ist ein Name, der ganz und gar nicht zu einem legendären Vater passt, jedenfalls nicht, wie er hier im Tal klingt.

Folgendes also sagt Orson Welles über meinen Vater. Er befand sich schon seit geraumer Zeit mit einer kleinen Truppe am Amazonas, mit der er Material drehte, wobei er Ideen folgte, die ihm Tag für Tag kamen, und in regelmäßigen Abständen schickte er den Film in die Vereinigten Staaten, und zwar über die Verbindungen der Flussboote. Als er eines Abends auf das Postboot wartete, in einem kleinen Hafen, an dessen Namen er sich nicht mehr erinnerte, einer der vielen, die er vorgefunden hatte, mit einem Landungssteg aus Holz, einem Verkaufsladen aus Bohlen, einem Platz aus gestampfter Erde, einem Cashewbaum und ein paar Mangobäumen. In Wirklichkeit wusste er nicht einmal genau, ob er am Amazonas war oder am Rio Tapajós, denn in jener Gegend ist der Verlauf des größten Flusses der Welt und seiner Nebenflüsse so verzweigt, dass er unerforschlich erscheint. Er wartete auf das Boot und rauchte eine dicke Zigarre: Damals war er noch sehr jung und schüchtern, und Zigarren rauchen verlieh seiner Figur als großer Junge etwas Erwachsenes; er brauchte eine Pose als selbstsicherer Mann, denn er war momentan allein und musste den Ansturm der Verkäufer von Kokoswasser und Zuckerrohrsaft und diverser ausgehungerter Bettler zurückweisen.

Es war ein sehr heißer Nachmittag, der Himmel war schwer und grau und in jenem Moment machte der Fluss den Eindruck eines riesigen unbeweglichen Sees, an dessen Oberfläche in breiten, langsamen Spiralen jede Art von in Zersetzung befindlicher Materie köchelte; Welles hatte die schlechte Idee gehabt, unter einem der Mangobäume Schutz vor der Hitze zu suchen, und der Geruch der reifen Früchte verursachte ihm Übelkeit. Er hatte diesen Jungen bemerkt, der seit einer Weile um ihn herumschlich, so wie ausgehungerte Hunde das tun, und dabei eine immer engere Spirale zog und ihm ab und zu schräge und traurige Blicke zuwarf. Er schien nichts zu verkaufen zu haben, denn er hatte nichts in den Händen, er trug ein paar kurze Hosen und nicht einmal ein Unterhemd. Er war nicht anders als die anderen Jungen, denen er entlang des Flusses begegnet war, er hatte den gleichen schlenkernden und schiefen Gang, den gleichen intelligenten und aufmerksamen Blick, nur dass seine Haare kurz und lockig waren, in einer für diese Gegend seltenen dunkelbraunen Farbe.

Wegen der Merkwürdigkeit dieser Haare ließ er, anstatt seine Zigarre weiterzurauchen, den Jungen zu sich kommen. Sie sprachen Italienisch miteinander, denn Herr Welles hatte Probleme mit dem Portugiesischen, und Chico kannte die

Sprache, die der Regisseur bei einem Aufenthalt in Italien radebrechen gelernt hatte. Er fragte den Jungen, ob er etwas wolle, und der antwortete, er wolle nur wissen, ob er zufällig Grieche sei. Das schien ihm eine vollkommen ungewöhnliche Frage zu sein, gestellt von einem halbnackten Jungen an einem schwülen Abend auf einer verfaulten Mole des Amazonas oder des Rio Tapajós. Und so erkundigte er sich.

Der Junge wollte einen Griechen kennenlernen und dachte, er könne einer sein, weil er groß und bärtig war wie die Griechen. Im Falle, dass er Grieche sei, müsse er ihm eine Frage stellen.

Herr Welles sagte ihm die Wahrheit, also nein, er sei kein Grieche, doch er fügte eine Lüge hinzu, also dass er seine Frage ruhig stellen solle, er sei zwar Amerikaner, doch würde er Griechenland gut kennen. Da rieb Chico sich die Nase und bat ihn, er solle ihm vom griechischen Meer erzählen. Das erzählte Orson Welles dem Fernsehinterviewer, und er war so über diese Frage verblüfft, dass er den Jungen nahm und sich mit ihm in die Baracke setzte, die als Verkaufsladen diente, ihm einen frischen Saft anbot und ihn auszufragen begann.

Chico träumte seit Jahren vom griechischen Meer, seitdem man ihm eine Geschichte vorgelesen hatte. Chico war kein Analphabet wie so viele dort; Chico war zur Schule gegangen und hatte Dinge gelernt, die ihm sein ganzes Leben im Herzen bleiben würden. Das sagte sein Lehrer: Er würde sie für immer im Herzen tragen; und aus diesem Grund sei sein Herz viel größer als das normale Herz eines Analphabeten. Sein Lehrer war ein Pfarrer.

Es war ein sehr alter und sehr kranker Pfarrer, doch er hatte, als er noch jung war, begonnen, die Waisenkinder der Fazendas längs des Flusses zu unterrichten. Er lebte schon seit hundert Jahren im Regenwald und hatte jeden Mann und jede Frau von São Francisco bis Urucará gesehen und kennengelernt. Dieser Pfarrer hatte sogar seine Eltern kennengelernt. Seine Eltern hatten ihn in das Haus des Pfarrers gebracht, als er noch sehr klein war, denn er hatte sich eine Krankheit zugezogen, die man auf ihrer Fazenda nicht heilen konnte. Der Pfarrer hatte ihn geheilt und ihm eine Schulbildung gegeben, und jetzt war er stark und weise und könnte ohne jede Gefahr durch die Welt fahren. Und das würde er auch tun, sobald wie möglich, wenn er wüsste, welche Richtung er einschlagen sollte, und das Boot fände, das dort hinfuhr. Die Eltern seiner Eltern kamen aus Italien; an sie erinnerte er sich nicht, denn er war noch zu klein, als er zum Pfarrer gezogen war. Auch der Pfarrer war aus Italien gekommen, aber anders.

Das steht in den Heften von Herrn Welles, mit einem Stern neben dem Wort *different*, der auf eine Anmerkung hinweist: wichtig, überprüfen. Das wäre wirklich eine gute Geschichte gewesen, die er den anderen, die er sammelte, hinzufügen könnte, aber wahrscheinlich wollte er sichergehen, dass auch diese *all true*, ganz wahr wäre, und er erwähnt sie nicht. Die Geschichte, wie seine Großeltern hergekommen waren, hat mein Vater der Duse erzählt und die Duse mir. Und wenn Herr Welles sich im Italien meiner Urgroßeltern väterlicherseits besser ausgekannt hätte, hätte er keine Bedenken gehabt, sie wiederzugeben: Sie war im strengen Sinne *all true*.

Diese Menschen, wie auch viele vor und nach ihnen, waren von einer der Agenturen, die zur Zeit der großen Auswanderungen nach Amerika die Fahrten organisierten und Arbeit vermittelten, ganz schön hereingelegt worden. Sie verkauften auf Pfand eine Schiffspassage gegen den Ertrag der ersten beiden Jahre Arbeit, abzüglich Kost und Logis. Arbeit als Landwirte: abholzen, Erde umgraben, säen und ernten auf einem Land, so unberührt und fruchtbar, dass es drei Ernten pro Jahr gab. Es war kein schlechtes Geschäft, es schien vielmehr ein Segen für Männer zu sein, die es nicht schafften, ihre Kinder vor der Pellagra und das Haus vor rückständigen Mieten zu retten. Mit diesem System waren

Zehntausende nach Brasilien und Argentinien aufgebrochen, und in wenigen Jahren hatten diese Verträge Venetien entvölkert. In Genua gab es Büros, die nur an Veneter Reisepolicen verkauften; abends schickten sie Agenten über die Dörfer, die mit Fotos, Katasterplänen und bereits fertigen Verträgen an die Türen der Bauernhäuser klopften.

Nur einem einzigen dieser Agenten wurde der Prozess gemacht, und er sagte, er habe mit Venetern gearbeitet, weil es mit ihnen leichter war: Sie hatten von allen am meisten Hunger. Das war ein Trick, es gab mehrere. Sie verkauften Passagen auf Schiffen, die in keinem Schiffsregister verzeichnet waren; und da gab es Zeiten, in denen sich auf den Straßen von Genua, an den Kais, auf den Bahnhofsanlagen, auf ihren Lumpen hingeworfen, Hunderte von Familien stapelten, die nicht wussten, wie sie nach Hause zurückkehren sollten.

Aber der beste Trick war der, Menschen zu verkaufen. Sie ließen sie abreisen, und als sie in Belem, in São Luís, in Fortaleza ankamen, wurden sie von ihren Besitzern in Empfang genommen und in den Regenwald verfrachtet, um Bäume zu fällen; manchmal waren sie bis zu einem Monat unterwegs. Dort hatten sie keinerlei Freiheit und waren Herr über niemanden, nicht einmal über das Leben ihrer Kinder, die ebenfalls verkauft waren. Alles, was sie tun konnten, war arbeiten und hoffen, dass der Besitzer mit etwas zu essen kam. Sie konnten nicht fliehen, sie wussten nicht einmal, wo sie waren, jedenfalls waren sie ein, zwei Wochen von der nächsten Ansiedlung entfernt. Wenn der Besitzer dieses Stück Wald nicht mehr für rentabel hielt, ließ er sie dort, wo sie waren, denn es hätte ihn zu viel gekostet, sie anderswohin zu bringen. Sie starben bald an Krankheiten, noch eher als an Hunger oder Fallen der Indios. Und einige blieben übrig.

Mein Vater hat meiner Mutter erzählt, dass seine Familie aus Vicenza kam, so hatte es ihm der Pfarrer berichtet. Und von den zwei- oder dreihundert, die im Wald angekommen waren, waren nach zwanzig Jahren noch ein Dutzend da, von ihrem Besitzer vergessen. Und von diesen starben einige an Altersschwäche, nachdem sie Kinder bekommen hatten. Und die Kinder starben nicht alle, sondern einige wurden kräftig genug, um ihrerseits wieder Kinder zu bekommen, Kinder wie Chico. Sie wollten ihr Stück Wald nicht verlassen; sicherlich wussten sie nicht, wohin sie hätten gehen sollen, obwohl sie mit den Jahren und den Generationen gelernt hatten, bis an den Amazonas zu kommen, und anderen Menschen begegnet waren. Sie hätten ein Boot nehmen können, aber es gab keinen Ort, wohin sie hätten gehen können, angenommen, sie hätten das Geld gehabt, um eine Fahrt irgendwohin zu bezahlen.

Sie blieben und bauten Jamswurzeln und Süßkartoffeln an, kauften von den Indios Maissamen und kochten nach ihrer Rückkehr Polenta, und das bisschen Kautschuk, das sie aus dem Gummibaum herausholen konnten, diente ihnen dazu, es an der nächsten Poststation einzutauschen und sich vorzustellen, dass sie vielleicht eines Tages sogar reich werden könnten. Mit der Zeit bauten sie mehr Hütten, machten sie stabiler, zäunten die Gärten mit Palisaden ein, die die Opposums und die weniger flinken Affen fernhielten, bedeckten eine saubere Wasserquelle und erkrankten so weniger an Ruhr und Blindheit; dann bauten sie Straßen aus Erde und zogen gut ausgebaute Pfade durch den Wald zum Fluss. Sie nannten ihre Hütten Nova Vicenza, denn sie wussten, dass sie keinen Fuß mehr in ihre alte Heimat setzen würden, und sprachen weiterhin die einzige Sprache, die sie kannten, die Sprache, mit der sie in den Regenwald gekommen waren. So ist mein Vater also Sohn freigelassener Sklaven aus Nova Vicenza, Bundesstaat Amazonas. *It's all true*, alles ist wahr.

Letztes Jahr, es war um St. Johannis herum, weil ich die ersten Feigen gepflückt hatte, schenkte mir Nita einen Ausschnitt aus einer amerikanischen Zeitung, der *Los Angeles*

Times, einer der Zeitungen, die ihr die Postbotin samstags persönlich aushändigt, als müsste sie jedes Mal das Edikt von Nantes dem König von Frankreich zur Unterschrift vorlegen. Sie war zusammengerollt und mit einem roten Band umschnürt; sie hat mir gesagt: Das ist ein Geschenk für dich.

Der Ausschnitt brachte die bloße Nachricht, ohne Foto, über den ziemlich blutigen Protest einer Amazonas-Gemeinschaft gegen den Bau einer großen panamerikanischen Straßenverbindung quer durch ihr Land, der sich schon seit sechzig Jahren über den lateinamerikanischen Kontinent hinzog und versuchte zu einem guten Ende zu kommen. Es ging um Barrikaden, Sabotage an mechanischen Geräten und Verbrennen von Material; es ging auch um Gewehre und Macheten und selbstgebaute Bomben, es ging um etliche Verletzte und vielleicht einige Tote. Die Extravaganz der Nachricht, die an der Würde der kalifornischen Zeitung gekratzt hatte, lag nicht in den Unruhen an sich, sondern in der Tatsache, dass sie das Werk einer kleinen Gruppe von Italienern war, die seit mehr als hundert Jahren völlig isoliert in dieser Gegend wohnten, sodass sie ihre Sprache und ihre ursprünglichen Bräuche einschließlich der Eigen- und Ortsnamen beibehalten hatten. Ihr Dorf heißt Nova Vicenza. *It's all true*, und meine Vettern väterlicherseits stehen hier im Rampenlicht der Weltpresse und machen die amazonische Revolution. Ein Beispiel für uns alle hier im Revier.

Ich sammle keine Erinnerungsstücke von meinem Vater, und von diesem Ausschnitt weiß ich nicht einmal, wo er gelandet ist, doch mir hat gefallen, auch hier wieder zu erfahren, dass alles wahr ist. Dass ein außergewöhnliches Leben nur Wahrheit braucht.

Das war ein schönes Geschenk von Nita, und sie hat es auch richtig mit einer Schleife versehen, wie es sich gehört; übrigens ist sie auf lehrreiche Geschenke spezialisiert und hat eine besondere Neigung zu wahren Worten. Sie, die aufrecht lebt und die Last einer grundlosen Lüge trägt, die man ihr als Kind aufgeladen hat, als sie genauso alt wie die Santarellina war, als diese zum Arbeiten in die Wälder geschickt wurde und man sie damit foppte, sie würde bucklig werden. Nita steht aufrecht wie eine Pappel, wenn sie morgens aufsteht, bis sie sich abends wieder schlafen legt, in der Gewissheit, die Wahrheit schon erfassen zu können, wenn sie sich erst am Horizont abzeichnet. Auch jetzt bleibt sie aufrecht, da sie mit dem Gewicht unserer Ungeborenen schwanger ist. Sie wird auch aufrecht sterben, wie die Santarellina, denn diese Frauen sind so gemacht, sie sind nicht umzubringen, auch nicht beim Versuch, sie unter einer Masse von Tritol oder tausend Tonnen Kastanien zu begraben. Meine Frau kam bis hierher, nachdem sie das Licht der Welt aus dem Trümmerberg eines Bahnhofs erblickt hatte, der durch den Träger eines Koffers voll Tritol und Lügen in die Luft geflogen war. Die Santarellina kam bis nach Newcastle, nachdem sie die Straßen der TODT von einem Waisenheim der Bergnonnen zurückgegangen war, und es gab weder Wahrheit an dem Ort, von dem sie aufgebrochen war, noch an denen, durch die sie gekommen ist. Auch deshalb habe ich sie hierbehalten, diese verrückte Verbreiterin von Menschlichkeit: um in diesem Haus etwas Wahrheit in Sicherheit zu bringen.

Aber zurück zu dem, was Herr Welles über seine Unterhaltung mit dem Jungen erinnert, den man als Chico kennt. Der Junge trinkt sein Getränk und erzählt. Sie hatten es gut im Haus des Pfarrers; die Kinder wurden gesund, wuchsen heran und kehrten dann zu ihren Familien zurück, wenn sie welche hatten, und wenn nicht, konnten sie wählen, ob sie durch die Welt ziehen oder dableiben wollten, um bei dem Alten zu arbeiten. Er wusste nicht genau, ob er noch eine Familie hatte: Der Pfarrer hatte sich diesbezüglich nicht klar geäußert, nicht darüber, ob sie kommen würden, um ihn wieder abzuholen, und auch nicht, ob sie auf ihn warteten; er war geblieben und wartete darauf, nach Griechenland fahren zu können.

Über Griechenland wusste er alles. Abends, wenn die Kinder in ihren Hängematten lagen und noch nicht müde waren, jeden Abend außer freitags, dem Tag, an dem sie das Abendessen ausließen und schwiegen, öffnete der Alte sein Buch und las drei Seiten vor. Das Buch hieß *Ilias*, denn es erzählte in jedem kleinsten Detail von einer alten Stadt namens Ilion und davon, was geschah, bevor sie vom Krieg zerstört wurde. Den Krieg hatten ihr die Griechen erklärt, die aus zehn verschiedenen Städten gekommen waren, um sich Helena zurückzuholen, die schönste Frau der Welt, die der König von Ilion geraubt hatte. Es schien um Frauen zu gehen, doch der Alte hatte erklärt, es sei auch anderes im Spiel, nichts weniger als die Macht über die damalige Welt; und wenn es auch um eine Frau ging, hatten diese Männer in diesem tragischen Krieg doch alles gegeben, was sie hatten, auch ihr Leben, und am Ende konnte niemand mit etwas Gutem nach Hause zurückkehren, auch nicht die Sieger. Es war eine so schöne und so schreckliche Geschichte, dass keiner von denen, die sie gehört hatten, sie jemals hätte vergessen können. Er gewiss nicht.

Der Junge fragte, ob er ihm einige Stücke davon erzählen solle, wenigstens die schönsten, aber Herr Welles sagte nein, er kenne diese Geschichte sehr gut und sei mit Chico einer Meinung: Er hielt sie gewiss für eine der schönsten Geschichten, die jemals erzählt worden waren. Chico fühlte sich beschämt; er war sehr stolz darauf, dass er sie fast ganz auswendig konnte und abgesehen von den Kindern im Haus des Pfarrers noch nie die Gelegenheit hatte, sie jemandem zu erzählen. Jetzt, da er einen echten Griechen traf, hätte er gern einen guten Eindruck gemacht.

Orson Welles hatte große Mühe, Chico davon zu überzeugen, dass er keinesfalls Grieche war, sondern wie er ihm erzählt hatte, nur Nordamerikaner, und dass sein Name Orson Welles war und kein Grieche jemals so heißen könnte. Chico wies Herrn Welles darauf hin, dass in der Geschichte viele schöne Farbbilder waren und unter diesen eine Darstellung des griechischen Helden Ajax und es keinen Zweifel gäbe, dass sie sich glichen wie ein Wassertropfen dem anderen. Welles gestand zu, dass Ajax ein großer Held gewesen sei, und fragte Chico, was ihn denn zu seiner Neugier auf das griechische Meer treiben würde.

Der Junge holte weit aus. Er erzählte, der alte Pfarrer hieße Olinto, was Bewohner des Olymps bedeutete. Der Olymp sei der Berg mitten in Griechenland, von wo sich die alten heidnischen Götter über die Menschen und die anderen Angelegenheiten der Schöpfung einschließlich des Krieges von Ilion als Herr aufspielten, was den Alten dazu prädestinierte, in dieser Geschichte zu Hause zu sein, wo sich die Götter frevelhaft mit den Menschen bekriegten und sündig mit deren Frauen ins Bett gingen. Der Junge war sicher, dass er einen Vorfahren unter diesen Göttern gehabt hatte und auf die Welt kam, um Pfarrer zu werden und etwas von dieser Ehre, die diese Gierigen und Eitlen verloren hatten, wiederherzustellen. Und jedes Mal, wenn er die täglichen drei Seiten vorzulesen begann, flehte er die Kinder an zu begreifen, dass es für ihn eine öffentliche Buße und ein Akt der Reue und Bitte um Verzeihung war. Zu Füßen dieser Unschuldigen liegend, die eines Tages aus der Tiefe des Waldes herauskommen würden, um Gerechtigkeit und Frömmigkeit in die Welt zu tragen, beschämte er jeden Abend seine Vorfahren und bemitleidete ihre Schwäche.

Chico schien es, dass der Alte sehr zufrieden mit seiner Buße war, und als er vor ein paar Jahren so blind wurde, dass er nicht mehr lesen konnte, hatte er nur unter großem Bedauern zugestimmt, dass die Buße von Chico selbst durchgeführt würde. Der sie nicht nur lesen konnte, sondern auch singen, wenn er Lust dazu hatte. Und Herr Welles unterstreicht zweimal *sing it.*

Als er sie also jeden Abend außer dem Freitag der Stille las, fand er heraus, dass ihm die Geschichte nun auf andere Weise gefiel. Er begriff andere Dinge und entdeckte jedes Mal neue, als wäre es eine größere Sache, ein Wort zu sehen, als es zu hören. So sah er sich an einem bestimmten Punkt mit dem Wort »blau« konfrontiert, weil das griechische Meer eben blau ist. Er hatte das schon viele Male in der Stimme des Alten gehört, und vielleicht hatte er nicht darauf geachtet, denn als er diese Farbe dort vor seinen Augen hatte, hatte er plötzlich entdeckt, dass er nicht wusste, was das war. Er wusste nicht, von welcher Farbe das blaue Meer war, und es war sicher, dass es sich um etwas Außergewöhnliches und Seltenes handelte. Er hatte es noch nie gesehen, und vor allem konnte er es sich nicht vorstellen, wie es sein könnte. Was dem Gedanken an das Meer, das er sich vorstellen konnte, am nächsten kam, war der Fluss, und im Ort, in dem er lebte, keine Tagesfahrt mit der Piroge vom Zusammenfluss des Rio Tapajós mit dem Amazonas entfernt, konnte der Fluss wie ein Meer aussehen, doch sein Wasser war nie auch nur annähernd blau. Es war grün, es war grau, es war braun; je nach Jahreszeit war es smaragdgrün und fast schwarz, in der Farbe der Platanenblätter oder in der Farbe der Rinde des Brotbaums, aber gewiss nicht blau. Niemals.

Er hatte den Alten gebeten, es ihm zu erklären, aber der Alte wusste auch nicht, was er sagen sollte. Er sagte ihm, er könne sich inzwischen nicht mehr genau an das Blau erinnern: Es sei nun schon ein Jahrhundert vergangen, dass er den Ozean überquert hatte, und auch wenn er vom Anfang bis zum Ende ganz blau gewesen wäre, so wüsste er nicht mehr, wie er es sagen sollte. Er zweifelte aber, dass der Ozean so blau wie das griechische Meer sei, denn er hatte eine gewisse Erinnerung an ein Grau, das mal dunkler und mal heller war und ihm Übelkeit und eine fürchterliche Langeweile verursacht hatte. Und er wüsste nicht einmal, wie er ihm das Blau zeigen könnte, denn er fand in den Illustrationen seiner Bücher keinen Gegenstand in dieser Farbe, außer vielleicht den Mantel der Jungfrau Maria. Wobei er aber nicht versichern könne, dass es das Blau des Meeres sei und kein anderes Blau, denn wie alle anderen Dinge war der

Mantel der Jungfrau Maria verblichen und hatte schließlich die Farbe des Amazonas angenommen. Es gab auch niemand anderen, der es ihm anstelle des Alten sagen konnte. Im Wald und entlang des Flusses hatte es die Farbe Blau noch nie gegeben; alle wurden geboren und wuchsen heran und starben, ohne diese Farbe jemals gesehen zu haben. Manchmal schien der Himmel so auszusehen, in kleinen Abschnitten und für kurze Zeit, nach einem Wolkenbruch, doch auch in diesem Fall hatte der Alte seine Zweifel vorgebracht. So erkundigte er sich weiter überall, um zu sehen, ob er mehr darüber herausfinden könnte, bevor er losfuhr. Und dieses Mal war er wirklich sicher gewesen, den richtigen Menschen getroffen zu haben, den griechischen Reisenden, der ihn aufklären und mit sich nehmen würde.

Am Abend der großen Enthüllungen hat mir die Duse auch von dieser Geschichte vom blauen griechischen Meer erzählt. Und sie hat dazu noch gesagt, dass mein Vater die Geschichten seines Lebens erzählen konnte, als wären sie noch interessanter als die *Ilias*. Sie erzählte mir auch von der *Ilias* und ihren Helden und holte aus der Kommode das Buch, um es mir zu zeigen. Sie sagte, dass alles, was mein Vater von sich erzählte, so wahr zu sein schien, dass man geneigt war zu glauben, es wäre hier geschehen, irgendwo in der Nähe des Ponte, und nicht in einem so fernen Land, von dem man, bevor er gekommen war, nicht einmal gewusst hatte, dass es sich im Krieg befand.

Nebenbei gesagt gab es diesen Schauspieler Orson Welles wirklich, und im Dorfkino zeigten sie bald einen Film von ihm; vielleicht würde sie mit mir hingehen, entfuhr ihr an jenem Abend, aber sie tat es nie, auch nicht, als dort andere gezeigt wurden. Und sie sagte auch, dass mein Vater lachte, wenn er erzählte. Er lachte über alles, was ihm in seinem Leben zugestoßen war, sogar darüber, dass er hierher kam, um Krieg zu führen. Die Duse sagte mir, dass ein Mann, der lachen kann wie mein Vater, auf seine Weise ein Held ist, denn das Lachen ist Kraft und Mut. Sie verriet mir auch, dass er beim Lachen ein besonderes Vergnügen verspürte, weil er wunderschöne Zähne hatte und sie gern zeigte. Er rühmte sich seiner Zähne, obwohl sie nicht das Schönste waren, was er hatte: Am schönsten waren seine Augen, seine Haare und seine Hände, alles sehr zarte und unschuldige Dinge. Vielleicht waren seine Zähne nicht einmal alle gerade, erzählte die Duse weiter, aber mein Vater war der Überzeugung, sie seien die schönsten des ganzen brasilianischen Expeditionskorps, angesichts der Tatsache, dass seine Kameraden meistens keine Zähne hatten. Und er lachte auch darüber, über die Tatsache, dass die Militärärzte nicht genau darauf geachtet hatten, als es darum ging, junge Leute anzuwerben, um Europa zu retten; und er lachte, wie ihre Generäle, gerade in Neapel gelandet, vor dem Alliierten Oberkommando Schlange standen, um Waffen und Kanonen zu fordern, während die Soldaten vor der Krankenstation anstanden, um Zahnärzte und Zahnprothesen zu verlangen. Er lachte auch, als er ihr erzählte, sein ganzes Leben lang nie etwas anderes ersehnt zu haben, als zu sehen, wie blau das griechische Meer sei. Dass es ihm nie wichtig gewesen sei, zu seiner Familie zurückzukehren und er auch nie darunter gelitten habe, dass ihn nie jemand beim Pfarrer abholen gekommen war.

Und so hat mir die Duse erklärt, was der Traum eines Menschen ist. Ein Mensch träumt, wenn er größer ist als das, was er tut, das wollte sie mir beibringen. Der Traum eines Menschen ist all das, was er sein könnte, wenn es ihm gelänge, nicht mehr Sklave der Umstände zu sein. Ihr zufolge ist mein Vater nie Sklave von etwas gewesen, auch nicht, wenn er den Befehlen seines Kommandanten Folge leisten musste, der immerhin wohl ein guter Mensch war, denn bis zur Weihnachtsoffensive gab es in den Küchen seiner Kompaniefeldwebel für den ganzen Ponte Milch mit Kakao zum Frühstück.

Der Duse zufolge ist mein Vater nur Sklave seines Traums gewesen. Und das nennt man nicht Sklaverei, das nennt man Leidenschaft. Die Leidenschaft ist das Einzige, für das ihr meine Seele zu klein erschien, um mit mir darüber zu sprechen; und sie hätte am liebsten nie mit mir darüber gesprochen, denn sie hatte zu viele Männer von der Leidenschaft als Unglück sprechen hören. Ich müsste schon allein mit der Leidenschaft zurechtkommen, falls sie mich jemals aufsuchen würde.

Sie ist gekommen, und ich habe mir allein beholfen; als sie sich bemerkbar machte, konnte ich sie nicht von der Sklaverei unterscheiden, und ich habe sie nicht einmal rechtzeitig als das aus meinem Traum geborene Geschöpf erkennen können. Ich bin kein leidenschaftlicher Mensch, nicht in dem Sinne, wie es mein Vater war. Wenn ich eine Leidenschaft habe, dann habe ich sie dressiert, hinter mir herzukommen, und mit der Zeit hat sie es so gut gelernt, das ich nicht einmal mehr die Leine benutzen muss; wenn ich einen Traum habe, lebe ich dafür, anstatt daran zu sterben. Der Traum meines Vaters hat ihn schließlich auf die Pania gebracht und ihm Flügel verliehen, um im blauen Meer der Versilia zu zerschellen; und um rechtzeitig bis dort hinaufzukommen, um noch die Kraft zu einem Anlauf zu haben, musste er sein ganzes Leben lang schnell gehen und alles zurücklassen, was seinen Schritt hätte verlangsamen können. Einschließlich seiner Frau, einschließlich seiner Frauen, einschließlich des Verfassers. Alexander der Große hat es bekanntlich nie bereut, eine ganze Generation mutiger Soldaten verschlissen zu haben, nur um sich rechtzeitig mit seinem Traum zu vereinigen, und es heißt, er sei mit der *Ilias* in den Händen gestorben. Ich kann mir gut vorstellen, dass mein Vater eine Ausgabe mit in den Krieg genommen hatte, und so abgenutzt sie auch sein mochte, war sie doch noch gut genug, als er einen letzten Blick hineinwarf, sie sich unter sein Hemd steckte und mit ihr von der Pania hinuntersprang. Vielleicht war es noch diejenige, die er im Haus des Pfarrers am Amazonas gelesen hatte. Oder womöglich war die *Ilias* vom Amazonas das Buch, das mir meine Mutter gezeigt hatte; ich wüsste es nicht, denn ich habe es nicht einmal angefasst, und unter den vielen Meisterwerken der Menschheit, die mich die Duse hat lesen lassen, war die *Ilias* nicht. Bei ihren Sachen habe ich sie noch nicht gefunden. Vor einiger Zeit habe ich ein Exemplar gekauft, eine dieser modernen Übersetzungen, die sie wie einen Roman aussehen lassen, eine Version, die mein Vater nie hätte singen können, wie er sich gegenüber dem berühmten Regisseur gerühmt hatte. Sie liegt hier irgendwo herum und wartet auf ihren Moment: Ich habe sie mir für den Moment aufgehoben, wenn ich begreifen werde, dass ich nichts anderes mehr lesen kann. Ich werde sie auf dem Totenbett lesen, und so werde ich wenigstens zuletzt, wenigstens ein bisschen, meinem Vater und Alexander dem Großen ähneln.

Mein heimatliches Tal

Ich werde nicht an Leidenschaft sterben, ich werde durch Auszehrung des Fleisches sterben. Meine Seele, weit davon entfernt, in mir irgendeine Art von Besorgnis zu wecken, verfolgt heiter die Aufgabe, mein Fleisch zu trösten, wenigstens jetzt, da sie es noch tun kann. Mein Traum ist so bescheiden, dass er sogar schön anzusehen ist; mein Vater hat das Blau des griechischen Meeres nur im äußersten Moment gesehen, an dem jedes Meer von diesem Blau gewesen wäre, das er sein ganzes Leben lang im Herzen trug, ich kann meinen Traum jedem zeigen. Es ist der Traum einer Waisen, deshalb fehlt es ihm an großen Ambitionen: Wir Waisen lernen schnell, uns nicht ein zweites Mal im Leben hereinlegen zu lassen. Es ist ein Traum über das Zurückkehren und wieder Zurückkehren: eine Leidenschaft, die allen zugänglich ist.

In diesen Tagen, da über den Steilküsten die Robinien und Sauerkirschen aufgeblüht sind und beim ersten leichten Windzug die rosafarbenen, blauen und weißen Blüten an allen Küsten des Tals herunterschneien, so voller Sanftheit und leicht in der Luft, dass sie, da haben die Alten recht, wie die Liebestränen der armen, bei der Totenwache gestorbenen Frauen aussehen, packt mich die Unruhe, Nita zu nehmen und sie auf den Straßen durch die Felder zu führen. Und zu wandern, solange Licht in dieser wunderbaren Liebesgabe ist. Und an jeder Biegung anzuhalten und sie zur Frau zu nehmen, und sie an jeder Ecke, an jedem Heuschober, an jeder Herrlichkeit erneut zur Frau zu nehmen. Denn ich spüre in meinem Fleisch, dass das ganze Universum in Blüte steht und die Blüte Vorfreude ist, und in der Vorfreude sind wir lebendig und fruchtbar und bereit, noch einmal zurückzukehren. Noch einmal, wie die Robinie immer wieder ihren Blütenschnee über mein heimatliches Tal ausbreitet.

In diesen Tagen verleiht mir allein der Duft von Brot in den Backöfen meines Tales Frieden. Nur mit den Fingern die neue Rinde des Nussbaums vor dem Haus zu berühren. Nur meinen Blick auf Nitas vor Katzenhaar bebendem Oberkörper ruhen zu lassen, ihrem Oberkörper, aufrecht und biegsam wie ein Schilfrohrbüschel. Allein das verleiht mir Frieden.

Dann steige ich irgendwo hinauf, gestern nach Colle.

Ich steige am frühen Morgen hinauf, wenn sie noch schläft; ein Tischtuch, ein paar von ihren Keksen und eine Tasse auf dem Küchentisch, den Kaffee fertig auf dem Herd, wenn sie dann aufwacht; ich verlasse sie nicht, das wird sie begreifen. Und ich steige hinauf. In den letzten Fäden des nächtlichen Dunstes bewegen sich lustlos die Lerchen, springen in den noch von Tau feuchten Gräben herum, unschlüssig, ob sie die Jungen aufziehen sollen, die sie in nicht einmal einem Monat auf der üblichen immergleichen Wiese ausbrüten werden, zwei Handbreit neben dem Stein vom vergangenen Jahr. Am Felsen der Pania del Corfino fliegt ein Falke die von der Sonne erwärmte Strömung hinauf, die ihm gegenüber aufgetaucht ist; er hat die Lerchen gesehen, lässt es aber sein: Er weiß, dass er in diesen Tagen mit den noch vom Winter ausgezehrten Schlangen weniger Mühe haben wird. Und ich steige hinauf.

Auf Serenis Feld steht der Dinkel einen Arm hoch; im Garten ist seine Mutter schon am Hacken, kräftig und bucklig wie ein Zerreichenast. Er ist im Schuppen und macht sich am Traktor zu schaffen, und zusammen mit dem verstimmten Motor höre ich das Radio, in dem etwas über die Krise erklärt wird, die die Welt heimsucht. Und ich steige hinauf.

An der Abkürzung, die an Nazzarenos Haus führt, steht ein Pflaumenbaum; ich halte nur an, um zu sehen, ob die Blüten es überstehen werden und wir im Juli Pflaumen essen können, aber es ist nutzlos, da ich es sowieso nicht errate. Aber es strengt mich langsam an, und ich schwitze, und Nazzarenos Pflaumenbaum ist ein alter, runzliger Baum, der sich sehr zum Anlehnen eignet; ich spüre auf meiner Hand, die zwischen den Blüten gestöbert hat, die Nervosität einer Ameise, die versucht, ihren Weg wiederzufinden. Es ist noch etwas früh für die Ameisen, und das heißt, dass irgendwo die Krankheit brütet, und ich vermute stark, dass wir dieses Jahr keine Pflaumen essen können.

Doch Nazzareno ist nicht nur sein Pflaumenbaum; Nazzareno ist ein Mann, der eine Leidenschaft für Aquarelle und sein Haus voll davon hat; überall Aquarelle, einzeln herumstehend, im Stapel und an der Wand. Auch er ist zurückgekehrt; er ist aus Patagonien zurückgekehrt, wo sein Vater sein Leben damit verbrachte, im Wind der Hochebene von Rio Negro Kartoffeln zu pflanzen. Bis zu seinem zwanzigsten Lebensjahr war er eingesperrt auf einem Landgut von 10000 Morgen mit einer Wellblechhütte mittendrin und einem Mammutblatt neben der Baracke und sonst nichts, so weit er sehen konnte. Seitdem er im Schulalter war, tat er nichts anderes, als mit dem Pferd über die Grassteppe zu reiten, Lämmer einzusammeln und sie zu schlachten, bis er reich genug war, um einen Bus zu nehmen, die Hälfte dessen, was er hatte, wie er sagt, in den Hotels von Buenos Aires zu verjubeln und dann ein Flugzeug zu besteigen. Seit fünf Jahren ist er jetzt hier, und alles, was er tut, ist, den Nachbarn beizubringen, wie man Zicklein brät und Aquarelle malt. Seine Aquarelle malt er aus demselben Grund, aus dem ich rede: damit nichts von dem verloren geht, was noch bleibt. Denn was geblieben ist, ist zu wenig, als dass man auch nur ein einziges Blatt davon verlieren darf. Und er malt nämlich Blätter. Er wird nicht lange genug leben, um all diejenigen auf die Seite zu legen, die er glaubt, bewahren zu müssen.

Er sammelt überall Blätter, von jedem Baum und in jedem Licht und jeder Jahreszeit; anstatt sie zu vernichten, bewahrt er sie im Haus auf und verewigt sie eines nach dem anderen. Auf der Hochebene gab es keine große Vielfalt an Blättern, und auch die Lämmer ähnelten einander alle. Jetzt weiß er mit Lämmern nichts mehr anzufangen, aber er ist von den Blättern angezogen wie ein Kind vom Karussell, und er glaubt, dass kein Geschöpf auf der Welt es mehr verdient, geliebt und erinnert zu werden, als sie; so wie Marta bei ihren Lämmern schläft, schläft er bei seinen Blättern.

Einmal im Monat gehe ich bei ihm vorbei, um ein paar neue Aquarelle anzusehen. Manchmal treffe ich ihn zu Hause an, aber es kommt auch vor, dass er im Wald unterwegs ist und den Schlüssel am Türpfosten hängen lässt; obwohl ihm ein kleines Schwätzchen gefallen würde, ist es mir lieber, den Schlüssel zu nehmen und allein in den Papierstapeln zu stöbern und ein paar Blätter zu finden, die ich noch nie gesehen oder die ich vergessen habe. Seine Zeichnungen sind wunderschön, sehr genau und leicht, und die Farben mit Maß und sicherer Hand aufgetragen. Es sind Aquarelle auf alte Art, die in ein Botanikkompendium passen würden. Auch hier findet man welche von diesen wunderbaren Bänden, die das ganze Leben eines der vielen humanistischen Erzpriester ausgefüllt haben, die die sanfte Herrschaft der Este über diese Ländereien in den vergangenen Jahrhunderten zu Revisoren der weltlichen und himmlischen Rechnungen bestimmt hatte. Sie wurden hergesandt, weil sie, geschickt, wie sie im Studium der Natur waren, unsere Empfindlichkeit nicht allzu sehr störten, da sie weder Zeit noch Lust hatten, ihre Nase in unsere Seelen zu stecken. Einen dieser in heimisches Ziegenleder gebundenen Bände, der noch vor hundert Jahren als Ergebnis großer Wissenschaft erschienen wäre, können wir heute nur als liebevolle Sammlung kleiner, vollkommener Poesie genießen.

Ich weiß nicht, wo Nazzareno dies gelernt hat, er sagt, sein Vater habe in der Baracke ein Buch über die Pflanzen und Tiere Amerikas mit solchen Bildern gehabt. Die Familie seines Vaters kommt aus Borsigliana, und meiner Meinung nach ist Nazzareno der einzige und einmalige Erbe der Kunst des Meisters aus diesem Dorf, Magister Borsilianii, ungefähr in den Jahren 1430 bis 1480.

Nach Borsigliana fuhr die Duse mit mir im Sommer für zwei Wochen, um die saubere Luft dieses Dorfes zu atmen und mir die Lungen zu stärken: Die Duse sah überall Tuberkulose, die heimlich zum Schaden ihres Sohnes und all ihrer Schüler aktiv war, die Duse sah in der Tuberkulose den Hinterhalt des letzten und endgültigen Krieges, der all das niederwerfen würde, was vom anderen verschont geblieben war. Borsigliana hatte diesen Ruf der sauberen Luft, weil man dort den Käse gut reifen ließ und in den vier Schäferfamilien, die dort ansässig waren, viele alte Menschen lebten. Die Duse ließ sich den Schlüssel für das Pfarrhaus geben, in dem sich der Pfarrer schon seit vor dem Krieg nicht mehr aufhielt, und wir gingen dorthin, sie mit ihrem Rucksack, ich mit meinem Bündel, zuerst mit dem Bus bis Giucugnano, dann von dort aus ein paar Stunden zu Fuß: Es gab keinen Bus, der nach Borsigliana fuhr, und auch keine Autos oder Lastwagen, von denen wir uns hätten mitnehmen lassen können, weil es keine Straße gab, auf der sie hätten fahren können. Ich glaube, das einzige menschliche Wesen außer uns, das die Leute von Borsigliana regelmäßig sahen, war die Postbotin, die einmal im Monat die Coupons für die Kriegsrenten brachte; sie kam mit dem Pferd, dem Dienstpferd des Postamts von Pieve, und tat dies noch fast zwanzig Jahre lang, als der Weg dorthin etwas planiert wurde und die Postbehörde sie den Führerschein machen ließ und sie begann, mit einem hellgrünen FIAT-500-Lieferwagen mit dem

Emblem der Postverwaltung der Republik über die Hochstraßen zu ziehen.

Meiner Meinung nach waren diese vierzehn Tage in Borsigliana schlimmer als ein Sanatorium; und da die Duse mich dorthin brachte, um dieses zu vermeiden, und eine Woche vor Abfahrt anfing, mir mit diesem Sanatorium Angst zu machen, hoffte ich jedes Jahr, doch Tuberkulose zu bekommen. Dort oben gab es überhaupt nichts zu tun und zu sehen, außer hinter der Duse in den großherzoglichen Tannenwäldern herzuwandern und ins Pfarrhaus zurückzukehren und Grammatik und Arithmetik zu üben. Die einzige feste Erinnerung an Borsigliana ist, das Erste, was ich tat, sobald ich meinen Fuß ins Dorf gesetzt hatte, in einen Kuhfladen zu treten, und das Letzte, bevor wir abreisten, in einen anderen zu treten. Es gab nichts als Kuhställe in Borsigliana und Kühe auf den Weiden und Kühe auf dem Pflaster und Kühe auch auf den Dächern der Heuschober. Und zu essen Kuhkäse, Kuhmilch und Kastanienpolenta mit Kuhkäse oder Kuhmilch.

Und dann verstand ich nicht, wie die Luft so rein sein sollte, angesichts der Tatsache, dass es überall nach Kuhmist und trockenem Heu stank. Ich glaube, dass ich nie einen Jungen in meinem Alter aus einem der vier Häuser habe herauskommen sehen; sie gingen auf die Weide, bevor ich aufwachte, und kamen zurück, wenn wir uns schon wieder ins Pfarrhaus verkrochen hatten.

Also, an einem solchen Ort wurde Anfang des 15. Jahrhunderts ein Mann geboren, von dem man noch nicht weiß, wie er hieß. Dieser Mann hat in dreizehn Kirchen des Reviers dreizehn von ihm gemalte Altartafeln hinterlassen, und jede trägt die Unterschrift *Magister Borsilianii* deutlich in Handschrift zwischen den Narzissen einer blühenden Wiese, neben den nackten Füßen eines Schäfers auf dem Weg zum Erlöser, unter dem Napf voll Futter, das ein äußerst magerer Köter schlabbert. Natürlich hatte auch die Kirche von Borsigliana eine Tafel ihres gebürtigen Meisters, und ich weiß noch, dass die Duse sie mir zeigte. Sie glänzte zwischen den Schatten eines schlichten Altars, leuchtete durch den Vorhang aus Staub, der sich erhob, als wir die Tür öffneten; als wir ziemlich nahe vor ihr standen, damals hätte ich darauf geschworen, begannen sich die Figuren langsam zu bewegen, und nach und nach verschwand der Geruch nach Kuhmist, der durch die offene Tür hereingekommen war.

Ich habe nicht alle dreizehn Tafeln des Meisters von Borsigliana gesehen, ganz einfach weil fünf vor, während und nach dem Krieg gestohlen wurden, von den Bischöfen, den Antiquaren und den Deutschen, und drei hat die Behörde mitgenommen, mit der Ausrede, sie zu untersuchen und an einem sichereren Ort aufzubewahren. Aber die fünf, die in ihren Pfarrkirchen geblieben sind, habe ich gesehen und gehe sie mir immer wieder ansehen, wo sie von den legitimen Besitzern aufbewahrt werden, den Erben der kleinen Völker, die sich über mehrere Generationen verschuldet haben müssen, nur um das Wunder dieser prächtigen Figuren in der Dunkelheit genießen zu können, die lebendiger sind, als sie selbst sich fühlen; Heilige, die man lieben muss, denn sie erleuchten die Nacht und halten den Kuhmist fern.

Und noch eines: Man muss nur einige Figuren in einer Enzyklopädie gesehen haben, eine Sammlung von Heften einer populären Kunstgeschichte zu Hause haben, um, wenn man irgendeine der Tafeln des Meisters von Borsigliana betrachtet, die Illusion zu haben, vor einem Gemälde von Giotto zu stehen. Denn es ist dasselbe, und man muss jemanden, der davon etwas versteht, aus Florenz kommen lassen, und dann noch einen aus Rom, damit der dir, nachdem er den halben Tag mit Lampen und Linsen um sie herumgeschlichen ist, sagt, dass es kein Giotto ist, und dir den Unterschied erklärt. Natürlich ist es nicht Giotto, die Gesichter und die Hände der Heiligen sind anders, die Augen und das Lächeln der Madonnen, und die Bäume und das Profil der Berge hinter den Bäumen. Auch manche Blumen in den Gärten sind anders. Doch es ist, als wäre er es, als hätte Giotto hundert Jahre und länger gelebt und wäre, um seine Arbeit zu vollenden und ein paar Bergbewohner mit seiner Kunst zu erfreuen, in einem beschissenen Häuflein von Häusern auf der einsamsten und zugigsten Anhöhe dieses Tals zu neuem Leben erwacht.

Und auch wenn dem nicht so wäre, bliebe dennoch das zweite Wunder der Schafe; denn Giottos Schafe sind ein und dieselben Schafe in seinem ersten und in seinem zweiten Leben; keine Schafe aus Siena oder Rom, nicht aus Monte Oliveto, aus Umbrien oder aus Massa, sondern völlig zweifelsfrei die unverwechselbaren Schafe dieses Tals, unsere hässlichen aschgrauen Schafe mit grässlicher Wolle und köstlicher Milch, in diesem Revier geboren, aufgewachsen und nie von hier weggegangen.

Sollte etwa der große Giotto, noch als junger Schäfer und Knecht, zum Weidewechsel hierher geschickt worden sein? Sollte er, nach seinem Umzug nach Borsigliana, dem Ort ausgezeichneter Weiden aufgrund der sehr reinen Luft, gar eine junge Frau des Ortes geschwängert haben, bevor er zu seinem Ruhm entschwand? Eine zarte Erinnerung an seine frühe Jugend, zu der er gern zurückkehrt, sobald er ein kleines Schaf braucht, um einen Hintergrund zu verzieren. Vielleicht hätte dann diese Bergbewohnerin, immun gegen Tuberkulose, eine so gesunde und widerstandsfähige Sippe begründen können, dass sie sich bis zu einem Jungen fortsetzen konnte, der zwar weniger zur Schafzucht geeignet war als seine Verwandten, der aber etwas in den Händen hatte, das ihn zwang, einen Weg zu finden, diese dreizehn Tafeln mit der Unterschrift *Magister Borsilianii* zu malen.

Ich kann mir nicht vorstellen, wie er das hinbekommen hat, von diesem Ort aus, den ich gesehen habe. Wie er auch nur lernen konnte, einen Pinsel in der Hand zu halten, die Farben zu mischen, herauszufinden, dass er Altartafeln oder irgendetwas anderes malen wollte. Zu lernen, seinen Namen zu schreiben und vielleicht auch zu lesen. Wie er den Weg finden konnte, dorthin zu gehen, wo man Farberde und

Pinsel verkaufte, und den Apennin bis nach Assisi zu überqueren, um sich mit dem wiederzuvereinigen und in dem wiederzuerkennen, was von derselben Hand getan worden war, die nun nach Fortsetzung verlangte. Wie er den Geruch nach Kuhmist mitnahm, den nur Terpentin vertreiben konnte.

Und selbst wenn es kein Geheimnis gäbe, ist da immerhin dieser Mann, der Tafeln à la Giotto für das Glück seines Volkes malt, das wie jedes andere ein Recht darauf hatte, auch wenn es für mehrere künftige Jahrhunderte Analphabet in Literatur und Kunst bleiben und nur wissen wird, dass es von einem Wunder besucht worden ist. Wenigstens das. Nazzareno kommt von dort und führt das Werk auf seine Weise fort. Und seine Nachbarn gehen zu ihm nach Hause, und wenn er nicht da ist, wissen sie, wo der Schlüssel ist, stöbern in den Haufen und nehmen ein, zwei oder drei Aquarelle mit nach Hause. Sie lassen ihm Eier da, weil er nicht weiß, wie man Hühner hält, sie lassen ihm Blumensträuße da, weil er die so gerne mag und sie die Hoffnung nicht aufgeben, dass er früher oder später seinen Pflanzenhorizont erweitert, sie lassen ihm frisch gebackenes Brot da und gehen nach Hause zurück, während sie Aquarelle in traditionellem Stil in den Händen halten, so schön, dass sie ihren Augen wie Wunder erscheinen. Sie werden sie in grässliche, auf dem Chinesenmarkt gekaufte Rahmen stecken und sie von Generation zu Generation weitervererben, bis jemand von außerhalb kommen wird und sie stiehlt oder verehrt. Und auch das ist alles wahr.

Und jetzt, da ich neuen Atem geschöpft habe, gehe ich weiter hinauf. Die letzte Stufe nach Colle. Es ist ein dreihundert Jahre alter Wald, der von seinem Volk als Park zur freien Benutzung gehalten wird. Als könnten die aus Colle es sich erlauben, ihn aus reiner Schönheit zu erhalten. Ich weiß, dass das nicht der Fall ist, ich weiß, dass jede Familie mit ihrem Anteil an Holz und Kastanien rechnet, es nicht zu tun, würde mehr Armut bedeuten, aber diese Menschen beschäftigen sich mit ihrem Wald, als würde das alte Dekret über Gemeineigentum sie zur zusätzlichen Mühe verpflichten, auf ihn stolz zu sein.

Die Pracht eines sauberen, geputzten, gekämmten Waldes, als wäre er ein Kind am Sonntagmorgen, die Ergriffenheit, die er auch in diesen Tagen hervorruft, da er gerade erst sprießt und die Äste nackt unter der Sonne sind und die Sonne heftiger wird und sich in den hohlen Baumstämmen windet und Ruß auf dem grünenden Moosbett verstreut. Der Zauber dieser Geschöpfe, riesig und vertraut wie ein blutsverwandter Onkel, pflanzlicher Stein und wildes Brot, Feuer, Haus und Zucker. Touristen kommen, um diesen Wald zu sehen, Grundschulen, Botaniker der Behörden; die Leute aus Colle lassen sie gewähren, gehen ihnen aber aus dem Weg, als fürchteten sie noch die Verkleidungen der Steuereintreiber des Großherzogs. Lautlos genießen sie den Zuspruch, den ihre Kastanien hervorrufen, und sie kommen nur näher, wenn Kinder dabei sind. Dann bieten sie ihnen Trinkwasser an, und wenn noch Saison ist, für jeden ein paar der sogenannten Priesterkastanien, die noch weich vom *metato* geholt und wie Bonbons gelutscht werden. Und wenn sie wirklich ergriffen sind, bieten sie ihnen manchmal ein Glas *striscino* an.

Ach je. Denn dieses exemplarische Volk hat in der Reihe von Gärten zu Füßen des Dorfes, wie eine Dornenkrone auf die Stirn ihres Hauptes gepresst, die von ihren Vorfahren ererbten schmucklosen Weinreben bewahrt. Und sie bebauen sie mit der Resignation und dem Starrsinn, mit der sie das Erbe einer genetischen Krankheit, die Verurteilung zu einem überschuldeten Nachlass tragen. Und sie bringen sich mit Gastritis um, in der Überzeugung, diese ungesunde Traube nach den biblischen Geboten ausgepresst zu haben; und wenn auch das, was herauskommt, gallenbitter ist, so liegt in diesem Gift immerhin Gottes Wille. So bieten sie es dir ohne Scham an, unverfroren wollen sie, dass du es so schnell trinkst wie sie und dich bedankst; und sie denken *der Wille des Herrn geschehe* und sehen dich ohne Mitleid an, während du dir heimlich die Hand auf den Magen hältst und von ihrem Glas wegschleichst.

Vielleicht werden sich die Dinge ändern. Die Behörde hat ihre Önologen auf die Weinberge des Reviers losgelassen, um Gesundheit und Erneuerung zu predigen; die weinkundliche Renaissance des Reviers hat sich Ulisse zur Leidenschaft gemacht, und er verschenkt Ableger, die unseren freundlichsten Hügeln wirklichen Glanz verschaffen könnten, er bekommt eine trockene Kehle, als er erklärt, warum die hundert Jahre alten Familienfässer nichts anderes sind als Seuchenherde, in denen die widerlichsten Boshaftigkeiten des sogenannten *striscino* gedeihen. Doch es braucht wohl noch eine Generation; vorher werden diese Völker einsehen müssen, dass es nicht besonders ehrenvoll ist, an Zirrhose zu sterben, und dann auf die Unbeweglichkeit ihres Herzens verzichten und das aufgeben, was für die Ewigkeit bestimmt wurde. Auch ihre erbärmlichen Weinreben.

Und ich bin schon am ersten Häusergürtel; die Anstrengung, die ich unternommen habe, ist eine gute Anstrengung, der Schweiß, den ich vergossen habe, sauberer Schweiß, und nun stehen diese Steinmauern, die dieselbe Farbe haben wie der vom Frühjahr angeschwollene Fluss, wie eine Feier vor mir.

Introibo ad altare dei.

Der Gott wird in einem Schrein aufbewahrt, der auf den massiven Grundmauern des Dorfes liegt und jetzt San Martino heißt, aber früher San Mommé und der noch davor der Tempel von Herkules, dem Reisenden, war. Am Colle sind alle vorbeigekommen, auf dem Hin- und auf dem Rückweg. Und zum Colle sind dann alle wieder aufgebrochen und noch einmal zurückgekehrt: siegreiche und besiegte Konsuln, verfolgte und weissagende Heilige, Herzöge und Verbannte, Sklaven und Herrscher; und ein Papst, so heißt es, lustlos auf dem Weg zu einer demütigenden offenen Rechnung mit seiner Herrin, Markgräfin und Herzogin von

Canossa. Alle haben an diesem Tempel angehalten, und jeder von ihnen hat sich auf die stille Steinbrüstung gesetzt, die über den Schoß des Tals hinausragt, der harte, luftige Balkon, der die Stütze von San Martino und die Kanzel von San Mommé und vielleicht sogar der Sitz gewesen ist, von wo aus Herkules der Reisende in Erwartung einer neuen Verpflichtung seine Mußezeit verbrachte. Von dieser Brüstung aus betrachteten die Gouverneure aus Este zu ihren Füßen die Besitztümer, die sie nicht zu besitzen vermochten, von hier aus kam der Gouverneur Ludovico Ariosto zu dem Schluss, dass sein Auftrag eine unverhältnismäßige Strafe für seine jämmerliche Schuld war. Und sie sahen all das, was ich sehe, der ich auf demselben Stein unter demselben Licht sitze. Demselben Sakrament.

Und gestern habe ich, wie jedes Mal, mein Leben dem Tal meiner Väter angeboten; und vom Gipfel Colles schien mir sein unruhiger Schoß wieder einmal voller Schwangerschaft zu sein. Und voller Gesang und Reinheit und Willkommensgruß. Und wie ein Fötus meiner selbst, der noch Junge oder Mädchen, lebendig oder nie lebensfähig werden muss, ergriff mich eine sanfte, endgültige Verlassenheit, eine Sattheit von Hunger und Liebe, die unbewegliche Gewissheit, besessen zu werden. Denn hier irgendwo ist Frieden.

Und in diesem Moment, und nur in diesem Moment, spüre ich, dass mir mein Vater fehlt. Weil ich nicht wüsste, mit wem ich sonst weinen sollte. Und nur mit diesem Menschen, der aus den Wäldern des Amazonas kam, um einem verrückten Traum einer erlösten Waise zu folgen, und lange genug in dem Tal geblieben war, um das anständigste Mädchen des Dorfes zu schwängern, nur mit ihm, dem Flüchtling, könnte ich, wenigstens bei dieser seltenen Gelegenheit, Sohn genug sein, um zu weinen.

Ich habe kein einziges Mal vor der Duse geweint, und sie hätte es mir übrigens auch nicht verziehen. Tatsache ist, dass es ihm nie durch den Kopf ging, dass dies geschehen könnte, dass dort bei der Frau, die ihn liebte, früher oder später ein Vater gebraucht würde; ein alter Mann, den man nach Colle bringen, ihm helfen würde, sich auf einen Stein zu setzen, der schon Ariosts Hintern Erholung geboten hatte, und ihn umarmen würde, während man ihm zuflüstert: Sieh mal, Vater, ich habe über all das, was du hier siehst, gewacht, und all das ist noch hier und wacht über mich; deshalb weine ich jetzt, aus Ergriffenheit über diesen Sieg. Und er hätte das nicht verstanden; er hat einen Vater, der Zeuge seiner Kindschaft wäre, einen Vater überhaupt nie gebraucht: Ihm genügte ein alter Mann mit einem Buch in der Hand. Denn die Wahrheit ist, dass ein guter Vater ein abwesender Vater ist, auch im äußersten Falle. Aus diesem Grund wird die Ungeborene glücklich leben. Wenn sie bleibt, wenn sie zurückkehrt, wenn sie richtig und gemäß der Sakramente erzogen wird, wird auch sie sich hierhin setzen, wie es alle getan haben, und den prallen Schoß ihres heimatlichen Tales betrachten und dabei vor Ergriffenheit weinen wollen. Weinen und ihren alten Vater an sich drücken wollen und dessen schmerzliches Fehlen verspüren. Und der Verfasser wird endlich einen Grund gehabt haben, geboren zu werden, aufzuwachsen und zu sterben.

Der große Regisseur und Schauspieler Orson Welles hat seinen Film nie gedreht, und Chico wurde nie ein Filmstar, doch soweit es scheint, war er darüber keineswegs enttäuscht, und alles, was er tat, war, mit der Duse darüber zu lachen. Und er erzählte ihr, dass Herr Welles, als er ihn auf dem Anleger verließ, um herumzuschlendern, ihm versprach, alles in seiner Macht Stehende zu tun, um wiederzukommen und ihn mit nach Griechenland zu nehmen. Er sagte ihm, dass dort, in jener Wellblechbaracke am Amazonas, wenn es denn stimmt, dass es nicht der Rio Tapajós war, dank ihm eine neue Auffassung vom Kino entstanden sei und dass er ihm dafür ewig dankbar sei. Er versprach es und fuhr weg, und drei Jahre später kam er zurück. Und sie trafen sich wieder. Nicht mehr auf einem Landungssteg, sondern ausgerechnet in Manaus, im großen Amazonas-Theater, dem Pariser Theater der Stadt, die die größte des Bundesstaats ist und wo der Fluss der schönste von ganz Brasilien ist. Auch wenn er an dieser Stelle Rio Negro heißt, war es doch verwandtes Wasser des Amazonas. In allen Cafés und Friseursalons und Bordellen der Stadt hingen Plakate mit dem Gesicht von Ajax, dem berühmten Schauspieler und Regisseur. Die Vorstellung war kostenlos. Chico wäre hingegangen, selbst wenn er einen Monat dafür hätte arbeiten müssen, um sie zu bezahlen. Jetzt war er schon siebzehn Jahre alt, und weil er der Älteste und Erfahrenste von ihnen allen war, war er Präfekt der Waisen und Aushilfslehrer geworden, außerdem einziger und unersetzlicher Leser des Buches der *Ilias*. Er war aber auch stark genug geworden, um das Haus des Pfarrers zu verlassen und zu versuchen, seinen Weg zum blauen griechischen Meer zu suchen.

Er hatte das Haus verlassen, obwohl der alte Mann ihn angefleht hatte zu bleiben; wenigstens noch ein bisschen, wenigstens solange er noch leben würde, um ihm den Schmerz zu ersparen zu sehen, wie sein Haus zerfiel und seine Jungen sich in Nichts auflösten. Er schwor ihm, dass er nicht mehr länger als zwei, drei Jahre leben würde. Aber Chico tat dem alten Mann diesen großen Schmerz an, und der Alte gab zu, dass die Schuld nur bei ihm selbst lag, in der Verrücktheit, mit der er ihn in all den Jahren genährt hatte; er gestand, dass sein blasphemischer Stolz als Nachkomme der heidnischen Götter des Olymp über seinen Wunsch nach Erlösung gesiegt hatte und dass er sich also glücklich fühlte, dass Chico seiner Sehnsucht folgte. Er gab ihm ein paar Adressen im Bundesstaat, zu denen er gehen und nach Arbeit fragen könnte, und das Bündel, mit dem er, kaum mehr als ein Säugling, zu ihm gekommen war. Im Bündel war ein wenig Zuckergebäck, falls er unterwegs Hunger bekäme, und das Buch, das der Sinn seines ganzen

Lebens gewesen war. So erspare ich dir, es mir zu stehlen und eine Todsünde zu begehen, sagte er zu ihm und schickte ihn weg.

Chico kam in die Hauptstadt Manaus und begann in einer Kautschuk-Raffinerie zu arbeiten; er schlief unter einem Dach aus Palmenblättern am Fluss gleich außerhalb der Stadt, zusammen mit einem Dutzend Kollegen, und niemand wollte etwas mit ihnen zu tun haben, weil sie immer nach ihrer Arbeit stanken. Als er erfuhr, dass Herr Welles sein Versprechen gehalten hatte, badete er einen ganzen Morgen lang im Fluss, dann ging er ins Theater. Er war der Erste und musste den ganzen Nachmittag warten, bis die Tür geöffnet wurde. Er trat ein, setzte sich in die erste Reihe und wartete.

Als der Saal voll war, wurde es dunkel und der Vorhang ging auf. Der Vorhang war so groß und aus so feinem Stoff, dass er ein Geräusch wie eine Hochwasserwelle am Fluss machte. Herr Welles stand da, allein, von einem weißen Licht angeleuchtet, das von der Decke kam. Er war genauso, wie er ihn in Erinnerung hatte, nur größer als beim letzten Mal; sein Bart ähnelte nun dem des Gottes Zeus. Herr Welles sah alle Anwesenden einen nach dem anderen an, und es waren sicher mehr als tausend. Und er sah natürlich auch Chico an und erkannte ihn und lächelte ihm zu. Und er begann Zaubertricks mit Spielkarten und Kaninchen und Taschentüchern in jeder Farbe zu machen, und während das ganze Theater ihm applaudierte, sah er Chico an und lächelte. Als würde er diese Spiele nur zu seiner Unterhaltung machen und wäre nur seinetwegen, um sein Versprechen zu halten, zum Amazonas zurückgekehrt. Dann beendete Herr Welles seine Spiele und begann zu sprechen.

Er hatte eine andere Stimme, als Chico in Erinnerung hatte; oben von der Bühne tönte seine Stimme nun im Theater, als würde der Gott Zeus persönlich zu den Sterblichen sprechen, und wenn er je die Gelegenheit hätte, die Stimme seines Vaters zu hören, dann wollte er, dass sie wie die von Herrn Welles klang. Er sprach wie ein starker und gerechter Vater; das ganze Theater hörte in aller Stille zu, und es waren fast alles Männer, meistens junge Müßiggänger, die in der Kautschukkrise gerade ihre Arbeit verloren hatten und beim Herumbummeln durch die Stadt die Anschläge gelesen hatten. Er sprach mit ernster und ehrlicher Stimme, und beim Zuhören konnte keiner daran zweifeln, dass seine Worte wichtige Wahrheiten waren. Er sprach von der Freiheit, dem heiligen Recht auf Freiheit eines jeden Menschen und aller Völker, er sprach vom Weltkrieg, der von Menschen entfesselt worden war, die jegliche Form von Freiheit hassten. Er beschrieb in den kleinsten Details, wie die Welt aussehen würde, wenn diese Menschen den Krieg gewinnen würden. Und wie ihr wunderschönes und hoffnungsvolles Land dann aussehen würde. Er sprach von den Hoffnungen dieser Menschen, die ihm mit offenem Mund zuhörten, als würde er sie schon seit ihrer Kindheit kennen. Er sprach von der Freiheit, die sie noch nicht hatten und die sie in einer wirklich freien Welt endlich bekommen könnten, als lebte er mit ihnen und hätte mit ihnen auf den Straßen von Rio gegen die Vargas-Regierung demonstriert. Er erzählte diesen Menschen, wie schwierig es sei, keine Arbeitergewerkschaft zu haben, als hätte er sein ganzes Leben auf den Kautschukplantagen gearbeitet. Und während er sprach, sah er weiter jedem von ihnen in die Augen und besonders Chico, als wollte er sich vergewissern, dass er verstanden hatte und mit dem, was er sagte, einverstanden war. Und Chico war Wort für Wort mit Herrn Welles einer Meinung, besonders in alledem, was er nie zuvor gedacht hatte. Wie dumm ich doch aufgewachsen bin, dachte er, in welchem Unwissen hat mich der Alte doch leben lassen. Beinahe musste er weinen, und er fühlte, wie er ihn umarmen wollte, um ihm zu sagen: Vater, ich bin dein Sohn. Oh, der verstand seine Sache, der Amerikaner!

Er beendete seine Rede und beschwor das Publikum, jedem der Versammelten möge bewusst sein, dass dies der

Moment sei, um den Marsch für die Freiheit und den Frieden zu beginnen. Die nur sie, die leidenden und gerechtigkeitsbedürftigen Menschen, für die Welt fordern und ihr schenken könnten. Deshalb habe Präsident Roosevelt den ängstlichen Vargas überzeugt, gegen die Diktatoren in den Krieg einzutreten, deshalb sollten sie stolz auf den Mut ihres Landes sein, und gerade deshalb sollten sie, zusammen mit ihren Hoffnungen, auch ihren Mut der Sache des Weltfriedens widmen.

Und es gab Applaus, der durch das Parkett hallte, als hätte sich ein Abgrund aufgetan, und an jenem Tag im Pariser Theater schien es wirklich, als sei eine neue Jugend entstanden und zusammen mit ihr die Gewissheit, dass ein neues Brasilien geboren wurde. Während Herr Welles sich vor dem Beifall verneigte, sah er weiterhin Chico an und lächelte ihm zu, einen Schritt von ihm entfernt, der Tränen in den Augen hatte und von Herrn Welles in diesem Moment nichts anderes wollte, als dass er nie aufhören würde zu sprechen, und da klar war, dass dieser beschlossen hatte, nichts mehr zu sagen, sah er das Ende der Rede als eine Art Verrat.

Und dann schloss sich der Vorhang, und der Amerikaner verschwand im Halbdunkel der Falten wie eine Erscheinung, die langsam verblasst. Chico wartete geduldig, dass die Menschen hinausgingen: Er hoffte von ganzem Herzen, dass dieser Mann nicht nur gekommen war, um zu verschwinden, sondern wie in einem seiner lustigen Tricks für ihn wieder auftauchen würde, um noch einmal etwas zu ihm zu sagen. Und genau das geschah auch.

Als die Lichter schon fast alle gelöscht waren und das große Pariser Theater von den letzten eiligen Schritten der jungen Brasilianer widerhallte, die sich beeilten, ihr Leben und ihr Land zu verändern, schaute Herr Welles aus dem Vorhang hervor und schritt in seiner ganzen Herrlichkeit die Stufen der Bühne herab. Chico kam es vor, als würde der Gott Zeus in die Welt der Sterblichen eintreten, und er fühlte sich unendlich glücklich, für diesen Besuch ausgewählt worden zu sein. Herr Welles umarmte ihn und sprach mit ihm, wie es ein Vater tun würde, der unerwartet seinen Sohn an einem weit von zu Hause entfernten Ort wiedertrifft. Er wollte alles wissen, was ihm geschehen war, wollte, dass er ihm seinen Plan bestätigte, das griechische Meer zu besuchen, und war froh zu erfahren, dass der Plan schon in Angriff genommen war. Er fragte ihn, ob ihm seine Zaubertricks gefallen hätten, denn, so erklärte er, in dieser Kunst fühlte er etwas Übernatürliches, wie eine Gabe der Götter. Er fragte ihn, ob ihm seine Rede wirklich gefallen habe, und wie er ihm vorkam, als er ihn auf der Bühne beobachtet hatte.

Und genau wie ein fürsorglicher Vater wartete er Chicos Antworten nicht ab, sondern stellte ihm immer neue Fragen, als würde er schon all seine Gedanken kennen. Und Chico blieb nichts anderes übrig, als den Atem anzuhalten und zu nicken. Auch als er aufhörte, Fragen zu stellen, und anfing, vom Krieg zu sprechen, wie er all seine Pläne aufgeschoben hatte, um in ganz Amerika herumzureisen und von der großen Tragödie des Krieges und der großen Chance zu erzählen, die daraus entstehen konnte. Einer Gelegenheit für alle Unterdrückten einschließlich seiner selbst; denn, das musste Chico wissen, auch er war unterdrückt. Nein, gewiss nicht wie ein Sklavenarbeiter auf einer Plantage, sondern unterdrückt in seiner Fantasie und seiner Kunst, Knecht von skrupellosen Händlern, die alles in Geld verwandeln wollten, was der Geist zu schaffen verstand. Er sagte auch, er habe das ihn betreffende Projekt nicht vergessen, habe sehr viel darüber nachgedacht und habe dafür auch schon einen Plan; aber jetzt sei nicht die Zeit dafür, jetzt könne jeder Mensch mit einem Gewissen nichts anderes tun, als der Sache des Friedens Geist und Gestalt zu verleihen. Er hoffe, mit Hilfe seiner Zaubertricks und seiner Worte, bei diesem Versuch nicht schlecht dazustehen.

Schließlich sprach Chico. Er sagte ihm, er habe alles von dem verstanden, was er gehört habe, und damit habe er auch verstanden, dass er bereit sei, seinen Beitrag zu leisten. Er würde gern losziehen, um gegen die Sklavenhalter der ganzen Welt zu kämpfen, wenn Herr Welles ihm sagen würde, wie. Der Amerikaner wollte es ihm nicht sagen. Er umarmte ihn noch einmal und verabschiedete sich und versprach ihm dabei, sie würden sich wiedersehen, und er solle nie vergessen, auch nicht einen Moment, dass sein letztes Ziel das blaue griechische Meer war.

Am Tag danach ging Chico zum Büro, das die Força Expedicionária Brasileira gegenüber dem Theater eröffnet hatte, und fragte den Sergeanten, der am Schalter Zeitung las, ob der Krieg auch Griechenland in Knechtschaft versetzt habe. Natürlich, antwortete der Sergeant, der sich nicht erinnerte, wo Griechenland lag, und der Meinung war, dass die Völker sich ihre Knechtschaft meistens verdient hätten. Chico fragte auch, ob der Sergeant vielleicht wüsste, ob Vargas eine Expedition eingerichtet habe, um es zu befreien. Ganz bestimmt, sagte der Sergeant, Präsident Vargas sei sehr betroffen gewesen, als er vom Schicksal der Griechen hörte, antwortete der Sergeant, der zwar nicht die geringste Ahnung hatte, wohin die Expedition zum Kämpfen gehen würde, aber den ersten Freiwilligen vor sich hatte, seitdem der Schalter geöffnet wurde. So verpflichtete sich Chico freiwillig und fragte weiterhin alle, an die er weitergereicht wurde, auch den Arzt, der ihn untersuchte, indem er ihm mit den Fingerknöcheln auf den Rücken schlug, ob es sicher sei, dass die Expedition Griechenland befreien würde. Und alle antworteten: ganz bestimmt.

Das erzählte mein Vater dem Mädchen, das ihn liebte. Und wie die Duse mir berichtet hat, lachte er dabei.

Er war in der Nacht auf den zweiten Weihnachtstag mit seinen Erzählungen noch nicht zu Ende, als die Schüsse der deutschen 88er auf das Tal herunterhagelten und er und seine Kameraden der Expedition sich über die Straße nach

Porretta in Sicherheit bringen mussten, indem sie mit noch aufgeschnürten Stiefeln in die Nacht hinausliefen und ihre ganzen Sachen am Straßenrand zurückließen, weil jemand vergessen hatte, die Lastwagen aufzutanken, und ihre Offiziere mit den Jeeps voller persönlicher Erinnerungen an den glorreichen Überseefeldzug verschwunden waren. Sie ließen die Mörser und Maschinengewehre zurück, die zu schwer waren, um sie sich auf die Schultern zu laden, und entnahmen ihnen die Schlagbolzen, damit sie ihnen wenigstens nicht mit ihren eigenen Waffen in den Rücken schossen. Sie ließen die Decken und die Petroleumöfen zurück, obwohl die Winterkälte sie fast so sehr erschreckte wie die SS-Panzerbrigaden, die, ausreichend vollgetankt, die Kehren der TODT-Straße herunterkamen, um ihnen den Rückzug abzuschneiden. Sie ließen die Kisten mit Lebensmitteln, die Küche, die Herde zum Brotbacken zurück, sie ließen einen Berg von köstlichem Konservenobst und Pulverkaffee und Kondensmilch zurück. Auf den Tischen ihrer Kantine ließen sie das aufgestapelte Geschirr zurück, das schon für das Frühstück am nächsten Morgen bereitstand. Sie ließen 54 Tote und 21 nicht transportfähige Verletzte zurück; den Verletzten, die noch eine Hand bewegen konnten, ließen sie jeweils zwei Morphiumspritzen zurück, die mit Feder, die auch durch die Winteruniform gingen. Sie ließen ihre Freunde und ihre Liebschaften zurück, die alle am nächsten Morgen um Punkt sieben Uhr zum Frühstück gekommen wären, das ihnen die Expedition auch am zweiten Weihnachtstag wie an jedem anderen Tag angeboten hätte: Die Expedition war die einzige Quelle von Milch und Kaffee im ganzen Ponte. Sie ließen sie im Dunkeln und ohne einen Abschiedsgruß und ohne ein Versprechen zurück. Sie konnten ihnen nur noch rechtzeitig das Nötige für das Frühstück am nächsten Morgen bereitstellen. Sie ließen das ganze Dorf zurück, das wach war und aus den blinden Fenstern der Keller und den Spalten in den Balken der Gartenlauben den Lärm der Granaten im Sturzflug hörte, den harten Aufschlag, der die Erde einen Moment nach der Explosion aufspritzen ließ, die Schreie derjenigen, die im Sterben lagen. Bei Tagesanbruch waren die Überlebenden der Kompanie meines Vaters auf der neuen Frontlinie von Mozzano in Stellung gegangen, am Abend des nächsten Tages in Porretta, zehn Kilometer Luftlinie von der Brücke. Eine unüberwindliche Distanz, die bis zum späten Frühjahr des darauffolgenden Jahres niemand überschreiten konnte. Genau gesagt, bis zum 22. April '45, als endlich alle gehen konnten, wohin sie wollten.

Inzwischen ging die Angriffswelle schnell über die Brücke hinweg und hatte sich am Abend schäumend unten im Tal gebrochen. Das Mädchen, das sich verliebt hatte, blieb allein, doch alle waren allein geblieben. Allein im Winter.

Die Duse hat mir vom letzten Mal erzählt, als sie meinen Vater sah: Es war eine ganz besondere Gelegenheit, so wie das Schicksal letzte Male haben will. Es war am Heiligabend, und sie wollten einander Glückwünsche überbringen; die Duse hatte ein Geschenk dabei und war sehr stolz darauf: Sie hatte sich eine ganze Woche lang Tag und Nacht darauf vorbereitet, ihrem Geliebten auf dem Akkordeon vorzuspielen, nur für ihn. Es war eine Musik, die ihr sehr gefallen hatte, als sie in Lucca Klavierunterricht hatte; es war sehr schwer, wirklich gut zu spielen, doch es war ihr erstes Weihnachtsgeschenk, es war das schönste, was sie für ihren Geliebten gefunden hatte, und passte gut zu einem Heiligabend. Es war eine besondere Musik, es war ein langsamer Tanz, so schön geschrieben von einem Franzosen in Erinnerung an ein Kind, das er liebte und das gestorben war. Aber keinesfalls traurig, nur schön und sehnsuchtsvoll; und sie hatte es ausgewählt, weil sie dachte, dass es genau das war, was sie ihrem Schatz sagen wollte. Dass es nun das Kind, das dort unten im Haus eines Pfarrers aufgewachsen war, nicht mehr gab; es gab nicht mehr den kleinen Jungen, der auf den Landungsstegen auf jemanden wartete, der ihm den Weg zum blauen griechischen Meer wies.

Sie wollte für ihn die ganze Sehnsucht spielen, die sie für

dieses Kind empfand, die ganze Zärtlichkeit, die er in ihrem Herzen vergossen hatte; aber sie wollte, dass er in dieser Musik auch die Liebe hörte, die sie für den Mann empfand, dem sie auf der Brücke begegnet war, dem Mann, der mit dem Krieg gekommen war, der Krieg, der das Kind zum Verschwinden gebracht hatte. Sie würde ihn nehmen, ihn an einen Ort am Kiesbett des Flusses führen, würde ihn auf einen schönen Felsen setzen, und sie würde sich vor ihn hinstellen und spielen, spielen, bis sich ihre Finger von den Händen gelöst hätten.

Das hat sie mir gesagt; sie hatte sich das Akkordeon übergehängt und war zur Brücke gegangen. Und ich glaube, was sie beabsichtigte, war ein Schwur. Er war da, und es begann zu schneien. Er war da und hielt die Hände mit den Handflächen nach oben, er ließ den Schnee darauffallen und blies ihn dann weg.

An jenem Heiligabend '44 hatte mein Vater zum ersten Mal Schnee gesehen. Der spät gekommen war, auch wenn er dann nicht mehr aufhörte, in großen Mengen zu fallen. Doch dieser erste unerwartete Schnee war fein, kristallen, Schnee aus plötzlichem Frost. Er sagte ihr, er habe sich erschrocken, denn während er dort wartete, hatte sich der Himmel in ein Halbdunkel verwandelt, ein merkwürdiges Halbdunkel, als wäre es von jemandem verbreitet worden, als hätte man um die Sonne herum eine Kiste mit Tränengas geöffnet. Und dann hatte dieses Zeug plötzlich begonnen herunterzufallen. Einfach so, als wäre nichts.

So setzten sie sich nicht ins Flussbett, sondern gingen herum, denn mein Vater musste noch lernen, wie man das auf dem Schnee tat. Sie lachten sehr darüber, wie unbegabt er dafür war, sie lachten darüber, wie dieser spitze Schnee einen Weg fand, sich überall hineinzusetzen, und darüber, wie sehr er kitzelte, wenn er die Haut berührte, diesen Moment, bevor er schmolz und zur fürchterlichen Plage wurde. Und erst am Schluss, als der Schnee dichter und schwerer wurde, überredete die Duse ihren Geliebten, ruhig zu sein und das Geschenk, das sie ihm machen wollte, anzunehmen. Sie spielte für ihn unter dem Dach des sogenannten Pascoli-Brunnens an der Ecke zwischen dem Weg, der zum Gittertor des Hauses des Dichters geht, und dem Pfad, der zum alten Teil des Friedhofs führt. Diesen Brunnen kenne ich gut: Dort habe ich als Kind gespielt, jahrelang bin ich zum Wasserholen dorthin gegangen, mit der Santarellina und dann allein, dort habe ich mich mit meinen Freunden getroffen, als ich anfing zu rauchen, aber ich bin nie mit einem Mädchen hingegangen. Es schien mir nie der passende Ort zu sein. Da ist ein steinernes Gesicht, dem man ein Wasserrohr zwischen die Zähne gesteckt hatte; es wurde von unseren alten Vätern gemeißelt, und von diesen *Köpfchen* findet man hier und da noch welche, begraben unter den Kellern der ältesten Häuser, eingezwängt in die Pfeiler, die die Gewölbe der höhergelegenen Ortsteile tragen. Es ist ein steinernes Oval aus Porphyrgestein, gedrechselt und mit wenigen Kennzeichen behauen: zwei längliche Augen, eine gerade Nase und ein dünner Mund. Sie nennen sie *Köpfchen,* weil sie eher die Dimension eines Kinderkopfes als den eines Mannes haben. Aber es sind Gesichter mit entschlossenem und festem Blick, und jedes von ihnen ist ein strenger und unbequemer Augenzeuge für alle, deren Seele nicht im Reinen mit dem ist, was sie tun oder sagen oder versprechen. Man weiß, dass die Unsrigen die Gesichter prägten, indem sie sie ihren Vorfahren ähnlich machten und sie unter das Feuer des Hauses stellten; damit sie ihre mürrische Aufsicht fortführten, damit Generation um Generation alles glatt lief. Damit die Charaktere aufrecht und in ihrem Aufrechtsein unversöhnlich wären. In diesem Moment meines Lebens denke ich, ich könnte mich ruhig mit Nita an diesem Brunnen verabreden, meinen Mund unter das Rohr halten und ohne Scham den Blick des *Köpfchens* erwidern, das es trägt. Aber erst jetzt. Die Duse hat es mit achtzehn Jahren getan, die Duse hat auf ihre Liebe geschworen, wohl wissend, dass der Zeuge ihrer Väter sie bewertete und beurteilte. Und sie hat es an Weihnachten '44 ohne Scham und ohne Angst getan. Sie hat es mir gegenüber als eine Begegnung voller Ergriffenheit und Freude erinnert; sie sagte mir, sie habe sonst nichts ersehnen können, und es sei der schönste Heiligabend gewesen, den sie bis dahin erlebt hatte. Ich glaube, dass es auch der schönste von allen folgenden gewesen ist, obwohl sie in meiner Gegenwart stets Scham verspürt hat, Vergleiche anzustellen, und besonders an Weihnachten.

Ich glaube nicht, dass mein Vater in der Lage wäre, das alles zu verstehen. Oder vielleicht hat er es verstanden, aber nichts tun können. Die Liebe der Männer hat immer irgendwo einen Fehler, sie schneidet am Ende immer schlecht ab. An jenem Heiligabend war das Geschenk meines Vaters an die Duse ein mit Papageien bedrucktes Seidentuch, darin war ein großes Stück Schokolade. Dieses Tuch, das sie mir am Nachmittag der Enthüllungen zeigte und das auch zehn Jahre später noch nach Schokolade roch, hat die Duse, soweit ich weiß, nie getragen. Ich weiß nicht, warum; ich weiß nicht, ob es für sie etwas Unberührbares war, der Ring eines nie gehaltenen Heiratsversprechens, oder vielleicht konnte sie sich nicht mit Papageien am Hals vorstellen. Wer hätte sich die Duse überhaupt mit Papageien vorstellen können? Ich glaube, es liegt noch in der zweiten Schublade der Kommode, wo ich sie es habe hinlegen sehen, und wenn wir ihr Haus räumen, werden wir einen Platz dafür finden müssen.

Es ist ein Problem zu entscheiden, was wir mit ihren Sachen machen sollen, die sperrig sind, die in den meisten Fällen unbegreiflich und unverwendbar sind. Selbst wenn man ein treu ergebener Sohn ist, wie soll man ihren tropischen Garten mögen, ihre in Zeitungspapier eingeschlagenen Schulbücher, die mit Schleifen verzierten Aktenmappen, vollgestopft mit Ministerialrundschreiben, die Bestecke und Teller, die noch die aus der Osteria del Ponte sind und von denen keiner ohne Sprung oder Macke ist? Sie hat diesen Haufen von Kram gern gehabt, aber dennoch wird daraus kein Schrein. Die Ungeborene wird das Akkordeon bekommen, das noch in seiner Hülle aus Lenci-Filz steckt und noch gut funktioniert, und wenn sie jemals Lust bekommt, ausreichend die Brust und die Arme auszubreiten, kann sie es dann auch spielen lernen. Und das Tuch mit den kleinen Papageien werde ich schließlich für mich behalten, als Teilentschädigung für das, was mir mein Vater nie gegeben hat, und falls ich noch die Kraft habe, den Angeber zu markieren, werde ich es auf dem Totenbett Nita übergeben, als Teilentschädigung für alles.

Was meinen Vater betrifft, so ist alles, was man von ihm weiß, dass seine Kompanie zu denen gehörte, die an Neujahr '45 versuchten, die Front zu durchbrechen, indem sie Monte Castello stürmten. Sie brauchten zwei Anläufe, bevor es ihnen gelang, und er war einer der wenigen, die dabei nicht ihr Leben ließen. Er wurde verletzt und nach Pistoia gebracht. Der Rest ist Gerede der Leute. Tatsache ist, dass es vom Ponte bis nach Pistoia ungefähr 40 km Luftlinie sind, und diese Distanz ist nie überwunden worden. Ich glaube nicht, dass die Duse jemals nachgefragt hat, um etwas zu erfahren; wie ich meine Mutter kenne, bestimmt nicht. Ich habe es getan, aber nicht lange, nicht so weit, mich demütigen zu müssen und jemanden zu fragen, der es nicht begreifen konnte, der nicht wissen konnte, wie sich die beiden im verhängnisvollen Herbst '44 auf dem Ponte di Campia getroffen haben. Mehrmals wollte man mir davon erzählen, ohne dass ich gefragt hätte, und meistens waren es Fantasien, nur um zu zeigen, dass man es faustdick hinter den Ohren hatte.

Wahrscheinlich ist, dass der Typ, der dreißig Jahre lang Wärter auf dem Friedhof der Brasilianer außerhalb von Pistoia gewesen ist, er war. Ein Verwirrter, wie man sagt, der nie mit irgendjemandem gesprochen hat, von dem niemand wusste, wovon er lebte und auch nicht genau, wohin er schlafen ging, der aber diesen Friedhof blitzsauber hielt. Einen Friedhof, wo nie jemand hinging, bis Ende der Siebziger der brasilianische Präsident persönlich und in großem Pomp auftauchte, um die sterblichen Überreste der Befreier Europas abzuholen und sie in die Heimat zurückzuführen. Und da stellte sich heraus, dass dieser Wärter sich auf den Weg gemacht hat, um endlich die vierzig Kilometer zu überwinden. Nur dass, und auch dies ist nur Gerede, er einen zu großen Bogen schlug; oder er sich nach der ganzen Zeit, die vergangen war, schließlich verlaufen hat. Und er fand sich vor dem Zahn der Pania della Croce wieder. Und von dort aus hat er gesehen, was er sein ganzes Leben lang suchte. Er hat das blaue griechische Meer gesehen und ist hineingesprungen.

Es bliebe allerdings noch zu begreifen, warum er zuvor dreißig Jahre lang einen Soldatenfriedhof hütete. Vielleicht hat er sich bei der Schlacht von Monte Castello den Kopf aufgeschlagen und hat die ganze Zeit gebraucht, um wieder zu genesen; vielleicht ist derjenige, der von der Pania hinuntersprang, ein anderer Blödkopf, und er ist immer noch dort und lehnt am Gitter des aufgelösten Friedhofs. Nehmen wir aber einmal an, er schwimmt seit sechzig Jahren in seinem griechischen Meer und lebt in einem alten Tuffsteinhaus auf einer Insel im Golf von Chalkidiki; und von dort aus kann er, wenn er noch gut sieht, die Küste sehen, an der die Schiffe der Achäer landeten. Er wird sicherlich in den Schmerzen des Alters und den bösen Erinnerungen von zahlreichen Kindern und Enkeln getröstet, von seinen Nachbarn wegen seines fröhlichen Charakters geliebt, von den Behörden wegen der gründlichen Kenntnis des nationalen Epos respektiert. Das alles kann wahr sein, doch nichts davon ist von irgendeiner Bedeutung. Eine Wahrheit, die zu nichts mehr nütze ist.

Die Feindseligen

Am 25. April ist Marta gestorben. In Wirklichkeit ist sie schon drei oder vier Tage vorher gestorben, aber sie wurde am 25. April gefunden. Nita war auch dabei. Sie und ihre Freundinnen sind mit Blumen zu ihrem Stall hinaufgegangen und haben es sofort am Geruch gemerkt. Ein toter alter Mensch stinkt mehr als jedes lebende Tier. Und um die Wahrheit zu sagen, Tiere gab es keine mehr im Stall und auch nicht im Pferch, außer zwei Lämmern, die halbtot vor Hunger und Durst waren und ihr die Strümpfe aus grober Wolle fast ganz abgenagt hatten. Die Mädchen haben sich erschrocken. Es war nicht das erste Mal, dass sie zu Marta hinaufgingen.

Es war eine Idee von Nita, sie am 25. April besuchen zu gehen und ihr Blumen und eine Torte zu bringen. Trotz ihres Charakters und ihres festen Entschlusses, nichts mehr von Feiern und Jahrestagen wissen zu wollen, hatte sie sie nie weggeschickt. Offenbar waren sie ihr sympathisch geworden. Nita sagt, sie gingen dorthin, suchten etwas, wo sie die Blumen hineinstellen konnten, gekaufte Blumen, Rosen, legten das Tischtuch auf und aßen die Torte. Marta redete nie, hörte aber zu, was die Mädchen erzählten. Und die Mädchen, sagte Nita, plauderten über das, was passiert war. Es sah so aus, als wäre Marta froh: Sie aß ihr Stück Torte, dann nahm sie noch eins und sah sie an, starrte sie eine nach der anderen mit ihren vom grauen Star feuchten Äuglein an, als würde sie sich bemühen, jedes Mal zu rekapitulieren, wer sie waren, woher sie kamen, wie sie geboren wurden und wer sie gemacht hatte. Wenn die Torte aufgegessen war, standen sie auf und gingen wieder.

Nita sagt, sie taten es, weil es getan werden musste. Dass es nicht nur darum ging, diese alte Frau gern zu haben, sondern sie auch an das zu erinnern, woran sie sich nicht erinnern wollte. Denn das ist die Pflicht der Kinder gegenüber den Eltern: all das lebendig zu halten, was diese an Lebendigem gehabt haben, auch wenn sie gern darauf verzichten würden, besonders wenn alles, was sie tun können, ist, sich sterben zu lassen. Und sie sagt auch, dass Marta nichts vergessen hatte und nicht so vertrottelt war, dass sie diese Rosen und diese Torte nicht als das gesehen hätte, was sie waren. Nun haben sie sie am Ende tot aufgefunden.

Sie ist heruntergekommen, um mich zu holen, und ich bin mit Ulisse hingegangen, dem Sohn von Aristo, der an jenem Tag in der Ambulanz der Barmherzigen Dienst hatte. Sie stank nicht so sehr, sie hatte nicht viel, was hätte verfaulen können. Wir haben sofort die Lämmer weggebracht und ihnen zu trinken gegeben. Sie zitterten, als hätten sie den Geruch des Schlachthofs verspürt, sie wanden sich und versuchten, wieder hineinzugelangen; sie wollten Martas Strümpfe ganz auffressen, sie hofften, wieder zu ihr ins Bett zurück zu können. Jedenfalls war nicht klar, warum sie noch da waren: Marta musste gespürt haben, dass etwas mit ihr geschah, denn sie hatte den Pferch geöffnet und die Herde davongejagt. Vielleicht hatte sie in Gesellschaft sterben wollen, vielleicht hatte sie gedacht, sie würden es schnell merken und weglaufen; merkwürdig, dass sie nicht daran gedacht hatte, dass manchmal die Kinder bei ihren Müttern wachen, bis sie sterben. Doch von Kindern, von ihren Kindern, wusste sie nichts.

Sie lag im Flur, der vom Stall in die Küche führte. Über den Strümpfen, dick wie Gamaschen, hatte sie Filzpantoffeln an, die an der Stelle durchlöchert waren, wo sich die arthritischen Knochen breit gemacht hatten, um sich etwas Erleichterung zu schaffen, sie trug Militärhosen, an den Fesseln geschlossen wie die der Fallschirmjäger, und über den Hosen eine Schürze aus schwarzem Kattun; und darüber noch ihre violette Windjacke mit kaputtem Reißverschluss. Sie war auf die Seite gefallen und hatte einen Arm ausgestreckt, um ihre Schulter mit der offenen Handfläche zu schützen; sie war zusammengekrümmt und hielt die andere, noch geschlossene Hand auf den Zipfeln des Schürzenbündels, als wäre ihr letzter Gedanke gewesen, den Inhalt nicht zu verlieren. Gewiss ist das ihr letzter Gedanke gewesen. Wir nahmen sie, wie sie war, legten sie auf eine Plane und brachten sie ins Krankenhaus, zur Behörde. Als sie ihre Schürze öffneten, sahen sie, dass fünf Eier darin waren. Noch unbeschädigt nach diesem ganzen Durcheinander. Sie gaben sie mir, wie eine Beute, die mir zustand, als wäre Marta ein Wrack, das ich herrenlos auf dem offenen Meer gefunden und an dem ich bei den Behörden mein Recht auf Plünderung eingefordert hätte. Ich fragte Ulisse, ob er sie mit mir teilen wollte, aber Ulisse hat einen hohen Cholesterinspiegel und kann Eier nicht einmal sehen. So habe ich Martas Eier mit nach Hause genommen und sie Nita gegeben, damit sie sie mit ihren Freundinnen teilte. Zu fünft waren sie Marta besuchen gegangen, und es waren fünf Eier. Meiner Meinung nach hatte Marta sie aus dem Stall geholt, um sie ihnen zu geben. Wenn sie wirklich gespürt hatte, dass sie von uns ging, wollte sie vorher die Rosen und die Torten mit etwas wiedergutmachen, was sie hatte. Den Mädchen etwas Gutes geben, etwas, was sie übrig hatte, damit sie begriffen, dass sie sich erinnerte. Dass sie sich erinnerte, auch wenn sie nicht wollte.

Und dann war noch das Problem, wo wir sie beerdigen sollten. Marta hatte nichts, ganz zu schweigen davon, dass sie etwas für einen Grabstein beiseite gelegt hätte. Alles, was ihr die Behörde zu bieten hatte, war ein vorübergehendes Grab auf dem Zentralfriedhof, und das wäre würdelos gewesen. Don Gigliante ließ sich blicken und bot einen guten Platz an, vor jeder Verpflichtung und Knechtschaft auf

Ewigkeit verbürgt, auf dem Friedhof, den seine Dorfbewohner sich in offenkundigem Widerstand gegen das napoleonische Edikt selbst gebaut haben, gerade um sich die Gewissheit zu garantieren, dass niemand post mortem seine Nase in ihre Angelegenheiten steckte. Das wäre eine gute Sache gewesen, auch wenn dieser Platz etwas zu weit von allem entfernt war, womit Marta in den letzten sechzig Jahren zu tun hatte, doch er war für ihn selbst passend, da man weiß, dass Don Gigliante sie während des Krieges gemocht hatte, so oft, wie er sie sich auf seinen Friedhöfen und denen der anderen hatte verstecken lassen und immer einen Weg fand, ihr etwas zu essen, eine Decke und vielleicht sogar ein paar Patronen zu bringen. Doch dann kam der Omo Nudo.

Und der Omo Nudo hat noch einen draufgesetzt: Das Grab, das er von Melina geerbt hatte. Das Grab, das diese eigensinnige Frau sich hatte machen lassen, für sich und ihren Sohn und die Kinder ihres Sohnes. Da war sogar Platz für ihren Ehemann, so sicher, wie sie war, dass er wenigstens als Toter früher oder später bei ihr seine Rechnung begleichen und sie mit gebeugtem Haupt um Verzeihung bitten würde. Melinas Grab war von pharaonischer Pracht, es war die Vollendung ihres verschwenderischen Stolzes, das architektonische Werk, das ihr Unglück prächtig und sie vor allen Verstorbenen des Tals groß gemacht hat. Wenn es auch nicht unseren Geschmack trifft, beladen wie es ist mit einer Art spätbabylonischer Schwere, so ist das dennoch der Ort, an den man die Touristen führen müsste, um die stilistische Kühnheit unserer Marmorkünstler, den erstaunlichen Skulpturstil unserer Steinmetze zu zeigen. Man hat so viel Platz da drinnen, dass man sogar als Toter friert, »und ich allein mit der Melina will ich da nich' rein«, war sein Vorschlag. »Sie muss jetzt nur kurz oder gar nicht mit der Melina auskommen, weil es 'ne Frage von einer, zwei Jahreszeiten ist, bis ich mich danebenleg«, war seine Bitte. Und nun ist Marta dort und hat ihren Grabstein, auf dem steht, falls es überhaupt jemand wissen will, dass sie Kurierin, Amme und Schafhirtin gewesen ist. Sie ist dort, weil auch der Omo Nudo an das hat erinnern wollen, woran er sich nicht erinnern wollte. Schließlich auch er; schade. Dass es schade ist, weiß auch er, und er wusste es auch, bevor Marta von uns ging. Wenn es stimmt, und es stimmt sicherlich, dass er der Unbekannte der letzten Passion ist. Auch das ist eine schöne und erbauliche Geschichte für unsere exotische und launische Seele, ihre einzigartige Erziehung zum Guten und zum Heiligen.

Aus irgendeinem Grund, den die Pfarrer sich nicht zu erklären trauen, feiert das Volk in der langobardischen Festung von Castiglione, die vor tausend Jahren dem heiligen Michael geweiht wurde, bereits am Gründonnerstag die Passion und den Tod unseres Herrn. Mit einer Verkürzung von Zeit und Raum, die von keinem praktischen Nutzen zu sein scheint, wird Christus schon unmittelbar nach der Fußwaschung abgeurteilt, ausgepeitscht, mit Dornen gekrönt, mit dem Kreuz beladen und unter dem Hohn der römischen Soldaten und der Feindseligkeit des Volkes zu seiner Hinrichtungsstätte geführt. Als ob diese Geste demütiger Vertrautheit und freundlicher Pflege als so schwerwiegend betrachtet würde, dass sie eine sofortige schwere Bestrafung verdiente. Als ob die Tatsache, sich zu Füßen dessen zu demütigen, den man liebt, als so abscheulich zu betrachten wäre, dass man zwischen Verbrechen und Bestrafung keine Zeit mehr verstreichen lassen könnte.

Ich glaube, dass diese Perversion vom schlechten Einfluss der Langobarden kommt, die sich in den zugehörigen Gebieten um Castiglione so lange als Herren aufgespielt haben, und es ist bestimmt kein Zufall, dass der hinzurichtende Christus per traditioneller Vorschrift eine rötlichbraune Perücke, die langobardische Haarfarbe, tragen muss. Die Perücke aus altem, stets erneuertem Menschenhaar ist Eigentum der mächtigen Bruderschaft des Heiligen Kreuzes. Die Bruderschaft ist so mächtig, dass sie alles besitzt, was mit dem Passionsdonnerstag zu tun hat. Ihr gehören die Harnische, die Lanzen und die Schwerter der römischen Legionäre, ihr gehört der Dornbusch, von dem die Dornenkrone stammt, ihr gehören das Holz und die Nägel der Kreuzigung, das Büßergewand des Christus, ihr gehört sogar das Becken der Fußwaschung und der Priester, der von der Bruderschaft nach ihrem Belieben berufen und zur Vollführung der Zeremonie nach absolutem Ermessen bezahlt wird.

Es ist ihr Christus. Der nie nach dem benannt wird, was er ist, sondern nach dem, wie er erscheint: der Unbekannte. So stellt sich der Erlöser dar, als ein Unbekannter; ein Profil, gänzlich vom Strohsack verhüllt, aus dem er nur durch ein einziges Loch, mehr oder weniger auf der Höhe eines seiner Augen, sein Schicksal erspähen kann. Die Perücke und die in die Perücke hineingesteckte Dornenkrone sind über den Stoff drapiert, die Füße sind in schmutzige Fetzen gehüllt, damit nichts, aber auch wirklich nichts die Identität des Unbekannten verraten kann.

Der Unbekannte ist immer ein Mann von uns: Es gibt eine lange Liste von Männern, die darauf warten, in diesen Stand erhoben zu werden. Auf die völlige Demütigung, die zu erleiden dieser Stand zwingt, die bittere und schmerzhafte Strafe, der sie unterworfen werden. Die Liste wird vom Prior der Bruderschaft verwahrt und ist geheim und unantastbar. Sie ist eine Auflistung von Sündern, die so sehr von ihren Sünden erdrückt werden, dass sie kein anderes Mittel haben als dieses äußerste, Zugang zum Unbekannten zu finden und aus dieser Erniedrigung heraus all das zu erleiden, was das Volk ihnen nach seinem Ermessen und zu seinem unbestreitbaren Vergnügen aufzuerlegen beschließen wird. Diese Männer suchen nachts den Briefkasten der Bruderschaft auf, werfen ihre Bewerbung ein und machen sich wieder aus dem Staub. Dann besucht der Prior sie an wohlgeschützten Orten und zu geheimen Zeiten und befragt sie, sie legen die Einzelheiten ihrer Schuld dar und müssen sehr präzise und überzeugend sein, und schließlich werden sie beurteilt und abgewiesen oder angenommen. Seit man denken kann, ist nie auch nur ein einziger Name eines unbekannten Büßers bekannt geworden, außer durch Geschwätz und Vermutungen, Ableitungen und Schlussfolgerungen; doch wenn auch kein sicherer Beweis möglich war, hat nie jemand auch nur die Befürchtung einer möglichen Amtsanmaßung aufgrund von Begünstigungen oder Empfehlungen vorgebracht.

Ich glaube, es wäre für uns erträglicher, von einem Bruder zu erfahren, dass er dir deine Frau weggenommen hat, als von einem Prior der Bruderschaft, der Ämterschacher betrieben hat. Ich sage: für uns, denn seit Langem hat die Bruderschaft die Freundlichkeit bewiesen, den Männern aus dem ganzen Revier zu erlauben, sich um die Strafe zu bewerben. Ich sage nicht zufällig für uns, weil auch ich mich seinerzeit darum beworben habe. Und ich wurde abgewiesen, da die ehrwürdigen Prioren es nicht für eine große Sünde hielten, dass ich mit unbekümmerter Trägheit zuließ, dass der Mann, der mich gezeugt hat, unbestraft und tödlich einsam auf dem Land seines Sohnes, vielleicht auf denselben Straßen herumlief.

Natürlich muss der Ausgewählte etwas bezahlen, und zwar nicht wenig. Aber wer dieses Mal der Unbekannte war, ist herausgekommen; und niemand war schuld, außer man will dem Bürgermeister von Castiglione eine indirekte Schuld zuschreiben, der auf den Straßen seiner Ortschaft immer noch das alte Abwassernetz unterhält, mit Kanaldeckeln, die mit dem herzoglichen Wappen versehen sind, von seltener Schönheit und alter Vornehmheit, aber aus schon mürbem und gefährlich instabilem weichen Gusseisen gegossen. Ich sagte schon, dass der Unbekannte, nachdem er sich bei der Fußwaschung vor der ganzen Bruderschaft niedergebeugt hat, abgeurteilt, mit dem Kreuz beladen und durch die Straßen des Dorfes zum Golgatha oben auf dem Felsen geführt wird, wo das Volk ihn erwartet, um die Rolle sündhafter Ignoranz und widerlicher Undankbarkeit zu spielen, die die Geschichte ihm zugeteilt hat.

Es war sofort klar, dass der diesjährige Unbekannte, wegen der Würde und der Gelassenheit, mit der er die Schläge und die Schmähungen ertrug, stark und unbeugsam war; doch in Wirklichkeit gab es in der Geschichte nur wenige Männer, die über die Schläge geklagt und sich mit unfreundlichen Gesten gegen die Beschimpfungen gewehrt haben, oder gar, und das ist auch vorgekommen, ihr Kreuz schwangen und Schläge austeilten.

Der wunde Punkt lag in der Via della Guardia, der schönen gepflasterten Straße, die eng an den großen Mauern entlang zur Festung führt. Dort, wo das Volk üblicherweise in den dunklen Winkeln und in den Schluchten der alten Mauern lauert, und die Legionäre, nur schlecht von ihren Fackeln beleuchtet, gezwungen sind, einer nach dem andern in der Mitte des Pflasters zu gehen, weil sie wissen, dass das Volk gemein und hinterhältig und an einem so geeigneten Ort versucht ist, die gottesmörderische Haltung aufzugeben und die der Fremdbeherrschten anzunehmen, da, wo man schon bei Tage kaum sieht, wo man die Füße hinsetzt, ist die lange Seite des Kreuzes des Unbekannten im Spalt eines der Kanaldeckel der ruhmreichen Verwaltung der Este stecken geblieben. Und die Prozession wurde unterbrochen. Um das Kreuz zu befreien, genügten weder Wagemut noch Kraft, es schien mit dem Gusseisen verschmolzen zu sein. Die Sporne der Lanzen und der Peitschen der Legionäre nützten nichts, dem Unbekannten war es egal. In den Sack verheddert, des Großteils seiner Sicht beraubt, strengte sich der Unbekannte an, als wollte er mit dem Hebel seines Kreuzes die Straße umpflügen, das gesamte Dorf entwurzeln und es in die Nacht hinausschleudern. In diesem Moment herrschte Stille, jener stumme Waffenstillstand, den das Volk mit seinem Opfer schließt, wenn es an einer dieser großen Schwierigkeiten der Geschichte beteiligt ist, die es für sich selbst befürchtet und die es niemand anderem wünschen kann. Und in der Stille, während das gelbliche, unbeständige Licht der Fackeln die Anstrengung eines äußersten Versuches des Unbekannten flackernd beleuchtet, kommt aus dem Sack ein grässlicher, entsetzlicher und unmissverständlicher Fluch. Gewaltig und frisch, als wäre der Staudamm von Ponte unter dem Druck einer apokalyptischen Hochwasserwelle geborsten. Voll von einer unerhörten Folge von Adjektiven, von denen man nicht gewusst hätte, wie sie alle zusammen in eines Menschen Mund hätten Platz finden können. Definitiv in seinem Urteil, unwiderruflich in seiner Verachtung. Plastisch in seiner klaren Deutlichkeit.

Und so haben wir im Unbekannten den Omo Nudo entdeckt. Es war seine im ganzen Tal bekannte Stimme; das unverwechselbare Timbre, mit dem er die Behörde anfuhr, die Beleidigung, mit der er sie zurückwies. An diesem Gründonnerstag gab es eine Diskussion zwischen dem Omo Nudo und seinem Gott, und es kam zu einem Ergebnis. Ich bin neben seinem Schatten aufgewachsen und wusste noch nicht, dass er einen Gott hatte. So wie ich nicht gedacht hätte, dass er in der Gestalt des Unbekannten eine Schuld zu sühnen hatte. In keiner Gestalt, würde ich sagen, denn der Omo Nudo ist unschuldig wie Wasser; so rein in seiner Unschuld, dass er meiner Meinung nach nicht einmal einen Gott nötig hätte. Und doch war er dort, um die höchste Strafe abzubüßen. Und das Verhängnis wollte, dass sein Kreuz stecken blieb, als wäre es nicht dazu bestimmt, ihn zum Golgatha zu begleiten, als ob es sich weigerte, die Anordnungen der Justiz auszuführen, so wie es der Omo Nudo und die Bruderschaft, die ihn des Martyriums für würdig befand, beabsichtigten. Gott selbst hat sich geweigert, Bresci zu kreuzigen, und versucht, es ihm auf die böse Art begreiflich zu machen. Und Bresci hat mit ihm gestritten, und er hat ihn zum Schweigen gebracht. Denn dann hat er es geschafft, das Kreuz aus dem Kanaldeckel zu ziehen. Und in der Stille, die nicht einmal durch die Kinder gestört werden konnte, und in der Dunkelheit der Fackeln, die die Nachtluft gegen die Steine der Mauern abschwächte und die aufflammen zu lassen die Legionäre keine Lust hatten, ist der Omo Nudo auf dem Gipfel der Festung angelangt und hat das Kreuz dort aufgestellt, wo es vorgeschrieben war. Doch keiner der Messner ist vorgetreten, um ihm den mit Essig getränkten Schwamm unter seine Verkleidung zu halten, und auch keine einzige alte Frau, um seine Strafe zu beweinen. Nichts lief so, wie es laufen sollte. Und das Volk kehrte nach Hause zurück im Bewusstsein eines Fiaskos, an das man sich noch jahrhundertelang erinnern würde. Und es wurde bekannt, dass der Prior der Bruderschaft geweint hat, vom Vorhang der alten purpurfarbenen Banner geschützt, die seine Schergen um ihn herum schleiften.

Wir sind keine Tiere, daher wagte es am nächsten Morgen niemand, zu seinen Geschäften zurückzukehren, es sei denn mit gesenktem Blick und kurzen abweisenden Gesten. Den Omo Nudo hat man ein paar Wochen lang nicht mehr gesehen, doch das war zu allen Jahreszeiten seine Gewohnheit; es waren Tage der Rastlosigkeit in den Gärten und der Betriebsamkeit in den Schafställen, wenn die Jungtiere betreut und alles gesät werden musste. Er wurde gerade noch rechtzeitig zu Martas Beerdigung wieder gesehen; mit seinem überraschenden Vorschlag, mit seinem stillschweigenden Geständnis.

Nur Nita ist vertraut genug mit ihm, um wenigstens einen Teil der Wahrheit über die Sünde des Omo Nudo zu kennen, doch sie hat natürlich keinen Grund, über diese Dinge zu tratschen. Obwohl sie nicht wenig spricht, nicht mit der Sparsamkeit, die wir von unseren Eltern ererbt haben und die wir eifersüchtig hüten, ist sie kein Klatschmaul, und sie redet nicht unmäßig in den Wind hinein; so wie sie Don Gigliante als Poeten schätzt, wenn er in der Laune für Komplimente ist und mit dem Einsatz seines harten Ellbogens in meine Hüfte mich daran zu erinnern versucht, dass eine Frau dieses Kalibers von der Sünde der wilden Ehe befreit und mit einer christlichen Hochzeit geehrt werden müsste.

Gerade vorgestern stieß er mich wieder mit dem Ellbogen an, als er vorbeikam, um zu sehen, wie weit die Rosenblüte war. Er besitzt Rosen zusammen mit Nita, weil sie in ihrem Garten besser wachsen als im Garten des Pfarrhauses. Die Rosen müssen sich rechtzeitig zur Fronleichnamsprozession öffnen, denn sie sollen in der eindringlichen, von den barocken Gewissensbissen der Betschwestern entworfenen Choreografie die Blütenbühne sein, auf der der Allerheiligste unter seinem Baldachin hervorschaut, und sie müssen während der ganzen Zeit die Prozession mit ihrem Duft erfüllen. Es sind Damaszener-Rosen, alte und seltene, zarte und schlichte Rosen, die Nita von ihren Reisen in fremde Länder in dieses Tal mitgebracht hat, und bis die Ungeborene auf die Welt kommt, hat nur sie die Gabe, sie zu pflegen. Diese Rosen gefallen zwar meinen alten Damen, stören meiner Meinung nach aber den keuschen Frieden Unseres Herrn, meinte Don Gigliante, als er an einer Knospe roch, die er mit einem leichten Schwung mit der Spitze seiner Hippe abgeschnitten hatte. Don Gigliante trägt die Hippe an einem verzierten Ledergürtel, den er über sein Priestergewand geschnallt hat, und er scheint ihn nur abzulegen, wenn er sich umkleidet, um die Messe zu lesen. Es sind Rosen, die eine Braut vor dem Altar tragen sollte, erklärte er näher. Und er sah mich an und es waren meine Rippen, in die er seinen Ellbogen stieß, und seine Stimme flüsterte mir in den Hemdausschnitt, damit Nita sie nicht hörte. Denn nicht einmal er, mit seiner ganzen Schärfe als Bergprediger, wagt es, mit ihr über diese Dinge zu sprechen. Mit ihr handelt er in Damaszener-Rosen und gelben Bohnen und Bitterwurz mit violetten Blüten, nicht in Erlösung und anderen nebensächlichen Kleinigkeiten.

Apropos, auch Bresci hat mehrmals, wenn auch vorsichtig, seine Erwartung in Sachen Hochzeit geäußert, wenn auch seine Gründe sozusagen ästhetischer Art sind: Ich würd' nämlich so gern ein schönes Mädchen in so 'ner festlichen Kleidung sehn. Und ich glaube, er stellt sich eine vor, die er in einem Film aus seiner verschütteten Pubertät gesehen hat, oder gar etwas, was er noch nie gesehen hat.

Er sagte mir, dass wir seiner Meinung nach nicht vor der großen Reise zum Grab seines Freundes William Grover-Williams heiraten sollten, damit wir ihn nicht in Verlegenheit brächten, indem wir ihn mit der Schamlosigkeit eines mit einer verheirateten Frau vollführten Unternehmens von so großer Bedeutung belasteten. Auch er spricht in einiger Entfernung von Nita, auch er in der Überzeugung, dass ich der brüchigste Teil der Mauer, das zerbrechlichste Glied bin. Und dabei kennen sie mich. Und trotzdem hegen sie, jeder auf seine verrückte Art, eine Sache zu begreifen, die er nicht kennt, den Gedanken, dass ich der anfällige Teil eines Wesens sei, das sie lieben und beschützen möchten. Als ob ich das nicht auch wollte. Als ob es Nita nicht wollte. Nur dass sie mich haben aufwachsen sehen, und sie haben sie nur ankommen sehen. Und sie kam, indem sie sich ihren Weg bahnte im Staub einer alten Explosion, so alt, dass der Staub schon so fein geworden war, dass er leicht wie eine Wolke hängen blieb. Und sie selbst konnte, als sie sich offenbarte, nur als Wolke erscheinen, als Nebeldampf des Wunders in der Erscheinung des Überlebens.

Doch sie ist hier bei uns geblieben und brachte Materie mit, erzeugte Kraft; verstellte die Räume mit ihrem Hausrat, bereitete dem Schreibwarenhändler Sorgen mit außergewöhnlichen Wünschen, produzierte mit ihrer Arbeit Kapital und mit ihrem Kapital Arbeit, wurde schließlich von dem schwanger, der, um dem Schicksal gegenüber Respekt zu bezeugen, seine Felder unfruchtbar gehalten hatte. Aber das Geheimnis, das sie mitgebracht hat, jagt denen Angst ein, die geglaubt hatten, dass die Zeit der Ausnahmen vorbei wäre. Wie Don Gigliante, wie Bresci; sie sind so mit Außergewöhnlichem beladen, das sie lebend bis hierher brachte, dass sie versucht sind, in der statischen Betrachtung des Wunders Erleichterung zu finden. Ich sehe ihnen zu, während sie ihr gegenüber von Rosen und Helden stammeln, und denke, wie sie doch dadurch herrscht, dass sie mit beiden Füßen auf der Erde steht, dass sie das Thema angeht, indem sie den Geist in Materie wendet und die Materie in ihre Vernunft. Sie hört nie auf zu verwundern, nicht einmal mich, mit der Bestimmtheit, in der sie die unlösbaren Fragen anpackt, die ihr die Natur des Universums stellt, und mit der praktischen Unbekümmertheit, mit der sie sie im Horizont unseres Lebens in die richtige Ordnung bringt. Wie könnte sie auch anders leben als gut auf dem Boden verankert, sie, die ihre Familie hat in die Luft fliegen sehen, sie, die aus reinem Zufall des Überlebens nicht mit ihnen und einem ganzen Bahnhof hochgeflogen ist?

Ich weiß, dass Nita kein Wunder ist, genauso wenig wie sie damals auf wundersame Weise gerettet worden ist: so wie ich sie sehe, ist sie nur die Folge des physischen Vermögens dieses Tals, wieder einmal, jedes Mal, den Weg zurück zum Prinzip der Dinge zu finden. Das Prinzip der Dinge ist, dass man sich durchschlagen und neu beginnen muss, als ob nichts wäre. Und jedenfalls werde ich sie nicht heiraten und sie wird mich nicht heiraten, denn wir müssen nicht auf diese Weise geschützt werden. Und das wird mit dem Segen der Santarellina geschehen, die keine Scheu hat, mit Nita über alles zu reden. Die Santarellina sieht keine Ehe zwischen den beiden Menschen, die ihr jetzt, da die Duse nicht mehr da ist, auf der Welt am meisten bedeuten. Die Santarellina hat Nita das klargemacht, ohne groß um den heißen Brei herumzureden, ausgerechnet, als wir vom Friedhof zurückkamen, nachdem die Duse von uns gegangen war. Dieser Stoff hat schon zu viele Beerdigungen gesehen, hat sie zu ihr gesagt, als dass es noch zu einer Hochzeit gut wäre. Und solche Shantung-Seide machen sie nicht mehr, gab sie zu bedenken, während sie sich mit ihrer kleinen, von Arthritis verkrümmten Hand die Falten ihres famosen

Londoner Kostüms glättete. Und ich könnte nicht auf eine Hochzeit von euch gehen und etwas Billiges tragen. Wenn euch das jemals durch den Kopf geht, dann macht es, wenn auch ich von euch gegangen bin. Und die Santarellina ist ewig.

An Weihnachten gehen Nita und ich nach Careggine; nur um beim Thema zu bleiben, das ist unsere Hochzeitsreise, und seitdem ich beschlossen habe, dass sie bleibt, wiederholen wir sie jedes Jahr mit neuer Begeisterung. In diesen Tagen ist Careggine voller Engländer, alles Dynastien der Emigranten, die wenigstens zum Weihnachtssakrament der *ossetti*, der Knöchelchen, zurückkehren. Sie parken so aufdringlich wie möglich ihre Vauxhalls und Rovers, mit denen sie den Ärmelkanal auf denselben Nachtfähren überquert haben, mit denen sie weggefahren waren, und zünden die Feuer in den Häusern ihrer Vorfahren an. Eine Woche lang verbreitet sich aus den geöffneten Fenstern dieser schwarzen Zimmer, in denen sie geboren wurden oder auch nur geschlafen haben, als sie kamen, um sich firmen zu lassen, der einzigartige und nicht gerade angenehme Geruch von Pullovern aus irischer Wolle. Sie bringen sie dutzendweise, um sie an ihre Neffen, Cousins, Ehefrauen und Geliebten zu verschenken. Sie hängen sie an die Luft, damit das ganze Dorf die neuen Muster und das exklusive Melangegarn des letzten Schlussverkaufs bewundern soll.

Hier bei uns trägt niemand diese Pullover, die in Haufen in den Sakristeien landen, wo Kleidung für die Kinder der Missionen gesammelt wird, oder bei entfernten Verwandten der Weißrussen oder Georgier, die noch gern alles nehmen, was man ihnen gibt, aber das wissen sie nicht. Sie haben es noch nötig zu glauben, Glück gehabt zu haben und freigebig zu sein. Deshalb tun sie in der Woche, die sie hier sind, nichts anderes, als auf den Straßen herumzuschwärmen und die Menschen anzuhalten, sie zu fragen, wer sie sind und was sie machen, ob sie gemeinsame Verwandte haben, und entfernt haben sie immer welche; um von sich in der Sprache zu sprechen, von der sie stolz sind, sie nicht vergessen zu haben; um die Geschichten aus Glasgow und Chelsea zu erzählen, die Märchen, die sie aufrecht hielten und die sie haben durchhalten lassen, ohne sich denen gegenüber zu schämen, die geblieben sind. Doch den Hunden, die sie aus reiner Protzerei mitbringen, die untauglichen Terrier und die schwächlichen Pointer, die hier bei uns keine Woche lebend überstehen würden, bevor sie von den Wildschweinen gefressen würden, den Hunden, die sie neben sich Platz nehmen lassen, wenn sie in einer Bar verweilen, flüstern sie dummes Zeug auf Englisch zu. Einem leidlich korrekten und prononcierten Englisch.

Wir mögen diese Leute, vielleicht mehr als sie zu hoffen wagen; wir erdulden die Knauserigkeit, die Überheblichkeit und die anderen Laster, die sie im Ausland gelernt haben, und behalten sie diese wenigen Tage bei uns, als würde es uns das Herz brechen, wenn wir sie wieder wegfahren lassen. Denn sie kommen nicht als Parasiten der Erinnerung, sondern als Wiedergutmacher. Kein Einziger, der nicht alles, was er zusammengebracht hat, in den Schutz des heiligen Hauses des Vaters gesteckt hätte, in seine äußerst genaue Instandhaltung, in den getreuen Wiederaufbau. Als ginge es darum, eine Massensünde zu sühnen, und die Strafe wäre die ewige Hingabe an die Steine einer Krippe, aus der zu fliehen sie das Jesuskind nicht gehindert haben. Und so sind sie durch ein Gelübde an diese Häuser gebunden, und man lässt sie nie sterben, niemals, solange sie ihren Kindertraum hegen, früher oder später das Kindchen in die Krippe zurückzubringen.

Das Revier ist voll von diesen Votiv-Häusern, und Careggine besteht nur aus solchen; und es ist eine Schönheit ohnegleichen, nicht von den unheilvollen Ambitionen nach Ausbau und den blöden Versuchungen der Moderne verseucht. Im dumpfen Sarkophag der Keller dieser Häuser finden sie nach ihrer Ankunft zerlegt, eingesalzen und zu

Wurst verarbeitet das Schwein, das sie von ihren treuen lokalen Geschäftspartnern die gehörigen achtzehn Monate lang mästen ließen. Im Hinblick auf den Heiligabend bereiten sie zwei enervierende Tage lang die Brühe für die *ossetti* vor; und am Heiligabend versammeln sie zu deren Verzehr als eine Art Bestätigung einer Taufe alle höheren und niederen dynastischen Linien, so weit es ihnen möglich ist, bis hin zum dritten und vierten Grad. In der Küche haben sie jedenfalls einen Tisch, der immer groß genug ist, und wenn die Stühle nicht ausreichen, können sie in der Bar welche holen.

In eines dieser Häuser bin ich mit Nita eingeladen; und es ist nicht das Haus eines Engländers, sondern das von Aristo und seiner Erbin Malva, genannt Malvina. Wenn Aristos Sohn Ulisse die edelste und schönste Hippe des Distrikts erben wird, bekommt seine Enkelin Malvina das Haus von Careggine. Ulisse will es nämlich nicht, und es will auch niemand anderes als Malvina, und wenn sie es nicht wollte, dann wäre es schon seit vielen Jahren unbewohnt und verfallen.

Malvina ist schon dreißig Jahre alt, und wüsste man nicht, dass sie sich manchmal mit Nazzareno trifft, würde man sie nicht an manchen Tagen außerhalb der Saison in den Wäldern sehen, könnte man glauben, sie sei dazu geschaffen, Kind zu sein, solange sie lebt. Wenn man sie so betrachtet. Wegen ihres schmächtigen, zarten Körpers und ihres pausbackigen Gesichtchens, wegen dieser drei Strähnen in der dunklen Farbe des Akazienhonigs, die sich wie Honig aufhellen, sobald Licht darauffällt. Wegen der Beinchen, die hier- und dorthin flitzen und sie nie innehalten lassen, wegen ihrer Hände, deren Flächen so groß wie Lorbeerblätter sind. Wegen dieser Augen eines jungen Kätzchens, die ständig fragen und immer nein sagen. Wenn man sie sieht, meine ich; hören kann man sie nämlich nicht. Sicherlich wird sie einen Weg finden, mit ihrem Großvater zu sprechen, vielleicht sagt sie auch etwas zu ihrem Vater und zu Nazzareno, doch mit Letzterem hat sie ihren Gesprächsbedarf aufgebraucht. Sie sagt ja oder nein, und dafür genügt ihr im Allgemeinen eine Geste, ein Zur-Seite-Werfen der Strähnen; sie lächelt, und sie tut es so zurückhaltend und so elegant, wie im Schatten der Maestà manche alten kleinen Madonnen lächeln müssen, die von den besten Meistern aus der Versilia geschnitzt sind. Und sie verfinstert sich, und um das zu tun, braucht sie nichts, nur die Starrheit ihres Schweigens.

Das ist alles. Und ich kann sagen, dass ich mit ihr gesprochen habe, und zwar jedes Mal, wenn wir uns in Aristos Haus trafen, weil man sich bei uns ansieht. Bei ihr und Nita weiß ich es nicht; irgendwann haben wir alle zusammen begriffen, dass sie sich etwas absondern, aber vielleicht tun sie das nur, um sich in aller Ruhe anzusehen und auf diese Weise miteinander zu sprechen. Es ist bekannt, dass Ulisse sie zum Studieren ins Ausland geschickt hat und dass sie in ihrer Disziplin mehr als Doktor geworden ist. Mit dem, was sie gelernt hat, fängt sie aber nichts an, in Anbetracht dessen, dass man weiß, dass sie Expertin in Himmelsmechanik ist. Das sagt man nur, weil sie mit einem dicken Buch nach Hause gekommen ist, das sie ihrem Vater zeigte, damit er nicht dachte, er habe sein Geld zum Fenster hinausgeworfen. Auf dem Umschlag steht Malvas Name und ein Titel, der viel zu lang ist, als dass ihr Vater begreifen könnte, was er bedeutet, oder ihn auch nur auswendig lernen könnte. Wir alle haben dieses Buch gesehen, und es wurde mit Leidenschaft darüber geplaudert, denn Ulisse ist mit ihm durch das ganze Revier gefahren, bis Malvina es sich wieder genommen hat und es verschwinden ließ. Tatsächlich lauten die beiden Wörter mit den größten Buchstaben: *Celestial Mechanics*. Himmelsmechanik also.

Tatsache ist, dass dieses zum Stummsein berufene, ungefähr ein Meter fünfzig große Mädchen eine Professorin der Astrophysik ist. Die aber von ihrer Wissenschaft dazu gebracht wurde, die Geheimnisse der universalen Gravitation zu erkunden, und die Eventualität, dass sie auch einen kleinen Teil des größten Geheimnisses des Gleichgewichts gelöst haben könnte, das uns über allen Regierungen regiert, hat niemanden beunruhigt. Und nicht aus Unwissen oder Engherzigkeit, sondern weil es uns hinlänglich klar erscheint, dass Malvina größer ist als wir, und natürlich muss sie es da sein, wo wir es nicht sehen können. Allein wenn wir ihr Buch lesen und verstehen könnten, würden wir an ihrer Größe teilhaben, aber auch das ist nicht so wichtig. Wenige von uns schaffen es, bis dahin zu kommen, wo die Betrachtung der Urstrahlung beginnt, und auch unter denen, darauf kann man schwören, ist niemand wirklich geneigt, mit dem unfühlbaren Fossil zu spielen, von dem Malvina selbst nur die reine numerische Abstraktion genießen kann. Wenn man sieht, wie sie durch die Straßen des Dorfs trippelt oder mit ihrem Rad die Kurven von Brica herunterrast, wenn man ahnt, wie sie durch das Unterholz der Wälder rauscht, und man sie beobachtet, während sie einen kleinen Mädchenknicks macht, bevor sie das Haus ihres Großvaters betritt, dann kennen wir sie und sind zufrieden mit ihrer Größe.

Sie ist also aus dem Ausland zurückgekommen und hat keine drei Monate verstreichen lassen, bis sie anfing, als Selekteurin in einer Blumenzucht oben bei Metello zu arbeiten. Da gibt es nicht viel zu diskutieren, wenn jemand diese Arbeit macht, und es heißt, sie ist gut; es heißt, das Unternehmen ist vorangekommen, seitdem sie da ist, und ihr verdanken sie eine neue Freesie von einer Schönheit, die für die alten Freesien fast peinlich ist. Gäbe es mehr Bräute, heißt es, gäbe es noch welche, die sich gern am Duft eines Freesienstraußes berauschten, könnten sie Milliardäre sein.

Im Sommer wie im Winter fährt sie mit dem Fahrrad zur Arbeit, und nur wenige sehen sie morgens vorbeifahren, denn sie braucht fast zwei Stunden von zu Hause und fährt schon kurz nach fünf los. Sie hat ein Fahrrad, so groß wie das eines Jungen, das sie sich aus dem Ausland mitgebracht hat; es heißt, es sei aus dem Abbaumaterial eines Raumschiffs gebaut und ein Vermögen wert. Wenn man seine Konstruktion sieht, die selbst für die Kranken vom Klub Jacques Antequil ungewöhnlich ist, scheint das wirklich zu stimmen; aber auf jeden Fall ist es ein Fahrrad, das noch mit Pedalen funktioniert, und man kann sich kaum vorstellen, wie viel Kastanienpolenta Malvina zum Frühstück verputzen muss, um die Kraft für diesen Weg zu haben. Auch nicht, wo sie sie hintut, diese ganze Polenta.

Wenn sie sich nach der Arbeit nicht mit Nazzareno trifft, geht sie, wenn es Nacht wird, in das Haus ihres Großvaters und wohnt bei ihm. Sie hat es gewollt, dass die Dinge so laufen. Ulisse hätte sie lieber bei sich im Haus gehabt, »und wenn sie wirklich nicht bei mir bleiben will und sie nicht mehr mit dieser Nervensäge von ihrer Mutter herumstreiten will«, hatte er sich abgerackert, um ihr im Nachbarhaus eine kleine Wohnung herzurichten. Doch Malvina hat sich für Aristo und sein Haus entschieden, und es scheint, dass sich alle drei perfekt verstehen. Es ist nicht schön, wenn die jungen Leute zu viel Zeit mit den Alten verbringen, besonders wenn sie noch zu wachsen haben, und man wünscht sich, dass Malvina wenigstens noch ein bisschen zu wachsen hat, doch die drei sind etwas Verschiedenes und Einziges: sie, Aristo, das Haus. Aristo ist ein so zarter alter Mann, dass auch er ein bisschen wie ein Kind aussieht. Ich kenne ihn, seit ich Kind war, und er ist schon immer so gewesen. Deshalb mochte die Duse ihn und auch wegen seiner eleganten Umgangsformen, und sie freute sich, wenn ich zu ihm in die Werkstatt ging.

Aristo ist ein Adliger, und sein Name kommt nicht von falschem Ehrgeiz. In einem Zimmer im Haus seiner Vorfahren in Roggio, wo sein Vater geboren wurde, hat der Papst geschlafen, als er die Rücken der päpstlichen Esel strapazierte, um den Apennin zu überqueren und die Königin Matilda um die Gnade einer Protektion zu bitten. Und nach dem Papst haben dort die Bischöfe geschlafen, die sich Jahrhundert um Jahrhundert ins Abenteuer stürzten, um ihre Pflicht zu erfüllen, ihre Schäfchen zu besuchen, und dabei die Feindschaft dieses Pöbels erduldeten. Seine Familie, die Borgioni, hatte die Herrschaft über die Festungen und Landgüter rund um Careggine, zu ihrer Zeit hatte sie Soldaten und Notare, nicht nur Bauern und Pächter. Mit der Revolution, als man auch im Revier anfing, Eichen vor den Herrschaftshäusern zu pflanzen und im bescheidenen Schatten dieser jungen Eichen Ansprüche zu stellen und Forderungen zu erheben, verzichteten die Borgioni aus eigenem Willen auf zwei Drittel der belehnten Besitztümer, machten ihre Bauern zu Bürgern und gaben ihnen Wachen, damit sie die gebräuchlichen Sitten und die gedeihliche Ruhe, die daraus herrührte, verteidigten. In ihren Häusern beherbergten sie Napoleons Offiziere und ließen sie ein paar Töchter und Enkelinnen heiraten; von diesen Ehen gingen die blühenden frankophonen Nebenzweige aus, deren Namen heute noch Marmoradern, Straßen und Werkstätten tragen, die sie selbst entworfen und gebaut hatten, und die sie vor, während und nach Napoleons Exil auf St. Helena ausgebeutet hatten. Denn das, was Napoleon Bonaparte in diesem Revier zurückließ, seien es Menschen, Unternehmen oder auch nur Eichen, hat niemand über die Maßen hinaus anzugreifen gewagt. Als die Macht der Herzöge wiederhergestellt wurde, blieb die Familie der Borgioni das, was sie war; und auf dem Festungsplatz von Roggio, unter der Eiche, die schon mit erwachsener Stattlichkeit grünte, nahm das damalige Familienoberhaupt Ariodante, der Girolamo Buonaparte und Gioacchino Murat persönlich kannte, weiterhin die öffentlichen Forderungen nach Gerechtigkeit und Freiheit entgegen, nur listig in Begleitung einer Musikkapelle oder aus Anlass des gregorianischen Kalenders. Als ihm die Schmiede zum Fest des heiligen Rochus, des Schutzpatrons der freien Handwerker, die schönste Hippe schenkten, die sie je geschmiedet hatten, trug er sie von nun an auf dieselbe Art, wie sein Vater und sein Großvater den Komtursäbel getragen hatten. Das alles ist niedergeschrieben und bezeugt.

Dann kam die Einheit Italiens. Das Königreich übernahm die Bürgergarden und machte sie zu königlichen Garden, zum größten Hohn des Volkes und zum Verdruss der Garden selbst; es konfiszierte die Festungen, die die Borgioni dem Gemeingebrauch gespendet hatten, mit der Ausrede, es sei keine Grenze mehr zu bewachen, und diese nahmen sich für ein paar Lire die römischen Notare, die den Auftrag erhalten hatten, die Versteigerungen auszurufen, um sie dem Meistbietenden zuzuteilen. Es kamen diese Römer und es brauchte Zentner an Sprengstoff und eine geduldige Beschäftigung des Volkes mit dem richtigen Umgang damit, um ihnen begreiflich zu machen, dass sie ihren Traum von bürgerlicher Herrlichkeit nicht in diesem Tal krönen konnten. Sie gingen weg und ließen Ruinen zurück, die wir heute immer noch nicht richtig wieder aufgebaut haben, doch in diese ganze Geschichte mischten sich die Borgioni nie ein. Das Königreich konsolidierte sich, und sie kamen weder mit dem König noch mit der Verfassung gut aus: Keiner aus der Familie kandidierte für das Nationalparlament, und keiner wurde von den Savoyern in den Senat des Königreichs berufen.

Und am Ende verfielen die Borgioni; es heißt, sie taten es ohne die üblichen Szenen des Adels, ohne die Skandale und Possen der anderen: ohne sich auf Huren und Glücksspiel verlegen zu müssen. Sie lösten sich auf, als hätten sie einfach keine Lust mehr, die zu sein, die sie gewesen waren. Sie verkauften, verschenkten und verstreuten sich über ganz Europa, wo sie überall Geschäfte und Bekannte hatten. Es blieben nur der Zweig der Franzosen und Aristos Großvater Menotti, der dableiben wollte, um die Dokumente der Familie in Ordnung zu halten und zu studieren, was er begonnen hatte.

Dieser Menotti ist auf der ganzen Welt berühmt geworden, weil er alte vergessene Kulturen hinter dem Euphrat suchen ging und sie auch fand. Wenn Malvina etwas von ihrer Familie hat, dann von ihm. Menotti hat Dutzende von Büchern geschrieben und sie nur eines, wenigstens soweit man weiß, aber auf den Fotos sieht sie ihm sehr ähnlich: ein Katzengesicht, das aus einem Kolonialhelm hervorlugt und der kleine Eichhörnchenkörper in der Uniform der damaligen Forscher eingemummt. Es wird einem nicht klar, mit welcher Kraft er das finden konnte, was er suchte, wenn man nicht Malvina betrachtet, und umgekehrt. Alles, was er zu schreiben und aufzubewahren hatte, brachte Menotti stets in das Haus der Familie, das er verlängerte und verbreiterte, wobei er ungehemmt seinen mesopotamischen Schrullen folgte; diese seltsame Festung, die zur Villa wurde und von einer Villa zu einer als Villa verkleideten Alhambra, wäre ein großes Museum geworden und Roggio hätte Weltruhm erlangt, wenn nicht das passiert wäre, was passiert ist. Da er sehr penibel war, versäumte Menotti es nicht, sich in diesem Haus zu verheiraten und einen Sohn zu zeugen. Dieser Sohn hieß mit Namen Xerxes und ist Aristos Vater gewesen. Weder er noch seine Mutter hatten ein tolles Leben. Sie waren da in diesem launischen Haus, wo man, wenn Menotti nicht anwesend war, nicht einmal wusste, in welchen Raum man zum Pinkeln gehen sollte. Die Ehefrau wartete, dass Menotti von irgendwo aus dem Orient zurückkam, der Sohn brütete Fantasien aus, ohne dass er auch nur ein Hündchen gehabt hätte, dem er sie hätte erzählen können. So stürzte sich die Frau eines schönen Tages in den Festungsgraben und wurde nicht mehr gefunden, und der Sohn wurde von Verwandten aus Lyon beansprucht, bevor Menotti zurückkehrte und selbst entscheiden konnte.

Als er zurückkam, bereute er plötzlich, dass er die Dinge in seinem Haus den Weg hatte gehen lassen, den sie genommen hatten; er hörte auf, im Orient zu graben, verkroch sich in seine Alhambra in Roggio und begann, sich an sein Gesamtwerk zu machen. Einmal pro Woche ließ er sich etwas zu Essen machen, steckte es in seinen Forschersack und ging am frühen Morgen zu Fuß zur Klause von San Viano; er frühstückte vor dem Heiligen der Menschen von Vagli, dem Heiligen der verschwendeten Gelegenheiten, und kehrte wieder nach Hause zurück. Zweimal im Monat wurde er abgeholt und in die Stadt Siena gebracht, wo er an der Universität lehrte; scheinbar kamen zu seinen Vorlesungen Studenten aus allen Teilen Italiens. Das war alles, bis er starb. Bis dahin fragte er nie nach seinem Sohn Xerxes, doch seine Frau suchte er noch jahrelang, obwohl es allgemein bekannt war, dass man vom Festungsgraben, in den sie gesprungen war, zu der Jahreszeit, in der sie unterwegs gewesen war, in weniger als einer Woche im Fluss und vom Fluss im Meer landete.

Zu Menottis Tod kamen seine Testamentsvollstrecker aus Paris, die seine ganze Habe versiegelten. Die Alhambra wurde geschlossen und nie wieder geöffnet, bis '44, als die Deutschen sie requirierten und ihr Hauptquartier hier aufschlugen. Sie war so groß und so komplex, dass dort auch Platz war, um ihr Gefängnis einzurichten, mit Folterkammern und allem anderen. Damals nannte man es Die Schreie. Von Xerxes hörte man nie wieder etwas, außer dass er ein schüchterner, trübsinniger Junge war, der sich die wenigen Male, die ihn seine Mutter aus dem Haus brachte, an die Hunde hängte und losbrüllte, um bei ihnen bleiben zu dürfen. Er kehrte nie von dort zurück, wo er in Frankreich war, aber irgendwann kam sein Sohn, Aristo.

Er kam gleich nach dem Krieg; er kam mit seiner Frau auf einem Motorrad. Es waren zwei schöne junge Leute, er sprach nur mühsam Italienisch, geschweige denn die Sprache des Reviers. Die Duse erzählte mir, als sie sich im Dorf vorstellten, schien es, als wären zwei Filmschauspieler gekommen, da sie nicht nur schön, sondern auch elegant und höflich waren. Er war gekommen, um sich seinen Besitz wiederzuholen, doch als sie ihm sagten, das Haus von Roggio müsse umgebaut werden, weil es zu dem gedient hatte, wozu es gedient hatte, wollte er es sich nicht einmal anschauen gehen. Es wurde von den Polizisten gesäubert und versiegelt, und jetzt ist es eine Ruine mit Türen und Fenstern, die noch mit den Brettern aus der Nachkriegszeit zugenagelt sind; früher oder später kommt die Anordnung, sie im Namen der öffentlichen Sicherheit abzureißen, und es wird für alle eine Erleichterung sein; es wäre vielleicht die zweite Gelegenheit gewesen, daraus ein Museum zu machen, aber es ist so in Ordnung. Mit seiner französischen Frau zog er in ein schönes Haus, das seine Familie in den Hügeln hinter dem Ponte hatte, dort, wo ich sie dann auch kennengelernt habe. Sie waren so schön und so fremd, dass ich mich wunderte, dass sie mich auf der Straße grüßten, ob sie nun allein oder der eine bei der anderen untergehakt waren.

Was sie hauptsächlich taten, war, das Motorrad zu nehmen und wegzufahren. Sie zogen sich Lederoveralls an, drückten sich einen Helm auf ihre Locken und machten sich aus dem Staub. Sie blieben manchmal auch mehrere Wochen weg; damals hatte Aristo ein riesiges Motorrad, sicherlich eines vom Krieg, und sie konnten sogar zwei Koffer daraufschnallen. Sie fuhren los und kamen zurück, und jedes Mal, wenn sie zurückkamen, kamen sie uns kleinen Jungs noch großartiger und fremder vor. Irgendwann hörten sie zu reisen auf, und Aristo eröffnete am Ponte eine Art Werkstatt. Er stellte sein Motorrad hinein und dann ein anderes und noch ein anderes und begann, an ihnen herumzuwerkeln; bis von außerhalb nie gesehene Motorräder kamen, die von Motorradrennfahrern gebracht oder in den Laderaum von Lastwagen geladen wurden.

Es waren Rennmotorräder, die gerade ein Rennen gewonnen hatten oder es in Kürze gewinnen sollten. Und er hantierte zwanzig Stunden am Tag, und oft ging auch seine französische Frau mit ihm in die Werkstatt. Es war das erste

Mal, dass man im Revier eine Frau in einer Werkstatt an Motoren arbeiten sah; die Sache verblüffte, denn diese Frau blieb dennoch stets elegant und höflich, und alles, was sie sagte, sagte sie mit einem Zauber, und sie hatte aus Frankreich sogar eine Forsythie mitgebracht, die in ihrem Garten blühte, wenn ringsum nur Schnee und schwarze Zweige waren. Sie arbeitete weiter in der Werkstatt, auch als sie mit ihrem Sohn schwanger war, und man sah die beiden morgens umschlungen zur Werkstatt gehen, als wären sie noch zwei Verliebte, und abends, mit den vom Öl schwarzen Overalls, die Hände verbunden und vor Benzin glänzend, wieder nach Hause. Als die Schwangerschaft voranschritt, ließ sie sich eigens dafür einen Overall nähen, und die Sache verursachte großes Aufsehen im Tal, denn auch das war etwas, was man noch nie gesehen hatte.

Es war das Jahr 1954, und die Duse ging noch zur Schule der Capria hinauf, ich war schon in der vierten Klasse, und ein Motorrad, mit dem Aristo gehandelt hatte, wurde Zweiter bei der Weltmeisterschaft in der Klasse der 500er. Es war eine Guzzi mit acht Zylindern, lang wie ein Zug und ebenso schwer, doch wenn man sie fahren konnte, ließ sie alle anderen Motorräder eine Runde hinter sich; es gab nur einen Rennfahrer, der sie fahren konnte, ohne vor Ende des Rennens auf der Piste zerquetscht zu werden; dieser Rennfahrer war Italiener und hieß Biasotti, er wohnte in Mailand. Ich habe ihn kennengelernt, denn er kam zu Aristos Werkstatt und hielt an, um uns Jungs zu begrüßen, die wir draußen auf der Straße darauf warteten, dass er den Motor anwarf. Das war ein Mordslärm.

An dem Tag, an dem Biasotti in einem Lancia Coupé mit einer Flasche Champagner kam, um mit Aristo zu feiern, gebar seine Frau in dem Krankenhaus von Lucca ihren Sohn Ulisse, sodass sie alle zusammen ins Krankenhaus fuhren, um der Wöchnerin etwas zu Trinken zu bringen. Und auch das erregte Aufsehen, denn Aristo verlieh seine Motorräder an alle, die in einem Korso nach Lucca fahren wollten und keines hatten, und zur Flasche Champagner gab er auch noch mehrere Korbflaschen hinzu, die er an die Lenker band.

An jenem Tag war ich dort und sah sie abfahren, Männer und Frauen umschlungen auf den schönsten Motorrädern des Reviers, die Motoren im Leerlauf, und sie fuchtelten herum wie Hexenmeister und stürzten sich dann im Rauch und Staub auf die Straße; und auch das war ein Mordslärm. Ulisse ist in der Werkstatt aufgewachsen, und für uns war er der Junge, der bei der Geburt das meiste Glück gehabt hatte. Wegen der Motorräder, an denen er herumwerkeln sehen konnte, so lange er wollte, wegen der Mutter, die immer zauberhaft in ihren Worten und ihren Bewegungen war, wegen Aristo, der sich eine Aprilia gekauft hatte und seine Frau und seinen Sohn darauf verfrachtete, und sie fuhren für ein, zwei Wochen los, um die Welt zu sehen.

Es hatte zwar keine Weltmeisterschaften mit Champagner und allem anderen mehr gegeben, aber die Rennfahrer hörten nicht auf, zur Werkstatt zu pilgern; sie kamen weiterhin aus ganz Italien und sahen so aus, als hätten sie dringend ein Wunder nötig. Und die aus dem Revier schämten sich wegen ihrer kümmerlichen Motorräder und hatten eine große Scheu vor Aristo, obwohl er stets sagte: Siehst du nicht, dass es eingestellt werden muss, hörst du nicht, dass der Motor klopft, komm, ich guck es mir an und für einen Blumenstrauß für die Französin kannst du es wie neu wieder mit nach Hause nehmen. Auch Aristo nannte seine Frau, wenn er von ihr sprach, immer »die Französin«. Dann ist die Französin gestorben, und alles hörte auf, Rennen, Werkstatt, Weltreisen. Sie ist innerhalb eines Monats von uns gegangen; eines Tages hat man sie nicht mehr gesehen und nach ein paar Wochen war sie tot. Niemand hat je erfahren, warum, Aristo hat nie mit jemandem darüber reden wollen. Es heißt, es sei wegen der Benzindämpfe, wegen der giftigen Öle gewesen; die Santarellina sagt, die Franzosen sind wie die Engländer: Hier bei uns schlagen sie schlecht Wurzeln und gehen schnell ein. Denn sie haben eine zu zarte Haut und die inneren Organe verzehren sich, weil sie unser Essen nicht vertragen. Sie sagt, dasselbe wäre ihr auch in Newcastle passiert, wenn sie es nicht rechtzeitig bemerkt hätte. Sie wäre gestorben wie die Französin, bevor sie fünfzig Jahre alt geworden wäre, weil das Öl, das sie briet, dasselbe war wie das für die Motorräder, und die Kartoffeln und die Fische übten die gleiche tödliche Wirkung aus wie die Kastanienpolenta auf die Französin.

Und doch hatten die Forsythien von Aristos Frau Wurzeln geschlagen, und in seinem Garten blühen sie noch Ende Februar, wenn noch nicht einmal ein Krokus gewagt hat, aus dem Schnee herauszukommen. Auch nicht in jenen Jahren, als in diesem Haus Ulisse mit seiner Ehefrau lebte, einer Frau, die nicht einmal fähig wäre, eine wilde Kamille zum Blühen zu bringen, geschweige denn eine Sauerkirsche. Nein, Ulisse hatte kein großes Glück: In seinem Leben war seine Mutter, die Französin, die einzige Frau, die es sich lohnte kennenzulernen und die einzige, mit der er glücklich gesehen wurde. Diese Ehefrau hat ihn dann allein losgeschickt, seine Tochter zu taufen, nur weil sie nicht wollte, dass sie Malva genannt würde, der Name seiner Ururgroßmutter, der Frau von Ariodante, der Murat in seinem Haus beherbergt hatte. Dafür, dass er der letzte Mann der Familie der Borgioni ist, gibt Ulisse kein gutes Bild ab, und er sieht aus, als wäre er die Vollendung des Verfalls der Familie; doch er ist ein guter, freundlicher Mann, der nur laut wird, wenn er zur Genossenschaft kommt und die Vernichtung der alten Weinstöcke und die Ankunft einer neuen Welt predigt, in der das Volk des Reviers Weinreben von außerordentlichem Zauber trinken wird. Diejenigen, die er erntet und veredelt, seitdem er von seinem Studium zurückgekehrt ist. Tatsächlich hat er seinen Weinberg, der einen sehr seltenen Rotwein gibt, den ich getrunken habe und den ich für den gängigen Geschmack etwas zu fein und zu edel fand. Er schickt ihn in nummerierten Kartons wer weiß wohin und nennt ihn La Malvasola. Und so gesehen scheint es zum Hohn seiner Frau und zu Ehren seiner Tochter zu sein; doch die Malvasola ist auch der Name, den wir der Malve geben, wenn sie bei uns am Straßenrand wächst und zusammen mit den Krokussen schon früh blüht, sofort nach den Forsythien seiner Mutter. Bei aller Liebe für und allem Stolz auf seine Tochter, wenn man sie zusammen sieht, hat man den Eindruck, er habe Angst vor ihr: wie er sie betrachtet, wie er sich immer etwas hinter ihr hält. Und obwohl er etwas von der massigen Seite der Familie hat, vermittelt er den hässlichen Eindruck, kleiner als sie zu sein, wie ein um wenige Jahre jüngerer Bruder. Von Malvina, die so groß ist, wie sie eben ist.

Doch dies kommt sicherlich daher, dass ein Gutteil von Ulisses Seele mit seiner Mutter erloschen ist. So wie auch sein Vater erloschen ist. Der, nachdem seine Frau gestorben war, als Erstes die Werkstatt schloss und sich daran machte, den Sohn großzuziehen; er schickte ihn zum Studieren nach Frankreich, ließ ihn wieder zurückkommen und fragte ihn, was er von seinem Besitz haben wolle. Ulisse nahm den Weinberg und das Haus, in dem er aufgewachsen war, und sah, dass das eine große Erleichterung für seinen Vater war. Denn sonst wäre das Haus in seinen Gedanken verfallen wie das von Roggio, als ob darin unnennbare Verbrechen begangen worden wären. Er nahm sich das Haus von Careggine, das Haus, in dem jetzt die Enkelin Malvina mit ihm wohnt, und wo Nita und ich an Weihnachten hingehen. Er hat noch ein paar Werkzeuge aus der Werkstatt aufbewahrt und sonst nichts. Der Rest dessen, was von der Habe der Familie Borgioni übrig geblieben ist, ist jetzt vollständig den Leuten von hier zum Gebrauch überlassen.

Dieses Haus ist groß, alt und schön, aber es ist auch das Haus, das niemand gewollt hat, und als man erfuhr, dass Aristo es sich zurückholen wollte, gingen mehrere von denen, die ihn mochten, los, um ihn zu überzeugen, es sein zu lassen. Es gibt Häuser, die irgendwann niemanden mehr in ihrer Nähe haben wollen. Glücklicherweise sind sie selten, doch im Revier zählt man etliche davon. Ich weiß von jenem, Bestio genannt, außerhalb von Corfino, vom Bauernhaus der Fratti in Sassi, das zum Glück schon bis zum Keller verfallen ist, und von dem in Careggine. Die Santarellina sagt, dass sie zu ihrer Zeit aus demselben Grund das Waisenheim, in dem sie aufwuchs, geschlossen haben; nicht, weil es ihm plötzlich an Waisenkindern gefehlt hätte, die man hätte hineinstecken können, sondern weil dieses Haus keine mehr sehen wollte; weder Waisenkinder noch Nonnen.

Jene Häuser nennt man »die Feindseligen«, und man kann sie nicht anders nehmen, als sie sind. Zu Beginn sind sie wie alle anderen, und sie können so viele Generationen lang bleiben, dann, aus keinem Grund, den man erfahren würde, beginnen sie, dem, der dort wohnt, zu verstehen zu geben, dass die Zeit gekommen ist auszuziehen. Ein Fenster schließt nicht mehr, eine Tür wiederum geht nicht auf, der Kamin fängt an, Asche zu spucken, das Gitter eines Bettes rostet, das Dach lässt Schnee herein, die Keller lassen an den Eckmauern, die aus den besten Flusssteinen gebaut worden sind, Schlamm hindurch. Und so weiter. Bis sich schließlich der Schlüssel der Tür zur Straße nicht mehr im Schloss drehen lässt; oder er dreht sich, das Schloss schnappt auf, aber die Tür schlägt dir vor der Nase zu. Und wenn du vorher nicht dafür gesorgt hast, deine Sachen wegzubringen, wenn du dachtest, du würdest gewinnen, kannst du dich von allem verabschieden, denn da setzt du keinen Fuß mehr hinein. Und das so lange, bis jemand kommt, der dem Feindseligen gefällt, und dann ist es so, als wäre nie etwas gewesen. Vorausgesetzt, es kommt früher oder später jemand.

Bevor er kam, war Aristos Haus mehr als fünfzig Jahre geschlossen gewesen; die Letzten, die darin wohnten, waren die Kinder des Gutsverwalters, die Buchhalter und Rechnungsführer wurden, als dieser langsam vertrottelte. Schmarotzer, die schließlich in Lucca oder Florenz praktizierten, wo sie, in der passenden Umgebung, weitere Schmarotzer zeugten, bis ans Ende der Zeiten. Das Haus hat sie hinausgeworfen, doch nicht aufgrund dessen, was sie waren: Andere Male sind gute Familien verjagt worden, weil das Feindselige auf eigene Art denkt, und die ist unergründlich. Sie haben mehrmals versucht, es zu verkaufen, aber schließlich hat niemand es kaufen wollen.

Als ich ein Junge war, kam ein Engländer in sehr guter Absicht; sie öffneten ihm die Tür, und er sah, dass jenes Haus nichts hatte, was nicht annehmbar wäre, dass es gut erhalten und das richtige für ihn war. Er ging in Verhandlungen, und bevor er unterschrieb, wollte er noch einen letzten Blick daraufwerfen. So ging er mit dem Notar hin, und dem Notar fiel ein Fenster gegen den Hals. Dieser, schon froh, am Leben geblieben zu sein, erklärte sich unfähig, irgendeine Urkunde dieses Haus betreffend zu unterzeichnen. Der Engländer machte daraus eine Frage des Prinzips und bat den Pfarrer von Fabbriche, den Kauf zu segnen. Diesen Pfarrer nannten sie Il Bazzone, das Doppelkinn, denn er wog mehr als zwei Zentner, und die Hälfte davon steckte in seinem Kinn, einem dicken und wabbeligen Kinn, mit dem er wie ein Jungstier aussah. Don Bazzone hatte vor nichts Angst, er ging in die Wirtshäuser, um versprengte Ehemänner zu suchen, und zog sie an den Ohren wieder nach Hause, und er hatte vom Erzbischof die Erlaubnis, Exorzismus zu praktizieren. Er ließ sich den Schlüssel geben und ging mit dem Messdiener Schlüssel, Tür und Haus segnen. Hinter ihnen stand das ganze Dorf. Er pflanzte sich davor auf, sagte seine Stoßgebete, versprengte das Weihwasser und steckte den Schlüssel ins Schloss. Doch er hatte nicht einmal Zeit, ihn herumzudrehen, denn das Schloss spuckte ihm den Schlüssel entgegen. Es tat das mit einem so harten Stoß, dass alle es hörten und an einen Pistolenschuss glaubten:

Sie wussten, dass Don Bazzone fähig war, mit einer Pistole im Priestergewand zum Segnen zu gehen. Dabei war es der Schlüssel des Feindseligen, der ihn voll in den Magen traf, woraufhin ihm sogar übel wurde. Und das alles ist wahr und dokumentiert.

Dann kam Aristo, und das Haus machte keine Geschichten. Er betrat es, ohne Pfarrer und Notare zu holen, renovierte es allein, als wäre es schon immer sein Zeitvertreib gewesen, hundert Jahre alte, feindselige Häuser herzurichten; und im Schuppen machte er eine neue Werkstatt auf; die nicht mehr die von damals war, sondern ein kleiner Raum mit wenigen Gerätschaften, in dem er ein paar von seinen Motorrädern hat und wo jetzt, da man in der Gegend keine Weltmeister mehr sieht, die hiesigen Jugendlichen hingehen, um sich ihre Motorroller reparieren zu lassen. Und dann kam Malvina, und das Haus hat auch sie angenommen. Gott weiß, was Ulisse alles gesagt und getan hat, um sie bei sich und fern von diesem Haus zu halten; aber sie ist dort, und jeden Abend stellt sie ihr Weltraumfahrrad in den Schuppen, verneigt sich vor der Haustür aus Eichenholz, die nach so vielen Jahren die Farbe des Sandsteins hat, öffnet den Türflügel, an dem Aristo immer den Schlüssel im Schloss stecken lässt, und geht das Abendessen zubereiten. Sie denkt dabei an das unbekannte Gesetz, das alle Gesetze regelt, während Aristo noch im Schuppen ist und mit seinen Dingen herumhantiert, und so glaubt sie vielleicht, das ferne, aber beständige Klappern der *Celestial Mechanics* zu hören.

Und Nita und ich betreten dieses Haus am Heiligabend, und das Haus, das so lange Zeit feindselig gewesen ist, nimmt auch uns. Ich habe Aristo gern, und er hat auch mich gern, aber die Einladung zu den *ossetti* ist keine Sache zwischen uns, sondern zwischen den beiden Frauen. Die *ossetti* sind immer eine Sache der Frauen. Die Tradition will, dass die *ossetti* alles sind, was den Frauen vom Schwein zusteht. Die Männer können alles andere: es züchten, abstechen, schlachten, zu Wurst verarbeiten, verkaufen und kaufen; aber sie können keine Rechte auf die *ossetti* beanspruchen. Die das sind, was sie sind: das Kümmerliche, das Unterste vom Untersten, das, was bleibt, wenn nichts mehr da ist. Wenn nichts mehr da ist.

Hier im Revier hat jede Familie einen *mastio*, und den *mastio* hat sie sich mit dem Stumpf eines Kastanienbaums aus ihrem Wald gemacht; eines schönen Kastanienbaums, der manchmal mindestens acht Arm breit war, sodass sie, wenn sie den Stamm aushöhlten, daraus einen Trog, groß wie ein Tisch, machen konnten. Dieser Trog wird am geschütztesten Platz im Keller aufbewahrt, er steht dort Generation um Generation, und je älter er wird, desto besser ist er. Im Trog konserviert die Familie das geschlachtete Schwein und lässt es reifen; Schicht auf Schicht den Speck, das Bauchfleisch, die Blutwurst, das Nackenfleisch, die Salami, den Schinken. Und ganz unten unter diesen Reichtum, auf das Bett des Trogs, legt die Familie die weniger gebräuchlichen Knochen, die der Gelenke, an denen nach dem Entbeinen etwas Knorpel, ein bisschen Fett zurückgeblieben ist. Die *ossetti* liegen dort ein Jahr lang verborgen unter dem, was im Lauf der Monate heranreift und gegessen werden kann. Von der Familie, wenn sie kann, von denen, die es kaufen, wenn die Familie nichts anderes zu verkaufen hat als ihr Schwein. Unsere Väter hatten einen großen Widerwillen, sich von Nackenfleisch und Schinken zu ernähren, was sie für eine unverdiente und ungesunde Opulenz hielten, unpassend und verachtenswert in den Augen Gottes; sie hielten sich etwas Fett, ein paar Press- und Blutwürste für die wahrscheinlichen Feiern einer Taufe oder einer Verlobung, und die Hälfte des Blutes, das im Stehen noch lauwarm gegessen wird, im frisch geschlachteten Fett gebraten, damit die Familie sich mit dem vollzogenen Opfer stärkt und kräftigt. Und ganz unten hatten sie natürlich die in Salz eingelegten *ossetti* und ausgeschwitztes Fett, welches das ganze Jahr über getropft ist, in Pfeffer und guten

Kräutern mariniert. Die *ossetti* für den kommenden Winter, wenn nichts mehr übrig ist, außer ein weiteres Schwein zum Schlachten, wenn Gott gewollt hat. So wie es auch heute noch ist, auch wenn wir weniger schlicht und eher zur laszíven Benebelung der Sinne geneigt sind; und wir sind auch reicher, weswegen wir vor den *ossetti* auch alles andere gegessen haben.

Wie dem auch sei, irgendwann muss Heiligabend kommen, und Heiligabend ist bar von allem, bis auf den Knochen abgezehrt, von jedem Zuviel befreit. So soll es sein, wenn wir uns wirklich etwas wünschen; so ist es immer, wenn der Moment gekommen ist aufzuräumen, um etwas mehr Platz zu machen, falls uns eine gute Nachricht erreichen sollte. Dann, und der Winter hat schon begonnen, an den Nähten der dicken Jacken zu kratzen und auf den Spitzen der Stadtschuhe zu knirschen, gehen die Frauen zum *mastio* hinunter und entnehmen ihm die *ossetti*, wobei sie darauf achten, auch etwas von der Schmiere abzukratzen, die auf dem Holz geronnen ist. Und im Ofen des Kellers zünden sie ein Feuer an, und auf den Herd stellen sie den Topf aus verzinktem Kupfer; sie gehen Wasser an einem Brunnen holen, von dem man weiß, dass es von einer guten Quelle und nicht aus der Wasserleitung stammt, füllen den Topf, bringen ihn zum Kochen und werfen dann die *ossetti* hinein.

Das alles ist ein *Introibo* und wird zwei Tage und zwei Nächte dauern. Die Frauen gehen abwechselnd hinunter, um das Feuer am Brennen zu halten, lassen es köcheln, gießen Wasser hinzu, heben die oben schwimmende Salzschicht ab, rühren um, decken auf, decken zu und legen Holz nach und regulieren den Luftzug. *Introibo* zum Sakrament des Heiligen Abend. Zu dieser Feier, bei der wir an den Körper des Schweins denken müssen, das die Familie am Leben erhalten hat, an den Geist unseres Herrn, der das Schwein und alles andere im Leben geschaffen hat, an das Blut dieser Familie, das sich in der Knechtschaft des Lebens und in der Rettung ergossen hat. Und wir nähren uns vom Nichts, denn im Nichts sind wir geblieben und im Nichts sprechen wir uns heilig. Und das alles ist in der Macht der Frauen des Hauses, denn unsere Väter mögen vielleicht Wilde gewesen sein, aber ihnen war nicht entgangen, dass man nur von den Frauen die nötige Kraft und Sorgfalt erwarten konnte, um das Nichts heilig zu machen. Die die Frauen in der Gestalt einer Suppe aus Knochen und Brühe, die allen außer uns unverdaulich erscheinen würde, auf die Kastanienpolenta in die Teller gießen, die sie ihren Männern hinhalten. Ohne ihnen etwas zu wünschen, wie es sich gehört, sondern indem sie jeden von ihnen mit dem Daumen segnen, der auf der Stirn das Monogramm Christi zeichnet. So bekräftigen wir an jedem Heiligabend, dass wir ein Volk von Gezeichneten und Fluchenden sind.

Das also geschieht, wenn Nita und ich zu Aristo und seiner Enkelin Malvina nach Hause gehen, mit etwas Trost von sekundärem Belang. Und das geschieht überall, in jedem Haus von Careggine; und überall in den Häusern des Reviers, in denen noch wenigstens zwei Frauen sind, die die Absicht haben, sich zu erinnern, sich an einen Glauben zu halten und zwei Tage und zwei Nächte an einem Topf mit Knochenbrühe zu wachen. Oder zwei Frauen, die ein Bündnis schließen, das so fest ist, um dafür zu sorgen, dass es an den Tagen um Heiligabend ein Haus gibt, in dem man feiern kann.

Soweit ich weiß, war es Malvina, die Nita bat, mit ihr Heiligabend vorzubereiten, und sie war es auch, die sie in ihre Arbeit einführte. Sie sprechen seit Langem miteinander, sie sind sich begegnet, wie es auch zu erwarten war, dass sie sich begegnen, dort, wo sich die Menschen niedergelassen haben, die von sehr fernen und unterschiedlichen Orten kommen. Sie sind Freundinnen, glaube ich, doch die Art ihrer Freundschaft ist reserviert und ausschließlich. Ich weiß, dass ich sie nicht bis ins Kleinste begreifen könnte, weil ich keine von beiden bis ins Kleinste begreife. Und wenn ich sie zusammen sehe, nimmt mein Unverständnis einen plastischen Aspekt, die Form einer lebendigen Skulptur an. Ich sehe sie, die wenigen Male, als ich sie überraschen konnte, wie sie an unseren Nussbaum gelehnt miteinander sprechen, ich sehe sie in derselben Richtung etwas betrachten, das ich nicht erkennen kann. Ich sehe sie am Abend vor Heiligabend Seite an Seite durch die Via Fonda gehen, jede mit einem Leinenbündel und der Portion Kastanienmehl, wie sie ihr Frauenschweigen in dieser Straße und in dieser Stunde verbreiten, die bereits voll von Männerschweigen ist. Ich sehe sie am Abend danach, wie sie aus dem Keller kommen und den Topf schleppen, in den sie selbst hineinpassen würden, und ihn auf den Steinfußboden der feindseligen Küche stellen und mich dabei leicht berühren, während sie mich betrachten, ohne mich anzusehen, genauso wie das Tiere tun und Fremde. Wo immer ich sie auch sehe, sind sie nichts anderes als in meinem Haus, auf meinem Land, in meiner Heimat. Und sie sind Fremde, und sie sind aufgewachsen, während sie anderswo herumliefen, anderswohin blickten, wo noch niemand hingeblickt hat, anders dachten, in einer anderen Zeit. Und sie sind hier, um das zu tun, was man ansonsten bei mir zu Hause, im Hause dessen, den sie lieben, nicht tun könnte. Und ich sehe, dass es zwei sind. Und ich begreife, wenn es nur eine wäre, wenn nur Nita da wäre, könnte ich denken, ich hätte es falsch verstanden, aus allzu großer Erwartung missverstanden. Aber wenn es zwei sind, in Anbetracht dessen, dass es mindestens zwei sind, müssen sie eine Tatsache sein. Es gibt Leben auf diesem Planeten, es herrscht Ordnung in seinem Machtbereich, und es gibt einen Grund zu hoffen, dass dieses Tal nicht nur der Traum ist, der mich sogar wach hält, wenn ich schlafen will, sondern auch ein guter praktischer Grund.

Deshalb bin ich stolz, nicht bis ins Kleinste zu wissen, wer Nita ist, und ich hoffe, sie in Frieden zu lassen, lange bevor ich es für notwendig halte, es zu wissen. Ich bin stolz auf mich, dass ich ihr sagen konnte, dass sie bleiben soll, ich bin stolz auf sie, die größer als mein Wille und mein Wissen ist. Ich kenne auch Malvina nicht, und ich weiß, dass es hier und da im Revier noch andere Leute gibt, die ich nicht kennenlernen kann. Und ich sehe in meinem Unwissen eine gute Nachricht, bestimmt die beste, seitdem unsere Verstreuten anfingen zurückzukommen. Wenn es nicht so wäre, dass man am Weihnachtsabend Schweineknochen kochen und darum eine Feier abhalten würde, dann wäre es nur eine idiotische Geschichte.

Von denen, die in die Luft geflogen sind

Nita denkt, dass sie um Mitte August herum entbinden wird. Inzwischen ist ihr Bauch rund und prall wie eine Septemberfeige, eine von denen, die sich, kaum dass du sie anfasst, um sie vom Ast zu lösen, zwischen den Fingern öffnen und auf deiner Handfläche diesen süßen Zucker ausbreiten, dass es dir die Zähne zusammenklebt, wenn du sie nur riechst. Mittlerweile sind ihre Brüste morgens schon so dick und weich, dass ich Angst habe sie zu zerquetschen, wenn ich sie nur leicht berühre; so habe ich gelernt, sie anzufassen, wie man neugeborene Küken anfasst: die Hand wie ein Kelch, aber mit geöffneten Fingern, damit sich das weiche Fleisch formt und atmet. Die Ungeborene kümmert sich fast die ganze Nacht um ihre Mutter, und ich höre sie miteinander reden. Und manchmal gehen sie hinaus in die Dunkelheit, und man muss sich fragen, welche von beiden der anderen beibringt, wie man sich bewegt, wenn die Lichter aus sind und draußen im Junineumond nur Jupiter einen winzigen Weg weist.

In diesen Nächten kommt es vor, dass sie bis zum Nussbaum gehen; um das zu bemerken, muss ich nicht einmal aufwachen, es genügt, wenn ich im Traum das leichte, hartnäckige Rascheln der Blätter höre, die ich unter dem Stamm gesammelt habe, wie sie vom Gewicht von Nitas Hintern zusammengedrückt werden. Und wenn ich zufällig wach werde, dann sehe ich sie vom Fenster aus, den Rücken an die auch im Dunkeln helle und leuchtende Rinde gelehnt, und ich höre, dass sie mit den Hexen sprechen.

Die Ungeborene wird sich mit ihr einigen müssen; und auch in diesem Fall weiß ich nicht, ob es die Mutter ist, die ihr das Geschäft beibringt, oder ob die Ungeborene ihr erklärt, wie man es besser macht.

Sie wird an Mariä Himmelfahrt entbinden, sagt Nita, und in der Zwischenzeit trifft sie die letzten Abmachungen mit dem Omo Nudo über das Gepäck, das sie für ihre Reise nach Valençay mitnehmen sollen. Sie wird diese Reise unternehmen, auch wenn sie ihre Tochter unterwegs gebären müsste, und womöglich wird das auch passieren: Wie vereinbart werden sie die Gedenkstätte des Freundes William Grover-Williams besuchen, doch womöglich wird der Omo Nudo, wenn er schon dabei ist, Europa im Coupé besichtigen wollen, und sie wird es ihm zeigen.

Sie und ich haben darüber gesprochen. Sie denkt, wenn sie aus irgendeinem Grund auf die Welt gekommen ist, dann gewiss nicht, um Kinder zu bekommen, wie es ihr passt und gefällt. Sie denkt, dass die kontinentalen Transportsysteme dem Omo Nudo sehr viel schulden, und dass der Moment gekommen ist, ihn dafür zu entschädigen. Auch weil er schon in die Jahre gekommen ist und ihm das Leben wohl kaum noch einmal einen milchkaffeebraunen Karmann und einen Fahrer zur Verfügung stellen würde. Sie denkt, dass Schulden immer auf die eine oder andere Weise getilgt oder wenigstens ausgeglichen werden müssen. Sie denkt, dass Bresci sie darum bitten kann, sich im Coupé jeden Weg entlang kutschieren zu lassen, den er gerne zurücklegen würde, da er die einzige Reise, die der Kontinent ihm angeboten hat, in einem Viehwaggon unternehmen musste. Sie denkt, sie kann die schlechte Meinung korrigieren, die Bresci sich von Europa gemacht hat, so wie er es gesehen hat. Und sie denkt, dass sie angesichts ihrer Freigebigkeit wenigstens einen Teil der Schuld übernehmen kann. Und sie denkt, dass die Tatsache gottgewollt ist, dass Bresci jetzt seine Reise an Bord eines Autos unternehmen kann, das in einer Stadt hergestellt wurde, die nur einen Sprung von der eisigen Kälte Sachsenhausens entfernt ist, eine Fabrik, die durch den Willen des größten Verantwortlichen für die schlechte Meinung, die Bresci von Europa hatte, entstand; nach den Absichten dieses Mannes sollte sein Volk mit diesen Autos über den ganzen Kontinent kutschieren, kaum dass er damit fertig wäre, Sachsenhausen mit allen anderen Völkern zu füllen. Sie denkt, es ist ein schönes Bild, das man allen Schuldnern Brescis zeigen müsste, vor allem denjenigen, die keine Absicht haben zu zahlen. Schließlich denkt sie, dass das Foto Oscar Wildes, das der Omo Nudo ihr versprochen hat, mehr wert ist als ihr Karmann. Ihr wurde dieses berühmte Porträt gezeigt.

Es geschah während der Inspektion, die sie in seiner Garderobe vornahm; den Omo Nudo passend für eine Reise ins Herz Europas einzukleiden, ist die schwierigste Verantwortung, die sie sich aufgebürdet hat. Also, der Omo Nudo hat ein Paar Koffer mit Kleidern, die er im Schrank aufbewahrt, der schon seiner Mutter Melina gehörte. In besagten Koffern ist, laut Nitas Aussage, Herrenbekleidung verschiedenster Form und Beschaffenheit aufbewahrt, alles gut verwahrt, mit Naphtalin besprengt und mit Seidenpapierblättern voneinander getrennt. Es sind Kleider seines Vaters Otello, seines Großvaters Amanteo und vom Omo Nudo selbst. Letztere gehen auf die Zeit zurück, da er noch der junge Bresci war, bevor er in die eisige Kälte Sachsenhausens geschickt wurde. Angesichts der seit damals bestehenden Veränderungen im Körperbau kann der Omo Nudo wählen, ob er in den Kleidern seines Vaters oder seines Großvaters reisen will, aber nicht in seinen eigenen, da es ausgeschlossen war, dass er sich der Belanglosigkeit, neue zu kaufen, beugen würde. Er wird mit dem Äußeren von Amanteo reisen, denn auf die Probe gestellt, hielt er dessen Kleider für passender und eleganter.

Aus Amanteos Koffer grub der Omo Nudo das Foto aus und zeigte es Nita, damit zwischen ihnen kein Missverständnis über die Existenz und den Umfang der Entschädigung bestand. Es ist nicht das übliche Foto, jedenfalls nicht das, welches auf Buchklappen und in Enzyklopädien am meisten verbreitet ist. Auf diesem Foto sitzt der Schriftsteller an einem Cafétisch im Freien, und unscharf im Hintergrund sind Menschen, die auf einer Allee spazieren gehen. Laut Nita ist das eine italienische Landschaft, vielleicht Neapel, und Oscar Wilde hat endlich einmal nicht jenes wächserne Gesicht und jenen einschmeichelnden und würdevollen Blick, mit dem er sich gerne zeigte. Auf diesem Foto ist seine Pose nicht gemessen, wie sie sein sollte, sondern er blickt entsetzt und müde zum Fotografen, als würde die Sache zu lange dauern. Am Rande des Kartons steht seine Widmung auf Englisch: *Ich hinterlasse die Wahrheit meinem weisen, lieben Genossen Amanteo.*

Nita übersetzte die Widmung für den Omo Nudo und bat ihn, es gut zu bedenken, ob er sie ihr überlassen wolle: Sein Großvater war der Empfänger dieses so persönlichen und bedeutenden Gedankens gewesen, sodass er ihrer Meinung nach dort bleiben sollte, wohin er gerichtet gewesen war. Bresci steckte ihr das Foto in die Hände und sagte ihr, sie könne es auch jetzt schon mitnehmen, denn in seinem Alter mache ihn die Wahrheit weder heiß noch kalt. Und gäbe es noch eine Wahrheit, die man jemanden hinterlassen könnte, dann solle diese ihrem Mädchen gehören. Und da er befürchtete, noch eine Weile zu brauchen, bis er starb, würde er ihr nach ihrer Rückkehr auch die Bücher der verborgenen Wahrheiten schenken, die Amanteo seinen Erben hinterlassen hatte, und die er zu anderen Zeiten wiederum jemandem zu hinterlassen gedachte. Wenn es wirklich noch Wahrheit gibt, dann ist es besser, sie loszuwerden, sagte er, besser sie zu erfahren, bevor ihr Mädchen Gefahr lief, ohne sie aufzuwachsen.

Der Omo Nudo hat sich in dieser letzten Zeit sehr verändert, vielleicht ist er einiger Dinge überdrüssig geworden, vielleicht hat ihn seine harte Buße geschwächt, oder er dachte wirklich, dass er innerhalb von ein paar Jahreszeiten sterben würde. Die Santarellina sagt, dass es so ist. Da sie sich an sich selbst erinnert fühlt, als sie sah, wie sich der Tod zu Füßen ihres Krankenhausbettes niedergelassen hatte und sie nicht wusste, was sie zu ihm sagen sollte, sondern nur dalag und ihn betrachtete, um zu sehen, was er tun würde; an jenen Tagen zeigte sich ihr der Tod, der an ihrem Bett saß, als eine gelbe Hündin, die sie vor vielen Jahren hatte, als sie noch Vieh in den Bergen besaß. Doch damals war da noch die Duse, die der Hündin einen Stoß gab und sich an ihren Platz setzte, mit dem Stift und dem Heft, und darauf bestand, dass die Santarellina ihr ihre Romane diktierte; doch der Omo Nudo wollte keine Duse mit ihrem Stift um sich herum, jedenfalls vergaß er langsam seine Romane. Und in dem Moment hatte sie begonnen, die gelbe Hündin lieb zu haben, die wie zu Hause zwischen ihren Beinen schlummerte. Die Santarellina sagte auch, dass es die Männer sind, die sich besser an den Tod anpassen, und dass die Duse und sie Hunderte davon mit den gleichen Augen gesehen haben wie der Omo Nudo in diesen Tagen, mit den gleichen Worten und der gleichen Hündin um sich. Und sie waren von zwanzig Jahren aufwärts körperlich so stark wie Ochsen und im Herzen gebrochen wie von Raupen ausgehöhlter Wirsingkohl.

Es waren welche von denen, die nach dem Krieg am Leben geblieben waren, von denen, die an dem hängen blieben, was man gesehen hatte, und es gab keinen Weg, sie von dort wegzubringen. Die Santarellina erzählte mir von der Zeit, als die Duse sich ihr Geld mit dem Akkordeon verdiente, und wie es war, als sie mit ihr ging. Es war ja direkt nach dem Krieg, dass die Duse sich etwas einfallen lassen musste, um Brot und etwas dazu zu finden; als sie nach Lucca zurückgegangen war, um ihr Lehrerdiplom zu erwerben, und ich geboren wurde und zur Hälfte von ihr und zur anderen Hälfte von Martas Ziege ernährt wurde. Und ich wuchs heran, sagte die Santarellina, fröhlich wie ein Fink und dick wie ein Regenwurm vom Misthaufen. Abends ließen sie mich in der Osteria del Ponte, wo ein Mädchen bediente, das wusste, wie es auf mich aufpassen musste, und zogen los, die Duse mit dem umgehängten Akkordeon und die Santarellina mit der Hippe im Bündel, das sie sich über den Rücken band. Sie gingen in alle Häuser, in denen eine Abendgesellschaft war, und die gab es auch in den höchsten und abgelegensten Bauernhäusern, denn die Menschen wollten so viel wie möglich feiern und tanzen. Es herrschte eine Tanzwut, wie man sie nie zuvor gesehen hatte. Dafür genügte eine Hochzeit oder die Auskörnung des Mais, die Novene des Namenspatrons, eine Rückkehr aus Russland, der Ostermontag oder auch schon eine Verlobung. Sie feierten und tanzten vom Dunkelwerden an und manchmal bis in den Morgen hinein, alle, nachdem sie auch am Sonntag gearbeitet hatten. Und so brauchten sie Musik, gute Musik, die zum Tanzen anregte, was damals rar wie Gold war. Und die Duse passte perfekt: Sie war die einzige Musikerin, die die ganze Kriegszeit über nie aufgehört hatte zu spielen. Sie hatten sie gehört und ihre Tangos gingen von Mund zu Mund, sodass sie überallhin gerufen wurde. Das Gerücht besagte, dass sie die Tangos auf eine Weise spielte, dass die Mädchen durcheinandergerieten und den Männern fixe Ideen kamen; die Mädchen fingen an zu weinen und die Kavaliere konnten hier und da drücken, ohne sich Ohrfeigen einfangen zu müssen.

In jenen Tagen war die Jugend froh, zu Tränen gerührt zu sein und gedrückt zu werden. Und doch gab es welche, und es waren fast immer Männer, die an der Wand lehnten, hinten am Platz saßen, den ganzen Abend über ein Glas in der Hand hielten, und sich den Anschein gaben, als wüssten sie, was zu tun und nicht zu tun wäre; und zu denen von Kühen sprachen, die von Liebe sprechen wollten, und sich hinsetzten, um die Musik zu hören, und dabei auf die andere Seite, in die Dunkelheit schauten. Diese, so sagt die Santarellina, spazierten herum mit ihrer Hündin am Hintern, und nicht einmal das Akkordeon der Duse konnte sie eines Besseren belehren. Und sie waren bei den anderen und machten alles, wie es sich gehörte; doch dabei zehrten sie sich auf, als hätten sie im Körper noch Glut dieser Phosphorbomben, die sich festsetzen, ohne dass man es bemerkt, bis nur noch schwarze, glühende Kohle zurückbleibt.

Also, sagt die Santarellina, die Duse zog durch die Gegend und brachte die Leute zum Tanzen, die mit leuchtendem Silber am Leib und die mit Phosphor im Innern. Sie brachen gegen Abend auf über die noch kaputten Straßen, nutzten die TODT, wo sie noch gut und vor Minen sicher war, und nahmen die Saumpfade, die der Krieg verschont hatte, und wenn es weder Straßen noch Feldwege gab, gingen sie über Wiesen und durch Wälder, wo die Santarellina auch im Stockdunkeln noch einen Weg fand. Und nie war jemand auf der Straße, nie ein Licht, bis sie zu einem Haus kamen. Ab und zu ein Blitz, der irgendwo von den Gebirgskämmen her aufleuchtete, manchmal ein Schrei, der aus den Schluchten herunterfiel. Und sie mit schnellem Schritt, ohne zu zögern, ohne stehen zu bleiben und sich zu fragen, was passiert war, was gerade passierte. Sie hatten Angst, doch sie wussten, dass alle Angst hatten, denn wenn der Krieg auch vorbei war, so waren die Kriegsängste doch geblieben.

Ab Corfino mieden sie die Hauptstraße, auch wenn sie gut in Schuss war, denn dort postierten sich Banditen, die denen auflauerten, die die Pradarena überschritten. Es waren fast alles junge Kerle, halb Partisanen, halb Faschisten, die sich nach dem 25. April in die Grotten um den Pass herum verkrochen hatten und von Raubüberfällen lebten. Sie kannten sie alle, auch wenn die Rädelsführer unter ihnen Ältere waren, die von der anderen Seite kamen; und sie waren versprengt und böse geworden, und auch sie hatten ihre Ängste. Und es war besser, ihnen nicht in die Quere zu kommen, nicht mit ihnen diskutieren zu müssen, vor allem zwei Mädchen in der Nacht, mit einem Akkordeon, das immerhin einiges wert ist, und nur einer einzigen Sichel für beide.

Das Schlimmste war der Rückweg, immer nach Mitternacht, und wenn nie etwas passiert war, dann weil die Santarellina schon als Kind gelernt hatte, es mit den Hexen der Nacht aufzunehmen. Und die Duse lernte von ihr: Wege, die sie nie gegangen war, Geräusche, die sie nie gehört hatte, Kniffe, die ihr nie etwas genützt hatten. Die Santarellina sagt, dass sie auch gut hätte allein gehen können, denn an Kraft und Mut hatte es ihr nie gefehlt, sie hätte sich aber in diesem Zu-Festen-Gehen aufgezehrt. Sie hätte sich in der Einsamkeit aufgezehrt, sagt sie, nicht wegen der Banditen oder der Blitze oder der Dunkelheit; sie hätte sich aufgezehrt wie die, die sie auf den Höfen sah, die mit dem Phosphor.

Und deswegen gingen sie zusammen, und alles, was sie ihr hatte beibringen müssen, war die List, nicht bestürzt zu sein, dass du allein bist, und nicht zu glauben, dass, wenn man auf der Straße eine Hündin findet, die dir hinterherlaufen will, dir das Gesellschaft bringen könnte. Sie kamen rechtzeitig zur Osteria zurück, damit die Duse mir noch zur Nacht die Brust geben konnte. Das war, als ich schon geboren war, aber die Duse hatte schon im Mai begonnen, auf den Höfen zu spielen, und da war sie im siebten Monat mit mir schwanger. Und sie hörte auf, als ich wohl zwei Jahre alt war und sie schon Lehrerin war und bald vom Schulamtsleiter gerufen werden sollte, um in die Schule der Capria zu gehen.

Wie ich schon sagte, das alles hat mir die Santarellina erzählt; die Duse hat mir nie ein Wort davon gesagt. Meine Mutter hat mir in allen Einzelheiten erklärt, wie ich gezeugt und schließlich geboren wurde, doch keine einzige Silbe davon, was dann geschehen ist, davon, was geschehen ist, bis ich anfing, mich selbst zu erinnern. Nein, die Duse hat mit mir nie über sich selbst gesprochen und auch nicht über uns; sie hat mir ausführlich erzählt, was die Lehrerin Duse in ihrer Schule der Capria machte, und das hat sie auf dieselbe Art getan, mit der sie samstags mit mir über die Geschichte Italiens sprach und mir sonntags erklärte, wie ich meine Hausaufgaben machen sollte. Sie war eine Lehrerin, die mit ihrem Sohn zusammenlebte, und sie sprach mit ihm aus den guten Gründen einer Lehrerin, die ihren Lieblingsschüler gut vorbereitet durch die Prüfung am Ende der Grundschule bringen will. Und durch die anderen Prüfungen danach.

Nita sagt, das sei eine sehr kluge Entscheidung von ihr gewesen. Sie behauptet, alles, was Eltern für ein Kind tun müssen, ist, es zu zeugen, das auf die beste Art und Weise zu tun und dabei abzuschweifen; und besonders die Mutter muss es auch gebären, wenn sie kann. Dann muss ein Kind bei einer tüchtigen Lehrerin oder einem tüchtigen Lehrer aufwachsen können; bei willigen und fähigen Beschützern und also dem Narzissmus der Familienmärchen abgeneigt, zurückhaltend und sehr vorsichtig in der Darstellung des eigenen Körpers und der eigenen Seele. Nita behauptet, dass freie Menschen gemacht werden. Und nur als Freie können die Menschen eines Tages, wenn sie wollen, dorthin zurückkehren, wo sie gezeugt wurden, um ihren Vater zu lieben, um ihre Mutter zu lieben, wenn sie wollen. Sie werden sie lieben können, auch wenn sie ihre Beschützer verachten werden; frei werden sie ihre Körper betrachten und sich ihre Seelen vorstellen, den Märchen der Familie lauschen und manche von ihnen erzählen können. Wenn sie sie als freie Menschen lieben, werden sie die Legende lieben, die sie gezeugt hat, und sie nähren. Das bekräftigt sie mit ihrem Finger, den sie vor ihren Augen in die Luft streckt, und sie ergänzt, dass die Duse genau das mit mir getan hat.

Vielleicht ist es so. Doch ich bin vieles gewesen, bevor ich der wurde, den sie sieht, der Mann, der ihr gesagt hat, sie solle in diesem Haus bleiben, und der losging, nacheinander seine Väter und seine Mütter, seine Brüder und seine Schwestern, die Cousins und Neffen bis hin zum vierten Grad zu suchen, und sie zusammenbrachte, damit sie sie kennenlernen und, wenn sie wollte, lieben konnte, so wie ich sie aus freier Hingabe liebe. Auf wundersame Weise wiedergeliebt werde. Ich war auch einer dieser jungen Männer, die die Santarellina an der Mauer lehnen sah mit dem Glas in der Hand und der gelben Hündin zwischen den Beinen; auch ich hatte meine Phosphorbombe, die mich aufzehrte. Und die Duse hat nicht genug für mich gespielt, um mir das zu ersparen. Doch das ist nicht von Bedeutung, und ich habe Grund zu hoffen, dass die Duse von uns gegangen ist, ohne jemals vom Verdacht gestreift worden zu sein, dass ihr Lieblingsschüler auch nur einem dieser für Fröhlichkeit verlorenen Männer ähneln könne.

Und was dann in diesem Moment wirklich zählt, ist, dass ich morgen früh an den Fluss zu Vittorio gehen werde, um mir ein paar schöne Ecksteine aussuchen zu lassen. Und es ist ein Grund zum Stolz, dass Nita diese wichtige Tat meiner regen Männlichkeit von mir verlangt hat. Ich möchte sie posieren sehen, bevor ich mich in Bewegung setze und losgehe. Aber posiert posiert, hat sie mit ihrer Manie befohlen, durch Wiederholung zu betonen. Es ist eine Tatsache, dass ich in wenigen Tagen Vater sein werde; eine tatsächliche Tatsache, wie sie hartnäckig präzisiert. Und die Beschränkung »vorläufig« rechtfertigt keinen Erlass der daraus folgenden Pflichten. Das weiß ich, aber die Tatsache, dass Nita jedenfalls beabsichtigt, es mir aufzuzwingen, hat eine besondere Schönheit: Sie weiß also, was getan werden muss, kennt die Kompetenzen, akzeptiert die Unausweichlichkeit. Sie weiß nicht nur, sondern liebt vielleicht auch, was getan werden muss: Sie hat gelernt, hier zu leben, und verachtet die Banalität der Dinge nicht, die einem hier aufgezwungen werden. Ein Vater muss fähig sein, das Haus seines Kindes in Angriff zu nehmen. Die Ungeborene wird ein Haus haben, auch deswegen wurde sie gezeugt: damit das Haus, das sie zur Welt gebracht hat, mit ihr gedeiht. Es ist an ihrem Vater, sie, wenn sie geboren wird, den Samen des Hauses finden zu lassen, den sie wachsen lassen und auf den sie aufpassen wird, damit er nicht verblüht. Das sind Dinge aus anderen Zeiten, das sind Quälereien, das sind Mühen, aber so ist es. Hier bei uns sind die Dinge manchmal unsinnigerweise einfach so, und Schluss.

Wie dem auch sei, im unteren Zimmer, das zum Garten hin geht, gibt es keine Hauptmauer, weil seinerzeit ein Gewölbe gemauert worden war, das zu einem Schafstall führte. Dort könnte man das Haus um einen neuen großen Raum erweitern, wie es der zuständigen Behörde und den Wänden gefällt, die es mit dem Rest des Hauses vereinigen sollen. Das dauert seine Zeit, aber wenn die Ungeborene es einmal auf eigenen Füßen betreten kann, wird es fertig sein. Wenn die Grundsteine gelegt sind, werden wir die Pflöcke einschlagen und die Schnur spannen, und viel mehr gibt es nicht zu tun, außer einen guten Pflockhauer, einen guten Maurer und einen guten Handlanger schuften zu lassen. Ich bin der gute Handlanger, Vittorio der Pflockhauer und Vlad der Maurer; seit er auf die Idee verzichtet hat, typische moldawische Häuser zu bauen, ist Vlad der beste Maurer des Reviers geworden.

Aber wie ich schon sagte, der kritische Punkt sind die Grundsteine, die ich aus dem Fluss brauche, denn auch die besten Bruchsteine haben nicht deren geologische Stabilität und Trockenheit, und ich brauche einzigartige, denn einzigartig ist auch die Richtung der Maserung, die geeignet ist, das Gewicht des neuen Raums zu tragen und ihn in eine Harmonie mit den ursprünglichen Grundsteinen zu führen, die seit zwei Jahrhunderten den Rest tragen. Deshalb werden sie mit einer Sorgfalt und Kenntnis ausgewählt, die ich nicht habe, die niemand hier hat, außer Vittorio.

Wenn es heißt, den Grundstein legen, dann ist das nicht einfach so dahingesagt. Vittorio ist schon siebzig Jahre alt, und in nicht allzu langer Zeit werden wir uns eine andere Methode einfallen lassen müssen, um unsere Häuser abzustützen. Nicht dass wir solche Dummköpfe sind, dass wir noch nichts vom System der Mikropfähle in Stahlbeton und seiner richtigen Anwendung gehört hätten, aber es ist immer wieder dieselbe Geschichte mit unserer Beschränktheit, die uns dazu zwingt, nichts zu ändern, wenn wir nur können; und unsere Häuser bleiben so, wie sie sind. Aus eingefleischter Faulheit und reiner Liebe zum Luxus. Und Vittorio brauchen wir, und er könnte jeden Preis verlangen, denn er agiert im eisernen Regime des Monopols. Gott sei Dank ist er nicht unmenschlich und hat immer nur das verlangt, was er brauchte, um seine Töchter studieren zu lassen und ausreichend essen und trinken zu können; was ihn angesichts der Art seiner Arbeit mehr kostet als seine Töchter, die spezialisierten Akademikerinnen.

In seinem Alter ist Vittorio noch mehr als ein Meter achtzig groß und wiegt zwei Zentner. Er ist Steineklopfer, seit er neun Jahre alt war, und er muss Benito Mussolini noch für die Lizenz dankbar sein, die dieser seinem Vater für die Steine dieses Flusses gewährt hat. Es gibt in keinem anderen Fluss für keinen anderen Steinklopfer eine solche Lizenz, und die Behörde sagt, dass sie nach seinem Tod nicht mehr ausgestellt werden kann. Vittorio darf noch arbeiten, sagt die Behörde, weil er mit seinem Hammer der seltenste Vogel ist, den es auf der Welt gibt, und angesichts seines Alters kann er dem Fluss nicht mehr schaden; doch Flüsse muss man in Ruhe lassen, ihr Bett bewachen und vor Beschädigung und der Ausplünderung der Steine beschützen. Und da hat die Behörde ja auch nicht Unrecht, auch wenn es ganz sicher ist, dass Vittorio noch nie den Lauf des Flusses umgeleitet oder Überschwemmungen verursacht hat. Diesen Verdacht der Störung und Plünderung empfindet Vittorio als großes Unrecht; und besonders leidet er daran, dass er den Beruf nicht seinen Töchtern hat beibringen können, wenigstens Marinella, derjenigen, bei der es am aussichtsreichsten gewesen wäre.

Ich kenne Marinella und weiß, dass sie Steineklopferin hätte werden können. Als kleines Mädchen habe ich sie immer an ihrem Vater herumhängen sehen; sie machte ihre Hausaufgaben, die Schulmappe an einen Stein gelehnt, während er sich abmühte, Steine zu zertrümmern, und ich sah sie abends Hand in Hand zwischen den Zweigen herumlaufen und Blässhuhnnester suchen, oder wie sie regungslos balancierend auf einem Becken standen, in der Hand ein dickes Kürbisblatt, und mit diesem Seiltänzer-System versuchten, den Perlfisch zu fangen. Und auch als sie heranwuchs, ist sie im Fluss geblieben, und im Fluss habe ich sie zu jeder Jahreszeit, zu jeder Stunde gefunden. Präzise, als hätte sie die Natur der Möwe angenommen, fischt sie nur, wo der Saibling anbeißt, sonnt sich auf dem letzten Felsen, der sie wärmt, versteckt ihre Liebhaber nur auf Felsen, von denen sie nicht abhauen können. Ich habe sie gesehen, wie sie im Juli und im Februar in die Pfütze namens Sibirien sprang und einen halben Kilometer von der Brücke bis zur Staumauer von Fosciandora gegen die Strömung schwamm. Sie ist Professorin für Literatur und Doktorin in Archivkunde, und ihr Beruf ist der, alles zu bewachen, was der Dichter Pascoli in seinem Haus hinterlassen hat.

Wenn sie nicht am Fluss ist, ist sie dort, aber wenn man sich über den Gartenzaun beugt, kann man von diesem Haus auch den Fluss sehen. Sie betrachtet die Briefe des Dichters, dreht und wendet sie; sie spricht mit den großen Forschern des Fachs und schreibt in gewissen kleinen Büchern, die Vittorio, auch wenn er sich Mühe gibt, nicht verstehen kann. Und diese Unverständlichkeit Marinellas ist für ihn Ursache großen Kummers. Denn sein Großvater, gröber als Schwarzbrot, gehörte zur Brigade, die in der Osteria del Ponte mit dem Dichter trank und mit ihm über alle Themen plauderte und den Gedichten zuhörte, die dieser ihm vorlas, und er verstand sie so gut, dass er sie seiner Familie wiederholte; ein Grund, warum er nicht begreifen kann, warum sich seine Tochter so kompliziert gibt, dass sie das nicht verständlich machen kann, was man vor hundert Jahren sehr gut verstand.

Die andere, die jüngere Tochter Miranda, ist die Kardiologin, die alle Herzkranken im Revier heilt, und sie ist so schön, dass sie ihnen auch dann noch eine Freude macht, wenn sie dabei sind, draufzugehen. Sie ist schön und weise und Kommunistin, und dank dieser Tugenden ist sie heute Bürgermeisterin ihres Dorfes Freddona; doch mit dem Fluss ist sie nicht so vertraut wie Marinella, und wenn man sie gehen sieht, dann immer hinter ihrer Schwester.

Demnach hätte Marinella nie den Hammer tragen können, und wenn, hätte sie denn mit ihm zuschlagen können? Der Hammer, das sind 10 Kilo Eisen und ein 1 Meter 20 langer Kastanienholzgriff, und das ist das einzige Werkzeug, das man für die Arbeit des Flusssteineklopfers braucht. Um ihn zu benutzen, bedarf es nicht nur Intelligenz, man braucht auch Kraft. Vittorio sagt, mit der Erfahrung braucht man immer weniger Kraft und immer mehr Intelligenz, aber wenn du siehst, wie er zuschlägt, dann entgeht dir auch unter seinem schäbigen Blaumann nicht die mächtige und präzise Bewegung jedes Muskels, das Maß der Anstrengung der Maschine, die er in Bewegung setzt. Wenn er den Hammer über den Kopf schwingt, hörst du in deinen Ohren sein Herz pumpen, du siehst, wie es an den Nähten zerrt und fast den Stoff seines Hemdes zerreißt. Dann, wenn der Hammer den Stein berührt, ist fast keine Kraft mehr da, und er bricht ihn mit kalkulierter Sanftheit an den festgelegten Stellen auf; dann ist es nur das Streicheln eines Uhrmacherhämmerchen, denn die ganze Kraft wird im Abschätzen der exakten Kurvenbahn, in der Anwendung des richtigen Winkels und der genauen Schlagkraft verbraucht.

Vittorio und ich sind Vertraute, und wenn ich ihn antreffe, wie er im Kiesbett arbeitet und den Stein sucht, den er braucht, lässt er es zu, dass ich ihn eine Zeit lang begleite. Er will nur, dass es still ist, denn der wichtigste Teil seiner Arbeit besteht darin zu hören, was ihm die Steine, die er trifft, zu sagen haben. Er hört ihnen zu, prüft sie, wenn er mit der Hand darüberfährt, er säubert sie und redet mit ihnen. Er redet mit den Steinen, wie der Omo Nudo mit seinen Schweinen redet, Marta mit ihren jungen Rindern,

Malvina mit der Tür von Aristos Haus: Gespräche, die die anderen nicht zu verstehen brauchen; tatsächlich verstehe ich kein Wort von dem, was Vittorio und die Steine miteinander sprechen; und er zwinkert mir zu und lächelt mich an, und ich weiß nicht, ob er das tut, um mich teilhaben zu lassen oder weil er sich schämt, für seltsam gehalten zu werden. Wenn er mit seinen Gesprächen fertig ist und die Antwort Nein ist, geht er seines Weges, wenn sie Ja ist, spuckt er schön in die Handflächen, hebt den Hammer, hält ihn eine Sekunde in der Luft, während er seine trigonometrischen Berechnungen anstellt, und dann schlägt er zu.

Morgen früh wird er das alles für mein Haus tun. Er ist gekommen, um es sich anzusehen, und weiß, was er braucht; ein Grund, warum ich denke, dass wir um die Mittagszeit schon aufgeladen haben werden. Er hat einen Kabinenroller Marke Ape und einen Seilzug, und alles, was ich tun muss, ist, nicht zu stören; der Ape ist eins von Aristos letzten Meisterwerken der Motorkunst: Er hat eine verstärkte Achse und zwei parallele Motoren, er kann außer ihm selbst anderthalb Tonnen Ecksteine bis zu mir nach Hause bringen. Vlad hat schon die Pfähle eingeschlagen und die Schnur gespannt, Vittorio muss ihnen nur noch das Bett bereiten und sie hineinlegen. Dann kann Nita sagen, ob sie ihr gefallen, ob sie denkt, dass die Ungeborene nichts gegen das haben wird, was dabei herauskommt. Sie weiß schon, dass das ein Urteil ist, das sie gewissenhaft fällen muss, aber sie weiß auch, dass sie sich nicht allzu kompliziert geben darf; ansonsten müsste man alles von vorn anfangen, was nicht nur kostspielig, sondern auch beleidigend für Vittorios Empfindsamkeit wäre, der der Meinung ist, noch nie einen falschen Eckstein geholt zu haben. Ich zweifle nicht an ihrem gesunden Menschenverstand: Sie weiß, was Arbeit ist, und ihre Firma ist im ganzen Revier für ihre Fähigkeiten in der Optimierung von Ressourcen berühmt. Wenn alles so läuft, wie es laufen soll, dann werden wir etwas in das Bett unter den Grundstein legen, der nach Osten gerichtet ist; etwas, worauf zu verzichten es sich lohnt, damit es in den Fundamenten versteckt liegt. Doch das haben wir noch nicht entschieden, das wird man morgen sehen.

In diesen Tagen lesen wir weniger und reden mehr. Nita hat langsam etwas Mühe, die richtige Position für ihre langen und angeregten Lektürestunden zu finden. Sie läuft mit ein paar Büchern durchs Haus, sucht sich einen Platz und dann einen anderen, und dann geht sie schließlich nach oben und legt sich ins Bett. Für eine Weile, danach geht sie hinaus. Sie setzt sich unter den Nussbaum, wo sie in der Nacht gewesen ist, um mit der Ungeborenen zu sprechen, nimmt wieder ihre Bücher in die Hand, lässt es aber bald wieder sein. Dann ruft sie mich. Das sind Tage, an denen ich immer in der Nähe bin, wenn sie im Haus ist. Sie ruft mich, und wir gehen ein paar Schritte. Es sind lange, heiße Tage, Frühsommerwetter; der Dinkel ist noch grün, der Mais hat gerade erst ausgetrieben, die Aprikosen sind noch eine Spur zu sauer. Von den hohen Ästen zetern die Amseln und richten sich an den Jungen zugrunde, die sie im Eifer ihrer ehebrecherischen Paarungen bekommen haben. Nichts ist übermäßig in diesen Tagen: Die Hitze erschöpft einen nicht, das Licht blendet nicht, der Schlamm lässt einen nicht versinken, die Brennnessel brennt nicht, die Bergmelisse riecht nicht unangenehm. Wir sind sogar Wählen gegangen in diesen Tagen, doch niemand hat mehr als nötig gewonnen und auch nicht zu sehr verloren; hier nicht. Noch ist nicht der heiße Dunst der Strände auf den Pisanino gestiegen, und auf seiner Eisnadel rascheln langsam und honigartig die Nebelschwaden des Abends, der Schleier, der in der noch frischen Nacht die Prinzessin schützen wird, die nie aufgehört hat, das Scheitern ihrer Liebe zu beweinen.

Wir gehen ein paar Schritte, und ohne uns zu beeilen, kommen wir am Nachmittag zu den oberen Apfelbäumen, wo das erste Heu schon gemäht ist und die Bauern es zulassen, dass abends die Hirsche kommen und weiden und es düngen für die nächste Mahd. Ohne Eile versuchen wir uns zu lieben, wo der wilde Hafer schon hoch genug gewachsen ist, dass er nicht mehr sticht. Wir versuchen es in Ruhe, und manchmal gelingt es uns und manchmal nicht. Aber das ist nicht wichtig, es ist mehr aus Neugierde, um zu erfahren, was aus uns geworden ist, ein Experiment von Kindern. Und dabei reden wir, ohne Eile versuchen wir, etwas zu sagen, das uns so oft in den Sinn gekommen ist und wir uns nie erzählt haben. Ja, das passierte uns früher nicht, nicht so: Es gab vor allem üppiges, weises Schweigen. In diesen Tagen, oben bei den Apfelbäumen, während wir versuchen, nicht über die hier und da hingeworfenen Kleider zu stolpern, erzähle ich Nita etwas darüber, was ich gewesen bin, und sie erzählt mir, was sie ist. Wir haben nie das Bedürfnis dazu verspürt, es hat sich nie die Notwendigkeit ergeben: Es gab Vorsichtsmaßnahmen zwischen mir und ihr, die feste Abmachungen waren. Jetzt sind wir wie zwei Kinder, die auf den Gedanken kommen, sich zu verlieben, zwei alte Geschäftspartner, die sich einander begünstigende Testamente diktieren. Ich sage es noch einmal, wir tun das alles mit Ruhe und warten, dass es dämmert, um wieder nach Hause zu gehen.

Von ihr habe ich erfahren, was ich über sie schon wusste, und anderes, was ich zum ersten Mal hörte. Sie hat mir alles auf sachte, sanfte Weise gesagt, als bemühte sie sich, mir etwas zu erklären, das ich mir nur schwer merken könnte. Sie hat mir gesagt, sie habe einen Vater, eine Mutter und eine ältere Schwester gehabt, und das letzte Mal, als sie sie gesehen hatte, stritten sich alle mit ihr, die unbedingt gerade dann ein Amarena-Eis wollte, als der Bahnhofslautsprecher die Einfahrt ihres Zuges ankündigte. Sie sagte mir, das Letzte, was ihre Mutter zu ihr sagte, war: Hör bitte damit auf. Und sie hätte sowieso damit aufgehört, weil sie ihre Mutter noch nie so außer sich und so verschwitzt gesehen hatte. Sie waren auf dem Weg ans Meer, zur Tante, an einen Ort, der ihr so gut gefiel, nach Cesenatico an der Adria;

ein so schöner Ort, dass sie sicher war, ihre Tante lieber zu haben als ihre Mutter. Sie sagte mir, dass sie sich an ihren Vater erinnert, der ihr den Rücken zugekehrt hatte und sauer auf sie war, auf seine Lieblingstochter; er war so groß, dass sie, um sich mit ihm auszusöhnen, an seinen Beinen hochklettern und sich dann an seinem Gürtel festklammern musste, und dann noch einen Meter weiter hinauf, bevor sie sich endlich an seine stachelige Wange schmiegen konnte.

Sie erzählte mir auch, dass sie im Krankenhaus nie geweint hat, obwohl sie nichts anderes als Weinen hörte: Kinder wie sie und sogar Größere; dass eine Ärztin kam, die ihr sagte, sie solle weinen, und dann ihre Tante, immer dasselbe. Aber sie hatte noch nie geweint; auch um das Eis hatte sie nicht geweint, auch nicht mit zwei Jahren im Kindergarten wegen des gebrochenen Arms. Diese Geschichte, weinen zu sollen, beunruhigte sie, und jahrelang stand sie da, in der Schule, in der Turnhalle, im Haus von Tante Edda, am Strand, und fühlte, dass sie weinen musste, ohne dass sie erklären konnte, warum es ihr nicht gelang. Sie sagte mir, dass sie es schließlich geschafft hat, die Freunde des Geflennes zufriedenzustellen. Doch inzwischen waren viele Jahre vergangen, und das waren schöne Jahre mit ihrer Tante Edda, die sie im Sommer wie im Winter am Strand bleiben ließ, so lange sie wollte, die ihr Eis in jeder Sorte kaufte, die sie mochte; eine Tante, die nie einen Ehemann gehabt hatte, aber ein Zimmer vollgestopft mit Bücherregalen und zwei Meter hohen Stapeln mit allen möglichen Zeitschriften. Sie las schon immer gern, auch als sie es in der Schule noch nicht konnte, noch bevor sie mit ihrer ganzen Familie in die Luft geflogen war, und ihre Tante Edda ließ sie alle Bücher nehmen, die sie wollte. Ihre Tante erklärte ihr, als sie schon groß genug war, ein Gespräch zu verkraften, das sie als sehr intim betrachtete, sie habe die Manie der Lektüre begonnen, weil sie sich als eine Frau fühlte, die zu leidenschaftlich für das Leben war, das sie führte. Sie hatte dreißig Jahre in der Grundbuchauskunftsstelle im Katasteramt von Cesena gearbeitet, und in dieser ganzen Zeit war es ihr nicht gelungen, in den Abertausenden von Gesichtern, die sie hinter dem Schalter sah, auch nur einen einzigen Grund zu finden, in Aufregung zu geraten. Und wenn sie an den Strand kam, war sie so müde und gelangweilt, dass sie einen Mann nicht von einem Krapfen unterscheiden konnte.

Der Strand war Tante Eddas andere Manie; sie hatte eine Wohnung an der Rückseite des Gebäudes gekauft, in dem sie seit ihrer Kindheit den Liegestuhl und den Sonnenschirm gemietet hatte, und von Mai bis Oktober verbrachte sie ihre ganze Freizeit auf diesem Liegestuhl. Sie konnte nicht schwimmen, sie blieb unter dem Sonnenschirm und las Bücher und aß Krapfen. Sie sagte zu ihrer Nichte, dass sie noch nie ein Buch gelesen habe, das so dumm war, dass sie es bereut habe, sich mit dem zufrieden zu geben, was vor ihrem Grundbuchschalter passierte; und wenn sie von Büchern sprach, dann meinte sie nicht einfach Romane, da sie mit derselben Leidenschaft alles las, was die Menschheit schwarz auf weiß gedruckt hatte.

Wenn sie es wirklich sagen sollte, dann gestand sie ihrer Nichte, dass der aufregendste Mann, den sie jemals kennengelernt hatte, zweifellos der Forscher Livingstone war: so vornehm und so leidenschaftlich, so sehr ins schwarze Afrika verliebt und so respektvoll gegenüber den Königinnen von unsagbarer Schönheit, die sich ihm zu Füßen geworfen hatten, als er sich in die finstere Tiefe des Kongo vorgewagt hatte.

Tante Eddas Sprache hatte die gleiche feine Ernüchterung der Modezeitschriften einer gewissen Klasse, die sie in Stapeln aufbewahrte. Wenn sich die Nichte schlecht fühlte, ging sie zuerst das medizinische Familienhandbuch holen, um zu sehen, was man tun konnte; sie suchte hier und da und versank dabei ganz in der Betrachtung der Illustrationen exotischer und haarsträubender Krankheiten. Sie zeigte sie ihr und sofort fühlte sich die Nichte besser. Mit acht Jahren hatte sie bereits ihr erstes ganzes Buch gelesen, und dieses Buch hieß *Pippi Langstrumpf*; im Fernsehprogramm sah es für sie nicht so aus, als würde sie diesem Mädchen ähneln, doch beim Lesen fühlte sie sich genau wie sie. Mit zwölf tauschte sie schon ihre Bücher mit ihrer Tante; die war Mitglied eines Clubs, und bevor sie die Monatsbestellung aufgab, fragte sie ihre Nichte, ob sie ein bestimmtes haben wolle. Sie gingen zusammen zum Strand und nahmen eine volle Tasche Bücher mit, einfach so, um nicht ganz ohne zu sein; beide aßen die warmen Krapfen, die die Strandbudenfrau zur Hälfte morgens und zur Hälfte nachmittags buk, und beide schmierten die Bücher, die sie gerade lasen, auf dieselbe Weise mit gezuckertem Öl ein.

Sie war bei ihrer Tante gut aufgewachsen; sie war glücklich in diesem Feriendorf, wo alle Tage wie Sonntag schienen, abgesehen von einigen Sonntagen im Januar und Februar, die grau wie Aschermittwoch waren. Sie war aufgewachsen mit ihren Freunden vom Badestrand, der zudem auch noch Bagno Casadei, Haus Gottes, hieß, wie praktisch alles dort. Sie hatten ihr alles beigebracht, was Tante Edda nicht kannte und nicht tun konnte, als Erstes Schwimmen. Und dann Lachen: Tante Edda lachte nur manchmal, beim Lesen. Und dann Spielen, und Sich-hofieren-Lassen, und Küssen, und alles andere, von dem Tante Edda sagte, sie solle es sich in den Büchern anschauen. Sie sagte ihr sogar, unter denen in ihrem Club gäbe es eines, das sie zur gegebenen Zeit bestellen würde, wenn sie so gebildet wäre, dass sie es voll und ganz verstehen würde, und dieses Buch würde ihr erklären, besser als jedes Gespräch, das sie mit ihr führen könnte, was an jenem Tag mit dem Eis am Bahnhof von Bologna geschehen war.

Das war, als sie zehn Jahre alt wurde, und die Ärztin, die einmal pro Woche kam, um mit ihr zu reden, sagte, sie würden sich nicht wiedersehen, wenigstens eine Weile nicht. Es war die Ärztin, die in den Tagen im Krankenhaus angefangen hatte, bei ihr zu sein, diejenige, die ihr sagte: Willst du vielleicht nicht ein bisschen weinen? Damals war sie fast eine weitere Tante. Anfangs taten sie nichts anderes, als miteinander Spiele zu spielen, die die Ärztin in ihrer Tasche mitbrachte; dann, nachdem klargestellt war, dass vom Weinen keine Rede sein konnte, begannen sie zu plaudern, und das taten sie fast fünf Jahre lang.

Das war ihre Behandlung, und sie sagt, es hat funktioniert. Als sie mit achtzehn Jahren zum Studieren nach Bologna ging, hat es sie nicht besonders gestört, jeden Morgen und jeden Abend am Wartesaal vorbeigehen zu müssen, wo sie mit fünf Jahren um die Sorte Eis gestritten hatte, kurz bevor sie ihre Familie verlor. Und als unumstößlichen Beweis ihrer guten Heilung blieb sie die ganze Zeit an der Universität bei ihrer Tante Edda wohnen und pendelte mit dem Zug, wie viele ihrer Freunde vom Meer. Sie schätzt, dass sie nicht weniger als 1200 Mal am Wartesaal mit dem Eis vorbeigekommen ist, ohne jemals etwas Besonderes empfunden zu haben. Sie hielt nur jedes Mal einen Augenblick vor der Steintafel inne, auf der die Namen ihres Vaters, ihrer Mutter und ihrer Schwester stehen. Und da sie schon einmal da war, warf sie auch einen Blick auf alle anderen Namen. So hat sie sie auswendig gelernt. Und das ist der Teil der Behandlung, die sie beschlossen hat, aus eigener Initiative zu unternehmen.

Es beruhigt sie sehr, einen nach dem anderen die Namen derer zu kennen, die an jenem Vormittag dort waren, als sie bockig war. Das gibt ihr die Vorstellung, dass sie dort alle zusammen gewesen wären, eine große Familie, die zur ledigen Tante nach Cesenatico zum Badeurlaub fuhr. Sie fühlt sich wohl bei dem Gedanken, sie alle bei ihrem Namen nennen und sich so an sie erinnern zu können, wenn sie Lust dazu hat. So ist es ihr lieber: zu wissen, dass sie Waisenkind von allen 85 ist; es ist ihr lieber, keine Unterschiede zu machen.

Sie hat mir von dem einzigen Mal erzählt, als sie geweint

hat, und zwar heftig, und es war weder wegen der Behandlung der Ärztin noch wegen ihrer persönlichen Heilmethode. Und es war kein Weinen vor Schmerz oder vor Melancholie oder vor Heimweh, sondern ein Weinen aus reiner, ungezügelter Wut. Sie war vierzehn Jahre alt, und wer sie zum Weinen brachte, war derjenige, den sie unter den Jugendlichen des Strandbads Casadei zum Mann ihres Lebens auserwählt hatte. Er war in ihrem Alter, sah aber wie ein richtiger Mann aus, und ihn zu küssen, war das Wichtigste gewesen, was sie bis dahin getan hatte, das Ereignis des Jahrhunderts. Sie hatten sich bei der Sprungplattform geküsst, und sie hatten es weiterhin dort und nur dort getan, mitten im Meer, am romantischsten Ort von ganz Cesenatico. Wie ein richtiger Mann hatte er einen kleinen Jungen aus einem benachbarten Strandbad geohrfeigt, wegen einer Frage der Ehre, die sie betraf. Es wäre schön gewesen, wäre es nur eine Ohrfeige gewesen, doch er hatte ihn auch an den Haaren gezogen und ihm ins Ohr gebrüllt: Weißt du denn, du Idiot, dass sie eine von denen vom Bahnhof ist, weißt du, dass sie nur durch ein Wunder am Leben ist? Sie hatte ganz genau gehört, was er zu ihm gesagt hatte, alle in der Nähe am Strand hatten es gehört, und sie hat dort angefangen zu weinen, ohne sich zurückhalten zu können: fahl und schwach, unglücklich und allein. Denn von der ganzen Angelegenheit ist dies das wirklich Unerträgliche, sagte sie zu mir: leben zu müssen, als wäre man einzig und allein ein Opfer; ja, noch schlimmer, zu leben wie die Reliquie berühmter Opfer. Mit vierzehn Jahren hatte sie vielleicht schon hundert Bücher gelesen, und in keinem, in keiner einzigen Geschichte hatte sie ein noch lebendes Opfer gefunden, mit dem sie wirklich Mitleid und Sympathie empfand. Mit vierzehn Jahren hatte sie schon seit einer Weile begriffen, dass es nichts von dem, was ihr geschehen war, zu beweinen gab, außer vor Wut und Ohnmacht, und diese Art Weinen trocknet alles, was es benetzt.

Mit achtzehn Jahren hatte sie den Führerschein gemacht.

Am Tag, als sie ihn abholte, führte Edda sie zu einer Werkstatt in Cesena und gab ihr die Schlüssel des einzigen Fehlers in ihrem Leben, als sie sich für einen Moment eingebildet hatte, es könne außer den Büchern etwas geben, das geeignet wäre, ihre brennende Leidenschaft zu zähmen. Und der Karmann, hat sie mir gesagt, ist das Einzige, was ich von meiner Familie mitgenommen habe, das Einzige, für das es sich lohnt, Steuern zu bezahlen, der einzige Fehler, den ich gern begehe. Er hat mich hierher gebracht, wie die *Spirit of St. Louis* Lindbergh gegen jede Vorhersage nach Paris brachte. Und mit sechzehn Jahren hatte ich schon seine Geschichte gelesen. Und es gibt nichts anderes, hat sie mir noch gesagt, nichts zu sagen, was von Nutzen ist. Abgesehen von der Tatsache, dass ich, auch wenn du es nicht gemerkt hast, als Jungfrau hierher gekommen bin. Und ich habe dich gewollt, hat sie beim letzten Mal, als wir zu den Apfelbäumen hinaufgingen, zum Schluss gesagt; und als sie es sagte, sprach sie noch langsamer, als wäre die Duse da und würde mir beibringen, ein Wort zu schreiben. Und ich will dich immer und immer und immer. Ich würde dich weiterhin wollen, auch wenn du mich von hier vertrieben hättest. Ich würde nachts kommen und klopfen, wenn du dich tagsüber auf die Lauer legen würdest, um mich fortzuschicken, und ich käme, auch wenn ich zwischenzeitlich gestorben wäre; ich will dich, weil du niemandem der Männer in meinem Leben ähnlich bist, weil es an dem Ort, wo du mich leben lässt, kein Eis gibt.

Der Moment der ›belùa‹

In diesen Tagen des dauerhaften Lichts, zu dieser Stunde zwischen Abend und Nacht, kommt ein Moment zwischen der letzten Helle und der ersten Dunkelheit, der, als ich Kind war, der Moment der *belùa* hieß. In anderen Ländern ist die *belùa* nur eine Wildkatze, kaum schlimmer als ein Marder, aber in diesem Revier ist es der Zauberer, der die Kinder verwirrt, um sie mitzunehmen und zu fressen. Der Hexer, der sich als Tier verkleidet, um hinterrücks gegen Unschuldige zu wüten, die ohne ein Zuhause herumirren.

Die *belùa* kommt zu ihrer Zeit aus ihrer Höhle und macht sich auf die Suche, und wo sie etwas findet, packt sie zu. Ich habe sie noch nie gesehen, doch als Kind habe ich sie oft gehört, und ab und zu höre ich sie immer noch, denn die *belùa* ist das ganze Leben unterwegs. Es ist ein merkwürdiger Moment. Der Tag war lang, das hochstehende Licht der Sommersonnenwende ist verschwunden, hat langsam und geschmeidig abgenommen, bis zwischen Süden und Osten die ersten violetten Fäden der kommenden Nacht aufsteigen. Doch noch bleibt überall das Licht, klebt an den Ausläufern der Wälder, wird auf den Graten der Marmorbecken zurückgeworfen, schimmert an den Kräuselungen der Strömung im Fluss, in gelben und roten Schemen und Flecken, als wäre es in Lauerstellung, bereit wiederzukommen, niemals zu enden. Es ist die Frage eines Moments, weißt du, dann wird es dunkel werden; und doch hoffst du immer, dass es noch etwas dauert. Denn diese Tage sind großartig, weil der Winter noch nicht ganz überwunden ist, und es bleibt immer noch etwas zu tun, etwas zu betrachten, das du im letzten Moment nur flüchtig gesehen hast; denn das Haus ist da unten, wo es immer war, warm und sicher, und wartet, ohne dich zur Eile zu drängen. Das ist der entscheidende Moment, an dem du die *belùa* im Rücken hast und dich weigerst, deinen Schritt zu beschleunigen, und so das Schicksal herausforderst. Denn es genügt, dass dein Haus nur einen Schritt weiter weg ist, als du dich zu erinnern glaubst, es genügt, dass der Schatten der *belùa* sich bis zu deinen Füßen verlängert, und du bist in der Nacht gefangen und kehrst nicht mehr zurück.

Mein Gott, wie oft habe ich gehört, wie sie sich auf meine Fährte streckte, an meinen Haxen hechelte, mich mit dem Atem ihrer Raubtierzunge rief. Mein Gott, wie oft habe ich mich den Abhang über der Straße hinuntergestürzt, und wie oft habe ich mir die Knie aufgeschürft und die Hände zerkratzt, um mich auf den letzten fünfzig Metern zu retten, zwischen der Erle und dem Brunnen, von wo aus man das Licht meines Hauses sehen konnte. Und die Duse stand an der Tür und rief nach mir: Schnell, mein Kind, es ist dunkel geworden. Und ihre Stimme machte der *belùa* Angst, hielt die Nacht eine Handbreit von meinem keuchenden Atem entfernt; und ich kam ungeschoren davon. Wie viele Kopfnüsse habe ich mir eingefangen, weil ich mir die Hosen ruinierte und die Schuhe durchlief, nur weil ich einen Moment länger am Rand dieser Tage bleiben wollte, vielleicht nur, um eine dunkelgrüne Schlange zu sehen, wie sie einer Kröte am Rand eines Tümpels den Hof machte.

Und jetzt fordern Nita und ich weiter das Schicksal heraus, und so warten wir auf den violetten Moment der *belùa*, bevor wir nach Hause zurückgehen. Das ist kein Spiel, so wie es, wenn man es überdenkt, vielleicht auch als Kind keines war; jetzt ist es die Notwendigkeit, die wir verspüren, nicht zu früh Unterschlupf zu suchen, die Manie zu versuchen, Vertrautheit mit dem Schatten der Bestialität zu finden. Nein, wir fordern nicht das Schicksal heraus, sondern versuchen, zwischen uns und der unsicheren Stunde, diesem seltsamen Moment, Frieden zu schaffen. Jeder für sich, glaube ich, könnte das nicht. Und dann gibt es immer noch ein Wort zu sagen, etwas, von dem wir möchten, dass wir es wissen, und das wir zu Hause keine Lust hätten zu wissen; denn es gibt Worte, die nicht gut sind, wenn man sie unter einem Dach sagt. Besser die Zweideutigkeit des letzten Lichts ausnutzen; sie hinwerfen, gedankenlos womöglich, während wir hinuntergehen. Und da ist ein unbekanntes Zucken in der Stockrose, das einem die Haare zu Berge stehen lässt, so nahe ist es, und ein letzter Lichtstrahl schießt auf das gelbe Glas der Rosette der Kirche von Colle. Und die Nacht schleicht geduckt hinter unseren Rücken.

Worte zwischen Frischvermählten, würde ich sagen. Mürrisch der Bräutigam, ermutigend die Braut; zwischen beiden bekräftigt nicht nur das Schweigen das Versprechen.

Sie wird einen Namen brauchen, einen schönen Namen, der ihr Kraft gibt. Ermutigt die Braut.

Sie wird Marta brauchen, und sie wird nicht da sein, sie wird Bresci brauchen, und auch er wird nicht da sein. Stellt der Bräutigam ernst fest.

Sie wird dich brauchen.

Und an einem bestimmten Punkt werde auch ich nicht da sein; du wirst ihr einen Haufen Geschichten erzählen müssen.

Ich glaube nicht, dass mir das gelingt, ich habe zu viele Bücher gelesen.

Du musst nur lernen.

Aber wir müssen in erster Linie einen Namen finden.

Nimm einen aus deiner Liste.

Nein, diese Namen sind schon vergangen, sie muss ihren eigenen bekommen, einen, der geboren wird, wenn sie geboren wird.

Er wird sich finden.

Ja, wir werden dafür sorgen.

Oder sie wird dafür sorgen.

Ja, sie wird für alles sorgen. Aber du, bitte liebe mich, liebe mich so sehr, dass es mir Mut macht.

Ich weiß nicht, wie viel Liebe ich habe, ich weiß nicht, ob ich genug davon habe.

Du brauchst nur zu lernen, es ist noch Zeit.

Ja, es ist noch Zeit, es ist immer Zeit. Es gibt mehr Zeit als Leben, und wenn du denkst, du hast keine Zeit mehr, dann weil du es falsch verstanden hast. Nur Gott kann es passieren, keine Zeit mehr zu haben und mehr davon zu schaffen, weil er noch Leben übrig gelassen hat, vom dem ihm irgendwo immer etwas übrig bleibt. Ich habe wenig Leben und viel Zeit.

Doch das sagt der Bräutigam nur zu sich selbst.

Jetzt hat sich zwischen uns das Schweigen der satten Frischvermählten niedergelassen, die von der Güte ihrer Zweifel und ihrer Gewissheiten erfüllt sind. Beim Hinuntergehen schielen wir nach den Schatten, doch es gibt nichts mehr, vor dem man sich in Acht nehmen muss; übrigens sieht man schon nichts mehr, und wir gehen nach unserem Gedächtnis. Und dem Bräutigam gefällt es, seine Hand auf das Rückgrat der Braut zu legen; ganz leicht, ohne zu drücken, um sie nur mit den Gedanken zu führen, so wie ein Tangotänzer seine Dame führt. Und so könnte man überall hingehen, aber wir sind fast zu Hause, und im Eschengestrüpp oberhalb des Gartens bewegt sich die *belùa* und bläst ohnmächtig. Jetzt kann sie es schon nicht mehr schaffen. Und auf jeden Fall lassen wir immer ein Licht brennen, eine Lampe mit zehn Glühbirnen in einem antiken Lampenschirm, die wir über dem Küchenfenster angeschaltet haben. Und auch so schwach, wie sie ist, ist sie von diesem Punkt der Straße aus das einzige Licht, das man im ganzen Tal sieht.

In diesem Moment habe auch ich etwas gesagt, was ihr nützen kann. Nichts Besonderes, denn es gibt nicht viel zu wissen. Sie weiß seit einer Weile, welchen Beruf ich habe; meiner Meinung nach wusste sie es schon, als ich sie zum ersten Mal angefasst habe. Und ich habe sie noch dazu angefasst, ohne über irgendeinen weiteren Schritt nachzudenken, nur weil man sie vor mich hingeschoben hatte, und das halbe Revier war da und bat mich, mit ihr zu tanzen.

Es war an Mariä Himmelfahrt vor fünf, sechs Jahren, beim Fest auf der Piazza della Querciola, dem großen Fest, und auf die für uns typische, wenig einfühlsame Weise wollten sie ihr zeigen, dass sie alles in allem willkommen war. Dass sie in diesem renitenten und übel gesinnten Tal bleiben konnte, sie, ihre Firma und ihre Art, die Leute arbeiten zu lassen. Dass das, was sie tat, nicht verwerflich, und das, was sie war, nicht schlecht anzusehen war. Und also sollte sie das genießen, was wir hatten: den Tanz auf dem wie geölten Pflaster unter den Eichen, zweihundert Jahre alt wie die Revolution, den Wiener Walzer, gespielt vom 110 Mitglieder starken Concerto Sinfonico Giuseppe Garibaldi, und als Tanzpartner den Solotänzer des Reviers. Außer meinem Beruf kann ich auch das gut. Sie war keine besonders gute Tänzerin, auch damals nicht; aber sie wusste, was sie tun sollte, sie wusste, dass das Wichtigste war, sich führen zu lassen. Sie ließ sich führen, ohne sich heimlich auf die Füße zu schauen, ohne aufzuhören, mich anzusehen; und auch das ist wichtig: Das macht jede Frau schöner, ihr Blick, während sie sich führen lässt. Danach hätte ich sie ihren Weg gehen lassen, wenn sie mich nicht festgehalten und gebeten hätte, noch einmal zu tanzen. Sie ist besser geworden, auch wenn es ein Walzer auf französische Art war, schneller und leichter, einfacher zu begleiten; doch man sah, dass sie eine Veranlagung hatte, dass sie sich hingeben und führen lassen konnte. Und sie hat nicht aufgehört, mich anzusehen; und dieses Mal tat sie es eindringlich, denn sie zielte mir direkt in die Augen. Und sie war auch schöner, weil ihre Augen, dunkel wie Torf, glänzten, als wären sie aus Quellwasser, und lachten, und mit ihr lachten auch ihre harten Radfahrerschenkel gegen meine, und es lachte ihre Hand auf meiner Schulter, und auch die andere lachte, die sie in meiner Hand hatte. Und ich hätte sie auch da noch ihren Weg ziehen lassen und hätte sie vergessen, ohne irgendeinen Grund, ihr nachzutrauern, wäre sie nicht bei der ersten Gelegenheit, und bei der zweiten, und der dritten zurückgekehrt, um vor mir zu erstrahlen, um mir ins Gesicht zu lachen.

Sie hat mich gewollt mit einer Hartnäckigkeit, die ausgereicht hätte, das Schicksal eines Planeten zu ändern; dafür hat sie nur mein Schicksal bekommen. Jedenfalls wusste sie damals schon, wer ich war. Wie hätte sie das auch nicht wissen sollen? Alle wissen, wer ich bin. Ich bin der Sohn der Duse und der einzige Sprengmeister des Reviers. Als ob es nicht genügte, die einzige Leibesfrucht der jungfräulichen Berglehrerin zu sein, bin ich auch der einzige Mann mit dem Patent, alles zu verminen, was zum größten Ruhm und Nutzen der Menschen zermalmt, beseitigt, abgerissen, zertrümmert werden kann. Normgetreu, kunstgerecht. Ich habe die Fähigkeit, Berge abzutragen, Flüsse umzuleiten, Fabriken und Hochhäuser in Hunderte, Tausende von Tonnen Stahl, Stein, Zement und Erde zu zerkleinern. Aus Gründen der Scham und Faulheit beschränke ich mich meistens darauf, im Förderbereich der Steinbrüche dieses Tals zu operieren, und ich bin sehr gefragt, um vorsichtig die Wege zu den letzten Adern aus weißem Statuario-Marmor zu öffnen, die das Hochgebirge noch hat, falls irgendwo auf der Welt ein Michelangelo Buonarroti oder auch nur ein Auguste Rodin auftauchen würde, der diesen seltenen und empfindlichen Stein verdient. Doch wenn ich wollte, könnte ich auf der ganzen Welt arbeiten, und ich kenne keinen geachteteren und besser bezahlten Beruf als meinen. Ich sage Beruf, und mein Beruf besteht im Wesentlichen in der mikrometrischen Hingabe an das Gefühl für das Maßnehmen.

Ich habe bei einem ausgezeichneten Chemie-Professor am Rutherford College von Newcastle studiert, und am Caius College habe ich mich in der Physik der chaotischen Systeme bei Allison perfektioniert, aber mehr als diese hat mich die Santarellina ausgebildet, die mir beibrachte, auf ihre Art zu tanzen. Die Tangos zu tanzen, die die Duse an manchen Samstagen spielte, wenn sie mit einem verqueren Gefühl von der Schule der Capria zurückkam, und dann zog sie sich die Stiefel aus und ging als erstes das Akkordeon holen. Und ließ ihren Sohn mit ihrer besten Freundin tanzen, um festzustellen, dass wenigstens dort alles in Ordnung war und sie sich eine halbe Stunde Pause gönnen konnte, bevor sie wieder zur Lehrerin wurde. Und wir beide, ihre Liebsten, ihre Schützlinge, die nichts anderes taten, als sich um sie zu kümmern, hatten die ganze Woche über am Radio trainiert, um uns nicht zu blamieren, damit die Duse sicher sein konnte, dass wir ein eingespieltes Paar waren, und sie nichts fürchten musste, weder für uns noch für sie.

In Sachen Tango brauchte sie gewiss nicht um mich oder die Santarellina zu fürchten, denn wir waren so gut wie zwei große Diven der Tanzfläche geworden. Da habe ich meinen Sinn für das Maßnehmen gelernt. Und es war diese besondere Feinfühligkeit, die mir in den Fingern und den Fußsohlen kribbelte und die, ohne jede Anstrengung des Willens, der ewigen Unbeständigkeit zweier von der Musik bewegter Körper ein dauerhaftes Gleichgewicht verlieh. Der Körper eines kleinen Jungen und einer Zwergin, auf eine so ungleiche Weise zusammengebracht, dass es in jedem anderen Zusammenhang als dem eines ihrer leidenschaftlichen Tänze komisch und lächerlich gewesen wäre.

Aber bevor ich die Santarellina führte, war sie es, die mich führte; sie war es, die mich auf das Kribbeln hinwies, das ich spüren würde, wenn es soweit wäre, die Rolle zu wechseln, und ich geeignet wäre, Kavalier zu werden. Das wusste Nita nicht, und ich habe es ihr gesagt; denn es ist gut, dass sie weiß, dass alles, was jetzt zwischen uns ist, die neue Nachgiebigkeit, die uns dazu bringt, Häuser zu bauen und Hexen zu trotzen, nichts anderes ist als unser leidenschaftlicher Tanz, sein perfektes Maß. Nichts anderes ist als mein Beruf.

Auch das habe ich ihr gesagt: dass ich nicht mit der Berufung zum Bombenleger geboren wurde, sondern mit der Notwendigkeit, einen Beruf zu haben. Und auch wenn die Duse dies gewiss nicht im Sinn hatte, als sie ihre Erbschaft verkaufte, die Osteria, um mich zum Studieren zu schicken, so habe ich nie an etwas anderes gedacht als an meinen Beruf. Und den habe ich mir gesucht. Es war nicht schwierig, habe ich ihr erklärt: Er kam im Ausschlussverfahren.

Ich erzählte ihr, wie die Duse mich nach Newcastle schickte, wobei sie eine Schule auswählte, die eine Osteria pro Semester kostete, und mir auftrug, mich bei allem, was ihre Ressourcen überstieg, allein durchzuschlagen. Ihr Gedanke war, dass dort die Santarellina war, dass dort etwa hundert Landsleute und vielleicht mehr waren; keiner von ihnen war so gut versorgt aufgebrochen wie ich, keiner, um so entspannende Dinge zu tun, wie in einem College von reichen Leuten zu studieren; doch keiner, keiner hatte, um das zu erreichen, für das er aufgebrochen war, jemals etwas nötig gehabt, was er nicht mit seinen Händen tun konnte. Sie hatte recht, und ich habe mich an die Regel gehalten.

Als ich losfuhr, war die Santarellina schon seit ein paar Jahren da, um Kartoffeln und kleine Fische zu braten, aber ich bin sie nur zu manchen Feiertagen besuchen gegangen; sie nahm es mir nicht übel: Auch sie wusste, dass es mir nicht guttun würde, dass ich so tun müsste, als wäre niemand da, mit dem ich über all das sprechen konnte, was vor dem College der reichen Leute von Rutherford gewesen war. Ich hatte einen guten Chemielehrer. Er hieß Gallup, wie die berühmte Meinungsforschungsgesellschaft und der Porridge, den sie uns zum Frühstück gaben. Ihm zufolge war ich für die Chemie und Rugby geboren. Ihm zufolge waren Rugby und Chemie eng miteinander verwandt, und alle beide reichten aus, um alles andere vom Leben zu begreifen. Es ist nur eine Frage der starken Verbindungen und schwachen Verbindungen, alles kommt daher, von den Verbindungen und von den Wechseln. Das verstand ich, und mir gelang es besser als allen anderen in der Klasse, Moleküle zusammenzubauen und wieder aufzubrechen.

Auch das habe ich Nita erzählt, denn es ist gut, dass sie weiß, wovon ich überzeugt bin: dass das Gefühl für das Maß uns dazu bringt, es immer bei Kräften anzuwenden, die von Gegensätzen bewegt werden, die uns im ersten Moment unverständlich vorkommen. Immer, wie beim Tango, wie in dem, was wir sind. Am Caius habe ich rechtzeitig zur Rugby-Saison meinen Abschluss gemacht und bin als Profispieler nach Newcastle zurückgegangen. Sie haben mich als Halbspieler eingesetzt, doch am Ende der Saison hatte ich das Trikot mit der Nummer 3 des rechten Pfeilers. Der Duse schrieb ich nur, dass ich vorzeitig meinen Abschluss gemacht hätte und mich jetzt an die Arbeit machen würde; sie bat mich nicht zurückzukommen und riet mir auch zu nichts Besonderem, außer die Namen der hundert wichtigsten italienischen Städte durchzugehen; einfach so, um das Gedächtnis fit zu halten. Der Rugby-Beruf dauerte zwei Saisons, die Zeit, um zu kapieren, dass ich ihn nie ernst genug nehmen könnte, um langfristig mein Gehalt zu rechtfertigen. Die Fans der Mannschaft mochten mich, weil ich auf der Gedrängelinie stark war und Fantasie hatte, aber sie fürchteten meine obskure Stummheit, die Manager waren klugerweise unsicher über die Aussichten ihrer Investition; und so ging ich weg, unter dem Applaus und zur Erleichterung aller.

Wenn sie nicht Fische und Kartoffeln braten musste, kam die Santarellina, um mich spielen zu sehen; nach dem Spiel ging ich mit ihr in einem Luxusrestaurant essen, und sie fasste mich dabei die ganze Zeit an, um zu sehen, wo ich mir etwas gebrochen hatte. Sie war sich sicher, dass ich sie anlog, als ich ihr sagte, dass alles in Ordnung sei: Kräftige junge Leute wie du brechen sich etwas und merken es gar nicht. Ich glaubte ihr; tatsächlich brach ich mir irgendwo etwas, wer weiß wo. Ich war kräftig, ich wusste genau, was ich tun musste, und mit zwanzig Jahren war ich schon ein angesehener Engländer, ein Stolz für das ganze Revier, wenn man es erfahren hätte; doch in Wirklichkeit begann ich, den gebrechlichen jungen Männern am Rande der Bauernhäuser zu ähneln, die dem Akkordeon der Duse lauschten, ohne dass sie Lust zu tanzen bekommen konnten.

Bei diesen Abendessen für fünfzig Pfund pro Kopf war die Santarellina von allem angewidert, sie steckte sich etwas in den Mund und kaute es eine ganze Weile durch, während sie mich weiterhin ansah; am Ende wischte sie sich den Mund an der Batist-Serviette ab und fuhr mir mit der Hand über die Augen, um mich darauf aufmerksam zu machen, dass ich nicht lachte. Und ich lachte nicht, weil ich Angst bekommen hatte; da war jemand, der sie mir eingejagt hatte. Dessen war sie sich sicher, und sie wollte, dass ich mich bei einem gewissen Giuncugliano blicken ließ, der mit ihr zusammenarbeitete und in der Lage war, mich davon zu befreien. Ich kann nicht mehr genau sagen, was mich in jenen Jahren umtrieb, doch was immer es auch war, es konnte nichts von zu Hause sein; nicht die Angst, die dir ein neidischer Hexer auf die Augen wirft, nicht die Angst, die aus dem Ast eines trockenen Nussbaums fällt. Ich war damals Engländer, ich war Chemiker, der Physik am Caius College von Cambridge studiert hatte. Und Newcastle wollte mich so haben, und ich hatte sogar Frauen, die mich so haben wollten. Auch das habe ich Nita gesagt.

Ich wollte mich anders, und so landete ich schließlich als Rausschmeißer in einem Club im West End, einem Lager inmitten der Kanonenfabriken. In dieser Baracke wurde die beste Musik des Vereinigten Königreichs gespielt; ich musste die Leute draußen halten, wenn man drinnen nicht mehr atmen konnte, und aufpassen, dass nicht ein paar Saufköpfe das Fest verdarben.

Schließlich habe ich sie darüber informiert, wie ich zum Bewusstsein meines Berufs gekommen bin. Was wegen meines Freundes Thomas geschah, eines offensiven Halbspielers, der ein paar Jahre mit mir zusammen am Rutherford gewesen war, bevor er die Sache hinschmiss und bei Whincker's als Arbeiter anfing. In den Jahren am Caius hatten wir uns aus den Augen verloren, aber er kam jeden Freitag in den Club, nahm sich zwei Flaschen Bier und suchte sich einen Platz, wo er ab und zu ein Gespräch mit mir beginnen konnte. Er war ein sehr zurückhaltender Mensch und versuchte, mich nicht in meiner Arbeit zu stören; er hatte nur Lust, ein paar Blicke, ein paar Worte zu wechseln: Er war einsam, wie übrigens alle hier drinnen. Unsere Freundschaft bestand darin zu vermeiden, von Rugby, Cricket oder allem anderen zu sprechen, das man als in den Jahren am Gymnasium durchlebt betrachten konnte. Ich erinnerte mich, dass er aus den Fünf Grafschaften kam, doch er war nicht der Typ, der von Heimweh faselte, und ich wusste nicht einmal, ob er Katholik oder Royalist war. Wir redeten meistens über Musik; aber ehrlich gesagt, wir tauschten vor allem Gesten inmitten der Musik. Wir sahen uns freitagabends im Club und nur dort, und keinem von uns beiden wäre es eingefallen, woanders eine Verabredung vorzuschlagen, denn die Freunde des Clubs, an welchem anderen Teil der Welt außerhalb von hier sie sich auch treffen, erweisen sich unweigerlich als schlecht zusammenpassend.

Also war es im Club, an einem Freitagabend, als Thomas mich um den Gefallen bat, für ihn ein Päckchen aufzubewahren, für höchstens ein paar Tage. Und ich sagte ihm, ja, es ginge in Ordnung, und legte das Päckchen beiseite, denn es stank nach keiner bekannten Droge. Und das Päckchen blieb dort, wo es war, zwei Wochen lang. An jenem Abend dann hatte gerade irgendeiner in Vertretung irgendeines anderen aufgehört zu spielen, und mein Freund Thomas drückte mir ein Bier in die Hand und fragte mich, da er nichts zur Musik zu sagen hatte, die ging, wie sie kam, ob ich zufällig Lust hätte, ihm bei einem der Dinge zu helfen, die er außerhalb seiner Fabrikarbeit tat. Da ich gut in Chemie sei, wäre ich der, den die Typen, für die er arbeitete, suchten. Ich antwortete ihm, nein, ich sagte ihm, dass es mir leid täte, ich aber dabei sei, dorthin zurückzugehen, wo ich herkam. Und da es mir wieder einfiel, bat ich ihn, sein Päckchen wieder mitzunehmen. Er bat mich um den Gefallen, es noch ein paar Tage aufzubewahren, er würde am folgenden Freitag wiederkommen. Es sei keinerlei Gefahr in diesem Päckchen, wollte er mir klarmachen, es sei nur Kram, den er für diese Arbeit bräuchte, von der er mir erzählt hatte. Wenn ich es mir vielleicht noch überlegte, wenn ich Lust bekäme, etwas später abzureisen, mit etwas mehr Geld, dann würde es sich nicht einmal lohnen, dass er es wieder abholte.

Die Woche war noch nicht um, da war ich hier und klapperte auf der Suche nach einer Wohnung und einer Arbeit die Straßen des Reviers ab. Es dauerte Monate, bis ich die Duse begrüßen ging; die Zeit, die ich brauchte, um ihr etwas über mich sagen zu können, über das, was ich gemacht hatte, und das, was ich an den besten Colleges Englands geworden war. Sie hörte mir zu, aber ich sah genau, dass sie nicht mit mir zufrieden war; und sie ist es nie wieder gewesen. Ich glaube, ich hätte ihr die Dinge sagen müssen, die ich ihr nicht gesagt habe, ihr zu erklären versuchen müssen, wie ich an diesen Orten fehl am Platze war und wie ich darin hätte ertrinken können; wie ich in den Jahren hätte ertrinken können, die sie vom Haus am Ponte betrachtete, in der Gewissheit, es seien meine besten. Ich hätte ihr sagen müssen, dass unter dem, was sie sich mir zu geben bemüht hatte, nichts war, was dazu gut gewesen wäre, mich vor dem Schmerz zu schützen, die Dinge zu kennen, sie auf diese seltsame Weise zu kennen, auf die ich sie gelernt hatte. Ich hätte ihr sagen müssen, dass die Chemie dem Herzen nicht guttut und die Physik noch weniger; ihr begreiflich machen müssen, dass es unendlich traurig macht, die komplexe Natur der Kräfte und der Verbindungen zu kennen und nicht die Hände zu haben, um etwas Gutes daraus zu machen. Ich hatte sie nicht, denn was ich als Engländer hätte tun müssen, war, mir meinen Beruf zu suchen, und stattdessen hatte ich nur Wissen, Rugby, Musik und Traurigkeit gefunden. Und ich war für diese Dinge nicht geeignet, nur für alle zusammen: Ich war geboren, etwas anderes, Einfacheres zu sein. Und ich hätte ihr gestehen müssen, dass ich im ganzen Vereinigten Königreich nur eine Person kennengelernt hatte, die mir eine ernsthafte Arbeit anbot, die meiner Erfahrung angemessen, und dazu geeignet war, mir gute Hände zu verleihen. Doch alles, was dieser gute Mann mir vorzuschlagen hatte, war, noch tiefer in Traurigkeit zu versinken, mich an die Mauer zu denen mit dem halbvollen Glas in der Hand zu drücken. Ich hätte ihr sogar sagen müssen, wie ich mich mit Traurigkeit hätte zufriedengeben können, und ihr erzählen müssen, wie leicht es war, sie von einem Tresen im West End von Newcastle aus für die tiefe Wahrheit der Welt zu halten.

Also, Mutter, hätte ich ihr schließlich verkünden müssen, da gibt es eine gute Nachricht: Dein Sohn ist zurückgekehrt, dem sicheren Tod entronnen, dein Sohn wird jetzt aus dem, was er ist, etwas Gutes machen. Freu dich über ihn, denn er hat in seinem heimatlichen Tal einen guten Beruf gefunden. Doch wie hätte ich diese Dinge der Frau sagen können, die ihre besten Jahre damit verbrachte, sich nachts einen Rucksack auf den Rücken zu setzen und einen Berg voller Geister hinaufzusteigen? Der Frau, die ihr ganzes Leben lang inständig an die unbefleckte Empfängnis ihres Sohnes geglaubt hat?

Wer war dieser Typ mit dem Päckchen, fragte mich Nita, was wollte er? Ich weiß nicht, antwortete ich ihr, er hat es mir nicht gesagt. Das ist die Wahrheit; doch das muss man nicht wissen, um zu verstehen. Ich habe verstanden, dass es Zeit war wegzugehen, nicht mehr und nicht weniger. Das bedeutete das Paket: Komm rein oder verschwinde. Es war, als hätte mein Freund Thomas mich untergehakt und zu einem Tango aufgefordert; und ich habe bei der Santarellina gelernt, einen falschen Schritt zu erkennen, bevor ich meinen Fuß aufsetze. Den Sinn für das richtige Maß.

Ich musste dieses Päckchen gar nicht öffnen. Es gab Jahre, versuchte ich ihr zu erklären, in denen es unmöglich war davonzukommen, wenn man nicht verstanden hat oder falsch verstanden hatte. Es gab Orte in jenen Jahren, denen du, wenn du nicht schnell von Begriff warst, nicht mehr entkommen konntest. So war es mehr oder weniger auf der ganzen Welt, doch im Vereinigten Königreich mehr als anderswo. Die Zeit der großen Revolte, wie man später sagte; aber was du damals spürtest, war mehr als alles andere eine unerträgliche Raserei. Du hättest dich der Republikanischen Armee angeschlossen, nur um sie unter Kontrolle zu halten, du hättest dich mit Drogen umgebracht, um sie zu beruhigen, du hättest aus demselben Grund eine Bank überfallen. Und so ist es passiert; und es ist auch passiert, dass du dir alles Denkbare erfandest, nur um nicht vor Angst zu sterben, an der Bestürzung, die du in dir spürtest. An den Colleges und in den Pubs, auf den Treppen der leer stehenden Häuser und in den Konzertsälen war alles eine Einbildung; und hätte ich mich nicht so hineingekniet, Chemie und Physik zu studieren, so hätte auch ich das gedacht, was all diejenigen sagten, die in den Club kamen, um sich zu besaufen: dass dieses Herumfantasieren eine Argumentation wäre. Eine allgemeingültige Argumentation.

In Newcastle, in jenem Club, auf den Straßen ringsum und zwischen den Fabriken der berühmten Armstrong-Kanonen, an den Hafenmolen, auf den Treppenabsätzen der Sozialbauten, wohin ich zum Schlafen ging, hatte ich keine Mühe gehabt zu verstehen. Ab und zu flog etwas in die Luft, aber in Wirklichkeit schien jeder Tag der richtige dafür zu sein, dass alles in die Luft flog; das gesamte Universum womöglich. So schien es bis gegen zwei, drei Uhr morgens, dann erlosch der Tag mit seiner Zündschnur, die von Bier durchnässt zischte. Ich war dafür nicht geschaffen, nicht für dieses finstere Herumfantasieren; ich war zur Hälfte von einer Waisen aus dem Amazonas geschaffen: Ich hatte zu viel Leben in mir für die Verzweiflung des leeren Raums des Wartens. Ich war einfach nur für meinen Beruf geschaffen. Und damals wusste ich noch nicht, welcher das sein würde.

Das Päckchen habe ich mitgenommen, da, wo es war, lag es nicht gut, um allein darauf zu warten, dass jemand käme, um es abzuholen. Ich legte es zu den Büchern, die ich nicht hatte verkaufen können, und öffnete es an der Victoria Station, bevor ich in den Zug stieg: Da war ein Bündel Schweizer Franken in Hunderterscheinen. Ich glaube, beruhigte ich Nita, das hätte mein erstes Gehalt werden sollen; sauberes, ehrliches Geld für die qualifizierte Tätigkeit eines Chemikers im Bereich Pestizide oder Sprengstoff oder Drogen oder Arzneimittel. In jenen Jahren lief die Chemie sehr gut. Ich habe sie behalten: Sie sahen aus wie ein schönes Souvenir. Scheinheiligerweise, wenn auch nur für einen Moment, habe ich am Bahnhof gedacht, sie könnten mir dienen, falls ich eines Tages dazu verleitet würde, meine alten Pfade zurückzugehen und diesen anständigen Menschen Thomas wieder zu suchen. Angesichts dessen, wie sich die Dinge entwickelt haben, unter Feststellung des Überflusses, der im Hause herrscht, und der guten Nachrichten, die aus der Umgebung kommen, werde ich sie morgen früh in ihrer Schachtel unter dem Grundstein begraben. Und es sei ein für alle Mal beschlossen, im immer noch geltenden heidnischen Stil unserer Väter, dass die Fundamente auf dem beruhen, was nicht ausgegeben wurde.

Auch ich bin in einem gewissen Sinne als Jungfrau hierher gekommen; eine männliche, knorrige Jungfräulichkeit der Ablehnungen und Verweigerungen, mit wenig Geheimnis und arm an Schönheit, aber dennoch dem Warten auf das gewidmet, was kommen würde. Auch ich, wie diese Nita, die still zuhört und mich mit ruhiger Entschlossenheit anlächelt, als hätte ich ihr gerade meine früheren Mumps und Scharlach und Windpocken und Keuchhusten aufgezählt, auch ich bin hier, um ein Geheimnis zu empfangen. Ich bin zurückgekommen, damit ich das werde, ich habe zugelassen, dass sie bleibt, weil ich es schließlich geworden bin: dem Bleiben verschrieben, mit Händen, die gut zum Festhalten sind, und feinen Ohren, um zu hören, was kommen wird. Ein Familienvater mit dem Beruf des Sprengmeisters; und da es der einzige Beruf ist, den ich lernen konnte, habe ich Grund anzunehmen, dass ich es aus Berufung geworden bin.

Ich habe meine Berufung gesehen, als ich innehielt, um Bilanz zu ziehen über das, was ich vom Vereinigten Königreich mitgebracht hatte. Und ich habe Folgendes gefunden: adäquate Wissenschaft, um der Traurigkeit ein Maß zu geben, und genügend Schmerz, um Berge abzutragen. Und den Tango, den Tango, mit dem ich aufgebrochen war, meine Disziplin.

In einem alten Haus in Fabbriche haben wir das alte Wappen des Reviers aufbewahrt. Es ist in den Schlussstein der Eingangstür eingraviert, und es ist eine in drei Flammen auflodernde Bombe, die Flammen umzüngeln das Datum 1523. Dieses Wappen ist auf die Dokumente aus der Zeit der Este gestempelt, auf die Fahne der Gegenseitigen Arbeiterhilfe genäht, auf die Medaille lackiert, die mir die *tecchiaioli* geschenkt haben, und ich weiß nicht, wohin noch. Seit fünf Jahrhunderten sind wir mit dem Schießpulver und seinen Derivaten vertraut, in den offiziellen Depots dieses Reviers liegt genügend Dynamit und Trinitrin, um mit ruhiger Entschlossenheit dem allgemeinen Selbstmord entgegenzugehen; ohne das zu zählen, was im Laufe der Generationen hier und da von den Leuten aus den Steinbrüchen für ein Man-weiß-ja-nie beiseite geschafft wurde.

Aber wir sind Menschen von freundlichem Ungestüm, Künstler im Kalkulieren von Gewicht und Maß, Sprenger von Bergen feinen Statuario-Marmors. Wir schaffen nicht Unordnung und Schmerz, sondern sichere Durchgänge für Reisende und gut geformte Läufe für die Gewässer. Die Obrigkeit weiß, dass wir nicht feige sind, und fürchtet uns zu Recht. Sie fürchtet uns, seitdem Alfonso d'Este entdeckte, dass seine geliebten Bombarden nur blödes Spielzeug waren ohne das Genie der Kanoniere des großherzoglichen Bergreviers, und er fühlte sich verpflichtet, uns das zu patentieren, wobei er sich in der einzigartigen Fantasie wiegte, dass wir, unter Lohn gesetzt, dankbare Sklaven wären. Wir wissen, dass die Obrigkeit ein verborgenes Vergnügen daran findet, furchtsam zu sein: Die Furcht ist das, worüber sie verfügt, um die Quantität an Feindseligkeit und Groll zu messen, die ihrer Macht entgegenschlägt, und also, um ihre Effizienz zu beurteilen.

Darum kümmern wir uns nicht; wir haben schon zu Zeiten gelernt, als unsere Schmerzensprinzessin Tränen vergoss, um daraus einen Berg entstehen zu lassen, dass es keine Glut gibt, die dieses Weinen erlöst, außer der, die die Erde aus ihrer Achse heben und sie im Nichts zerschellen lassen wird, im Himmel der vergeblichen Götter. Seit damals haben wir die nötigen Reserven und die Beharrlichkeit, unseren Beruf nicht zu vergessen. Jetzt bin ich nur einer von uns, einer der weggegangenen und wiedergekommenen Söhne dieses empfindlichen Volkes patentierter Kanoniere; seit ein paar Jahren der mit der größten Erfahrung. Der beste Tänzer. Ich genieße das Privileg meines Status mit der Zurückhaltung, die die daraus folgende große Schuld von mir verlangt. Ich bin Schuldner der Gunst, die diese Berge und ihre Gewässer mir seit Langem gewähren, die mir nie ihre Größe und Virulenz entgegengestellt und die sich mit Großmut meinem Beruf gebeugt haben. Ich bin Schuldner meiner Leute wegen der Wertschätzung, die sie dem entgegenbringen, was ich kann, und die mir das Vertrauen bescherten, das sie nur ihren großen Sprengmeistern und ihren kriegerischsten Priestern gewährten. Ähnlich wie die Priester habe ich das Leben vieler von ihnen in der Hand, und zwar auf harte und definitive Weise, wie sie keine Obrigkeit beanspruchen kann.

Aus diesem Grund kommen sie ab und zu, um mit mir zu sprechen, und nicht nur die Männer aus den Steinbrüchen. Mit einer Stimmlage, die nicht anders ist als bei der widerspenstigen Intimität einer Beichte, stellen sie mir Fragen. Sie denken, wer Nitroglycerin benutzen kann, ohne jemals Tote oder Krüppel produziert zu haben, kann mit der gleichen Rücksicht auch mit allem anderen im Leben umgehen. Denn das wollen sie, und das will auch ich: etwas vom Leben wissen, nachdem du es dir gerade verdient hast. Jenes Leben, das geheimnisvoll bleibt, nur etwas abseits der Baracke am Rand der Baustelle, wohin sie gehen, um ihr Mittagsbrot zu essen und sich das Gesicht zu waschen, bevor sie nach Hause zurückkehren. Das, was sie wenige Schritte von ihrem Haus erahnen, und sogar im Haus selbst, in dem sie Familien haben, die sie hingebungsvoll lieben. Meistens wollen sie keine bessere Arbeit als die, die sie haben, nur ein größeres Leben, und sie sind neugierig zu erfahren, wie sie es finden und wie sie es sich nehmen können, denn sie spüren, dass es ihnen immer besser gefällt.

Ich auch. Und so antworte ich nicht, ich stelle weitere Fragen, auch wenn sie in ihren Ohren wie Antworten klingen. Also, dieses Privileg der Intimität, da bin ich überzeugt, ist eine Liebesschuld. Trotz unserer Gesichter, trotz unseres allgemein schlechten Charakters, haben wir uns in diesem Revier schließlich immer geliebt. Auf die Weise, wie wir es tun können. Und Nita, die mich suchen kam, weil sie wusste, wer ich war, die bleiben wollte, um meine Verweigerung zu zersetzen, hat sehr wohl recht, sich nicht vor der Liebe ihres Mannes zu fürchten.

Wie hätte ich das alles sagen sollen, wenn nicht im Moment der *belùa*, in diesen Tagen der neuen Vorfreude, des dauerhaften Lichts und der frisch aufgeblühten Apfelbäume.

Die heilige Absicht eines Abkommens

Sie haben beschlossen, gleich nach St. Johannis loszufahren, in der Nacht, wenn im ganzen Tal die Glut der Feuer noch rot ist. Bresci ist aufgetaucht, herausgeputzt in einem schweren und engen grauen Flanellanzug; das war die Kleidung, die ein kultivierter, mitleidvoller Mörder des ausgehenden vorletzten Jahrhunderts hätte tragen können. Der Flanell war schon vom Schweiß gezeichnet, und wenn man über die Hitzewallungen des Omo Nudo hinwegsah, hätte man glauben können, dass er es war, und nicht der Freund seines Großvaters, der sich bereit gemacht hatte, König Umberto zu erschießen. Aufrecht und hervorragend auf dem engen Sitz des milchkaffeefarbenen Karmann hatte er zwischen seinen Beinen einen Lederkoffer, grau und faltig wie sein Anzug; er wartete, dass die Präliminarien der Abfahrt beendet wären, mit starrem Blick auf die Schatten jenseits der Windschutzscheibe, als wäre er bereits inmitten der Wunder des fremden Landes. Es gab nicht viel zu verabschieden, das war alles schon anständig am Abend zuvor erledigt worden.

Zum Abschied bin ich mit Nita zum Feuer von Vitoio gegangen, einem der größten und prächtigsten; ich habe mit ihr zusammen um das Feuer herumgetanzt, so schonend, wie es ging, ich habe ihr von Ulisses köstlichem Wein zu trinken gegeben, habe sie mit Eliantos Schinken gemästet und dem Brot, das man zu Fuß vom Backofen in Metello gebracht hatte. Man hatte sie wiedererkannt und begrüßt, umarmt und ihr gratuliert, auf die tadellose Art unserer Glückwunschgewohnheiten. Malvina kam mit dem Fahrrad aus

Careggine, um ihr, in einem Taschentuch aus feinem roten Stoff, eine Handvoll Asche aus ihrem Feuer zu übergeben. Damit sie, wie es die Tradition will, damit die ersten vollgeschissenen Windeln der erwarteten Tochter waschen kann. Sie hätte sie genau bis zum Tag der Geburt aufbewahren können, und die Sache wäre tief in der Spur der Tradition geblieben, doch Malvina erinnerte die Schwangere daran, dass sie womöglich während der Reise gebären würde, so sei es schon mehrmals in der Geschichte der Frauen geschehen, die abenteuerliche Reisen unternehmen.

Schließlich bekam sie eine Blutwurst von Ermidios berühmten Schweinen geschenkt, um nicht Hunger zu leiden und etwas zu haben, das sich in der Wärme und in der Kälte der Reise hielt, angesichts dessen, dass man dort, bei den ignoranten Menschen am Feuer von Vitoio, nicht wusste, was sie außer dem Ruhm des weltweiten Motorsports antreffen würde. Oh, sie nahm schon die Blutwurst an, erging sich in Dankbarkeit, doch dann steckte sie sich die fette, in geöltes Papier gewickelte Wurst in den hintersten Winkel der Tasche, wobei sie gut darauf achtete, ihre Sachen nicht zu verseuchen, gerade als hätten sie ihr ein totes Kaninchen angeboten. Mir ist das aufgefallen, aber vielleicht nur mir. Ich weiß, wie widerlich sie Blutwurst findet; Nita kam hierher mit lobenswertem Anpassungsgeist und natürlicher Neugier, aber sie ist nicht bei uns geboren, wurde nicht mit Maisbrei entwöhnt, wurde nicht im Kommunionskleid zum Jahrmarkt von San Remigio geführt, um mit einem Streicheln ihres Händchens die junge Sau auszuwählen, die dem Schweinestall der Familie unsterbliche Nachkommen verschaffen würde. Sie trägt in ihrem Blut nicht die schnelle, aufgeregte Antwort auf den unverwechselbaren Wohlgeruch der Blutwurst; sie lebt hier bei uns, doch ihr Genom wurde anderswo zusammengestellt. An Orten müder Zeitgenossenschaft, wo der Geschmack der leckeren Materie nicht einmal mehr eine Sehnsucht ist.

Als wäre die Blutwurst der Fetisch eines Gottesurteils, ein

Erbe widerlichen tierischen Appetits; sie ist nur eine Wurst, ein Stückchen von Schweinskopf und Hirn mit lauwarmem Blut vermischt, mit Nelken und Zucker gesüßt, mit Knoblauch und Pfeffer desinfiziert und gut in einen Magenzipfel gepresst. Sie ist gut, sie ist gewürzt, sie ist nahrhaft, so nahrhaft, dass man nichts Besseres auf eine Reise mitnehmen, ab und zu ein Stück abschneiden und es unterwegs kauen kann. Mit einer gut gemachten Blutwurst in der Tasche kannst du gehen, wohin du willst, ohne jemanden um etwas bitten zu müssen; die Menschen im Revier sind mit einer Blutwurst im Beutel gesund und wohlbehalten nach Schottland, nach Südafrika, nach Patagonien und sogar nach Australien gekommen. Man bekommt Durst; aber Wasser gibt es noch genug an den Straßen der Welt, und auf jeden Fall ist es einfacher, an fremden Orten um Wasser zu bitten als um Essen. Und ehrenhafter.

Und es tut uns leid, dass nur wir sie mögen, es ärgert uns, dass unsere Gäste mit den Zähnen knirschen, wenn sie versuchen, etwas davon in ihren Mund zu stecken, weil sie mit unserer Freundlichkeit Schritt halten möchten; als wären wir Tiere, die man bei Laune halten muss. Es macht uns traurig festzustellen, dass das, was uns das Beste zu sein scheint, was wir mit unseren Schweinen machen können, uns keine Genugtuung außerhalb unseres engen Herrschaftsbereichs verschafft. Zu denken, dass unsere Metzger sich ins Zeug legen, damit das Rezept ihrer Blutwürste den Gipfel der absoluten Perfektion erreicht und fest und unerschütterlich wie eine Sonne dort bleibt. Doch bei all ihrer Neugier, ihren kräftigen Zähnen, ihrem entgegenkommenden Gaumen hat auch Nita nicht gelernt, sich davon zu ernähren, wie sie es verdienen; und es ist ein Schicksal der Fremdheit, die kein menschlicher oder göttlicher Wille ausgleichen kann. Wir sind anders; du siehst genauer hin und irgendwo bleiben wir immer so.

Ermidio hat mit ihr über seine Blutwürste und seine Schweine gesprochen, aus denen sie gemacht werden, hat ihr Beschaffenheit und Wesen der Tiere erklärt, und was dank der Fertigkeit seiner Hände aus ihnen geworden ist. Sie hat sie sogar kennengelernt, weil ich selbst sie ihr gezeigt habe: Sie sind das größte Monument von Vitoio. Glückliche Schweine, aufgewachsen in einem sauberen und behaglichen Schweinestall, im Sommer schattig und im Winter warm; sie bekamen ausreichend fließend Wasser, reichhaltiges Futter und, wenn sie reif waren, Berge roter Äpfel; schon einen Monat, bevor aus ihnen Presssack und Blutwurst wird, bekamen sie Eimer mit süßen Kastanien zu knabbern, damit die Zeit verging. Sie bekamen einen Gummiball zum Spielen und einen LKW-Reifen, der an einem Balken hing, zum Schaukeln, ein Bild des heiligen Antonius über dem Futtertrog, um sie vor Krankheiten zu schützen. Sie und die Generationen vor ihnen in Ermidios fröhlichem Schweinestall. Kein Mitglied dieser alten und blühenden Schweinedynastie wurde jemals gezwungen, in die Frucht des Baums der Erkenntnis zu beißen, jedes von ihnen war mit einer absoluten Sorglosigkeit darüber gesegnet, wie die Geschicke seines Lebens enden würden. Sie genossen ein Leben ohne Störungen und unnötige Mühen, bestehend aus einfachen, frohen Gedanken und einer achtzehn Monate langen Reihe aus satten, heiteren Tagen. Das Hirn, das Ermidio in seinen Blutwürsten zerkleinert hat, ist ein sauberes, weiches, unbeschwertes Hirn; das Fleisch ist zart, schön, üppig. Das sagte er ihr und bat sie, etwas davon für eine Reise voller körperlicher und geistiger Unsicherheiten zu berücksichtigen.

Bresci wird Ermidios wunderbare Blutwurst essen, das ist sicher. Aber wenn die Fahrt wundersam und intensiv genug sein wird, wie er es sich vornimmt, habe ich den begründeten Verdacht, dass Nita an einem bestimmten Punkt so fern von allem und ausgehungert sein wird, dass sie versucht ist, sich ein Stück zu nehmen und es sich schließlich in den Mund zu stecken, und froh ist, es zu haben. Und dort, wo sie sein wird, im fetten, regnerischen

Flandern oder in der süßen Hitze einer trägen Rheinschleife, weiß sie dann, dass sie nun bereit ist zurückzukehren, noch etwas weniger fremd, als sie aufgebrochen ist. Und so geschieht es auch.

Jedenfalls sind sie weggefahren, vergnügt wie Kinder, der mitleidvolle Königsmörder vor Schweiß und Eitelkeit triefend, die Fast-Wöchnerin unerschrocken über das Lenkrad gebeugt, mit unbeschreiblich voller Brust und vollem Bauch. In der Nacht ließen sie hinter dem Coupé eine leuchtende Spur flüchtiger Freude zurück; und diese Freude spürtest du, wie sie dir ins Gesicht zwickte, während sie auf der Straße herumwirbelte wie Konfetti an Karneval. Sie haben keine Karten geschickt, und das ist normal.

Und inzwischen ist es Juli geworden und dann voller Juli, und die Hitze begann, langsam und minutiös, unsympathisch wie eine Hautkrankheit, aus den Ebenen von Lucca heraufzusteigen. Nicht mehr von den nördlichen Strömungen gezügelt, kommt von den Gebirgskämmen des Ostens mit dem Abendnebel die Meeresluft. Und die Menschen beginnen sich aufzuregen, sich abzulenken und sich zu ärgern und sich auch im Schatten der Kastanienbäume schlecht zu fühlen. In diesen Tagen lässt man die Arbeit auf dem Feld sein und verschiebt sogar das Mähen; doch jeder für sich, als wäre es nicht erlaubt, quält sich vor Lust, die ihn packt nach diesem Meer dort.

In diesen Tagen, in diesen paar Wochen, die in den ersten Augustregen zu Ende gehen, packt uns eine Sehnsucht nach hohen Wellen und frischer gekräuselter Gischt, eine Wut darauf, nicht mittendrin zu sein, um unterzugehen und wieder aufzutauchen und wieder unterzugehen und dann nackt und gekonnt in der Ferne zu treiben, dass man von einer fernen Zeit zu plaudern anfängt, in der das Meer uns gehörte, und von der Ungerechtigkeit, die es uns weggenommen hat. Dann gehen wir alle los, um es zu suchen; mit einer Gier, einer Lust von Tieren, die die Brunst wittern, wie beim ersten Keimen die Raupen sich in einer Reihe aufstellen, um die neuen Baumkronen der Pinien zu verschlingen. Auch darin gibt es Riten, Bräuche, Gewohnheiten.

Die Mädchen nehmen Züge und Busse, Motorroller und FIAT Pandas und verschwinden in die Versilia. Um sich feuerrot färben zu lassen von der Sonne, die sie zu Hause nervt, im Trüben der Strandlinie herumzuplanschen, zufrieden wie Königinnen im Milchschaumbad; um hinter dem Rücken ihrer stolzen Tugend mit Banden von Küstenbewohnern, angeblichen Bademeistern, anzubändeln. Von ihnen wollen sie ins offene Meer schwimmen lernen und scheinen, in unvorsichtigen Augen, zu allem bereit. Diese warten auf sie am Durchgang, als – wenn ihre Väter es ihnen beigebracht hätten – würden sie einen Zug Thunfische erwarten, wobei sie sich auf das verbreitete Märchen von einer besonderen, fügsamen Laszivität verlassen. Sie, unsere berühmten Mädchen, verschlingen sie roh und ganz wie sie sind; und abends, noch bevor sie sich auf den Nachhauseweg machen, haben sie sie schon wieder ausgespuckt, mit Kaugummi an die Parkscheinautomaten der kostenpflichtigen Parkplätze, unter die Barhocker der Eiscafés, an die Pfähle der Bushaltestellen geklebt.

Die Jungen, die noch weniger als ihre Schwestern im offenen Meer schwimmen können, fahren in schreckenerregenden geschlossenen Motorradformationen und streben in endlosen Reisen nach Ligurien; sie halten an jeder Stelle, Parkbucht oder Minibar, um zu trinken, zu essen, zu rauchen und sich untereinander Mut zu machen. Sie kommen rechtzeitig, um mit ihren aufs Geratewohl zu Hause eingesteckten Handtüchern und ihrem plumpen Geschrei die Felsen und schmalen Strände dieser Orte zu belegen. Und sie stürzen sich ins Meer, um dann zaghaft und gemessen wie Stelzvögel im Sumpf dort herumzustehen und sich eine Stunde lang, höchstens zwei, gegenseitig nass zu spritzen; denn dann sind sie von der Sonne, den Kindereien und dem wenigen Platz genervt. Die deutschen Mädchen fressen sie mit ihren Augen auf, und sie wagen es nicht einmal, sie auch nur mit dem Ball zu streifen; sie stehen herum, unsicher auf dem glatten Untergrund, und versuchen, mit dem Meer zu spielen und von Frauen zu fantasieren, die so derb wie sie sind, mit denen sie sich aber auch bemühen könnten, ein paar Worte zu wechseln. Sie schaffen es noch rechtzeitig, sich etwas abzutrocknen, und brettern schon wieder über die Straße, noch das Salzwasser am Leib und das Schweißgemisch der nassen Badehose, das ihnen auf den Sattel läuft.

Und dann kommen wir, die schon schwimmen gelernt und wieder verlernt haben; wir suchen das Meer nur, um es zu erblicken und zu riechen. Die Schäfer steigen mit der Ausrede der letzten Gräser über die Felsen zum Passo della Pecora, zum Passo delle Bisce, zum Gipfel des Monte Altissimo hinauf, riskieren Kopf und Kragen und die Herde, um sich eng an den höchsten Felsen zu lehnen und die ganze Unermesslichkeit des Meeres dort zu sehen, vollgesogen vom türkisfarbenen Abgrund des Horizonts, begeistert, sich als Zeugen des Sonnenuntergangs in der purpurnen Flüssigkeit des Endes der Welt zu sehen. Und der warme Wind, der vom Meer heraufsteigt, wird um sie herum zu Nebel, dicht wie Lab; und die Schafe kauern sich blökend vor Enttäuschung zwischen die Steine, mit vom Stolpern blutenden Füßen und quälendem Durst und dem dürren Zeug, das ihnen im Magen liegt, ohne dass sie es verdauen können. Und es werden auch Feste gefeiert in diesen Tagen, am Valico del Vestito und del Cipollaio, auf dem runden Gipfel des Sumbra, wo man am Tag sogar Ligurien und die stillen Gewässer von La Spezia sieht. Man holt Cliquen und Parteien herbei, nur um einen Teller und ein Glas voll zu sich zu nehmen und sich zu dritt oder zu viert hinzukauern wie Affen und in der Nacht die Lichter im Meer zu betrachten.

Und man sieht, dass das Schwarze dort unten Meer ist, allein wegen der Lichter, die langsam in ihrer Spur fahren. Und wir denken an die Öltanker und an das, was sie vom Meer sehen und wir hier nicht sehen, an das, was sie inmitten der Wellen erleiden, was wir nicht erleiden. Und wir bleiben unschlüssig, ob es am Ende gut gewesen ist, dass wir ohne Meer waren, ohne seine Frische in der Julihitze und ohne sein grenzenloses Exil.

Auch ich bin es mir ansehen gegangen an jenen Tagen der Rastlosigkeit, ganz für mich allein, um schon beim ersten Morgenlicht oben zu sein und nicht auf dem Geröll verbrannt zu werden; oben auf dem Gipfel der Pania, von wo aus man das blaue griechische Meer sieht.

Auch dort ist es heiß, doch mein Vater, der in der Gluthitze des Amazonas aufgewachsen ist, hat das wohl nicht gemerkt. Wenn auch er hierher gekommen ist, um das Meer zu sehen, das er so herbeisehnte, wenn er von hier hinuntergesprungen ist, um es sich zu holen. Ich bin so viele weitere Male auf der Pania gewesen, dass ich mich beim letzten Mal gefragt habe, ob es das wert sei, sich noch einmal die ganze Mühe zu machen. Auch wenn ich noch tausend Mal versuchte, dahin zurückzukehren, würde ich den alten Chico dort nicht finden. Dort sitzend, wo ich jetzt sitze, und das blaue Meer betrachten, warten, dass ich ihn etwas fragen würde, um mir zu antworten. Nein, das wird nicht passieren, und es ist gut, dass ich in diesem Moment nicht zurückgehe: Es gibt viele andere schöne Gipfel im Revier, es gibt viele andere Meere und viele andere Dinge zu tun. Es wird zum Beispiel noch ein paar gute Jahre, nicht viele, geben, damit ich genügend Kraft habe, um mir diese noch zu gebärende Tochter zu nehmen und sie auf meine Schultern zu setzen und sie herumzutragen, sie die Welt sehen zu lassen. Anzuschauen und kennenzulernen. Es würde sich schon jetzt lohnen, mir Routen auszudenken; binnen

Kurzem wird sie schon bereit sein zu kommen, und es wäre angebracht, dass ich eine Wahl träfe, wobei ich das Dringliche von dem unterscheiden sollte, was noch warten kann, was mir in der kurzen Zeit, die ich noch habe, obliegt, und was sie sich allein suchen gehen wird.

Und ich glaube, dass ich sie nicht auf den Gipfel der Pania führen werde, angenommen, das könnte ich noch tun, und ich werde sie nicht neben mich setzen, um noch einmal das blaue griechische Meer zu betrachten, um wieder in der alten Geschichte ihres Großvaters herumzugraben. Sie wird sich selbst ihr Meer suchen, wenn sie Lust nach Meer hat, ihre Mutter und das ganze Revier werden sich darum kümmern, ihr ausführlich über die Legende des Vaters ihres Vaters zu berichten, der Waisen aus dem Äquatorwald, dem Freund des großen Orson Welles, dem Befreier Italiens, dem treubrüchigen Verrückten. Und da, in dieser Legende, ist, so will ich hoffen, auch Platz für mich. Alles Dinge, die anderen obliegen. Ich meinerseits müsste in diesem Moment eine Wahl treffen, ich glaube, zuerst würde ich sie ihrem Vater bei der Arbeit zusehen lassen. Ich werde sie bei einer herrlichen Explosion dabei sein lassen, einem regelrechten Kunstwerk. Damit auch ich meiner Wege gehen kann im Wissen, dass wenigstens dies getan ist: Sie hat das gesehen, wovor sie keine Angst zu haben braucht. Wovor sie sich zu fürchten hat, darum wird sich Nita schon kümmern.

Hitze oder keine Hitze, das neue Zimmer ist inzwischen schon vorangekommen, und der moldawische Maurer Vlad hat es uns schriftlich gegeben, dass wir vor der Kälte die Presswürste an die Dachbalken hängen können. Aufgeschrieben in seiner verwirrenden Sprache, halb lateinisch, halb slawisch, auf einen Lieferschein, mit einem Kugelschreiber eingraviert, als wäre dieses Stück Papier aus Stein gewesen, macht die Erklärung einen ziemlichen Eindruck.

Wir sind bei den Papieren, denn Vlad will die Dinge anständig machen, und er sagt, um zu sehen, ob die Dinge wirklich anständig gemacht worden sind, braucht man etwas Schriftliches. Vor allem wenn ein Ehrenversprechen auf dem Spiel steht, wie die Verpflichtung, ein Dach zu decken, bevor es ins Haus hineinschneit. Als Enkel der mächtigen Sowjetbürokratie, Sohn der Missgunst eines Regimes von miesen Betrügern hat Vlad einen Respekt vor der Stimme des Papiers, den ich nicht kenne. In Newcastle wollte mein Professor, dass ich ihm die Formel eines chemischen Prozesses von beliebiger Komplexität auswendig entwickle; erst dann, wenn ich das konnte, durfte ich sie aufschreiben, um die Endnote für das Semester zu bekommen. Die schriftliche Prüfung war die Regel der Schule, aber nicht seine Lehrmethode. Ich verstand, was er von mir wollte, und war einverstanden, auch wenn die Mühe unendlich viel größer war.

Schreiben hilft sofort, denn es ist der beste Zeuge und sicherste Führer des Gedankens. Wie wenn du an der Hand genommen wirst, wenn du nicht sicher auf den Beinen bist, oder dem nicht traust, was du vom Weg weißt. Schreiben ist eine Bequemlichkeit. Doch auf lange Sicht schwindet das Papier, und das Einzige, was wirklich bleibt, ist der Gedanke, den du darauf schreiben musstest. Das, was du weißt. Ich weiß noch alle Formeln, die man mich abgefragt hat, ich erinnere mich nicht an eine einzige Note, die ich bekommen habe, außer dass es gute Noten waren, soweit sie heute noch etwas zählen. Und also nichts.

Ich bin Bücherleser, ich lebe mit einer zwanghaften Leserin zusammen, doch daran denke ich nicht; nicht an das Papier, das die Geschichten besingt, sondern an das, welches die Versprechen deklamiert und die Eide verewigt. Wie viele Hoffnungen haben die Menschen dem Papier anvertraut. All ihre besten. Wie viel Zorn wurde besänftigt, wie viel Schmerz gelindert. Wie viele tüchtige Menschen wie Vlad, der Moldawier, wurden mit einem Stück Papier bei der

Stange gehalten. Wie viele Schlachten glaubten die nach Gerechtigkeit Dürstenden zu gewinnen, indem sie den Ungerechten ein feierliches schriftliches Abkommen aufzwangen. Wie viel Leid erlegten sich die Mitleidigen auf, um die höchsten Worte, die edelsten Ausdrücke zu finden, die sie herzlosen Menschen zur Unterschrift vorlegten. Wie viel anstößige Machtgier, wie viel Rachedurst hielt die Hand der Gegenzeichner fest. In Castiglione, auf den Dachböden der Festung, bewahrt das Revier eifersüchtig ein paar Zentner im Laufe der Jahrhunderte gesammelter Schriftstücke auf; sie dokumentieren Patente, Privilegien, Konzessionen, Befugnisse, Verpflichtungen und Verfassungen. Gebrochene, widerrufene, verschleierte Eide. Und so auf allen Dachböden der Welt; wenn ich zwischen den Balken der Bodenkammer herumstöberte, würde ich auch bei mir zu Hause welche finden.

Der Punkt ist, wenn man ein Abkommen, ein Versprechen schwarz auf weiß festhält, lässt man den Kern der Sache außen vor, die wichtige Lappalie, würde Nita mit ihrer blühenden Sprache sagen: die Absicht. Papier ist zu armselig, um sie aufnehmen zu können; Papier hat einen geringen Preis, und jeder kann es sich für ein paar Lire holen. Eine Absicht gibt man nicht weg, auch nicht, wenn man es will. Die Absicht des Gerechten wird nie die des Treubrüchigen, die Absicht eines Freien wird nie die eines Tyrannen sein. Wenn wir noch unsere gemeinsamen Wälder haben, wenn wir weiterhin eine Generation nach der anderen unsere alten Bräuche fortführen, und niemand, nicht einmal der König von Italien, nicht einmal Cavaliere Benito Mussolini, hat es geschafft, Hand daran zu legen, dann nicht wegen des Schriftstücks, das Ariodante von den Borgioni auf dem Platz vor dem Volk unterschrieb, das gerade seine Freiheitseiche gepflanzt hatte. Mit diesem Schriftstück haben sich König Vittorio, Cavaliere Mussolini und ihre Nachkommen Generation für Generation den Hintern abgewischt. Es ist nicht deswegen, doch aufgrund dessen, was an jenem Tag Kopf um Kopf, Herz um Herz geschworen worden war; wegen der Absicht jedes Menschen, der dort war, die so ehrlich war, dass sie auch für ihre Kinder, auch heute noch, gilt. Ein schriftliches Abkommen kann zur Makulatur werden, ein Herzensversprechen nicht. Außer das Herz wird zerrissen.

Vlad ist ein aufrichtiger Mann, aber er ist ein mutloser Mensch; aus diesem Grund entschuldigt er sich für sich, für sein entleertes Herz, und hinterlässt seine Versprechen schriftlich. Ich möchte das nie tun.

Ich habe versucht, diese Dinge Don Gigliante zu erklären, der wieder von Hochzeit gesprochen hat. Mitten in der Hitze mit seiner Jagdkutte, dem Gewehr und einem Sack frisch gemahlenen Mehls; das Gewehr für die Wildkaninchen, das Mehl für die Ungeborene. Für die Ungeborene gutes Brot aus gutem Mehl und den strahlenden Widerschein eines Sakraments. Und auch etwas Legalität, bei den Zeiten, die herrschen.

Für ihn ist das schwer zu verstehen, das weiß ich wohl. Für ihn ist ein auf Papier gebrachtes Sakrament eine Frage des gesunden Menschenverstands. Was bleibt noch, wenn wir auch den gesunden Menschenverstand verlieren?

Er hat mich daran erinnert, dass er nur deshalb auf das Thema zurückkommt, weil er uns mag. Auch ich mag ihn. Auch wenn er Ende Juli schon unterwegs ist, um auf Wildkaninchen zu schießen; er dürfte es nicht tun, das weiß er.

Da aber keine Kaninchen zu finden waren, war er an diesem Tag auf dem Weg nach Careggine, um anzufangen, ein wenig die Kirche zu putzen und für Mariä Himmelfahrt vorzuarbeiten. Ich bin mit ihm mitgegangen, um ihm den Stein zu zeigen, auf dem das Foto meiner Hochzeit eingemeißelt ist. Er wird es zwar schon tausend Mal gesehen haben, aber ich glaube nicht, dass er sich jemals gefragt hat, was es wirklich ist.

Es ist kein richtiges Foto, aber beinahe: Es ist ein in Stein gemeißeltes Basrelief. In alten Zeiten war es in den Kircheneingang eingemauert, doch dann hat ein Vorgänger Don Gigliantes es entfernen lassen, weil es zu viel Skandal verursachte. Jedenfalls ist es nicht weit gekommen, denn jetzt ist es drei Schritte weiter im Kirchturm eingemauert. Diesen Stein kann man gut sehen vom Haus von Aristo und seiner Nichte Malvina aus; man muss nur aus einem der Fenster schauen, die auf den Hof gehen, und da ist es, zehn Schritte diagonal hinter der Haustür. Damals hieß es auch, dieses Haus sei feindselig geworden, weil es von den beiden im Kirchturm Festgeschraubten schräg angesehen wurde. Das Basrelief stellt nämlich zwei Menschen dar, einen Mann und eine Frau.

Siehst du, Wildererpriester, das ist alles, was Nita und ich tun können, um das zum Sakrament zu machen, was wir geworden sind.

Er hat es aufgegeben und ist zu seinen Erledigungen gegangen: Er hat keinerlei Mitleid für Verschrobenheiten.

Der Stein ist ungefähr so groß wie ein Plakat für ein Dorffest, und er ist sehr alt. Man weiß es nicht genau, aber die Behörde für Kunstgüter bescheinigt, dass es sich um eine heidnische Sache in christlicher Zeit handelt. Der Mann und die Frau tanzen; sie halten sich Hand in Hand, heben die Arme und machen einen Schritt, wobei sie stolz die Beine spreizen. Sie blicken vor sich hin, und ihre Augen sind zwei Schnitte in einem runden Gesicht. An ihren Füßen haben sie schwere Schuhe, das Filzschuhwerk der Väter unserer Väter, und sie tragen grobe Kittel. In seiner freien Hand hält der Mann eine Lanze, die Frau einen Dolch. Man weiß, dass es Mann und Frau sind, weil aus den Kitteln riesige Geschlechtsteile herausschauen: ein Penis und eine Vagina. Und mehr weiß man nicht. Es heißt, es sei ein Kriegstanz, es heißt, es sei ein Jagdtanz; doch man weiß von keinem anderen Ort der Erde, wo Männer und Frauen jemals zusammen Krieg geführt und gejagt hätten; und dann getanzt,

Hand in Hand, die Waffen in der Faust. Niemals, nicht einmal in den wildesten Mythologien. Manche Dinge, wenn sie überhaupt geschehen sind, sollte man besser nicht schwarz auf weiß festhalten und auf einem Stein für Jahrtausende bloßstellen. Aber hier ist es passiert: Hier ist es, an den Kirchturm geschraubt.

Jedes Mal, wenn ich in Careggine vorbeikomme, sehe ich mir diese beiden, Ihn und Sie, wieder an, und ich versäume es nie, ihnen einen langen Blick zuzuwerfen, entspannte Pausen im Mahl der *ossetti*. Ich denke oft an Ihn und Sie. Welche Musik bringt sie zum Tanzen? Welche Instrumente werden am Rand ihres Tanzes gespielt? Und wer spielt sie? Wo sind sie? In welchem Dorf, in welchem Wald, auf welchem Schlachtfeld? In welchem Jahr welcher Epoche? Vielleicht gibt es keine Spieler und es gibt keine Instrumente. Vielleicht hören sie die Musik in ihrem Innern, vielleicht tanzen sie nach dem Rhythmus ihres Herzens, das wegen einer unerhörten Aufregung in Wallung ist. Wenn es Krieger sind, haben sie gerade getötet. Sie sind da und machen sich Mut, weil sie es gerade tun wollen. Oder sie werden nie wieder töten, und das, was geschieht, ist ein Lobritus auf das Leben, der abgehalten wird, um die Möglichkeit fernzuhalten, es zu verlieren oder es zu nehmen. Wenn es aber Jäger sind, was haben sie dann gerade nach Hause gebracht? Welche Beute kann man mit einem Dolch und einer Lanze töten? Welches wilde Tier kann so nahe herangelockt werden, dass man es mit diesem Zeug töten kann? Wie viel Kraft und wie viel Kunst braucht man, um das tun zu können? Wie viel Mut, wie viel Verrücktheit? Wenn sie von so Nahem jagen, dann haben dieser Mann und diese Frau denselben Geruch wie die Tiere, von denen sie sich ernähren und kleiden, und derer sie sich erwehren müssen. Sie haben den süßlichen und moschusartigen Geruch des Bären. Den strengen und warmen des Hirschs. Beide unerträglich. Und niemand weiß, wer sie sind, und auch ich nicht, doch sie sind da und bleiben da, an die Mauer geschraubt.

Er und Sie. Solange der Stein hält, und es ist sehr harter Stein, Granit aus dem Apennin. Und solange der Granit hält und die Augen derer, die sie anschauen, hält das unbekannte Abkommen zwischen ihnen. Die Allianz. Das Versprechen. Der Eid. Denn sie sind geschaffen, um dort zu sein, gegen jede anthropologische Erwartung und jede Geschichte.

Das ist eine schöne Hochzeit, mein Pfarrer, Erschießer von kleinen Kaninchen. Das ist meine Hochzeit, wenn ich sie denn ordentlich feiern kann.

Aber Don Gigliante ist dabei, am Fresko seiner Kirche herumzufuhrwerken, und ich weiß, er betet für mich, und er betet für uns, dass unsere Unvorsichtigkeit lässliche Kapitulation sein möge.

Himmelsmechanik

Und sie sind zurückgekehrt. Am ersten Sonntag im August, in der Nachmittagshitze, und man wusste schon an der Pieve, dass sie es waren, wegen des unverwechselbaren Auspuffs mit Flammenrückschlag dieses alten Coupés, wegen der Tatsache, dass im ganzen Revier auf den Straßen sonst keine Menschenseele unterwegs war. Ich war in der Küche und las, an die kühle Nordwand gelehnt; ich las und schlief gleichzeitig, wie es nur in manchen Momenten nachmittäglicher Gunst passiert, und die Santarellina rief mich an. Sie hatte sie gerade am Ponte vorbeifahren sehen. Die übernatürliche Vision der Santarellina.

Schon seit vor der Hitze geht sie fast nicht mehr aus dem Haus, sie kam nicht einmal, um sie bei der Abreise zu verabschieden. An einem bestimmten Moment im Frühjahr fühlte sie sich ein wenig alt und bedürftig nach häuslicher Gesellschaft; so ließ sie sich zum Einkaufszentrum an der Autobahn fahren und kaufte sich einen Fernseher, groß wie ein Kino. Und sie fing an, für einen Fußballsender zu bezahlen: Den Sarg und den Grabstein und den Pfarrer hab ich mir ja schon bestellt und bezahlt. Und das wusste man auch, nebenbei gesagt; denn da war im vergangenen Jahr die Sache mit der Werkstatt von Camaiore, wo sich die großen Künstler der Welt ihre Skulpturen ausarbeiten lassen. Die Santarellina ging heimlich dorthin, um sich ihren Grabstein meißeln zu lassen, und der Steinmetzmeister machte ihr einen schönen riesigen Grabstein mit ihrem Namen und dem Geburts- und Todestag in Schreibschrift eingemeißelt. Es gab ein Missverständnis, eine Nervosität des Steinmetzes, und so geht aus dem Grabstein hervor, dass die Santarellina an dem Tag gestorben ist, an dem sie ihr die Quittung für den Vorschuss ausstellten. Ihr war das überhaupt nicht wichtig, außer dass sie die Hälfte des Betrags bezahlte, aber sie erging sich darin, die Sache öffentlich zu machen und sich zur ersten lebenden Toten des Ponte zu erklären. Eine Zeit lang lief sie herum und erzählte, wie viel besser es einem als Kino-Zombie ging denn als Lebendem.

Aber das ist Schnee von gestern, als sie sich noch nicht so müde fühlte; jetzt sieht sie sich den ganzen Tag Fußballspiele an, vielleicht auch die ganze Nacht; Fußball aus der ganzen bekannten Welt. Und sie fing an, alles auswendig zu lernen, mit dem Eifer eines kleinen Jungen mit Sammelalbum; Mannschaften, Spieler und Ergebnisse. Und sie knallt einem asiatische und afrikanische, norwegische und walisische Namen hin, als wäre sie eine Besessene, die von einer Sprache heimgesucht wird, die nicht einmal der Mister der Mannschaft von Gallicano verstehen kann, der gekommen ist, um den Fußball in Coverciano zu studieren. Sie hat sich auf diesen Fußballwahnsinn gestürzt, als wäre das ihre neue Akkordarbeit; als hätte sie entdeckt, dass ihre Müdigkeit daher käme, dass sie nichts mehr hatte, wofür sie sich abrackern konnte, und da niemand da ist, der ihr anbietet, ihre täglichen Zentner Kartoffeln und Fische zu braten oder sich die Kastanienkörbe auf den Rücken zu laden, um sie zum *metato* zu bringen, hat sie sich etwas Neues ausgedacht. Etwas, das ihr unsterbliches Alter erschöpft. Und ich denke, sie spricht zu den Fußballspielern der Elfenbeinküste, wie sie einst zu den Kastanienbäumen in den Wäldern gesprochen hat; sie erzählt ihnen ihre Märchen, um Gesellschaft zu haben und nicht von Furcht ergriffen zu werden. Denn an diesem Punkt glaube ich, dass der Santarellina die Vorstellung, dass sie nie sterben könnte, einen kleinen Schrecken einjagt.

Und doch, auch im Trichter ihres Fernsehers versunken, hörte sie sie kommen. Sie sah den Reflex des Coupés auf dem Bildschirm aufblitzen, das Krachen einer Gangschaltung drang aus dem Hintergrund in den Ton aus dem Lautsprecher. Aber sie hat die beiden so gern; in ihrer neuen Müdigkeit hat sie die Lebenden weiterhin so gern, innerhalb und außerhalb der Fußballplätze, die sie schon alle auswendig kennt. Eine übernatürliche Seherin, wie es typisch für diejenigen ist, die sich nicht an den eigenen Grabstein anpassen können, die von jedem alles sehen und spüren und wissen, wann er abfährt und wann er ankommt. Sie hat mich angerufen, wie ich sagte, um mir das triumphale Passieren des Ponte anzukündigen, und ich musste nur aus dem Haus gehen, mich einen Moment an die heiße Luft gewöhnen, die der Stille das tiefe Timbre eines in den Balken versteckten Wespennests verleiht, und dann habe auch ich sie gehört. Und zwischen einem krachenden Gang und dem anderen spürte ich sogar die leichte Luftverdrängung durch jene, die herauskamen, um sie vorbeifahren zu sehen. Ich erwartete sie unter dem Nussbaum, verbrachte die Zeit, indem ich mit den noch etwas sauren Früchten herumspielte, machte mir meine Finger schwarz am Gift der Schale, lutschte es weg und spuckte es dann aus. Törichterweise in Sorge, Nita beim Anfassen zu vergiften. Wenn ich sie anfassen würde. Und während ich an meinen Fingern lutschte, konnte ich mir keine Stelle vorstellen, an dem ich sie anfassen konnte, ohne ihr weh zu tun, ohne sie zu vergiften. Als hätte ich sie noch nie vorher angefasst, als hätten wir nicht schon alles Gift ausgetauscht, das Menschen und Pflanzen uns in die Hände gelegt haben.

Sie kamen keuchend, klebrig, reserviert; sie sahen allerdings aus wie ein Brautpaar am Ende einer anstrengenden Hochzeitsreise. Bresci immer noch in seinem Flanellanzug versunken, den Koffer zwischen den Knien und den Blick noch immer auf andere Landschaften gerichtet. Nita keuchte leicht und hatte Mühe, sich aus ihrem Sitz zu befreien:

Ihr Bauch war so rund und tief, ihr Ciao so weich und ergriffen, dass ich dachte, sie läge schon in den Wehen. Ich berührte als Erstes ihre Augen, um ihr den Staub der Reise von den Lidern zu wischen, dann berührte ich ihre Lippen, um zu sehen, ob sie sich öffneten, ob ein paar Worte zwischen dem Weiß der Zähne wären, die man von dort entfernen müsste; und dann, fast ohne es zu wollen, streifte ich ihre Brüste, und unter dem T-Shirt waren sie groß und hart und still, und unter meinen Fingern war das T-Shirt feucht und fettig.

Alles schien in Ordnung zu sein, so nahm ich sie an der Hand und brachte sie ins Haus zum Erholen. Der Omo Nudo entledigte sich inzwischen seines grauen Anzugs und versuchte alles in den unter dem Nussbaum geöffneten Koffer zu stecken; der Koffer verbreitete bis ins Haus hinein einen Geruch nach Blutwurst.

Alle beide sagen, es sei alles gelaufen, wie es laufen sollte, sogar noch besser, und dann werden sie erzählen, wenn sie bereit sind, denn jetzt hat jeder für sich anderes zu tun. Der Omo Nudo, um den Anfang zu machen, muss seine Schweine wieder unter seine Vaterschaft bringen und sie aus dem mageren Zustand herausholen, in den sie während seiner Abwesenheit gefallen sind. Nita muss noch gebären; übrigens hatte sie gesagt, das würde an Mariä Himmelfahrt geschehen, und keine Stunde früher.

Der Sonntag der Rückkehr war der letzte Tag der großen Hitze; schon am Nachmittag hörte man es auf den Panie donnern, und in der Nacht verflüchtigte sich die weißliche Hitze-Patina um den Mond herum. Der Brei der Schwüle, der die frischen Lüfte vom Norden von der Ebene fern hielt, löste sich auf, und so gingen wir abends hinaus, und vom Luftzug des Apennin stellten sich uns die Haare auf. An diesen Abenden steigt Venus sofort nach dem Sonnenuntergang über der Pania auf und nähert sich gegen Mitternacht senkrecht zur Roccandagia dem Vollmond, und beide Lichter zusammen sind so lebendig und präsent, dass uns die Lust packt, auf die Gipfel zu steigen, um unser heimatliches Tal zu genießen, das sich von seiner fruchtbaren Saison erholt, fein gemasert von ihrem Schimmer und der leichten Dunkelheit, die ringsum ausfranst. Fast wie in einem Traum, mitten in der Nacht hier zu sein und zu sagen: Ich bin hier, und ich stamme von diesem Ganzen.

Und es erfasst uns Sehnsucht nach dem, was wir sind, Zärtlichkeit für unsere fragile Konsistenz von Verbannten, Zorn auf die Gunst, die die Welt jenseits der Pässe uns nie hat gewähren wollen. Jene Pässe, die uns in diesen Stunden sanften Sternenlichts so nahe erscheinen, so leicht zu überschreiten. Und so rücken wir dicht aneinander und reden leise miteinander über das, was dieses Ganze sein sollte; und wir denken uns eine Zukunft aus, planen Kühnheiten, die uns das Herz verwirren. Und es sind Geständnisse, die sich zwischen uns in der Nacht auflösen wie das Gemurmel eines Märchens, das man schon halb eingeschlafenen Kindern erzählt; schon anderswo in ihren Träumen und noch hier, um aus halb geschlossenen Lidern das Land zu beäugen, dass die Hexer nie zur Beute hatten, außer für einen Moment. Den Moment, an den wir uns nicht erinnern mögen, doch in diesen Nächten hören wir sie noch einmal deutlich auf uns zukommen unter den fernen Blitzen im Meer, aus den Stürmen unten im Golfo dei Leoni, die bekräftigen, wie die Zeit gegen Ende des Sommers zerbricht.

Neulich nachts wollte Nita mit mir auf die Verrucole kommen; beim Hinaufsteigen hatte sie etwas Atemnot und verströmte Milch aus ihrem T-Shirt und roch, als wäre es bald soweit, derselbe intime Geruch nach Schleim und Klee wie bei den Kühen, wenn sie sich hinlegen und zum Kalben bereit machen. Wir standen fast die ganze Nacht an der mit Zinnen versehenen Brüstung, die sich der Statthalter Ariost auf dem Gipfel der Festung hatte bauen lassen, um sich das gesamte Gebiet seines Gouvernements anschauen zu können. Dieser große Mann ließ seinem Herren aus Este ausrichten, ihm genüge nicht einmal diese mächtige Festung, damit er sich vor dem sicher fühlte, was er da unten sah; er argwöhnte Mörder, enthüllte Komplotte, diagnostizierte Revolten, verfocht eine Übersiedlung an einen anderen, behaglicheren Ort. Und das alles, weil er hier bei uns keine Ruhe für seine Gedichte fand. Weil er die Kastanienpolenta nicht mochte, die *ossetti* nicht verdauen konnte, weil er es verabscheute, die Schluchten hinabzusteigen und die Berge hinaufzuklettern, und durch die Wälder zu gehen, versetzte ihn in Schrecken.

Für die Gelegenheit nahm Nita sich das Buch des Statthalters mit; dabei ist es ganz schön schwer, denn es ist das, was wir von der Duse geerbt haben. Der *Orlando* im Quartband, die Sonzogno-Volksausgabe aus dem Jahr 1894; das Buch, das durch die Hände von drei Generationen ihrer Schüler gegangen ist, das sie mir an den Samstagabenden in den Wintern meiner Kindheit vorlas. Nita hielt es für angemessen, ein wenig davon unter dem Mond vorzulesen; es laut für mich zu lesen, für die Ungeborene, für unser Land. So deklamierte sie die berühmte Episode vom Wahnsinn des Paladin. Und wir erinnerten uns zum x-ten Mal, dass wir die da sind, die treulosen Bergbewohner, die in einer kummervollen Herberge und einem rohen, gottlosen Zimmer gedeihen. Und der beste Part, den sie und ich anstreben könnten, ist der von Angelica, der kleinen Chinesin, und dem Soldaten Medoro: Die rückhaltlosen Ehebrecher, die in die Leichtfertigkeit Verliebten, die den Besten unter ihnen, den Größten unter den Helden verrückt werden ließen. Den Schönsten und Dümmsten. Und darüber waren wir wieder einmal froh. Roland behagt uns nicht so sehr, uns gefallen die Aufschneider und Unsicheren nicht, die Jünglinge, die die Welt ins Verderben stürzen, weil die Welt sich nicht ihren Nichtigkeiten beugt. Sondern Angelica, die etwas Gutes tat: Sie kümmerte sich um den schwer verletzten

Medoro und rettete ihn. Und Medoro benahm sich wie ein Mann: Er versteifte sich nicht auf das nutzlose Pariser Duell, sondern brachte seine Frau fort von dort, weit weg von den falschen Versprechungen Roncesvalles', um sie in Wäldern und an Flussufern zu lieben, um Lust und Nachkommen, Arbeit und Schönheit zu zeugen.

Und so sind wir geneigt, daraus zu schließen, dass das Schicksal von Tränen und Tod unserer alten Prinzessin Apua und ihres Pisanino nicht das Einzige ist, was uns zugeschrieben wurde. Und das ist die einzige Geste der Anerkennung, die der Statthalter uns hinterlassen hat, damit die Menschen sich an ihn erinnern, die ihm eine Wohltat erwiesen, indem sie ihn jahrelang auf dem Buckel duldeten, ohne ihm ein Haar zu krümmen.

Neulich nachts, gegen Ende ihrer Lektüre, während sie sich mit einem Taschentuch über den unaufhaltsamen Milchstrom fuhr und dabei den Mond betrachtete, der noch rund und glatt wie ein Käse war, wie er hinter der Spitze des Pisanino unterging, forderte Nita mich auf zu überlegen, ob es nicht angebracht wäre, für eine Weile mit Büchern aufzuhören. Der Schatten der Finsternis verlängerte sich nach unten, in die Windungen des Flusses, und verlöschte langsam genau am Ausklingen der Nacht. Und ich stimmte ihr zu. Diese demonstrative und intime, so erfrischende Lektüre konnte der angemessene Abschied von einer Aktivität sein, die uns viel Befriedigung verschaffte, aber gerade jetzt fehl am Platz wäre. Dies ist die Zeit, selbst zu erzählen und unsere eigenen Lieblingsautoren zu werden, wenigstens für die Zeit unserer Erzählung. Wenn uns je eine Gelegenheit gegeben wurde, eine Geschichte zu sein, die es wert ist, interpretiert zu werden, dann ist dies der Moment. Jetzt. Jetzt, da wir vom Glück gesegnet sind, am Leben zu sein, und jeder Mensch und jedes Ding um uns herum, jede Spur und jeder Abdruck erscheinen uns lebendig an ewigwährendem Leben. Jetzt, da wir so viel von dem gelernt haben, was es von diesem Leben zu sehen und zu hören und zu berühren gibt, was könnten wir da anderes sein als der beste im Umlauf befindliche Roman? Oder einer der besten; denn jedes Mal, wenn ich mich umsehe, jedes Mal, wenn ich ein Haus dieses Reviers betrete oder mich auch nur an eine Wand lehne, jedes Mal, wenn ich stehen bleibe, um zuzuhören, ich meine nicht einem Gespräch, sondern nur dem Geräusch, das meine Leute beim Leben machen, dann sehe, dann berühre und dann höre ich nur Romane und Gedichte. Gegenwärtige und vergangene, alle gleichermaßen in plastischem Ablauf, und keiner ist dabei, der von denen geschmälert werden kann, die von den anderen für uns geschrieben wurden. Keiner, so scheint mir, der dessen unwürdig ist, was uns unsere Väter hinterlassen haben. Und hier bei uns ist es vor allem schöner als in Roncesvalles.

Es war eine weise Entscheidung, dass wir anfingen, die Lektüre etwas aufzugeben; eine weise Geste der Reife, meiner verspäteten, letzten Reife, der frühen, vielversprechenden Reife Nitas. Das erspart uns in einem so heiklen Moment, Hand an das Vermächtnis des Omo Nudo zu legen; das Buch der verborgenen Wahrheit, die wertvolle Wissensgabe, die der große Schriftsteller Oscar Wilde seinem Großvater Amanteo anvertraute, dem Kaffeehauskellner, der in Chelsea die intime Einsamkeit dieses großes Menschen pflegte und dabei das nichtige Absinken des hässlichen Empires von Albion in Agonie im Auge behielt. Wie versprochen übergab Bresci noch am Tag der Rückkehr das Schicksal der Menschheit feierlich in Nitas Hände. Er hatte dieses Buch im Reisekoffer, als sei das Einhalten des Versprechens eine ebensolche Dringlichkeit wie das Wechseln der Unterhosen. Das Buch liegt jetzt im großen Zimmer auf dem Kastanienholztisch, der den Sommer über frei gehalten wird; es liegt dort gut sichtbar, damit uns nicht die große Gelegenheit entgeht, die uns gegeben wurde, aber es wurde noch nicht aufgeschlagen, und jetzt ist es auch gut, dass es noch eine Weile geschlossen daliegt. Ich habe gesehen, was es ist, und im Unterschied zu Nita habe ich dieses Buch schon gelesen.

Tatsächlich ist es nur ein Roman, und wenn er etwas Wertvolles enthält, dann deshalb, weil sich der sozialistische Schriftsteller einer ersten, vom Autor signierten Ausgabe entledigt hat. Ich kenne dieses Buch, sagte ich, und ich glaube zu verstehen, was Oscar Wilde meinte, als er seinen Freund, den Kaffeehauskellner, über die verborgene Wahrheit, die ihn erleuchtet hatte, informierte. Es ist eine schreckliche und vielleicht prophetische Geschichte, vom König der Karibikinsel Redonda geschrieben; der König schrieb sie in englischer Sprache, und der Roman, den ich zu meiner College-Zeit las, heißt *The Purple Cloud*. Es geht um das Ende der Menschheit durch ein mächtiges, von einer purpurroten Wolke auf der Erde verbreitetes Gift; es geht um einen Mann, der es unverdienterweise überlebt und beginnt, durch die Welt zu streifen, die jeden Lebens entleert ist. Es geht darum, wie dieser Mann sich in seinem Umherstreifen der Schlechtigkeit der menschlichen Spezies und ihres verdienten Endes bewusst wird, wie er selbst versucht, ums Leben zu kommen, und wie er beim Warten auf sein Ende gegen die Überreste der Menschheit wütet, indem er alle größten und schönsten Städte der Welt unter einem Berg von Tritol explodieren lässt. Es geht schließlich darum, wie er einer jungen Frau begegnet, die ebenfalls ausnahmsweise überlebt hat, und wie er, obwohl er sich anfangs dagegen wehrt, schließlich ihrer unbefleckten Seele nachgibt und sich mit ihr, als neuer Adam und neue Eva, daran macht, eine neue Menschheit aufzubauen. Eine Menschheit, frei von der Niedertracht, die zur Zerstörung der gegenwärtigen geführt hat.

Es ist gut, dass sie beschlossen hat, es nicht zu lesen. Diese Geschichte ist zu wahr und zu endgültig, als dass sie uns eine Hilfe wäre. In ihrer Wahrheit liegt nichts Geheimes oder Verborgenes. Das konnte Menschen so erscheinen, die noch in der Ungewissheit der Katastrophe lebten, die noch mit zu viel Stolz beladen waren, die darauf brannten, sich an sich selbst zu rächen, und sich sicher waren, ihre eigene Rache zu überleben. Insgeheim hegen sie beim Warten auf die Zerstörung der Welt den Ehrgeiz ihrer Erlösung. Jetzt wissen wir, dass die purpurrote Wolke schon seit einer Weile vorbeigezogen ist, dass alles, was verwüstet werden konnte, schon dem Erdboden gleichgemacht wurde. Und zwar nicht aus Stolz, sondern in Ausübung der Demut haben wir das klare Bewusstsein, dass das einzig Gute, das die Überlebenden tun können, um das neu zu beleben, was von der Erde geblieben ist, ist, auf die Unschuld der Kinder zu vertrauen, die sie zeugen können. Darin liegt nichts Heroisches und keine geheime Intrige; nichts Romanhaftes, was man nicht schon unsererseits schreiben konnte. Wir müssen es nur tun, und wenn wir es tun, wird man uns das Erstaunen und die Überraschung lassen müssen, die ein Roman für sich beanspruchen würde. Wenigstens ein Mal sollen sie uns versuchen lassen, das Große Finale zu schreiben.

Morgen ist Mariä Himmelfahrt und Nita wird gebären. Sie und die Ungeborene haben sich auf die Details geeinigt: Sie wird ins örtliche Krankenhaus gehen und von Malvina begleitet werden. Sie nehmen den Karmann und Malvina wird fahren; sie sind sich sicher, dass sie während der Fahrt oder im Kreißsaal oder jedenfalls irgendwo dort Gelegenheit haben werden, einen passenden Namen für meine neugeborene Tochter zu finden. Ich habe nicht ganz begriffen, ob Malvina Auto fahren kann und insbesondere, ob sie dieses Auto fahren kann, aber ich sehe, dass Nita ein blindes Vertrauen in dieses Mädchen hat. Das habe ich auch. Bis vor Kurzem war sie hier; sie kam mit einem Stapel Aquarelle von Nazzareno. Es sind Bärenklaublätter, jedes in seinen Vorhang aus leichtem Schatten und sehr sanftem Licht gewickelt, jedes in sein unerklärliches pflanzliches Wunder gefasst. Bärenklau für die Ungeborene, damit sie, so lässt

Nazzareno ausrichten, als Erstes Vertrauen in die Pflanzen gewinnt, die den Dichtern am liebsten sind. Dichter?

Ich werde warten, morgen gibt es keinen anderen Platz für mich. Das ist eine einfache Sache, die man nicht verkomplizieren soll, sagt Nita. Einfach, mathematisch und vorhersehbar wie der Himmel heute Nacht, präzisierte Malvina, als hätte sie in ihrem kurzen Leben nie etwas anderes getan, als zu gebären. Nur ein winzig kleines Rädchen mehr am Himmelsgewölbe, erklärte sie feierlich, eine kaum berechenbare Komplikation in der allgemeinen Bewegung des Universums, der Raum eines Quantenkorns, der der Unendlichkeit des Sternenvakuums genommen wird.

Ex voto

Es ist schön und tröstlich, dass das Leben und die Wechselfälle der Menschen so groß und so überraschend sind, dass sie nur erinnert werden müssen. Damit die Geister der Menschen bleiben, für immer, und nichts und niemand vergeblich gewesen ist. Jedenfalls glaubt das der Autor, der darin den einzigen guten Grund für das Schreiben seiner Romane findet. Also, alles an dieser Geschichte ist wahr. Wahr in dem Sinne, wie der große Schauspieler und Regisseur Orson Welles die Wahrheit dachte. *It's all true,* genau so. Genau wie Orson Welles hat sich der Autor nicht auf die Straße begeben, um die Wahrheit zu suchen, sondern die Menschen und was das Leben der Menschen an Wahrheit mit sich bringt. Und das, was bewirkt, dass die Wahrheit des Lebens zum Roman wird.

Ich habe im Revier gelebt, und ich werde wieder dort leben, so Gott will; solange sie leben, werde ich auch weiter viele der Menschen und Frauen treffen, die Personen in dieser Geschichte sind. Ich weiß nicht, ob sie sich dann freuen werden, mich wiederzusehen. Ich weiß nicht einmal, ob sie froh sind, mich die Wälder und die Panie, den Fluss und die Schluchten durchwandern zu sehen. Wenige von ihnen habe ich um Erlaubnis gefragt, aus ihnen meine Geschichte zu machen, ihre Wahrheit zu meiner zu machen. Ihnen allen bin ich auf ewig zu Dank verpflichtet. Einem ganzen Volk, einem ganzen Land. Namen zu nennen, nutzt in diesem Fall nichts, es sind ja schon alle da; und wenn es nicht diejenigen sind, die im Einwohnermeldeamt hinterlegt sind, umso besser: Wir kennen sie.

Und dann sind da all die anderen, die mit mir auf die Reise gegangen sind, denen ich unterwegs begegnet bin, und die, die an den Wegkreuzungen auf mich gewartet haben. Die, »ohne die ich nicht…«. Hier sind sie, und ich habe sicher jemanden vergessen: zuallererst Luciana, die die großzügige Wächterin und makellose Hüterin des Reviers ist; und dann Elio und Alessandra, Francesca, Pico, Remo C.; Donald, Roberto A., Roberta, Adriana, Alberto und Giovanna, Cesare M., Enri natürlich, und Giovanni D.R., Stefania R., Mario C., Giulia; und Andrea Giannasi und Oscar Guidi, die Historiker, deren Arbeiten mir unveröffentlichte Neuigkeiten über die Força Expedicionária Brasileira in Italien und über den Widerstandskrieg gegen den Faschismus im »Revier« geliefert haben. Und die Faenza; ja, die Faenza.

Glossar

Alchermes: italienischer Likör mit rotem Farbstoff.

Angelika und Medoro: zwei Figuren aus dem *Rasenden Roland*: Roland liebt die chinesische Prinzessin Angelika, die sich aber mit dem einfachen Soldaten Medoro zusammentut.

belùa: lat. für Untier, hier: familiärer Begriff, mit dem man Kinder vor dem schwarzen Mann warnt.

Berenice, Bradamante, Astolfo, Angelica, Medoro: Figuren aus dem *Rasenden Roland* (*Orlando furioso*) von Ariost (Ludovico Ariosto, 1474–1533), der als Gouverneur der Herzöge von Este von Canossa aus u. a. die Garfagnana regierte.

Die Fünf Grafschaften: die fünf nordirischen Provinzen.

Don Gigliante: Gigliante = Ziliant: Figur aus dem *Rasenden Roland.*

Februen: Plural für *februa* = lateinisch für »Reinigungsopfer«. Es war das römische Reinigungsfest am Ende des Winters und gab dem Monat Februar den Namen.

Introibo ad altare dei = »Zum Altare Gottes will ich treten.« Beginn des Stufengebets in der katholischen Messe.

Laren: römische Schutzgötter.

mastio: wannenähnliches Gefäß aus Holz, in dem in der Garfagnana Schweinefleisch nach der Schlachtung konserviert wurde (siehe *ossetti*).

metato: Hütte zum Trocknen der Kastanien. Im unteren Teil wird ein Schwelfeuer entzündet, auf einem Rost darüber werden die Kastanien im Rauch getrocknet.

Monterosa: in Deutschland ausgebildete Division der Faschistischen Republik von Salò, die nach der Besetzung Italiens durch die Wehrmacht unter deren Kommando gegen die Alliierten kämpfte.

Novene: von lat. *novem,* »neun« = eine katholische Zeremonie, eine neun Tage andauernde Reihe von Gebeten.

ossetti: regionales Gericht aus der Garfagnana; Näheres siehe im Kapitel »Die Feindseligen«.

Paolo und Francesca: Paolo Malatesta und Francesca da Rimini, ein Liebespaar aus dem 13. Jh. Francesca wurde mit einem alten Adligen verheiratet und vom schönen Paolo verführt. In flagranti ertappt wurden sie beide getötet. Dante erwähnt sie in seiner *Göttlichen Komödie.*

pasimata: süßer Rosinenkuchen, der kurz vor Ostern gebacken und an Ostern gesegnet und verzehrt wird. Er ist typisch für die Garfagnana.

pellagra: Krankheit, die durch ausschließliche Ernährung mit Mais vor allem in Südeuropa und Südamerika verbreitet war.

striscino: niederprozentiger, säurehaltiger Weißwein, der nur in der Garfagnana selbst getrunken wird.

tecchiaioli: vom Dialektwort *tecchia* = Fels. Bezeichnung für die Marmorarbeiter, die angeseilt an steilen Hängen arbeiten, um lockeres Gestein abzuschlagen.

UNPA: Unione Nazionale Protezione Antiaerea, ital. Luftabwehrverband, Zivilschutzorganisation, die zuständig war für Verdunkelung, Fliegeralarm und Rettung aus bombardierten Häusern.